U0679614

九州文库

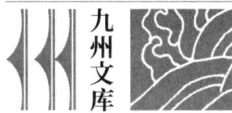

《金瓶梅》人物形象评说

范正生 著

九州出版社
JIUZHOUPRESS

图书在版编目（CIP）数据

《金瓶梅》人物形象评说／范正生著. --北京：
九州出版社，2022.6
ISBN 978-7-5225-1002-6

Ⅰ.①金… Ⅱ.①范… Ⅲ.①《金瓶梅》—人物形象
—古典小说评论 Ⅳ.①I207.419

中国版本图书馆CIP数据核字（2022）第110514号

《金瓶梅》人物形象评说

作　　者　范正生　著
责任编辑　沧　桑
出版发行　九州出版社
地　　址　北京市西城区阜外大街甲35号（100037）
发行电话　（010）68992190/3/5/6
网　　址　www.jiuzhoupress.com
印　　刷　唐山才智印刷有限公司
开　　本　710毫米×1000毫米　16开
印　　张　17.5
字　　数　315千字
版　　次　2022年6月第1版
印　　次　2022年6月第1次印刷
书　　号　ISBN 978-7-5225-1002-6
定　　价　98.00元

★版权所有　侵权必究★

序

蒋振华

　　与正生同志相识才一年多，去年他电话咨询来湖南师范大学做访问学者事宜，直接找到我。虽然原来没有任何联系，但我们是中国古代文学领域的同行，我欣然同意做他访学的指导教师。今年暑假后访问学者开班培训，我们才正式会面，一见面就有相见恨晚的感觉，许多共同话题聊起来滔滔不绝。根据访问学者指导教师职责相关规定，我布置了正生同志的学习任务。交谈中，他说有一本书稿《〈金瓶梅〉人物形象评说》等待出版，请我为他写"序"，于是我就欣然答应了。

　　关于《金瓶梅》研究，历史的积淀不太丰厚。至20世纪初期由于新文化运动的感召，对反映传统世俗社会生活、描写饮食男女的明清世情小说研究，有了较深入细致的探讨。研究者摆脱了传统道德规范束缚，敢于正视明清以来一直被列为禁书的《金瓶梅》，研究成果比较丰富。但研究成果多集中于作者、版本、刊行时间及对描写宋明社会历史史实的考据方面，而对于《金瓶梅》文本的读解比较欠缺，特别是文本中反映社会生活、刻画人物形象、叙事艺术技巧等研究不够深入。后来的研究成果屈指可数，甚至没有超过二十世纪三四十年代鲁迅、郑振铎、沈雁冰、陈独秀、胡适等人研究《金瓶梅》的学术成就。主要原因是：意识形态特别是道德观念的影响；传统文学批评系统的束缚；偏激的政治性研究标准的制约；审美价值取向的偏颇等等。改革开放以来，《金瓶梅》研究可以说成果斐然。成立了"中国《金瓶梅》学会"，开展了一系列《金瓶梅》学术研讨活动，对于作者、版本、写作背景等研究有了新拓展，但许多专家学者还是沉醉于考据，对于《金瓶梅》文本的读解仍不够深入。范正生同志的《〈金瓶梅〉人物形象评说》一书紧扣文本，着重对《金瓶梅》人物形象进行了较为全面的深层次分析挖掘。体现了如下几个方面的研究特色：

一是运用了现代数据统计方法来研究《金瓶梅》的人物形象。统计表明共有800多个人物形象，对500多个人物形象描绘出了一个包括姓氏、角色、主要经历和人物关系在内的人物形象简谱。由此可见正生同志是细读了多遍《金瓶梅》原著收获的成果。只有一字一句的细读，才能作出如此精细的统计。这种立足文本读解人物形象的文学研究值得提倡，扎根文本才是文学研究的基础和起点。

二是详细评说了《金瓶梅》典型人物形象的性格特点。该著通过对小说中社会环境、人物生活经历和典型情节的分析研究，肯定了小说塑造人物形象的文学成就和贡献。该著还运用大量人物言谈举止的描写材料，分析了人物性格的辩证性、丰富性、复杂性，并运用社会学、心理学、叙事学等理论，深刻探析了人物形象性格的形成和复杂多样的原因。总之，正生同志的著作征引理论丰富准确，分析研究方法得当，有比较独到的见解。

三是通过文学史的考察，分析了《金瓶梅》反映社会生活、揭露人性本质、歌颂人情人欲的历史贡献。该著在分析人物形象时，总结了小说反映的传统社会生活，结合人物性格发展变化的考察，揭示了小说对腐朽黑暗专制社会的批判，展露了社会腐败导致的人的肮脏灵魂和丑恶行径，肯定了小说在刻画人物性格中对人性本质的描述，从而确立了《金瓶梅》的社会价值和历史地位。

四是通过《金瓶梅》人物形象的分析评说，肯定了《金瓶梅》的文学史地位和艺术价值。比如分析潘金莲虐待其母潘姥姥时，运用到"伊赖克辍情结"概念，即爱父嫌母的感情表现；分析潘金莲、陈敬济形象时，运用了弗洛伊德精神分析理论，提出《金瓶梅》"绣鞋风波"是中国式"子恋母"情结的典型表现，对人物形象塑造和人物性格刻画具有重要作用。此外该著还分析《金瓶梅》中象征艺术手法，如瓢、棒槌、钥匙等男女性爱象征词汇的使用，指出这既是中国传统文化隐喻表现手法的体现，又符合精神分析理论的阐述。这些都是有见地有深度的《金瓶梅》人物形象研究成果。

　　当然，正生同志对《金瓶梅》人物形象的研究还有许多可做的工作，包括避免一些人物形象分析中的偏颇，学术研究的生命力在于争鸣，这需要专家同仁继续进行学术探讨和商榷。希望在不远的日子里，正生再写出更有高度和影响力的《金瓶梅》研究大作。

　　是为序。

庚子年秋月于岳麓山下师大文渊楼

前言：回到《金瓶梅》文本读解的思考

关于《金瓶梅》的研究，历史的积淀是对作者及版本无休止的考据，而对其文本意义的解读则远远不够，尤其是对《金瓶梅》文本的读解更是捉襟见肘。明清主要是笔记、书信、野史中的有关评述，除张竹坡的《读法》与回评及崇祯本眉评是真文本解读，其他就是读者零星的感悟式评说；近现代一些学者如鲁迅、郑振铎、吴晗等进行了一系列探讨。包括成书是个人创作还是时代累积，创作年代是嘉靖还是隆庆还是万历，作者的南北二说，作品的写定者等等。对于《金瓶梅》文本的深入解读很少；当代学者的文本解读也未超过先辈，主要是阶级论的文学评述。可见对于《金瓶梅》的研究重在作者资料的考查。像作者的争论，成书年代的确立，《金瓶梅》与史实的关系，作者的创作意图，版本问题等等。即遵循考据学的原则进行考证、诠解，可谓硕果累累，这当然是非常重要的。但有些考证和诠释是无用的劳动，是研究文本之外的兜圈子。所以，文本读解成为当代《金瓶梅》研究的重要任务，重视文本读解，建立科学的文本读解体系，成为《金瓶梅》研究的时代选择。

比如关于作者的争论。自从《金瓶梅》产生以来作者姓名就没有说清楚，当时的人们都不知道是谁，后人就更难考证是哪一个人了，难怪有人称之为中国古典小说研究中的"哥德巴赫猜想"。因为沈德符《万历野获编》所说的"闻明嘉靖间大名士手笔"，引动无数人去追查，今天至少找出王世贞、李开先、薛应旗、赵南星、汤显祖、屠龙、贾三近、沈德符、李渔、丁惟宁等五十多位与作者相近的人所谓作者。当今我们的许多学者也邯郸学步费尽心血加以考证，最终也只是用推测的手段得出似乎合理但不能让人信服的结论。

他们也是不管鸡蛋好吃不好吃，非要追寻生蛋的鸡是哪一只。而鸡蛋是从集市上买来的，那鸡也就十分难找了，即使鸡的主人也分不清哪只蛋是哪只鸡下的。于是，就围着一群鸡猜测，可能是花鸡，可能是白鸡，也可能是乌鸡。最终也找不到具体是哪只鸡，再去确定一只蛋是何时下出来的，更是无聊至极。这实在是学术研究的一大误区。虽然现代科学用基因测定方法是可以找出是哪只鸡下了特定的一只蛋，而小说作者的考证至今还没有特定的方法来测定。为什么不去研究一下鸡蛋的成分分析其营养丰富和好吃的原因呢！历史的事实是：《金瓶梅》的作者等问题的考证是文学史的一桩无头案，根据道听途说的死者的身材、外观、服饰来猜测终不会有结果。也许一个人说："死者可能是个达官贵人。"查遍所有的达官贵人也可能不是，死者可能就是一个普普通通的人。在全国上下找一个死者，将是大海里捞针。最后对无名作者的追查后果是陷入迷惘的重围不能自拔，有限的资料难以证明作者的姓名、籍贯、生平等，导致以资料证资料，进入往复循环的怪圈，成为猜谜游戏。我们当然期待着如人类基因一样，哪一天我们能用基因测定的办法找到《金瓶梅》的作者。

还有一个值得注意的严重问题是：有的学者打着考证的旗号，搞的是假考证的把戏。比如有人以小说中所叙述的地名来判断作者的籍贯，根据小说故事中所陈述的时间概念如作品中人物算命的生辰八字来推断小说的成书时间，根据小说的故事情节来与历史事件对证，以确立作者的生平履历。也就是用小说本身作为资料来考证小说的作者、作者籍贯、小说的成书时间。写起文章来凿凿有据，大量引用小说的原文，成了《金瓶梅》小说故事情节资料的统计，实是滑稽可笑。因为：首先，文学作品可能有一定的史料价值，但文学作品绝不是历史记录，岂能把小说中的故事情节当成考证作者生平的资料。查找历史会发现许多相似的历史，历史著作本身就不能绝对地反映历史的"真实"。把小说中所提到的天干地支当成小说成书时间的证据更是投机取巧。六十年天干地支一循环，历朝历代生生不息，岂可为据！《金瓶梅》中关于时间的概念有许多是混乱、粗疏的。陈诏《金瓶梅小考》说"小说中关于西门庆、潘金莲、武松、李瓶儿、吴月娘等人年龄和生年干支，处处抵牾，几乎很少有合榫的地方"①。还有的学者通过史料来证明《金瓶梅》中所提到的人物、地名与史实不符，所描写的故事情节与历史事件不合，严厉批评《金瓶梅》作者对历史史料的篡改和误解，实在可笑至极！倘若让这些"学问家"继续读解《金瓶梅》，不久就把文本彻底"解构"掉了。其次，历史著作不一定是历史的真实记录，有些历史著作是值得怀疑的，一些历史史料都需要去认真地考证。也就是说历史资料有时还会存在错误，何况是作者创作的艺术作品呢？把《金瓶梅》的内容与历史著作相互印证，肯定会发现作者创作有许多"走笔"。以历史证小说和以小说证历史都是错误的。再次，文学艺术的创作，作者可以自由驰骋，描写社会历史生活可以想象夸张甚至可以幻想；文学语言本身就具有夸张、虚构和陌生化的特点；文学作品是作者留给我们的固体的文字，它需要读者去阐释，才能理解作品所具有的社会历史意义和作者抒写的思想感情。但绝不能把小说当成作者可靠的生平记录。即使《金瓶梅》这样写实性很强的作品也是不足为信的，内中的一些故事情节绝不是历史的再现，更不是历史的模写。所以用《金瓶梅》的内容作为作者生平和成书时间的考证资料是十分荒谬的，甚至是伪科学反学术的。这种考据作风把文学艺术的研究荼毒了，贻害后人何止千秋万代！

　　笔者所读到的当代关于《金瓶梅》作者、版本、成书年代的考证文章，是许多专家学者皓首穷经、大费周章地考据了一辈子的成果，可以说大多是面黄肌瘦和肢体乏力的，几近黔驴技穷。作者籍贯争论的现状是：江苏学者极力证明兰陵笑笑生是江苏人，在江苏的历史文人中寻找相似者；浙江的专家则在小说的传播过程中寻找蛛丝马迹以证实小说的笑笑生是浙江人，然后则在浙江文人中考察相像者；山东的研究者则在山东的文人中寻找恰当的人选，从小说中大量的山东方言，作品中描写的是山东地界，故事发生在山东的某个县市，书中描写了山东风情等来考据作者。由于以上的考证探讨查出了五十多个似是而非的作者，遍布华东各地。成书年代的论争自然也是公说公有理婆说婆有理，从史料中猜测，从小说中推断，从野史笔记中寻找，终无定论。台湾学者魏子云先生高喊：《金瓶梅》的作者该定论了，《金瓶

---

① 陈诏：《金瓶梅小考》，上海书店出版社，1992，第79页。

梅》的成书年代该定论了！其实他是要人们同意他的作者"屠龙说"和成书时间"万历说"。人们尊重他的人格和学术精神，但多数人并不同意他的所谓"定论"。

《金瓶梅》作者隐姓埋名的原因是很复杂的：一是由于《金瓶梅》在当时是被人们视为大毒草，是违背封建伦理道德的讳淫之书。原序云："《金瓶梅》，秽书也。"沈德符《顾曲杂言》就说《金瓶梅》："此等书必遂有人板行，但一出则家传户到，坏人心术。他日阎罗究诘始祸，何辞以对？"① 后人还编出许许多多的骇人听闻的传说故事以告诫写书、印书、卖书、读书的人们。倘若作者敢大胆地在《金瓶梅》上署名，不被凌迟了才怪呢！二是书中又确实存在大量的色情描写，作者也无脸面署名。当时他肯定是生怕别人知道他的名字，他不隐姓埋名远居山林可能不能存活。所以，当时无可靠的史料记载，也就无从查找作者的真实姓名和身份。三是有可能书中所叙之事，关系当时的真人真事，即张竹坡所说的寓意说。张竹坡《批评第一奇书〈金瓶梅〉读法》说："作小说者，概不留名，以其各有寓意，或暗指某人而作。夫作者既用隐恶扬善之笔，不存其人之姓名，并不露自己之姓名，乃后人必欲为之寻端竟委，说出名姓何哉？何其刻薄为怀也！且传闻之说，大都穿凿，不可深信。总之，作者无感慨，亦必不著书，一言尽之矣。其所欲说之人，即现在其书内。彼有感慨者，反不忍明言；我没感慨者，反必欲指出，真没搭撒、没要紧也。故'别号东楼''小名庆儿'之说，概置不问。即作书之人，亦止以'作者'称之。彼既不著名于书，予何所赘哉？近见《七才子书》，满纸王四，虽批者各自有意，而予为何不留此闲工，多曲折于其文之起尽也哉？偶记于此，以白当世。"② 竹坡尚如此明白，何况今人！四是文化环境的限制，视《金瓶梅》为教化之书，则谓笑笑生乃借文劝诫，以惩不检之人，必遭因果报应。这有失文人气节。视《金瓶梅》为"诲淫"之书的人，则谓笑笑生乃作文发泄私欲，宣扬肉欲，低级下流，为人不耻。这又丢了文

---

① 郑振铎：《谈〈金瓶梅词话〉》，载古耜《误读金瓶梅》，京华出版社，2008，第16页。
② 张竹坡：《批评第一奇书〈金瓶梅〉读法》（三六），载秦修容《会评会校本金瓶梅·附录》，中华书局，1998，第1501—1502页。

人脸面。

对作者问题穷根究底的不良影响至少有三点：首先，拖延研究的进程，因为有些问题是永远也不会解决的。每次《金瓶梅》学术讨论会都把作者的考据当成主题，乐此不疲的原因是，这种证明不出来的问题就如滚刀肉切不断理还乱，又如鸡肋吃不下丢不掉，呈现欲罢不能的态势。争论的意义和价值成了争论本身。吴小如先生《我对〈金瓶梅〉及其研究的几点看法》就指出："试看，屈原的生卒年，施耐庵其人的有无，以及笑笑生究竟是谁，恐怕终将成为学术界长期争议和辩论的课题，从而不得不存疑阙殆。所以我一向主张，在一部作品的作者问题无法彻底解决的情况下，我们应该把气力用在作品的研究分析上，而不宜只是在那些一时无法得出结论的牛角尖里兜圈子。对于《金瓶梅》，亦当作如是观。"[①] 其次，贻误子孙后代。说不定过上几百年，后人会以我们并不能证明或难以服人的考证作为论据，再当成史料以讹传讹。沈德符的一句"闻嘉靖间大名士手笔"，只是"闻"并不确定，就引出了多少人的猜测和探讨，写出了多少的文字，难以计算，真可谓流毒后世。最后，对研究文本无大意义。因为没有把文学研究的重心放在作品的解读上，没有注重文学作品本身艺术价值的探讨，限制了对文学作品文本意义的读解，扼杀了作品文本的丰富性，泯灭了读者的再造能力。这种无穷考据的意义和作用就在于表学识，夸耀才华，以示读书之多，学问之渊博。由此出现了汗牛充栋的文章和专著，制造出络绎不绝的专家、教授、学者。

文学作品是什么？难道是毫无意义的游戏文字吗，是为学问家肢解的文字僵尸吗！那些学问家拿着审视历史的眼光来读解《金瓶梅》，甚至还要考查描写的西门庆家里发生的故事，是否与历史上西门庆家里发生的事情一致，秋菊其人历史上确有或确无难道也要考证一番吗？考据的最终结局是扼杀文学文本。思想家尼采高喊"上帝死了"。否定了神话、上帝的存在，肯定了人生的价值；文学评论家罗兰·巴特宣布"作者死了"。认为作品一旦完成，作者就等于"死了"。批评家无须再理睬作家的创作意图，作品的研究应完全独立进行，排除作者创作意图对作品意义的限定作用，肯定了作品文本的价值

---

① 徐朔方、刘辉：《金瓶梅论集》，人民文学出版社，1986，第21页。

和意义。① 今天，我们也可以说："学问家该死了。"

放弃文本研究，抓住所谓作者、版本甚至本事的考证是学术研究的偏颇，是中国传统治学术观念的一大弊病。秦修容说："人们往往把目光散落在浩瀚的明代史料之中，去探幽寻秘，却常常对《金瓶梅》的本身关注不够，研究不足。因此，我们在《会评会校本金瓶梅》上所进行的艰巨的工作的一个目的，就是呼唤人们对于小说文本的关注。"② 牧惠在《金瓶风月话·后记》中也说："我觉得，恐怕应当把重点放在对作品本身的研究上。在这方面，我们过去几十年走了不少弯路，一是对作品的艺术性研究得太少太少，因为那种研究有'脱离政治''搞修正主义'之嫌"。"事实是对作品内涵的研究与把握，对作品艺术表现的探析要比对作品创作的考证，如作者、成书年代、作品内容的历史印证要难得多，因为考据文章靠读史料来证明，不是从作品中挖掘内涵。考据不需要理论，只需要材料，或者说，甚至掌握一定的材料，便可自圆其说。考据的争论要比文本研究的争论价值要低得多。"③ 如果每一项学术成果都必须用考古发现来证明，那也就没有了学术争鸣，也无所谓学术了。

还有的学者认为考据是学问，对作品本身即文本的研究是无用的学问。甚至说作品让读者去读就是了，何必去告诉读者怎样读和读什么，这样做没有意义。然而，考据那不确定的作者又有什么用途呢，难道要让读者去读那些与作品内容意义无关又枯燥乏味性情干瘪的考证材料吗？我们明白，作品文本没有读者的读解与废品等价，倒是先辈学者把《金瓶梅》的文本价值进行了一番评说：东吴弄朱客的《金瓶梅·序》、欣欣子的《金瓶梅词话·序》与廿公的《金瓶梅·跋》都有十分深刻的见解，当然其中有因果报应、世事轮回、劝诫讽谕的道德服务与政治说教色彩。张竹坡对《金瓶梅》研究做出了巨大贡献，但他的"冷热金针""寓意说""苦孝说"以及因果报应的小说

---

① 罗兰·巴特：《作者之死》，载张秉真、黄晋凯《结构主义文学批评论》，辽宁大学出版社，1987，第64—65页。
② 秦修容：《会评会校本金瓶梅》，中华书局，1998，第1页。
③ 牧惠：《金瓶风月话·后记》，中国文联出版公司，1992，第220页。

构思认读都有偏差，也有不少文本"误读"。近代以来，虽然有一些学者注意了《金瓶梅》文本的读解，但至今无大的突破：内容上强调对明代历史的反映；人物形象分析虽有新意，却没有深入作品本身从人性的本质来讨论文学人物；结构艺术研究较为薄弱，没有超过张竹坡的深度；文学语言探究只是方言诠释，对文本话语的考究不深入。这说明文本的认知和读解还有非常严峻的任务。文学作品文本的解读就是展开读者想象的翅膀，开启心智，把固定的文字解释得丰富多彩、生机盎然，那才是真正的文学评论和艺术欣赏。如果没有从学术研究中悟出有价值的东西，领略到艺术的审美力量，仅仅是从学术研究中找到什么资料，得出难以服人的考据结论，实在是学术研究的巨大悲哀！

摆脱文学价值本身的研究，对于今天的读者了解文学所反映的社会生活内容和历史价值意义不大，对于欣赏文学作品的艺术成就更无任何作用。所以，笔者认为没有必要费尽心机地考证那些既无意义又不能得出确切结论的问题，例如作者籍贯生平、成书年代、作品与史实的关系等，而应当把工夫用在文本的具体考察上。我们倡导回归文本读解的学术研究方法，把作品本身作为学术研究的直接对象。本来在作品完成以后，文本就成了自足的审美主体，作者与文本愈来愈远，读者与文本愈来愈近。马克思指出："作家绝不把自己的作品看作手段。作品就是目的本身；无论对作家或其他人来说，作品根本不是手段，所以在必要时作家可以为了作品的生存而牺牲自己个人的存在。"① 宁宗一先生的《回归文本：21世纪〈金瓶梅〉研究走势臆测》中引用了德国诗人海涅的一段话来说明无为地对诗人（或作家）的生活资料（即作品的外部资料）研究的无用性，又说："如果允许我进一步直言不讳的话，我认为整天埋头在史料堆中钩稽不着边际的史实，对文学研究者来说，并非幸事。因为它太容易埋灭和斫伤自己的性灵，使文笔不再富于敏感性和光泽。也许它仅有了学术性而全然失去了文学研究必须有的灵气、悟性和艺术性。试想，如果真要到了不动情地审视着发黄发霉的旧纸堆，我想那就成了今日多病的学术的病症之一了。或者应了一位学者的明智之言，'学问家凸

---

① 马克思、恩格斯：《马克思恩格斯全集》（第一卷），人民出版社，1956，第87页。

现，思想家淡出'，然而学者的使命毕竟是在追求有思想的学术和有学术的思想这一层次上的。学术研究是个体生命活动，生命意志和文化精神是难以割裂的。"① 历史已经证明：伟大的思想家和艺术家是在痛苦的思考和艰难创造中诞生的，伟大的学者是在不断的觉醒和明悟中成长的。

况且现在是后现代、新批评、结构主义、符号学、接受美学等理论成熟的时期，已经不是朴学受宠的考据年代，正所谓一代有一代之学问。当今出版了大量的叙事学、读解学著作，为文本读解提供了坚实的理论基础。这些理论昭示人们审视传统的文学艺术研究方法，给文本读解以新的生机和活力。纵观文学艺术解读的历史基本分为三个阶段：作者阶段；文本阶段；读者阶段。也就是说在文学艺术的认知理解中形成了三种基本解读方法。在中国，作者阶段的文本读解由于受"文如其人"和实证主义哲学的影响，强调起因解释法，认为要读解作品文本，必知作者其人。正如丹纳《艺术哲学》所说："要了解一件艺术品，一个艺术家，一群艺术家，必须正确地设想他们所属的时代精神和风俗概况。这是艺术品最后的解释，也是决定一切的基本原因。"② 要研究艺术品必须从作品向外扩展追寻作者，追寻作者与作家群的关系，再追寻作者时代的种族、地理环境，等等。《孟子》强调"以意逆志"，读懂作者之意，解释作者之志。尚"知人论世"，即"颂其诗，读其书，不知其人可乎？是以论其世也，是尚友也"。认为尚友则必知其人。司马迁《史记·孔子世家》也说："余读孔氏书，想见其为人。"当然，这些都是我国儒家传统的文本读解观念。道家则强调人之情，注重文本读解的情感醒悟。我国传统的读解观念使读解者觉得不知道作者就无法理解作品，理学家又强调作品为"传心"的载体，即传达作者的心志，要读解作品文本必明作者之心。到了明代则注重吟咏和沉潜法，要求"设身处地"细斟作者之声情，默会作者之灵性，悟出作者之情怀。这实际上愈来愈向文本的读解过渡。总括作者读解理论可见有三点明显的不足：第一，什么是作者的原意，由谁来验证和衡定，这是个未知数。如果作者已说，读者无须再言；如作者不言，读者也

---

① 宁宗一：《说不尽的〈金瓶梅〉（增订本）》，北方文艺出版社，2018，第191页。
② 丹纳：《艺术哲学》，人民文学出版社，1963，第7页。

未必正确。如想弄清文本意义，还是回归文本。第二，作品文本是一个语言符号系统，自身具有独立生命，不以作者的思想为转移。文本语言符号具有公共的特点，不再是作者个人头脑中的东西，读者的领悟往往会打破作者的理想情怀，故艺术作品的研究还应到文本中来。第三，作品的文本向所有的读解者开放，它犹如一面镜子，人人可以在这里面照出自己的面影。读者受自身所处的社会时代、文化背景、思想观念和阅读实践的制约，无法保持清明的主体，一旦进入文体的世界，就会不自觉地流露出个人的观点，所发掘的作者的原意必然刻印上自己的面影——正所谓"一千个读者就有一千个哈姆雷特"。

但作者读解的理论仍然有它的历史价值和使用价值，对读解文本仍有一定的作用。文本读解并不放弃对文本作者的研究，我们也反对法国罗兰·巴特"作者死了"的命题，我们强调的是：不要以为不知道作者的籍贯生平和时代环境就不能理解作品。像明清时期的许多人情小说都不知道作者，经过多年的考证最终也没有找出作者。如《醒世姻缘传》的作者西周生到底是谁？《今古奇观》编者抱翁老人是谁？《平山冷燕》编者狄岸散人又是谁？我们并不因为不知道作者就无法读解他们的作品，文本的意义和艺术价值，不因作者的模糊而降低。我们对《红楼梦》的作者曹雪芹的生平思想也知之甚少，不是我们已经取得了巨大的研究成就吗！我们不反对作者研究，但倘若以作者考据代替作品读解，则是文学艺术研究自取灭亡之路。我们不会因为不知道作者的生平经历读不懂《金瓶梅》，也不会因不知道作者产生对《金瓶梅》的误解。对于文本只有不同的理解，没有不对的理解。《金瓶梅》既有借鉴《水浒传》的内容，又有明显的历史印记。它源于生活，反映生活，是谓"世情书"。作品中无玄言可谈，其中的诗词曲赋含义较曲折也不难理解。其叙述语言和人物语言皆是言意统一，且多是家常话语，不含语言的朦胧和模糊，语法结构公共化，词语运用世俗化，语义外延狭窄独立性强。总之，《金瓶梅》语言无难言之隐，一读了之。不像我国的诗歌那样富于朦胧的意境、隔离的情境、陌生的语境。假如我们不知道李商隐、朱庆余、秦韬玉等诗人的生平经历和社会环境，就读解不明《锦瑟》《闺意呈张水部》《贫女》的社会政治意义，但将它们读解为爱情婚姻的诗歌也未尝不是文本的价值所在。《金瓶梅》没有这种障碍，不用担心对《金瓶梅》内容和字句读解的歧义。这为我们进行文本读解提供了便利的基础条件，故我们没有必要在作者读解上浪费时间。放弃作者的考证，我们也能从《金瓶梅》中理解到作者对于人情人欲的肯定和对社会政治腐败的批判，我们也可以读解到小说对于潘金莲和李瓶儿等人的描写刻画中，表现出的作者的爱憎和人情之美，也可以读解到小说情节的曲折动人、跌宕起伏，也可以感悟到小说叙事"话语"的生动有趣和鲜明的人情气息。

我们今天所说的文本读解不是文本读解主义，不是符号学或结构主义的文本自我封闭论。而是重视文学文本的自身表意价值，重视文本呈现出来的作者原意、社会生活、历史价值和艺术美感。建立作者、文本、读者相结合的文本读解体系，摒弃关起门来找作者的作者读解论，从琐碎的作者生平史料和索隐探讨中解放出来。学术研究的历史也终将表明：创造者是天才，研究者是庸才，而抄写者是蠢才。

评说《金瓶梅》人物形象，是对其文本解读的根本任务之一。基于不进行作者及版本等问题的考订，本论述所依据的版本是秦修容整理《会评会校本金瓶梅》，由中华书局 1998 年 3 月出版发行。行文中有些常见名著只作简单注明，凡引用《金瓶梅》原著内容，崇祯本眉评，张竹坡回评、行评等，在括号内注明回次和页码，参考文献中不再作注。

目 录
CONTENTS

上 篇

SHANGPIAN

第一章

"原型人物"形象塑造：《金瓶梅》所描写的人物形象

今天，很多人在私底下仍会不自觉地说，"某某很像潘金莲""谁像西门庆"，或者说"某某是潘金莲式的淫妇""某某是西门庆式的恶棍"等。潘金莲、西门庆甚至武大郎、王婆等已成为我们臧否或类比人物时的一群原型形象，甚至他们的名字就成为刻画人的形容词。潘金莲就是潘金莲，西门庆就是西门庆，武大郎就是武大郎……他们个性鲜明，在其他文学作品中没有重复，但在世情生活中却比比皆是。潘金莲所代表的正是"淫妇"之"类型"女人。换句话说，兰陵笑笑生所塑造的"潘金莲"很生动地反映了人们集体潜意识（collective unconsciousness）中的"淫妇原型"。一个伟大的艺术家乃是赋予人类社会的各种"原型人物"以形貌的人，他为大家说出了"什么叫做英雄""什么叫做贤妻"……"什么叫做淫妇"。① 其实，西门庆、李瓶儿、庞春梅、吴月娘、花子虚、应伯爵、王六儿、宋惠莲、林太太等，以及《金瓶梅》中的许多丫头、媳妇、官吏、市民都是中国古代社会的"原型人物"典型形象。就像《三国演义》中的诸葛亮、刘备、关羽、曹操，也像《水浒传》中的宋江、李逵，还如《红楼梦》中的贾宝玉、林黛玉、薛宝钗、王熙凤等。《金瓶梅》中的典型人物形象是中国市井生活中世俗的典型形象，他们使中国文学史中的人物形象塑造更饱满、更丰富、更多姿多彩。他们是一群中国文学创造的典型形象，是中国传统社会生活中人物形象、人物性格判断的样本人物形象。

第一节　《金瓶梅》人物形象简谱

《金瓶梅》人物众多，在小说中的作用和地位不同：有的在小说中性格鲜

---

① 王溢嘉：《从精神分析观点看潘金莲的性问题》，载古耜《悟读金瓶梅》，京华出版社，2008，第235—236页。

明，有多处情节描写，出场较多；有的出场很少，甚至有的仅仅是在别人的口中提到；有的仅有姓名或仅有官职（绰号）而无姓名，这样有些人物不可能全部列出。有些人物在小说中非常次要或根本没有出场，《金瓶梅》有些篇章直接介绍了大量的人物，没有什么言行的描写。如第四十八回描写西门庆家清明节上坟时说：

> 三月初六日清明，预先发柬请了许多人，搬运了东西，酒米下饭菜蔬。叫的乐工、杂耍、扮戏的。小优儿是李铭、吴惠、王柱、郑奉；唱的是李桂姐、吴银儿、韩金钏、董娇儿。官客请了张团练、乔大户、吴大舅、吴二舅、花大舅、沈姨夫、应伯爵、谢希大、傅伙计、韩道国、云理守、贲第传并女婿陈敬济等，约二十余人。堂客请了张团练娘子、张亲家母、乔大户娘子、朱台官娘子、尚举人娘子、吴大妗子、二妗子、杨姑娘、潘姥姥、花大妗子、吴大姨、孟大姨、吴舜臣媳妇郑三姐、崔本妻段大姐，并家中吴月娘、李娇儿，孟玉楼、潘金莲、李瓶儿、孙雪娥、西门大姐、春梅、迎春、玉箫、兰香、奶子如意儿抱着官哥儿，里外也有二十四五顶轿子。(第四十八回，第636—637页)

这一节就写出了几十个人物，这些大多在以前的章节中已经描写过，有的可能到小说的结束也不再提起。在统计人物形象时，小说中没有进行描写仅仅是提到的没有一一标出，若按小说中提到的人物来统计超过800人，这里仅仅把与西门庆联系密切并有言谈举止的列出。就以西门庆的家庭与社会关系来划分，有的人物在标出的时候，与之联系密切的人物形象（比如一家人、亲戚等）一同标出，共整理出520多人简谱，出场顺序已经打乱，也未按官职及地位的高低排列。

（一）西门庆妻妾、家人媳妇及其亲戚、邻里：

1. 西门庆：号四泉，西门达之子。商人，金吾卫衣左所（山东理刑所）副千户，后至正千户。

2. 陈氏：西门庆先妻。

3. 西门大姐：西门庆女儿，西门庆先妻陈氏生。

4. 陈敬济：法号陈宗美，西门大姐丈夫。

5. 陈洪：字松桥，号大宽，西门庆亲家，陈敬济之父。

6. 张氏：陈洪之妻，西门庆亲家，陈敬济之母。

7. 张世廉：陈敬济之姑父。

8. 张团练:陈敬济母舅。

9. 张团练娘子:陈敬济舅母。

10. 陈定:陈敬济家人。

11. 吴月娘:西门庆续弦之妻,后为西门庆正妻。

12. 孝哥儿:西门庆之子,吴月娘生,法号明悟。

13. 吴铠:吴大舅,月娘兄,后任指挥佥事。

14. 吴大妗子:吴铠之妻。

15. 来定儿:吴大舅家仆。

16. 吴舜臣:吴铠儿子。

17. 郑三姐:吴舜臣妻。

18. 吴二舅:吴月娘弟。

19. 吴二妗子:吴二舅妻。

20. 吴大姨:吴月娘姐姐。

21. 沈姨夫:吴大姨丈夫,吴月娘姐夫。

22. 沈定:吴大姨与沈姨夫之子。

23. 王筹:吴大姨家仆。

24. 玉箫:吴月娘房中丫头。

25. 小玉:吴月娘房中丫头。

26. 李娇儿:西门庆第二妾。

27. 李铭:字日新,李娇儿兄弟,小优儿。

28. 元宵儿:李娇儿房中丫头。

29. 夏花儿:李娇儿房中丫头。

30. 卓丢儿:号卓二姐,原西门庆第三妾。

31. 孟玉楼:续弦西门庆第三妾。

32. 杨宗锡:孟玉楼原丈夫。

33. 杨姑娘:玉楼丈夫杨宗锡之姑母。

34. 徐歪头:杨姑娘丈夫。

35. 杨宗保:杨宗锡兄弟,玉楼原小叔。

36. 张龙:号张四,杨宗锡母舅,玉楼夫舅。

37. 孟锐:孟玉楼兄弟。

38. 孟二嫂:孟二妗子,玉楼嫂。

39. 孟三嫂:孟玉楼嫂。

40. 孟大姨:玉楼姐姐。

41. 兰香：孟玉楼房中丫头。

42. 小鸾：孟玉楼房中丫头。

43. 孙雪娥：西门庆第四妾。后卖为娼，名玉儿。

44. 翠儿：孙雪娥房中丫头。

45. 中秋儿：孙雪娥房中丫头。

46. 潘金莲：西门庆第五妾。原张大户家丫头，武大郎之妻。

47. 潘裁：潘金莲父亲。

48. 潘姥姥：潘金莲母亲。

49. 武植：号大郎，金莲原丈夫。

50. 陈氏：武植前妻。

51. 迎儿：武大郎与前妻陈氏所生女儿。

52. 武松：武植弟弟，金莲原小叔。曾任阳谷县都头。

53. 庞春梅：金莲房中丫头。后为周秀（守备）第二房妾，后为续妻。

54. 秋菊：金莲房中丫头。

55. 李瓶儿：西门庆第六妾。原花子虚、蒋竹山之妻。

56. 梁中书：蔡太师（蔡京）之女婿，李瓶儿为妾时先夫。

57. 花子虚：李瓶儿前（第二任）夫。

58. 花子由：花子虚之大哥。

59. 花大妗子：花子由之妻。

60. 花子光：花子虚之三弟。

61. 花子华：花子虚之四弟。

62. 蒋竹山：蒋文蕙，李瓶儿前（第三任）丈夫。

63. 花太监：花子虚所过继之叔父，原李瓶儿公公。惜薪司掌厂，后镇广南。

64. 冯妈妈：外号冯婆子、老冯，李瓶儿养娘，媒（虔）婆。

65. 官哥儿：西门庆之子，西门庆与李瓶儿生，道号吴应元。

66. 如意儿：名章四，官哥儿奶妈，西门庆淫媾的情人。

67. 熊旺儿：如意儿前丈夫。

68. 绣春：花子虚家丫头，跟随李瓶儿房中。

69. 迎春：花子虚家丫头，跟随李瓶儿房中。

70. 天喜：花子虚家仆。

71. 玳安：西门庆家仆，后娶吴月娘丫头小玉为妻，改名西门安。

72. 来兴：西门庆家仆，后娶奶子如意儿为妻。

73. 惠秀:来兴前妻,西门庆家仆。

74. 平安:西门庆家仆。

75. 钺安:西门庆家仆。

76. 来旺儿:名郑旺,西门庆家仆。

77. 宋惠莲:原名宋金莲,蒋聪妻,后为来旺妻。西门庆家仆,西门庆淫媾的情人。

78. 蒋聪:宋惠莲前夫。

79. 蔡通判:原宋惠莲为妾时丈夫。

80. 宋仁:宋惠莲父亲,棺材商人。

81. 贾仁清:来旺左邻。

82. 尹勉慈:来旺左邻。

83. 屈老娘:来旺姨娘。

84. 屈铛:屈老娘之子。

85. 来昭:西门庆家仆。

86. 一丈青:名惠庆,来昭妻,西门庆家仆。

87. 小铁棍:来昭与一丈青之儿子。

88. 来保:号双桥,后改名汤保,西门庆家仆,山东郓王府校尉。

89. 惠祥:来保妻,西门庆家仆。

90. 僧宝儿:来保与惠祥之子。

91. 刘仓:惠祥兄弟。

92. 琴童儿:孟玉楼带入西门庆家仆,潘金莲之淫者。

93. 画童儿:西门庆家仆。

94. 天福儿:后改名琴童,随李瓶儿来之小厮,西门庆淫者。

95. 书童儿:原名小张松,西门庆家仆。

96. 棋童儿:西门庆家仆。

97. 贲四:名贲第传,西门庆家仆。后继花子虚之后,为西门庆热结兄弟中之四哥。

98. 叶五儿:贲四妻,号贲四嫂,西门庆家仆,西门庆淫媾之情人。

99. 瑞云:又名长姐儿,叶五与贲四之女。

100. 来友儿:改名来爵儿,西门庆家仆。

101. 惠元:来友妻,西门庆家仆,西门庆淫媾之情人。

102. 来安儿:西门庆家仆,娶进李瓶儿后买进。

103. 张安:西门庆家仆,看坟人。

104. 温必古：字日新，号葵轩，外号温屁股。秀才，西门庆家书房先生。

105. 苗员外：杭州财主。

106. 苗实：苗员外家人。

107. 春鸿：歌童，原杭州苗员外家仆，后为西门庆家仆。

108. 春燕：歌童，原杭州苗员外家仆，后为西门庆家仆。

109. 傅铭：字自新，号称傅二叔，西门庆家生药店主管。

110. 傅大娘：傅铭妻。

111. 云里手：西门庆家绸店主管。

112. 韩道国：字西桥，西门庆家缎子店主管。父韩光头。

113. 王六儿：韩道国妻，娘家外号王母猪，王屠户女儿。西门庆淫媾之情人。

114. 韩爱姐：又称五姐，王六儿与韩道国之女儿。

115. 韩二：外号二捣鬼，光棍，韩道国兄弟。

116. 王经：王六儿兄弟，西门庆家仆。

117. 郑纪：西门庆家仆。

118. 赵锦儿：赵嫂之女，王六家丫头。

119. 张好问：张二哥，纸铺店主。

120. 白汝晃：白四哥，银铺店主。

121. 何两峰：湖州何蛮子兄弟。

122. 车淡　管世宽　游守　郝闲：韩道国街坊，地痞无赖。

123. 春香：韩道国家丫鬟。

124. 胡秀：韩道国帮手，西门庆之差人。

125. 王汉：韩道国帮手，西门庆之差人。

126. 王显：韩道国手下，西门庆家绸店小二。

127. 荣海：韩道国手下，西门庆家绸店小二。

128. 刘包：韩道国手下，火头，沈姨夫送与西门庆。

129. 甘润：字出身，号甘伙计，西门庆家仆。

130. 甘伙计娘子：甘润之妻。

（二）西门庆热结的兄弟及亲眷邻里：

1. 应伯爵：字光侯，号南坡，外号应花子，父亲曾是员外。西门庆热结十兄弟之二哥。

2. 杜氏：应伯爵妻，应二嫂。

3. 应保（宝）：应伯爵家人。

4. 杜二娘:应伯爵的二姨子。

5. 杜三哥:应伯爵内兄弟,后为西门庆结交的兄弟之一。

6. 邓老娘:应伯爵岳母。

7. 春花:应伯爵妾。

8. 马家娘子:应伯爵邻居媳妇。

9. 谢希大:字子纯,西门庆热结十兄弟之三哥。

10. 刘氏:谢希大妻。

11. 卜志道:西门庆热结十兄弟之四哥,早死。后花子虚继之四哥,又死。后贲第传继之。

12. 孙天化:字伯修,外号孙寡嘴,西门庆热结十兄弟之五哥。

13. 祝实念:字贡成,西门庆热结的十兄弟之六哥。

14. 许不与:谢希大邻居,放高利贷者。

15. 云理守:字非去,西门庆热结十兄弟之七哥,清河左卫同知,后升为山东清河右卫指挥(武官)。

16. 范氏:云理守之妻。

17. 云姐:云理守与范氏之女儿,与西门庆之子孝哥定亲。

18. 吴典恩:西门庆热结十兄弟之八哥,清河县驿丞,后升为巡检。

19. 常峙节:字坚初,西门庆热结十兄弟之九哥。

20. 白赉光:字光汤,西门庆热结兄弟之十哥。

(三)与西门庆关联的勾栏、行院中优伶妓女(小优儿、粉头、戏子及他们的亲友):

1. 张惜春:勾栏粉头。

2. 李三妈:李桂姐、李桂卿之母,妓院老鸨。

3. 李桂姐:李娇儿侄女,勾栏(行院)女子,西门庆曾梳笼淫媾的情人。

4. 李桂卿:行院女子,西门庆之情人。

5. 李铭:字日新,李娇儿兄弟,小优儿。

6. 邵奉:小优儿。

7. 左顺:小优儿。

8. 王柱:小优儿。

9. 包氏:狮子楼粉头。

10. 牛氏:狮子楼粉头。

11. 吴四妈:丽春院(行院)老鸨。

12. 吴银儿:吴四妈女儿,丽春院粉头。

13. 吴惠：吴四妈儿子，吴银儿兄弟，小优儿。

14. 蜡（腊）梅：行院粉头。

15. 齐香儿：粉头。

16. 申二姐：粉头。

17. 周采：小优儿。

18. 梁铎：小优儿。

19. 马真：小优儿。

20. 韩毕：小优儿。

21. 韩佐：小优儿。

22. 邵谦：小优儿。

23. 王相：王桂兄弟，小优儿。

24. 郑爱香：小名郑观音，乐星堂（行院）粉头。

25. 郑爱月儿：郑爱香妹子，乐星堂粉头。

26. 郑奉：郑爱香之兄，乐星堂小优儿。

27. 郑春：郑奉兄弟，乐星堂小优儿。

28. 郑娇儿：郑爱香侄女，乐星堂粉头。

29. 郑妈妈：郑家乐星堂老鸨，郑爱香、郑爱月之母。

30. 董娇儿：号薇仙，外号董玉仙，粉头。

31. 韩金钏：号玉卿，粉头。

32. 韩玉钏：韩金钏妹子，粉头。

33. 郁大姐：粉头。

34. 洪四儿：粉头。

35. 韩爱香：小名消愁儿，韩金钏侄女，粉头。

36. 桃花儿：韩爱姐家丫头，粉头。

37. 秦玉芝：秦家粉头。

38. 王八：蝴蝶巷勾栏主人。

39. 鲁长腿：王八之妻。

40. 何金蝉：妓女。

41. 金儿：王八家粉头。

42. 赛儿：王八家粉头。

43. 武长脚：瓦子主人。

44. 薛存儿：武长脚家粉头。

45. 伴儿：武长脚家粉头。

46. 荣娇儿：粉头。

47. 樊百家奴儿：粉头。

48. 冯金宝：又名郑金宝，粉头。先卖与陈敬济，又卖与郑五妈。

49. 郑五妈：临清妓院老鸨。

50. 董猫儿：妓女。

51. 吕赛儿：粉头。

52. 楚云：扬州粉头，苗青为西门庆买。

53. 王玉枝：扬州妓女。

54. 王一妈：扬州妓院老鸨。

55. 林彩虹：扬州妓女。

56. 林小红：林彩虹妹子，妓女。

57. 张美：戏子，海盐子弟。

58. 徐顺：戏子，海盐子弟。

59. 苟子孝：戏子，海盐子弟。

60. 周顺：戏子。

61. 袁琰：戏子。

62. 胡恺：戏子。

63. 韦皋：戏子。

64. 潘金儿：临清酒楼粉头。

65. 王老姐：临清酒楼粉头。

66. 赵娇儿：临清酒楼粉头。

（四）西门庆联系的帝王将相及提及的各级官吏（含亲眷、戚友、家人）：

1. 徽宗天子：北宋皇帝。

2. 钦宗天子：北宋末代皇帝。

3. 刘娘娘：安妃，皇妃。

4. 宋高宗：北宋时康王，南宋皇帝。

5. 张邦昌：北宋礼部尚书，后为金皇帝。

6. 蔡京：北宋太师，崇政殿大学士，左丞相，鲁国公。

7. 蔡少塘：蔡京第九子，九江知府。

8. 蔡攸：蔡京之子，状元，祥和殿学士兼礼部尚书、提点太乙宫使。

9. 宋盘：蔡攸之内兄，陕西巡按御史。

10. 高安：蔡京府中小管家。

11. 翟谦：字云峰，蔡京府中大管家。

12. 李中友：蔡京府中办事官。

13. 王玉：翟谦家仆人。

14. 童贯：北宋太尉。

15. 童天胤：童贯侄，指挥使金书管事。

16. 高俅：太尉，提督神策御林兵总兵。

17. 朱勔：光禄大夫，掌金吾卫事，太尉，太保，兼太子太保臣。

18. 黄端肃：开封府通判。

19. 孙荣：太尉，太子太保，提都管两厢提察使。

20. 梁应龙：太尉，机察。

21. 黄经臣：太尉，京城十三门巡察使。

22. 窦监：太尉，管京营卫缉察皇城使。

23. 陈宗善：太尉，管京城内外巡捕使。

24. 董太尉：北宋朝廷太尉官，军职。

25. 王烨：京营八十万禁军总督，陇西公。

26. 章隆：天下提刑官。

27. 李纲：兵部尚书。

28. 仲师道：大将军。

29. 干离不：副帅。

30. 王黼：尚书，昏官。

31. 董升：王黼书办官。

32. 黄玉：王黼班头。

33. 王廉：王黼家人。

34. 杨戬：提督。

35. 卢虎：杨戬书办官。

36. 杨盛：杨戬之亲随、干办。

37. 韩宗仁：杨戬府掾。

38. 赵弘道：杨戬府掾。

39. 刘盛：杨戬班头。

40. 湖四：杨戬亲党。

41. 张达：昏官。

42. 李邦彦：柱国太子太师，资政殿大学士兼礼部尚书。

43. 米太尉：北宋朝廷太尉官，军职。

44. 林灵素：林真人，国师。

45. 王炜：太傅。

46. 郑居中：太保，枢密使。

47. 崔守愚：号逊斋，中书。

48. 王祖道：吏部尚书。

49. 韩侣：吏部左侍郎。

50. 尹京：吏部右侍郎。

51. 王晋卿：附马掌宗人。

52. 何沂：太监。

53. 何永寿：号天泉，何沂之侄，后任山东理刑（金吾卫）副千户。

54. 蓝氏：何永寿之妻。

55. 安忱：号凤山，工部主事，后升都水司郎中。

56. 六黄太尉：太监。

57. 陈东：太学国子生。

58. 宋乔年：号松原（泉），江西南昌人，东平府巡按监察御史。

59. 尹大谅：山东监察御使。

60. 侯蒙：号石泉，山东巡都抚御使，后升太常卿。

61. 龚其：山东左布政。

62. 何其高：山东左参政。

63. 陈四箴：山东右（左）布政。

64. 季侃延：山东右参政。

65. 冯廷鹄：山东参议。

66. 汪伯彦：字少华，山东右参议。

67. 赵讷：山东廉使。

68. 韩文光：山东采访使。

69. 陈正汇：山东提学副使。

70. 雷启元：字东谷，山东兵备副使。

71. 徐崧（松）：东昌府知府。

72. 达天道：东昌府后任知府。

73. 胡师文：东平府知府。

74. 凌云翼：兖州府知府。

75. 韩邦奇：徐州府知府。

76. 张叔夜：济南府知府。

77. 王士奇：青州府知府。

78. 黄甲：登州府知府。

79. 叶迁：莱州府知府。

80. 赵霆：号大尹，杭州知府，后升为京堂大理寺丞。

81. 徐尌：严州知府。

82. 林承勋：号苍峰，怀庆府提刑正千户。

83. 谢恩：怀庆提刑副千户。

84. 白时中：右侍郎。

85. 余深：兵部尚书。

86. 林摅：工部尚书。

87. 张阁：工部右侍郎。

88. 刘延庆：陕西总兵。

89. 王禀：汾绛总兵。

90. 王涣：河北总兵。

91. 辛兴宗：河南彰德总兵。

92. 杨惟中：山西泽潞总兵。

93. 宗泽：南宋大将军。

94. 宋松原：御使。

95. 钱龙野：钞关主政。

96. 黄葆光：号泰宇，砖厂工部主事。

97. 杨时：别号龟山，开封府尹。

98. 曾孝序：东昌府巡按御使，清官。后贬为陕西庆州知州。

99. 曾布：孝序父，都御使。

100. 狄斯休（朽）：阳谷知县。

101. 狄斯彬：外号狄混，河南舞阳人，阳谷县丞。

102. 黄美：字端素，开封府道判，扬州苗天秀表兄。

103. 李达天：清河县知县。

104. 乐和安：清河县县丞。

105. 钱成：清河县县丞（后任）。

106. 华荷禄：清河县主簿。

107. 任廷贵：清河县主簿（后任）。

108. 夏恭基：清河县典史。

109. 钱劳：清河县司吏。

110. 阴骘：清河当案孔目。

111. 何九:清河团头,仵作,官府验尸官。

112. 何十:何九弟。

113. 何钦:何九之子,后继父官职。

114. 李外传:清河县小吏。

115. 李拱极:清河知县。

116. 钱斯成:清河县丞。

117. 任良贵:清河主簿。

118. 李昌期:清河后任知县。

119. 李拱璧:号李浪子,昌期之子,衙内。

120. 玉簪儿:李拱璧丫头。

121. 满堂儿:李拱璧丫头。

122. 李贵:外号山东夜叉,李安叔叔,李拱璧朋友。

123. 何不韦:清河县中廊吏。

124. 霍大立:后任清河知县。

125. 臧不息:清河县典史。

126. 陈文昭:东平府尹。

127. 宇文虚中:兵科给事中。

128. 夏延龄:字龙溪,山东提刑所掌刑金吾卫正千户。

129. 夏承恩:夏延龄之子。

130. 倪鹏:号桂岩,夏延龄书房先生。

131. 夏寿:夏延龄家人。

132. 罗同知:罗万象,提刑府官吏。

133. 荆忠:字南冈,济州兵马都监,后升为东南兵马统制兼督漕运总兵。

134. 贺金:山东提刑所理刑副千户。

135. 贺千户娘子:贺金(千户)之妻。

136. 乔洪:大户,义官。

137. 乔大户娘子:乔洪(大户)之妻。

138. 乔通:乔大户家人。

139. 朱奶奶:乔大户家人。

140. 崔本:乔大户外甥。

141. 段大姐:崔本妻。

142. 朱台官:朱序班,乔大户左邻。

143. 乔五太太:乔大户姑母,大户乃五太太过继的侄儿。

144. 张亲家母：陈洪妻弟张关之妻。

145. 范千户：清河官吏，军职。

146. 蔡蕴：号一泉，号松原，状元。任秘书正字、两淮巡盐等。

147. 尚小塘：举人，推官。

148. 尚柳塘：都府推官。

149. 尚两泉：尚柳塘子。

150. 聂两湖：尚小塘朋友。

151. 薛公公：内相，砖厂主事。

152. 宋松原：砖厂主事。

153. 王公公：内相。

154. 刘公公：内相，砖厂主事。

155. 刘百户：刘公公兄弟。

156. 周南轩：内相。

157. 周秀：周菊轩，济州兵备府守备，后升山东兵马制置，山东都统制。

158. 周太太：周秀正妻。

159. 金哥：春梅所生周秀（守备）之儿子。

160. 孙二娘：周秀第三三妾。

161. 玉姐：孙二娘所生守备之女。

162. 张胜：张虞候，外号过街鼠，捣子，周守备亲随。

163. 李安：周（秀）守备随从。

164. 周忠：周（秀）守备管家。

165. 周仁：周（秀）守备家人，周忠长子。

166. 周义：周（秀）守备家人，周忠次子。

167. 玉堂：周（秀）守备家奶妈。

168. 金匮：周（秀）守备家奶妈。

169. 翠花：周（秀）守备家丫头。

170. 兰花：周（秀）守备家丫头。

171. 海棠：周（秀）守备家养粉头。

172. 月桂：周（秀）守备家养粉头。

173. 喜儿：周（秀）守备家小厮。

174. 荷花儿：周（秀）守备二房孙二娘房中丫头。

175. 周放：守备家人。

176. 葛翠屏：陈敬济之续妻。

177. 葛员外：葛翠屏父亲。

178. 金钱儿：黄四女儿，敬济房中丫头。

179. 八老：周（秀）守备家开酒店中伙计。

180. 陈三：临清谢家酒楼伙计。

181. 小姜（喜）：敬济的随从。

182. 周宣：周（秀）守备祖弟。

183. 高廉：泰安州知州。

184. 殷天锡：外号殷太岁，高廉内弟。

185. 方轸：太常寺博士。

186. 陈监生：号两淮。陈参政之子。

187. 魏承勋：祇迎神运千户。

188. 徐相：祇迎神运千户。

189. 杨廷佩：祇迎神运千户。

190. 司风仪：祇迎神运千户。

191. 赵友兰：祇迎神运千户。

192. 扶天择：祇迎神运千户。

193. 宋推：内侍。

194. 王佑：营将。

195. 张都监：兵马都监，军职。

196. 李彦：内侍，宦官。

197. 孟昌龄：内侍，宦官。

198. 蓝从熙：内侍，宦官。

199. 苗小湖：内侍，宦官。

200. 贾祥：内侍，宦官。

201. 谭积：使节。

202. 黄安：使节。

203. 张二官：字懋得，张大户之侄子，接西门庆山东理刑所正千户。

204. 郑皇亲：大户家亲戚，枢密院任职。

205. 杜子春：号云野，原真宗宁和殿中书。

206. 王三乾：王宣长子，牧马所掌印正千户。

（五）西门庆家远方关系及清河县居民：

1. 张大户：清河县财主。

2. 余氏：张大户妻，主家婆。

3. 白玉莲：张大户家丫头。

4. 王景崇：招宣，号逸轩，已故太原节度使玢阳王。

5. 林太太：招宣妻，西门庆淫媾之情人。

6. 王寀：号三泉，又号小轩，外号王三官儿，王景崇（招宣）之三子。

7. 黄氏：王寀妻（三官娘子），六黄太尉侄女。

8. 芙蓉：王招宣家中丫头。

9. 永定儿：王招宣家仆。

10. 苗天秀：扬州广陵员外。

11. 李氏：苗天秀妻。

12. 刁七：苗天秀之妾。

13. 苗青：苗天秀家人。

14. 黄美：苗天秀（员外）表兄，开封府通判。

15. 安童：苗天秀家仆。

16. 陈三：盗贼。

17. 翁八：盗贼。

18. 王伯儒：扬州旅店店主。

19. 乐三：经纪人，韩道国邻居。

20. 乐三嫂：乐三妻。

21. 王婆：武大郎邻居，牙婆。

22. 王潮儿：王婆之子。

23. 陶扒灰：清河市民。

24. 姚二郎：武大郎邻居，曾收养迎儿。

25. 郓哥儿：武大郎邻居，卖雪梨者。

26. 王鸾：狮子楼酒保。

27. 胡老儿：狮子街医官。

28. 大胖丫头：胡老儿家丫头。

29. 薛嫂儿：卖翠花者，媒婆。

30. 薛纪：薛嫂儿子。

31. 金大姐：薛纪妻。

32. 文嫂儿：媒婆。

33. 文缠：文嫂丈夫。

34. 段妈妈：文嫂邻居。

35. 韩嫂儿：媒婆。

36. 韩回子：韩嫂丈夫，马房内臣。

37. 陶妈妈：官媒婆。

38. 张妈：店主人。

39. 孔嫂：媒婆。

40. 刘理星：医官，算命先生，制造回背巫术者。

41. 刘婆子：村医，刘理星老婆。

42. 任后溪：医官。

43. 赵龙岗：太医，医官，外号赵捣鬼。

44. 胡先生：太医。

45. 何岐轩：医官。

46. 何春泉：岐轩之子，医官。

47. 刘橘斋：山西汾州人，医官。

48. 蔡老娘：产婆（虔婆）。

49. 李智：李三，商人。

50. 李活：李智儿子。

51. 李锦：李智家人。

52. 黄宁：黄四，商人。

53. 黄四嫂：黄四妻。

54. 孙清：黄四岳父。

55. 孙文相：黄四内弟。

56. 冯二：贩棉花商人。

57. 冯淮：冯二儿子。

58. 白五：绰号白千金，冯二丈人，河西土豪。

59. 王纪儒：经纪人。

60. 张川儿：轿夫。

61. 魏聪儿：轿夫。

62. 毛袄匠：手工艺人，制袄匠人。

63. 顾银匠：手工艺人，银饰匠人。

64. 赵裁缝：手工艺人，制衣匠人。

65. 向五：皇亲。

66. 韩先生：画师。

67. 磨镜老人：——提到老婆、儿子。

68. 小周儿：理发匠（篦头匠）。

69. 潘五：水客，人贩子。

70. 白秃子：圆社（踢皮球）人。

71. 小张闲：圆社人。

72. 罗回子：圆社人。

73. 于春儿：架儿，卖瓜子商贩。

74. 段锦纱：架儿，卖瓜子商贩。

75. 聂钺儿：架儿，卖瓜子商贩。

76. 王四峰：扬州盐商。

77. 王霁云：沧州盐商。

78. 王海峰：扬州盐商。

79. 汪东桥：扬州客商。

80. 钱晴川：扬州客商。

81. 水秀才：应伯爵向西门庆推荐的书房先生。

82. 温葵轩：绰号温屁股，西门庆家请的书房先生。

83. 于宽：架儿。

84. 聂钺儿：架儿。

85. 白回子：踢行头。

86. 向三：踢行头。

87. 严四郎：韩道国邻居。

88. 侯林儿：号飞天鬼，叫花子。

89. 鲁华：外号草里蛇，捣子。

90. 丁二官儿：号双桥，勾引李桂姐的嫖客。

91. 包知水：戏子，嫖客。

92. 宋得原：西门庆问过罪的一奸夫。

93. 何双峰：湖州客商，临清贩棉花的嫖客。

94. 杨二郎：号杨二风，陈敬济朋友，赖皮。

95. 陆大郎：陈敬济朋友。

96. 陆秉义：陆二郎，陈敬济朋友。

97. 陆三郎：陆大郎弟，陈敬济朋友。

98. 杨光彦：杨大郎，外号铁指甲，敬济朋友。

99. 刘二：外号坐地虎，周守备随从张胜内弟，酒店主。

100. 保儿：刘二酒店中酒博士。

101. 谢三郎：谢胖子，市民。

102. 何官人:湖州人,丝绵商贩。

103. 重喜儿:敬济家丫头。

104. 陈二郎:严州店主。

105. 陈安:敬济家人。

106. 范纲:敬济左邻。

107. 孙纪:敬济右邻。

108. 王宽:保甲。

109. 王宣:字廷用,道号杏庵居士。

110. 王乾:王宣长子,牧马所掌印正千户。

111. 王震:王宣次子,府学庠生。

112. 安童:王宣家仆。

113. 喜童:王宣家仆。

114. 李逵:梁山好汉。

115. 施恩:梁山好汉。

116. 蒋门神:恶霸。

117. 蒋玉兰:门神妹,张都监妾。

118. 刘高:安平寨知寨。

119. 张清:梁山好汉。

120. 孙二娘:张清妻。

121. 宋江:梁山好汉。

(六)西门庆相关联的道、僧、尼、巫等:

1. 吕岩:道士,道号纯阳子。

2. 吴奭:道士(官),道号守真,玉皇庙道士。

3. 应春:吴奭徒弟,道士。

4. 吴宗嘉:玉皇庙道士。

5. 潘道士:外号潘捉鬼,五岳观道士。

6. 黄真人:水火炼度的道士。

7. 徐先生:阴阳算命先生。

8. 智云长老:京城相国寺僧。

9. 万回长老(老祖):永福寺已故开山祖。

10. 道坚长老:永福寺长老,僧。

11. 齐腰峰:永福寺梵僧,送西门庆春药者。

12. 王姑子:观音庵尼姑。

13. 薛姑子：莲花庵尼姑。

14. 黄龙寺长老：水关八角镇黄龙寺长老。

15. 妙凤：莲花庵尼姑，薛姑子徒弟。

16. 妙趣：莲花庵尼姑，薛姑子徒弟。

17. 晓月长老：水月寺长老，僧。

18. 叶道：叶头陀，水月寺僧。

19. 任道士：晏公庙道士。

20. 金宗明：任道士徒弟。

21. 金宗顺：任道士徒弟。

22. 小童：晏公庙仆人。

23. 金道士：岱岳庙住持。

24. 石伯才：金道士徒弟，泰山碧霞宫道士，住持。

25. 郭守清：石伯才徒弟，泰山碧霞宫道士。

26. 郭守礼：石伯才徒弟，泰山碧霞宫道士。

27. 普静禅师：也称雪洞禅师，永福寺禅师，僧人。

28. 六个僧人：为武大郎百日烧灵的僧人。

第二节　《金瓶梅》塑造人物形象的成就

　　《金瓶梅》所描写的人物形象，充实了明清小说人物形象群体，使明清人情小说的人物形象塑造更加丰富。它弥补了中国小说人物形象塑造中市民阶层较为缺乏的遗憾，塑造了一系列性格鲜明的平民百姓人物形象。如地主、商人兼官僚无恶不作的西门庆，为性爱争风吃醋鸩杀丈夫的潘金莲，阴阳失调家反宅乱威风扫地的武大郎，卖淫得财的王六儿，道貌岸然廉耻丧尽的韩道国，赔了性命和夫人又折财的花子虚，招摇撞骗倒贴钱财的淫妇林太太，大胆追求痴情一片的李瓶儿，既当婊子又立牌坊的庞春梅，摇尾乞怜又落井下石的中山狼应伯爵，低级下流一事无成的纨绔子弟陈敬济，还有靠舌头拉皮条混饭吃的王婆子为代表的六婆，等等。张竹坡把《金瓶梅》与《史记》等量齐观，他说："《金瓶梅》是一部《史记》。然而《史记》有独传，有合传，却是分开做的。《金瓶梅》却是一百回共成一传，而千百人总合一传，内却又断断续续，各人自有一传,固知作《金瓶》者必能作《史记》也。何则?既已谓其难,又何难为其易。"①《批评第一奇书〈金瓶梅〉读法[三五]》说:"每见批此书者,必贬他书以褒此书。不知文章乃公共之物,此文妙,何妨彼文亦妙?我偶就此文之妙者而评之,而彼文之妙,固不掩此文之妙者也。即我自作一文,亦不得谓我之文出,而天下之文皆不妙,且不得谓天下更无妙文于此者。奈之何批此人之文,即若据为己有,而必使凡天下之文皆不如。此其用心偏私狭隘,决做不出好文。夫做不出好文,又何能批人之好文哉!吾所谓《史记》易于《金瓶》,盖谓《史记》分做,而《金瓶》合做。即使龙门复生,亦必不谓予左祖《金瓶》。而予亦并非谓《史记》反不妙于《金瓶》,然而《金瓶》却全得《史记》之妙也。文章得失,惟有心者知之。我止赏其文之妙,何暇论其人之为古人,为后古之人,而代彼争论,代彼谦让也哉?"②张竹坡主要在人物形象塑造方面将《金瓶梅》与《史记》反复比较,肯定了《金瓶梅》的艺术成就。即使与伟大的小说《红楼梦》相比,《金瓶梅》的人物形象塑造也毫不逊色,并且《红楼梦》中的人物形象塑造还大量地借鉴了《金瓶梅》的手法。《金瓶梅》在故事叙述、篇章结构、语言运用等其他诸方面,也直接孕育了《红楼梦》。毛泽东一针见血地说:"《金瓶梅》是《红楼梦》的祖宗,没有《金瓶梅》就写不出《红楼梦》。"③黄永厚干脆说:"金瓶梅是谁?——红楼梦他妈。"④

概括《金瓶梅》塑造人物形象的成就,主要有以下三点:

首先,《金瓶梅》在人物形象塑造上具有辩证性,他写人物不是千人一面,每个人物的性格也是不断发展变化,刻画了人物性格的多元性、复杂性和可变性。但就人物肖像描写来说,就千姿百态。包括面容、姿色、梳妆、衣着等,以至表情、骨相、体态等,作者都调动自己的才思,妙笔生花。如写苗青为西门庆买了一丫头,名楚云。第七十七回以倒喻的手法,借崔本之口赞美楚云美色:"苗青替老爹使了十两银子,拾了扬州卫一个千户家女子,十六岁,名唤楚云。说不尽生的花如脸,玉如肌,星如眼,月如眉,腰如柳,袜如钩,两只脚儿,恰刚三寸。端的有沉鱼落雁之容,闭月羞花之貌。腹中有三千小曲,八百大曲。苗青如今还养在家,替他打妆奁,治衣服。待开春,韩伙计、保官儿船上带来,服侍老爹,消愁解闷。"(第七十七回,第1140页)看起来,楚云的姿色是

---

① 张竹坡:《批评第一奇书〈金瓶梅〉读法》(三四).秦修容《会评会校本金瓶梅·附录》,中华书局,1998。

② 秦修容:《会评会校本金瓶梅·附录》,中华书局,1998,第1501页。

③ 许志强:《金瓶梅兰陵笑笑生之谜》,中国文联出版社,2000,第2页。

④ 孟超著,张光宇画:《〈金瓶梅〉人物》,北京出版社,2003,第4页。

《金瓶梅》中妇女的模板，如此抢眼的女子，却是西门庆可望而不可即的女子，是小说描写放过的一个形象，意为"彩云易散"。但其他女子的姿色也各有千秋，在西门庆的眼里各有韵味。整部小说塑造人物形象千差万别，个性鲜明。《金瓶梅》描写人物善于用"犯笔"来写，而实际又不犯，甚至可以写出同类型人物中性格完全不同的人。张竹坡《批评第一奇书〈金瓶梅〉读法［四五］》说："如写一伯爵，更写一希大，然毕竟伯爵是伯爵，希大是希大，各人的身分，各人的谈吐，一丝不紊。写一金莲，更写一瓶儿，可谓犯矣，然又始终聚散，其言语举动，又各各不乱一丝。写一王六儿，偏又写一贲四嫂。写一李桂姐，偏又写一吴银姐、郑月儿，写一王婆，偏又写一薛媒婆、一冯妈妈、一文嫂儿、一陶媒婆。写一薛姑子，偏又写一王姑子、刘姑子。诸如此类，皆妙在特特犯手，却又各各一款，绝不相同也。"① 鲜明的人物形象，就要随环境、时间、人际关系的变化而性格有所成长发展。之所以达到如此成就，是其用文墨笔法技巧之妙的体现。张竹坡《批评第一奇书〈金瓶梅〉读法［四六］》说："《金瓶梅》于西门庆，不作一文笔；于月娘，不作一显笔；于玉楼，则纯用俏笔；于瓶儿，不作一深笔；于春梅，纯用傲笔；于敬济，不作一韵笔；于大姐，不作一秀笔；于伯爵，不作一呆笔；于玳安儿，不作一蠢笔。此所以各各皆到也。"② 张竹坡真把《金瓶梅》读透彻了。

　　一般来说男人的性格比较的倔强、刚强，但有时又比女子还要懦弱，甚至是阴柔有余。常言道：男儿有泪不轻弹，只是未到伤心处。同样，女子的性格一般比较的温柔善良、和蔼可亲。可是有的女人又比谁都凶狠毒辣。常言说的最毒黄蜂针，最狠妇人心，就是这个意思。西门庆、潘金莲的性格描写就充满了这样的艺术特色。这样来看，一部成功的作品所塑造的人物形象，绝不是静止的、平面的、单一的，包括对西门庆、潘金莲这样恶贯满盈的人物的评说，也应当一分为二，即：《金瓶梅》塑造的人物是凸型的人物形象，而不是平面的、单一的、静止的。徐朔方说："在刻画人物方面，《金瓶梅》曾受人诟病。如李瓶儿对待花子虚和蒋竹山是凶悍而狠毒的，但是在做了西门庆的第六姿之后却变得有些善良和懦弱。这种表面上的前后不一，恰恰表现《金瓶梅》的某些人物已经由静止的平面的刻画进而为对个性和性格随着情节的变化发展而由浅入深、由表及里地被揭示。"③ 随着环境条件的不同，甚至人物在不同的语境

---

① 秦修容：《会评会校本金瓶梅·附录》，中华书局，1998，第 1503 页。
② 秦修容：《会评会校本金瓶梅·附录》，中华书局，1998，第 1503—1504 页。
③ 徐朔方：《金瓶梅成书以及对它的评价》，载徐朔方、刘辉《金瓶梅论集》，人民文学出版社，1986。

中也会出现不同的性格表现。聂绀弩评说西门庆:"鲁迅说:'看见狼了露羊相,看见羊了露狼相。'我看到这样的大官人一面向蔡太师献媚,一面在家里把平日一见就淫心顿起的对象衣服脱光了罚跪鞭打,真不相信人是有如此丑恶下贱。"① 这恰恰说出了其性格的复杂性。

其次,《金瓶梅》塑造人物形象有整体的构思,达到了前后照应,具有小说叙事完整的结构意义。小说人物的"寓意说",是《金瓶梅》塑造人物形象的形象描写手段。从人物形象的长相和穿着打扮上显示人物的地位性格。

形象描写暗示人物性格命运。如第九回潘金莲才偷嫁到西门庆家,通过金莲的眼睛描写了几个妇人形象:"这妇人坐在傍边,不转睛把众人偷看:见吴月娘约三九年纪,生的面如银盆,眼如杏子,举止温柔,持重寡言;第二个李娇儿,乃院中唱的,生的肌肤丰肥,身体沉重,虽数名妓者称,而风月多不及金莲也;第三个,就是新娶的孟玉楼,约三十年纪,生的貌若梨花,腰如杨柳,长条身材,瓜子脸儿,稀稀的几点微麻,自是天然俏丽,惟裙下双湾与金莲无大小之分;第四个孙雪娥,乃房里出身,五短身材,轻盈体态,能造五鲜汤水,善舞翠盘之妙。这妇人一抹儿都看在心里。"(第九回,第133—134页)真是借他人之眼染自己笔墨,为人物后续性格与命运发展作了铺垫。

借人物名字显示人物塑造整体构思。如第七回张竹坡回评评说了一群女人的名字寓意,暗含人物性情及命运:

> 如月娘以月名者,见得有圆有缺,喻后文之守寡也;有明有晦,喻有好处,有不好处,有贤时,有妒时也。以李娇儿名者,见得桃李春风墙外枝也。以雪娥为言者,见得与诸花不投,而又独与梅花作祟,故与春梅不合,而受辱守备府,是又作者深恨岁寒之凌冽,特特要使梅花翻案也。夫必使梅花翻雪案,是又一部《离骚》,无处发泄,所以著书立说之深意也。至瓶儿则为承注梅花之器,而又为金之所必争,莲之所必争者也。何则?瓶为金瓶,未为瓶之金,必妒其成器;瓶即不为金瓶,或铜或玉,成窑器,则金又愤己不得为金瓶以盛之,而使其以瓶儿之样以胜我也,是又妒其胜己。而时值三伏,则瓶为莲用,故翡翠轩可续以葡萄架;而三冬水冻,瓶不为莲用,故琵琶必弹于雪夜,而象棋必下于元宵前后也。此盖因要写一金莲妒死之人,故名瓶儿,见其本为一气相通,同类共事之人,而又不相投者也。至于春梅,

---

① 聂绀弩:《谈〈金瓶梅〉》,载古耜《悟读金瓶梅》,京华出版社,2008,第69页。

则又作者最幸有此，又最不堪此，故以两种心事，写此一人也。何则？夫梅花可称，全在雪里，寒岁腊底，是其一种雅操，本自傲骨流出，宜乎为高人节妇忠臣美人。今加一"春"字，便见得烂漫不堪，即有色香当时，亦世俗所争赏，而一段春消息，早已漏泄东风，为幽人岁寒友所不肯一置目于其间者也。至于彤云冻雪，为人所最不能耐之时，倘一旦有一树春梅，开于旭日和风之际，遂使从前寂寞顿解。此必写春梅至淫死者，为厌说韶华；而必使雪娥受辱者，为不耐穷愁，故必双写至此也。夫一部《金瓶梅》，总是"冷热"二字，而厌说韶华，无奈穷愁，又作者与今古有心人同困此冷热中之苦。今皆于一春梅发泄之，宜乎其下半部单写春梅也……其写月娘为正，自是诸花公一月。李花最早，故次之。杏占三春，故三之。雪必于冬，冬为第四季，故四之。莲于五月胜，六月大胜，故五排而六行之。瓶可养诸花，故排之以末。而春梅早虽极早，却因为莲花培植，故必自六月迟至明年春日，方是他芬芳吐气之时，故又在守备府中方显也。而莲杏得时之际，非梅花之时，故在西门庆家只用影写也。(第七回，第102—105页)

其中对潘金莲、宋惠莲、王六儿、陈敬济、秋菊、李桂姐等人物也进行了寓意解说。第十七回，张竹坡回评说："蒋文蕙者，闻悔二来也。明衬瓶儿之悔，而蒋竹山者，又将逐散也。言虽攒合，而西门庆之元恶在侧，其能久乎？必至于逐散。夫将逐散之人，不过借其一为衬叠点染耳，岂真是正经脚色，而令为官哥之来脉哉？且一百回绝不结果，照应可知矣。"(第十七回，第237页)是说蒋竹山不过是李瓶儿与西门庆情爱故事缝隙里插入的一笋，从名号中即预言竹山的命运和故事发展走向。

以神灵预测方式统揽人物命运及结局。对其中人物形象结局的整体思路，即二十九回吴神仙的算命，为后来小说人物形象的命运结局埋下了伏线。通过对人物形象的塑造和生命历程的叙述，使整部小说中人物命运结构前呼后应、完整统一，人物故事叙事实现饱和状态。即如《红楼梦》之太虚幻境中对红楼人物的命运谶言诗。这里就将小说抄以志之：

西门庆一日正在前厅坐，忽平安儿来报："守备府周爷差人送了一位相面先生，名唤吴神仙，在门首伺候见爹。"西门庆唤来人进见，递上守备帖儿，然后道："有请。"须臾，那吴神仙头戴青布道巾，身穿布袍草履，腰系黄丝双穗绦，手执龟壳扇子，自外飘然进来。年约四十之上，生得神清如长江皓月，貌古似太华乔松。原来神仙有四般古怪：身如松，声如钟，坐如弓，走如风。但见他：

能通风鉴，善究子平。观乾象，能识阴阳；察龙经，明知风水。五星深讲，三命秘谈。审格局，决一世之荣枯；观气色，定行年之休咎。若非华岳修真客，定是成都卖卜人。

西门庆见神仙进来，忙降阶迎接，接至厅上。神仙见西门庆，长揖稽首就坐。须臾茶罢。西门庆动问神仙："高名雅号，仙乡何处，因何与周大人相识？"那吴神仙欠身道："贫道姓吴名爽，道号守真。本贯浙江仙游人。自幼从师天台山紫虚观出家。云游上国，因往岱宗访道，道经贵处。周老总兵相约，看他老夫人目疾，特送来府上观相。"西门庆道："老仙长会那几家阴阳？道那几家相法？"神仙道："贫道粗知十三家子平，善晓麻衣相法，又晓六壬神课。常施药救人，不爱世财，随时住世。"西门庆听言，益加敬重，夸道："真乃谓之神仙也。"一面令左右放桌儿，摆斋管待。神仙道："贫道未道观相，岂可先要赐斋。"西门庆笑道："仙长远来，一定未用早斋。待用过，看命未迟。"于是陪着神仙吃了些斋食素馔，抬过桌席，拂抹干净，讨笔砚来。

神仙道："请先观贵造，然后观相尊容。"西门庆便说与八字："属虎的，二十九岁了，七月二十八日午时生。"这神仙暗暗十指寻纹，良久说道："官人贵造：戊寅年，辛酉月，壬午日，丙午时。七月廿三日白戊，已交八月算命。月令提刚辛酉，理取伤官格。子平云：伤官伤尽复生财，财旺生官福转来。立命申宫，七岁行运辛酉，十七行壬戌，二十七癸亥，三十七甲子，四十七乙丑。官人贵造，依贫道所讲，元命贵旺，八字清奇，非贵则荣之造。但戊土伤官，生在七八月，身忒旺了。幸得壬午日干，丑中有癸水，水火相济，乃成大器。丙午时，丙合辛生，后来定掌威权之职。一生盛旺，快乐安然，发福迁官，主生贵子。为人一生耿直，干事无二，喜则合气春风，怒则迅雷烈火。一生多得妻财，不少纱帽戴。临死有二子送老。今岁丁未流年，丁壬相合，目下丁火来克，克我者为官为鬼，必主平地登云之喜，添官进禄之荣。大运见行癸亥，戊土得癸水滋润，定见发生。目下透出红鸾天喜，定有熊黑之兆。又命宫驿马临申，不过七月必见矣。"西门庆问道："我后来运限如何？"神仙道："官人休怪我说，但八字中不宜阴水太多，后到甲子运中，将壬午冲破了，又有流星打搅，不出六六之年，主有呕血流脓之灾，骨瘦形衰之病。"西门庆问道："目下如何？"神仙道:"目今流年,日逢破败五鬼在家吵闹,些小气恼,不足为灾,都被喜气神临门冲散了。"西门庆道:"命中还有败否?"神仙道:"年赶着月,月赶着日,实难矣。"

西门庆听了,满心欢喜,便道:"先生,你相我面如何?"神仙道:"请尊容转正。"西门庆把座儿掇了一掇。神仙相道:"夫相者,有心无相,相逐心生;有相无心,相随心往。吾观官人:头圆项短,定为享福之人;体健筋强,决是英豪之辈;天庭高耸,一生衣禄无亏;地阁方圆,晚岁荣华定取。此几桩儿好处。还有几桩不足之处,贫道不敢说。"西门庆道:"仙长但说无妨。"神仙道:"请官人走两步看。"西门庆真个走了几步。神仙道:"你行如摆柳,必主伤妻;若无刑克,必损其身。妻宫克过方好。"西门庆道:"已刑过了。"神仙道:"请出手来看一看。"西门庆舒手来与神仙看。神仙道:"智慧生于皮毛,苦乐观于手足。细软丰润,必享福禄之人也。两目雌雄,必主富而多诈;眉生二尾,一生常自足欢娱;根有三纹,中岁必然多耗散;奸门红紫,一生广得妻财;黄气发于高旷,旬日内必定加官;红色起于三阳,今岁间必生贵子。又有一件不敢说,泪堂丰厚,亦主贪花;且喜得鼻乃财星,验中年之造化;承浆地阁,管来世之荣枯。

承浆地阁要丰隆,准乃财星居正中。

生平造化皆由命,相法玄机定不容。"

神仙相毕,西门庆道:"请仙长相相房下众人。"一面令小厮:"后边请你大娘出来。"于是李娇儿、孟玉楼、潘金莲、李瓶儿、孙雪娥等众人都跟出来,在软屏后潜听。神仙见月娘出来,连忙道了稽首,也不敢坐,就立在旁边观相。端详了一回,说:"娘子面如满月,家道兴隆;唇若红莲,衣食丰足,必得贵而生子;声响神清,必益夫而发福。请出手来。"月娘从袖中露出十指春葱来。神仙道:"干姜之手,女人必善持家,照人之鼍,坤道定须秀气。这几桩好处。还有些不足之处休怪贫道直说。"西门庆道:"仙长但说无妨。""泪堂黑痣,若无宿疾,必刑夫;眼下皱纹,亦主六亲若冰炭。

女人端正好容仪,缓步轻如出水龟。

行不动尘言有节,无肩定作贵人妻。"

相毕,月娘退后。西门庆道:"还有小妾辈,请看看。"于是李娇儿过来。神仙观看良久:"此位娘子,额尖鼻小,非侧室,必三嫁其夫;肉重身肥,广有衣食而荣华安享;肩耸声泣,不贱则孤;鼻梁若

低,非贫即夭。请步几步我看。"李娇儿走了几步。神仙道:

额尖露背并蛇行,早年必定落风尘。

假饶不是娼门女,也是屏风后立人。

相毕,李娇儿下去。吴月娘叫:"孟三姐,你也过来相一相。"神仙观道:"这位娘子,三停平等,一生衣禄无亏;六府丰隆,晚岁荣华定取。平生少疾,皆因月孛光辉;到老无灾,大抵年宫润秀。请娘子走两步。"玉楼走了两步,神仙道:

口如四字神清澈,温厚堪同掌上珠。

威命兼全财禄有,终主刑夫两有余。

玉楼相毕,叫潘金莲过来。那潘金莲只顾嘻笑,不肯过来。月娘催之再三,方才出见。神仙抬头观看这个妇人,沉吟半日,方才说道:"此位娘子,发浓鬓重,光斜视以多淫;脸媚眉弯,身不摇而自颤。面上黑痣,必主刑夫;唇中短促,终须寿夭。

举止轻浮唯好淫,眼如点漆坏人伦。

月下星前长不足,虽居大厦少安心。"

相毕金莲,西门庆又叫李瓶儿上来,教神仙相一相。神仙观看这个女人:"皮肤香细,乃富室之女娘;容貌端庄,乃素门之德妇。只是多了眼光如醉,主桑中之约;眉眉屡生,月下之期难定。观卧蚕明润而紫色,必产贵儿;体白肩圆,必受夫之宠爱。常遭疾厄,只因根上昏沉;频遇喜祥,盖谓福星明润。此几桩好处。还有几桩不足处,娘子可当戒之:山根青黑,三九前后定见哭声;法令细缠,鸡犬之年焉可过?慎之!慎之!

花月仪容惜羽翰,平生良友凤和鸾。

朱门财禄堪依倚,莫把凡禽一样看。"

相毕,李瓶儿下去。月娘令孙雪娥出来相一相。神仙看了,说道:"这位娘子,体矮声高,额尖鼻小,虽然出谷迁乔,但一生冷笑无情,作事机深内重。只是吃了这四反的亏,后来必主凶亡。夫四反者:唇反无棱,耳反无轮,眼反无神,鼻反不正故也。

燕体蜂腰是贱人,眼如流水不廉真。

常时斜倚门儿立,不为婢妾必风尘。"

雪娥下去,月娘教大姐上来相一相。神仙道:"这位女娘,鼻梁低露,破祖刑家;声若破锣,家私消散。面皮太急,虽沟洫长而寿亦夭;行如雀跃,处家室而衣食缺乏。不过三九,当受折磨。

唯夫反目性通灵，父母衣食仅养身。

状貌有拘难显达，不遭恶死也艰辛。"

大姐相毕，教春梅也上来教神仙相相。神仙睁眼儿见了春梅，年约不上二九，头戴银丝云髻儿，白线挑衫儿，桃红裙子，蓝纱比甲儿，缠手缠脚出来，道了万福。神仙观看良久，相道："此位小姐五官端正，骨格清奇。发细眉浓，禀性要强；神急眼圆，为人急燥。山根不断，必得贵夫而生子；两额朝拱，主早年必戴珠冠。行步若飞仙，声响神清，必益夫而得禄，三九定然封赠。但吃了这左眼大，早年克父；右眼小，周岁克娘。左口角下这一点黑痣，主常沾啾唧之灾；右腮一点黑痣，一生受夫敬爱。

天庭端正五官平，口若涂砂行步轻。

仓库丰盈财禄厚，一生常得贵人怜。"

神仙相毕，众妇女皆咬指以为神相。西门庆封白银五两与神仙，又赏守备府来人银五钱，拿拜帖回谢。吴神仙再三辞却，说道："贫道云游四方，风餐露宿，要这财何用？决不敢受。"西门庆不得已，拿出一匹大布："送仙长一件大衣如何？"神仙方才受之，令小童接了，稽首拜谢。西门庆送出大门，飘然而去。正是：

柱杖两头挑日月，葫芦一个隐山川。（第二十九回，第403—408页）

最后一回，写了永福寺普静禅师普度众生，借丫头小玉的见闻归结了《金瓶梅》人物的轮回转世，善恶有终。普静与众魂魄都来悟领禅师经咒：

小玉窃看，都不认的。少顷，又一大汉进来，身长七尺，形容魁伟，金装贯甲，胸前关着一矢箭，自称："统制周秀，因与金将对敌，折于阵上。今蒙师荐拔，今往东京，托生与沈镜为次子，名为沈守善去也。"言未已，又一人，素体荣身，口称是："清河县富户西门庆，不幸溺血而死。今蒙师荐拔，今往东京城内，托生富户沈通为次子沈越去也。"小玉认的是他爹，唬的不敢言语。已而又有一人，提着头，浑身是血，自言是陈敬济："因被张胜所杀，蒙师经功荐拔，今往东京城内，与王家为子去也。"已而又见一妇人，也提着头，胸前皆血。自言："奴是武大妻、西门庆之妾潘氏是也。不幸被仇人武松所杀。蒙师荐拔，今往东京内黎家炎女托生去也。"已而又有一人，身躯矮小，面背青色,自言是武植,"因被王婆唆潘氏下药吃毒而死,蒙师荐拔,今往徐州乡民范家为男,托生去也。"已而又有一妇人,面皮黄瘦,血水淋漓。自言:"妾身来氏,乃花子虚之妻,西门庆之妾,因害血崩而死。蒙师荐拔,今往东京城内,袁指挥家托生为女去也。"已而又一男,自言花子虚,"不幸被妻气死。蒙师荐拔,今往东京郑千户家托生为男。"已而又见一女人,颈缠脚带,自言:"西门庆家人来旺妻宋氏,自缢身死。蒙师荐拔,今往东京朱家为女去也。"已而又一妇人面黄肌瘦,自称:"周统制妻庞氏春梅,因色痨而死。蒙师荐拔,今往东京与巨家为女,托生去也。"已而又一男子,裸形披发,浑身杖痕,自言是:"打死的张胜,蒙师荐拔,今往东京大兴卫贫人高家为男去也。"已而又一女人,顶上缠着索子,自言是:"西门庆妾孙雪娥,不幸自缢身死。蒙师荐拔,今往东京城外贫民姚家为女去也。"已而又一女人,年小,项缠脚带,自言:"西门庆之女,陈敬济之妻,西门大姐是也。不幸自缢身死。蒙师荐拔,今往东京城,与潘役锤贵为女,托生去也。"已而又见一小男子,自言:"周义,亦被打死。蒙师荐拔,今往东京城外,高家为男,名高留儿,托生去也。"言毕各恍然不见,唬得战慄不已。(第一百回,第1462—1463页)

凡是《金瓶梅》中提到对家国有作用,或对小说结构有意义的人物形象基本在一百回里有了结局。即使没有某一人物的故事叙述,仍然通过他人之口进行了补述。比如第九十八回,一些主要人物已经盖棺论定,小说又通过韩道国一家离京逃难在临清码头遇到陈敬济,叙述了京城一大批重要人物的结局:"不一时,韩道国走来作揖,已是掺白须鬓,因说起:'朝中蔡太师、童太尉、李右相、朱太尉、高太尉、李太监六人,都被太学国子生陈东上本参劾,后被科道交章弹奏倒了。圣旨下来,拿送三法司问罪,发烟瘴地面,永远充军。太师儿子礼部尚书蔡攸处斩,家产抄没入官。我等三口儿各自逃生,投到清河县寻我兄弟第二的。不想第二的把房儿卖了,流落不知去向。三口儿雇船,从河道中来,不料撞遇姑夫在此,三生有幸。'"(第九十八回,第1429页)把京城一帮丧权辱国的权臣命运一锅端出,举国倾覆,足见此回的重要性。第一百回把死去的人也托生结算今生,把国破家亡寄托于宗教的善恶报应地狱轮回。周秀托生东京为沈守善,西门庆托生为东京的沈越(后实托生孝哥儿),陈敬济托生东京的王家公子,潘金莲托生为东京黎家女,武植托生徐州乡民范家为子,李瓶儿托生东京袁指挥家为女,花子虚托生东京郑千户为子,宋惠莲托生东京朱家为女,庞春梅托生东京巨家为女，张胜托生东京贫人高家为子，孙雪娥托生东京城外姚家为女，西门大姐托生东京城外钟贵为女，周义托生东京城外高家为子（名高留住）。

整部小说的叙事还是深切地融入社会历史生活，生活在世界上的每一个人都不是孤立的，都不是脱离社会的神仙。随着社会历史的变迁，每一个人的命运也不能脱离社会历史，当大宋的太上皇徽宗与靖康皇帝钦宗都被大金掳走，逃难的人"忙忙如丧家之犬，急急似漏网之鱼"（第一百回，第1457页）。国之不存，民将安附！所以，《金瓶梅》人物的命运结局与大宋江山社稷密不可分，小说的结尾是国破家亡，人物的命运也必定以悲剧结局。可以说《金瓶梅》也是"借离合之情，写兴亡之感"。一部《金瓶梅》写西门庆世态炎凉和家族兴衰变故，谁说不是大宋江山社稷的一篇大寓言呢！

再次，《金瓶梅》塑造了栩栩如生的人物个性，强调了人物形象个性的发展，对之后小说创作中人物形象的塑造产生了巨大的影响。张竹坡《批评第一奇书〈金瓶梅〉读法［四三］》说："做文章，不过'情理'二字。……于一个人心中，讨出一个人的情理，则一个人的传得矣。"① 这就指出，每个人物形象都有自己的个性情感，不同的性情成就一个鲜明的形象。徐朔方在谈到《金瓶梅》塑造人物形象个性的成就时又说："除西门庆外，潘金莲、李瓶儿及帮闲应伯爵等人物也都得到细致的刻划。这些人物丑恶而又生动，他们仿佛一面在现身说法，一面又厚着脸皮对读者说：'你可以不喜欢我们，朝我们吐一口涎沫，但是我们不仅有自己的面目，而且有自己的脾气和品质，好恶和喜怒……'"鲁迅说《金瓶梅》"变幻之情，随在显见，同时说部，无以上之"②。其实也说明了它塑造人物形象的特点。清人侯定超在《绿野仙踪·序》中沿用张竹坡"冷热"说的观点，指出"天下之大冷人，即天下之大热人"，强调就是"圣神贤人"，也难免"酒色财气"的影响。只要是真正的人，就不能脱离人的个性发展，也不能离开性格的有规律的变化。人类是充满多种情欲多种恶习的活生生的人。契诃夫《写给玛·符·基塞列娃》信中说："讲到这个世界上'充斥着坏男子和坏女人'，这话是不错的。人性并不完美，因此如果在人世间只看见正人君子，那倒奇怪了。然认为文学的职责是从坏人堆里挖出'珍珠'来，那就等于否定文学本身。""文学所以叫艺术，就是因为它按生活的本来面目描写生

---

① 秦修容：《会评会校本金瓶梅·附录》，中华书局，1998，第1503页。
② 鲁迅：《中国小说史略·明之人情小说》（上），上海古籍出版社，1998，第126页。

活。它的任务是无条件的、直率的真实。"① 亚里士多德《诗学》中说过，文学作品中所摹仿的人物不是比一般人好，就是比一般人坏，或是跟一般人一样。当代西方著名文艺理论家佛莱认为亚里士多德所说的"好"与"坏"，原文含有"重要"和"不重要"的意思，而不能从狭隘的道德观念来理解这两个词。佛莱提出：小说（fictions，指广义的小说）可以根据其主人公的行动能力（Power of action）是否高于我们，低于我们或大体同于我们这种差别来加以分类。结果，他概括出五种"模式"：神话、罗曼司（romance）、高模拟层次小说、低模拟层次小说和嘲讽小说。五种小说"模式"的主人公则分别为神、传奇英雄、领袖人物、普通人和被嘲弄的人。美国研究中国小说的学者们认为《金瓶梅》完全可以归为"低模拟层次小说"。如韩南《早期的中国短篇小说》说："《金瓶梅》的主要人物最多只属低等模仿层次。但就后期小说而言，单单这点已不同凡响。"浦安迪教授《中西长篇小说文类之重探》说："单就此一准则来界定长篇小说诚然不足，但我们如果能够依照这样的说法来看中国长篇小说的发展，则又别有一番体会；因为从《三国演义》《水浒传》《金瓶梅》到《儒林外史》，我们正好看出中国长篇小说的巨著按照佛莱的'模拟层次'由高而低顺序地排列出来。"②

从这些论述中我们可以认识到，《金瓶梅》是中国原生小说的一个起点，是模仿社会人生进行描写反映社会抒发愤懑之情的文学成果。它对之后的中国小说创作具有示范和启示意义。所以说，《金瓶梅》对后世小说的人物形象塑造也具有榜样力量，《金瓶梅》之后人情小说大兴，个性鲜明的世俗平民形象蜂拥问世。

---

① 黄霖：《我国暴露文学的杰构金瓶梅》，载徐朔方、刘辉：《金瓶梅论集》，人民文学出版社，1986，第 111 页。
② 徐朔方、刘辉：《金瓶梅论集·从人物形象看〈金瓶梅〉与〈红楼梦〉》，人民文学出版社，1986，第 175 页。

第二章

原则与方法：怎样评说《金瓶梅》人物形象

第一节　评说《金瓶梅》人物形象的意义

人物形象研究是《金瓶梅》研究一个比较薄弱的环节。我们明白：叙事作品以人物形象的塑造来反映社会生活，表达作者以及大众的思想感情。《金瓶梅》的人物形象塑造，可以说三教九流无不入其视野，生动其笔端，跃然其纸上。形形色色的人物形象真可谓妙笔生花，如闻其声，如见其人。分析叙事作品的人物形象是十分重要而又艰巨的文学批评任务，分析《金瓶梅》的人物形象更是研究《金瓶梅》的一项富有历史价值和文学意义的重要任务。

20世纪30年代起，盛行于西方的结构主义文学批评观认为：叙事作品中的人物形象无须进行分析，特别是对人物形象的心理分析毫无意义。因为，那是作者编造出的人物，其言语行为是作者的刻画，是作者的心理、情感、观念的符号代码，作者的思想意识附着在其作品的人物形象身上。所以分析人物形象的思想感情是脱离作品及生活的做法，是空谈的无实际效果的论述。但是他们没有论及对作者思想意识及心理分析的必要性，法国的罗兰·巴特甚至认为诗歌不是创作，也无法创作。他还认为，在阅读一部小说时，使我们燃烧的热情不是"视觉"的热情（事实上，我们什么也"看"不见），而是感觉的热情，也就是说，是一种高级关系上的热情，这种高级关系也有自己的感情、希望、威胁和胜利。叙事作品中"所发生的事"从（真正的）所指事物的角度来说，是地地道道的子虚乌有。"所发生的"仅仅是语言，是语言的历险，语言的产生一直不断地受到热烈的欢迎。无论是叙事作品的起源还是语言的起源，我们虽然知之不多，但可以合乎情理地认为叙事作品是与独白同时产生的，似乎是对话产生以后的作品。小说是一个死神，它把生活变成命运，把记忆变成有用的活动，把时间的延续变成一个被指向的具有意指作用的时间。① 也就是说小说是作者创作的符号系统，是作者情感、意识的符号形式，或者说是作者思想情感、意识观念的物质外化，是作者精神的载体。因此，叙事作品的人物形象也是作者情感思想的外化符号。读者正是通过语言与作者的思想情感进行交流，作品中的人物形象带着作者对社会的认识和体验，在读者的脑海里翻腾，与自己的生活认识和社会体验相结合，进行审美的形象组合，产生审美的愉悦体验。实际上，是读者通过阅读理解叙事作品看到了自己生活中的人物形象，得到了生活中没有抒发出来的感情的认同愉悦。这就是叙事作品的审美活动。

　　如果从符号学结构主义的观念来说，分析作品中的人物形象是无意义的。我们不理解的是：为什么不同的作者会写出不同的人物形象，作家又为什么要创造人物形象，作为文学创作中的语言符号的选择与组合为什么又各具特色？这就使我们不得不对作者所处的社会环境、时代背景及作品所反映的社会生活做进一步的考察。文学创作不可能是脱离社会和人生的杜撰，一部作品人物形象的诞生也必定有它的社会历史根源。这正是分析作品人物形象的重要性所在。当然，有的学者对"典型"问题提出疑义，有人认为典型论的观点值得商榷，它引导人们以单项、线性的思维方式去分析人物形象，社会环境、阶级属性并不一定决定一个人的性格组合和性格表现。也就是说典型环境并不一定决定典型人物的性格，偶然不是必然的侍女。但是，我们又不得不承认生活场景对人的性格的形成和发展起到巨大的作用，像《金瓶梅》中的潘金莲毒辣淫荡的性格就与她的人生经历和社会环境不可分割。张竹坡分析了她被卖来卖去的命运，特别是被卖到张大户家后的蹂躏与教唆，张竹坡《批评第一奇书〈金瓶梅〉读法［二三］》以人的性善论为基本点说："今看其一腔机诈，丧廉寡耻，若云本自天生，则良心为不可必，而性善为不可据也。吾知其二三岁时，未必便如此淫荡也。使当日王招宣家男敦礼义，女尚贞廉，淫声不出于口，淫色不见于目，金莲虽淫荡，亦必化而为贞女。奈何堂堂招宣，不为天子招抚远人，宣扬威德，而一裁缝家九岁女孩至其家，即费许多闲情，教其描眉画眼，弄粉涂朱，且教其做张做致，乔模乔样。其待小使女如此，则其仪型妻子可知矣。"② 后来，又被卖到张大户家耳濡目染，得到继续深造。由此可见，典型的人物形象反映了典型的社会环境，反映了典型人物生活的社会条件和风土人情。

① ［法］罗兰·巴特：《符号学美学》，董学文、王葵译，辽宁人民出版社，1987，第161页。
② 秦修容：《会评会校本金瓶梅·附录》，中华书局，1998，第1497页。

典型人物形象的塑造是作者对社会生活观察又综合分析浓缩后的曲折反映。在论述典型人物的塑造时，高尔基说："假如一个作家能从二十五个到五十个，以至能从几百个店铺老板、官吏、工人中每个人的身上，把他们最有代表性的阶级特点、习惯、嗜好、姿势、信仰和谈吐等抽取出来，再把它们综合在一个小店铺老板、官吏、工人的身上，那么这个作家就能用这种手法创造出'典型'来。""写这一个人的鼻子，写那一个的耳朵，再写第三个的什么东西。"①《金瓶梅》里的主要人物形象在传统社会里是不足为奇的人物形象，今天的社会上也屡见不鲜。如潘金莲、李瓶儿之类的美丽多情而又泼辣的市井妇女比比皆是；武大郎、花子虚之类的无能窝囊男人也大有人在；西门庆式的恶霸乡绅、地头蛇式黑帮人物也是充满街市。《金瓶梅》是中国传统社会生活人物群像的缩影，是中国封建社会历史画卷的展现。郑振铎说："郓哥般的小人物，王婆般的'牵头'，在大都市里是不是天天可以见到？西门庆般的恶霸土豪，武大郎、花子虚般的被侮辱者，应伯爵般的帮闲者，是不是已绝迹于今日的社会上？杨姑娘的气骂张四舅，西门庆的谋财娶妇，吴月娘的听宣卷，是不是至今还如闻其声、如见其形？"②东吴弄朱客的《金瓶梅·序》也说："如诸妇多矣，而独以潘金莲、李瓶儿、春梅命名者，亦楚《梼杌》之意也。盖金莲以奸死，瓶儿以孽死，春梅以淫死，较诸妇为更惨耳。借西门庆以描画世之大净，应伯爵以描画世之小丑，诸淫妇以描画世之丑婆、净婆，令人读之汗下。"③

可见，《金瓶梅》中的人物形象具有强烈的社会认知价值和文学艺术的典型意义，表面上看，《金瓶梅》里写的是人物之间的矛盾和冲突，反映的是人物的悲剧；而事实上，《金瓶梅》是通过人物形象的悲剧来反映了社会的矛盾和冲突，是社会制度悲剧在人身上的体现。因而说《金瓶梅》人物形象也具有社会历史的典型意义，分析评价《金瓶梅》中的人物形象也具有文学批评的重要意义。

---

① 高尔基：《论文学》，载徐朔方、刘辉《金瓶梅论集》，人民文学出版社，1986，第177页。
② 郑振铎：《谈〈金瓶梅词话〉》，载古耜《悟读金瓶梅》，京华出版社，2008，第17页。
③ 秦修容：《会评会校本金瓶梅·附录》，中华书局，1998，第1472页。

第二节　评说《金瓶梅》人物形象的原则

分析人物形象的关键是分析人物的性格表现，而分析人物形象的重点是分析人物的言语、行为及心理。当然，分析人物的肖像、外貌也是十分重要的。还应在分析人物形象时，注意性别、家庭环境及社会历史因素的影响。分析《金瓶梅》的人物形象，应当特别注重他们所处的家庭社会环境和性别特征。分析《金瓶梅》人物形象时要避免犯以下错误。

一是明显的个人好恶。以自己的认知为基础，以自己的感情意识作为评说人物的标准，对作品的分析不够全面，缺乏辩证的分析。受社会环境的左右和时代意识的局限，过分强调作品的社会政治意义和作用，以看起来十分正统的面孔来大加挞伐小说中的人物形象。我们有一种感觉就是《金瓶梅》中无好人，把人物形象妖魔化，人物性格分裂化；而《红楼梦》中无坏人，人物形象神圣化，人物性格唯美化。但我们绝不能把这样的固定意识，贯穿到分析小说人物形象的整个过程之中，以免造成先入为主的人物评判。如张竹坡的《批评第一奇书〈金瓶梅〉读法［三二］》曰："西门庆是混帐恶人，吴月娘是奸险小人，玉楼是乖人，金莲不是人，瓶儿是痴人，春梅是狂人，敬济是浮浪小人，娇儿是蠢人，宋惠莲是不识高低的人，如意儿是顶缺之人。若王六儿与林太太等，直与李桂姐一流。总是不得叫做人。而伯爵、希大辈，皆是没良心的人。兼之蔡太师、蔡状元、宋御史，皆枉为人也。"[①] 张氏的评说基本是符合《金瓶梅》人物形象实际的。但，张氏的好恶非常明确，也只是一家之言，绝不能视为是《金瓶梅》人物形象评说的金口玉言。比如他对吴月娘的评说，就有明显的个人好恶。在其他的回评里，他把吴月娘定为是"'棉里藏针的'柔奸之人"，并列举了一大串理由来否定吴月娘。从整部小说来分析，这样的说法未免言过其实。再如分析潘金莲和李瓶儿等妇女形象时，我认为最根本的是不仅要看到她们的可恨，更重要的是看到她们的可怜和可爱。在分析人物形象应该结合社会历史环境，不能脱离当时的中国社会条件，仅仅依据个人的社会或道德标准评说文学作品的人物形象。

二是以阶级论的思维方式来评说文学中的人物形象。即先把文学人物形象划分到一定的阶级阵营中，再进行人物的性格分析，往往摘取作品中对划分阶

---

① 秦修容：《会评会校本金瓶梅·附录》，中华书局，1998，第 1500—1501 页。

级阵线有价值的内容为自己的论点依据，人物形象分析成了阶级批判文章。对《金瓶梅》中西门庆形象的分析就是典范，把他说成是地主、商人加官僚三位一体的人物典型没有毛病，但分析起来满口嘲骂就不是正确的态度，比如把他骂为兽性大发的"公猪"，恨不能批得他遗臭万年。分析潘金莲也是首先把她归入剥削阶级的范畴，然后再分析她的言语行为表现，把她的恶毒、泼辣、淫荡的行为看作是她剥削阶级的本质表现，脱离了人物形象的本质属性的分析。有人说："潘金莲是封建社会中那些堕落成性然而又是凶狠的妇女的典型，她们虽是被玩弄的人，但完全离开了人民。"① 或曰："她的思想性格已经完全变质为一个剥削阶级思想的混合体。她的一切所作所为，无不深刻的打着罪恶的剥削阶级的烙印。"② 其他如吴月娘、庞春梅、孟玉楼、孙雪娥、李瓶儿、花子虚、陈敬济等也划为统治者、剥削阶级集团的一员，甚至把韩道国、武松也划进统治阶级阵营。

虽然，人物形象的阶级分析是必要的，但绝不能先拿阶级圈套将人物形象分类后，再在框架内进行论说。科学的文学批评理论认为：文学作品中一个个性鲜明的人物形象，其人物性格的组成有三个方面：一是生理因素，这是人物性格的自然基础，包括理智、感情、直觉、潜意识等；二其心理因素，如感知、情绪、意志、气质、性情等；三是社会因素，如政治立场、宗教信仰、生活态度、道德风貌、文化修养、个人爱好、家庭熏陶等。实际上就其阶级性、社会性、民族性等对人的综合作用。所以，分析人物形象的阶级属性和人物性格中的阶级成分是必要的。但应该注意的是不要陷入唯阶级论的深渊，进行人物形象的阶级分析是人物形象分析的一个组成方面，或者说是人物分析的一个层面。过分强调人物形象的阶级属性是文学批评中的一大弊病，它往往使人以阶级的好恶来评判人物，成为评说者好恶的一个重要表现。

三是受伦理道德的影响太重。中国传统的文学批评家，一直拿着帮闲者的道德屠刀横切竖砍，在许多的文学批评文字中又是以伪道德来进行评判，不是从人文的、人性的观念出发去理解人物形象。在分析文学作品的人物形象时，不敢或不愿说实话，怕损坏了自己正人君子的形象。特别是说到人物形象的男女关系时，总是摆出一副严肃正经的面孔来对文学人物的情欲进行批判，带着讽刺嘲笑的口吻来评说人物，以掩盖普通民众的内心世界。其实，人类的道德

---

① 李西成：《〈金瓶梅〉的社会意义及其艺术成就》，载胡文彬、张庆善《论金瓶梅》，文化艺术出版社，1984，第186页。
② 高越峰：《〈金瓶梅〉人物艺术论》，齐鲁书社，1988，第27页。

有两层意义：文化意义上的伦理道德；生物意义上的伦理道德。文化意义上的道德注重文化、社会的功利，而生物学意义的伦理道德则重视个体对族类的生存意义，其行为既利于物种又利于个体就是道德的、合于伦理的。从总的人类性别的特征来说，男性富于坚毅刚强的性格，而女性富于温柔善良的品格。在《金瓶梅》里好像都翻过来了，男性无能的如武大郎、花子虚、蒋竹山、韩道国，他们简直毫无男人气概。潘金莲、李瓶儿、孟玉楼、王婆都是心术不正恶毒凶狠的泼妇。谚语说得好：青竹蛇儿口，黄蜂尾上针。两般皆不毒，最毒妇人心。女子在不能忍受的压制时，反抗起来是十分可怕的，其手段目不忍睹、耳不忍闻，潘金莲即如此。但妇人的毒辣是有社会原因和时代根源的，在我们连动植物都同情和保护的今天，潘金莲式的多情女子忍受了那么多的折磨，更应得到同情和理解。我们在分析《金瓶梅》中的妇女形象时一定要充分注意这一点。至今，研究《金瓶梅》的人们还是运用传统的伦理道德观念来解说古代人物形象，对他们缺乏应有的同情与理解，给他们扣上毒辣、凶残、恶毒等等的臭名。其实，人人心里都有一点不好说的秘密，特别是男人们都不希望自己是武大郎、花子虚或蒋竹山，但希望自己的妻子是潘金莲或李瓶儿，而内心真正痛恨的是西门庆这样的第三者。他们又盼望自己是西门庆，希望世界上有更多的潘金莲、李瓶儿任他占有，却不被世人谴责和批判。从人的生理特点来看，"在性行为上，男性一般都有某种程度的多妻倾向。约四分之三的社会允许多妻行为，大多数还得到法律和习俗的认可。相反，多夫现象仅见于不到1%的社会中。现存的一夫一妻制社会一般只有法律上的意义，而通过纳妾制或婚外关系维系着实际的多妻制。"[1] 当今的社会上类似金莲、李瓶儿的女子也不少，也并不是那么让人讨厌，也并不是那么卑鄙下流。有些多情的女子的确惹人喜爱，像潘金莲弹琴自叹的时候，翘首等待的时候，不是痴情一片！不是也令人由衷地感动么！我们看一下小说里对潘金莲盼望西门庆的描写：

> 那妇人每日长等短等，如石沉大海。七月将尽，到了他生辰。这妇人挨一日似三秋，盼一夜如半夏，等得杳无音信，不觉银牙暗咬，星眼流波。至晚，只得又叫王婆来，安排酒肉与他吃了，向头上拔下一根金头银簪子与他，央往西门庆家去请他来。王婆道："这早晚，茶前酒后，他定也不来。待老身明日侵早请他去罢。"妇人道："干娘，是必记心，休要忘了！"婆子道："老身管着那一门儿，肯误了勾当？"

---

[1]　张之沧：《人的深层本质》，陕西人民出版社，1992，第110页。

这婆子非钱而不行，得了这根簪子，吃得脸红红，归家去了。

且说妇人在房中，香薰鸳被，款剔银灯，睡不着，短叹长吁。正是：得多少琵琶夜久殷勤弄，寂寞空房不忍弹。于是独自弹着琵琶，唱一个《绵搭絮》：

谁想你另有了裙钗，气的奴似醉如痴，斜倚定帏屏、故意儿猜，不明白，怎生丢开？传书寄柬，你又不来。你若负了奴的恩情，人不为仇，天降灾。

妇人一夜翻来覆去，不曾睡着。巴到天明，就使迎儿："过间壁瞧王奶奶请你爹去了不曾？"迎儿去不多时，说："王奶奶老早就出去了。"（第八回，第123—124页）

还有第三十八回"潘金莲雪夜弄琵琶"一曲曲撕心裂肺的弹唱，诉说着一颗凄凉之心的悲伤，那精雕细刻的心理描写，堪称绝唱，让人柔肠寸断、慨叹不已。再看看李瓶儿的隔墙偷期，对西门庆的一片痴情，不是也令人情荡神移么！我们明明喜欢潘金莲之类的多情女子，但为了迎合传统伦理道德的要求，为了掩盖自己心灵深处的感情世界，总要批判一下潘金莲或者西门庆，抓住他们狠毒的小辫子不放手，妨碍了对西门庆和潘金莲之类人物性格更深入细致的丰富分析。笔者认为，倒是应该重新审视一下武松之类迂腐孝悌又心狠手辣的所谓正人君子。

第三节　评说《金瓶梅》人物形象的方法

在分析文学作品的人物形象时，我们必须以正确的思想观念和思维方式进行细致的分析研究，应注意以下三点：

首先，尊重人的本质特征，注重人的生理、心理、情感的分析研究。我们知道，人是自然的人，具有同动物一样的动物本能，离不开吃、穿、住、行等生存本能需要的条件。人又是社会的人，有思维、有精神、有感情、有理性，有与动物分离的人性本质。在分析文学作品人物形象时应该注重自然人与社会人的结合，不要过分强调人的动物属性或社会属性。也就是说，在分析人物形象时，要注重人的生物特性和社会特性。或者说要分析他们的三大性格要素，即：生理因素、心理因素、社会因素。也可将人物划分为血缘家庭关系、精神交往关系、社会关系，这是组成人物关系的内在深层结构。《金瓶梅》中所着重描写的多是人的自然特性，也就是说它更多地刻画了人的生物本性。所以，我们在分析其中的典型人物时要更多地尊重他们的生理因素和心理因素。因为《金瓶梅》处于世界小说发展史的所谓第四个阶段。就是佛莱提出的五种小说"模式"，其主人公分别为神话、传奇英雄、领袖人物、普通人和被嘲弄的人。美国研究中国小说的学者们认为《金瓶梅》完全可以归为"低模拟层次小说"。如韩南《早期的中国短篇小说》说："《金瓶梅》的主要人物最多只属低等模仿层次。但就后期小说而言，单单这点已不同凡响。"[①] 对于普通人或者被嘲弄的人的文学描写，最多、最直接的是他们的生理需求和心理变革，不注重他们的精神升华和社会意义。夫妻关系与社会关系的挣扎是通俗文学的主题，也是明清人情（世情）小说反映的主题，即佛莱提出的第五层次小说的主题。如潘金莲，她在整部小说中的性格表现都与她的性欲分不开，她之所以厌恶武大郎，是因为武大生命母基不厚，父精不坚。而她却是母基深厚，性欲狂荡，"欲火难禁一丈高"的狂热女人。她与西门庆勾搭成奸的基础，是因西门庆生命本能的强大和男子汉气概的高扬。至于以后害死武大、虐待迎儿、争风李瓶儿、毒打秋菊、害死官哥儿、挑唆庞春梅，甚至通奸陈敬济和王朝儿等都是为了生命中的性欲快感实现。这是性爱与社会与人生命运矛盾的结果。西门庆也是性欲和财富的狂人。他一生所追求的就是女色和钱财，这也是人物性格的生理因素的描写，他一生共淫媾了一十九人，还不包括他去行院、勾栏所占有的女人。他占金莲纯是为色欲，而媾合李瓶儿则一箭双雕，既有色的满足，也有财的占有。对孟玉楼的骗娶更多的是为了财，而对宋惠莲、庞春梅、林太太、王六儿的淫欲，则主要是为了性欲满足。所以，对西门庆性格的刻画更多的是描写了他的生理本质。当然，小说对西门庆的社会属性的描写也是相当丰富的，但突出表现其性格特征的还是其生理和心理的刻画。其他一些人物形象也多是平常人、俗人，是现实生活中活生生的血肉之躯，是充满各种人生欲望的一群群生灵。在他们身上没有道貌岸然，没有文质彬彬，没有温文尔雅，没有一本正经，没有仁义廉耻，没有阳春白雪。他们满肚里男盗女娼，满口里也是男盗女娼。没有像《红楼梦》里贾母、贾赦，《牡丹亭》里的陈最良，《儒林外史》里的马二先生之流的假正经。所以，我们要以世俗人的心态来解说《金瓶梅》里的人物形象，讨论他们的世俗生活。黑格尔说："每个人都是一个整体，本身就是一个世界，每个人都是一个完满的有生气的人，而不是某种孤立的性格特征的寓言

---

① 徐朔方、刘辉：《金瓶梅论集·从人物形象看〈金瓶梅〉与〈红楼梦〉》，人民文学出版社，1986，第175页。

式的抽象品。"① 根据现代人类学、社会学的研究，人体内的化学成分的不同也会产生不同的感情，如抽烟、喝酒、饮茶，不知道西门庆吃的饭是否也改变他达官贵人体内的化学成分，潘金莲嗑瓜子，是否也对她的性欲有刺激？这些都是《金瓶梅》中俗人生活的真实写照。

其次，评说人物形象，分析人物性格，要用全面的、多维的、联系的、发展的思维方式来进行分析研究。一部作品里的人物性格组合是一个整体，他不是孤立的、简单的表现，一个人物的性格是整体人物性格组合的一部分，是性格运动链上的一个成分，因此分析人物性格要用全面的、联系的、发散的、运动的思维方式。正确理解某一个人物性格表现在作品人物性格组合中的作用，在分析作品的人物形象时是十分重要的。可能一个人物性格表现的某一点都能引起整个性格组合链的变化，成为作品故事情节发展变化的重要组成部分。

叙事作品的人物性格分析，既要全面综合，又要看具体的情节、细节表现，还要看叙述结构中的每一个小系统即叙述语境的具体状况。按照生活的逻辑，每一个人都是社会的人，处于各种关系中的人，任何一个人物形象都不是孤立的。在一部作品中，某个人物形象与其他形象、与叙事环境是联系的。印度文学大师泰戈尔说：采集花瓣的人，得不到花的美丽。黑格尔《美学》第一卷里通过有机生命和无机生命堆积物的比较，把艺术中人物性格的组合系统的美学生命给予清晰明确的肯定。缺乏整体有机联系的石堆里，每块石头保持着纯然的独立性。从石头堆里拿出一块石头，被拿出的石头性质上仍然是石头，发生变化的只是数量，特性和功能却没有发生变化。生命有机体则不一样。从马的生命整体上砍下一条腿，马不能奔跑、腾跃了，生命的质和量都发生了变化。② 一个文学形象是通过描写这个文学形象的文学作品来彰显的，同时这个文学形象又是这部作品不可分割的一部分，它又与其他形象相互联系，影响着其他文学形象的性格发展和塑造，甚至与其他文学作品中的文学形象也有着联系。人物形象在比较中突出个性，在相互依存中丰富多彩。我们可以想象，如果中国古代文学中没有了武大郎、潘金莲、西门庆等形象，我国的文学艺术将失去多少色彩，我们的古代文学人物画廊哪有现在这样的饱和状态！

当然，我们也不要完全脱离社会环境、历史背景来只求文本内容，把文学作品孤立于社会历史环境之外。"如果作家脱离人物性格的社会因素和人物所处的具体的社会环境，去故作艰深地描写人物的朦胧心理、人物无逻辑可循又大

---

① 黑格尔：《美学》（第一卷），朱光潜译，商务印书馆，1997，第295页。

② 方柯：《论性格系统》，文化艺术出版社，1988，第65页。

幅度跳动的潜意识，不仅人物性格难以反映深广的社会内涵，甚至人物性格本身也会变得模糊难辨。"① 就像符号学美学的理论所主张的，只在文本里寻找文学价值，寻找审美意义，也不免偏颇。完全脱离历史的文学分析是没有社会意义的，也不会有真正的审美意义。同时，分析作品的人物形象，也要注意他的形象系统，挖掘其他文学作品对另一部作品的影响，也要看到一个人物形象与其他作品人物形象的关系。一部作品中的人物形象也是形成系列的，一个形象的发展变化也会影响到其他形象的发展变化。我国文学理论的弊病之一是站得太前，离作品太近，一叶障目，见木不见林。研究人物性格，往往忽视其存身之中的性格系统，研究一部作品的性格系统则忽视其他作品对它的影响。原型研究可以帮助我们纠正这一弊病，跳出传统的凝固思路，以反复显现的原型为纽带，把我们的文学经验统一成一个整体，揭示出文艺作品中对人类具有巨大意义和感染力的基本文化形态，达到对文学总体轮廓和普遍规律的清晰把握。② 分析人物必须放在艺术作品的整体中去观察，随着作品环境的改变，人物的性格也会得出不同的评价。作为读者，随着阅读环境及其自身经历的变化，也会有不同的评价标准和原则，对人物的评说也会是千姿百态。性格的系统化否定了人物性格的独立性存在，但更突出了人物性格的个性特征，肯定了他的独立功能。也就是说，典型形象具有个性，但又是类型的，是能反映历史属性和社会属性的普遍形象。

人物性格具有稳定性，又具有可变性。文学作品中的人物形象也是活动的人，其性格是不断发展变化的。所以，在分析人物形象性格时，要分析人物性格的运动、激荡、爆发等情节。在叙事作品中，人物性格随着故事情节的发展发生变化。但应该清楚，人物性格的发展变化是缓慢的。一般来说，人物性格一旦形成，就具有较强的稳定性，随着社会环境和人物关系的变迁，在人物的具体行动中人物性格会发生一定的变异，表现出与他性格本质不一样的性格，违背他性格的内在实质，产生多样化的性格组合。这也是符合生活在具体社会环境中人的性格发展规律的。《金瓶梅》中潘金莲的性格发展，张竹坡《批评第一奇书〈金瓶梅〉读法［二三］》说："再至林太太，无不知作者之心，有何千万愤懑，而于潘金莲发之。不但杀之割之，而并其出身之处、教习之人，皆欲致之死地而方畅也。何则？王招宣府内，古金莲卖入学歌学舞之地也。今看其一腔机诈，丧廉寡耻，若云本自天生，则良心为不可必，而性善为不可据也。

① 方柯：《论性格系统》，文化艺术出版社，1988，第12页。
② 方柯：《论性格系统》，文化艺术出版社，1988，第81—82页。

吾知其二三岁时，未必便如此淫荡也。使当日王招宣家男敦礼仪，女尚贞廉，淫声不出于口，淫色不见于目，金莲虽淫荡，亦必化而为贞女。奈何堂堂招宣，不为天子招服远人，宣扬威德，而一裁缝家九岁女孩至其家，即费许多闲情，教其描眉画眼，弄粉涂朱，且教其做张做致，乔模乔样。其待小使女如此，则其仪型妻子可知矣。"① 是说潘金莲的性格变化与王招宣府的那段生活不可分割，如林太太这样的大家闺秀尚如此淫荡，在其家当过丫头的潘金莲怎能不耳濡目染。可见，社会生活环境对人的性格的变化发展有着极其重大的影响。从哲理的角度讲，每一个人的性格流变、心路历程都是客观的、合理的，因为人的性格绝非先天即定。所以在分析叙事作品的人物形象时，也应是动态的、多面的。如潘金莲，从她的性欲被压抑的角度来说，她钟情于武松、勾搭西门庆、媾合陈敬济都是合于性格发展逻辑的，金莲的性格表现是合情合理，是值得同情的。如果从人性道德的角度来说，她的性格是恶毒的、缺德的，她对武大郎下毒手、对秋菊的毒打、对官哥儿的谋害、对李瓶儿的嫉妒等都惨无人道。西门庆的贪赃枉法、为所欲为，玩弄妇女、残害性灵也应如此分析。现实生活中，一个人在犯错误之前，可能他的表现是备受人们赞扬的，也可能被人们公认是个好人。但是，如果在生活中有一个变故，遇到一些人生中的关键点，或遇到生命危险的时候，他可能会杀人。甚至由于环境的影响，他变得杀人不眨眼。因此，我们在分析人物形象时要把形象放到作品叙事的大背景里去，一个人的性格可能是毒辣、残忍的，他代表了一类人或一种人的品格。于是我们就批判他的性格，将其划为反面人物行列。其实，他只是他所生存的社会环境中的一个典型，他的性格表现在社会的大环境中是合理的。也就是说，他的性格是社会环境的产物，通过这个形象的分析，我们可以了解当时社会的罪恶，是恶劣的社会政治或道德伦理观念制造了这一形象。社会环境对人的性格的形成有着至关重要的作用，对文学作品中人物形象的批判恰恰是对人物所生存或形成其性格的社会的批判。一个人不是生来就险恶的，社会对人后天的影响是人的个性形成的基础条件。对潘金莲的恶毒与淫荡也不应该不探讨她的性格发展，而是要做详尽的考查分析。鲁迅说《三国演义》："写好的人，简直一点坏处都没有；而写不好的人，又是一点好处都没有。其实这在事实上是不对的，因为一个人不能事事全好，也不能事事全坏。譬如曹操他在政治上也有他的好处；而刘备、关羽等，也不能说毫无可议，但是作者并不管它，只是任主观方面写去，

① 秦修容：《会评会校本金瓶梅·附录》，中华书局，1998，第1497页。

往往成为出乎情理之外的人。"①

最后，要注意对小说文本的探究，消除阅读心态和社会政治道德意识的影响。有些文学评论的内容只是认知的全面与丰富问题，没有尺度变化的大波动。比如人物形象的相貌、梳妆、打扮描写，还有表情、体态、言谈举止等描写，自古以来人们的判断标准基本是一致的。对潘金莲、李瓶儿、庞春梅、蓝氏、瑞云的美丽形象描写，对西门庆伟岸大丈夫的描写，还有对武大郎传统阳刚男人倒塌的形象刻画，今天看来并没有分歧和争议。而涉及政治、道德、心理层面描写的内容则出现较大的差异，或者说众说纷纭。一是阅读心态和评价标准的影响。文人相轻，自古而然。我们学术界有一个很大的毛病，就是以自己的好恶作为评价标准，自己喜欢什么就说什么好，自己研究什么就说什么重要。因此，在学术研究中，总是吹毛求疵，说三道四，以贬低别人来抬高自己，显示自己研究的重要性和自己的正确性。平心而论，《金瓶梅》确实存在许多不足之处，特别大量的性描写，不同的时代对文学作品的解读心态是不一样的，随着一个人的阅历成长，对于文学形象的认知和评说也发生变化。对于一个人来说，随着心智的成熟，他对文学的阅读心境会越来越平和，他的文学评说会越来越深刻，价值标准也愈来愈高。二是受社会政治观念的影响。评说者受社会环境、人生经历不同形成的政治观念、社会意识不同，有自己的政治好恶，对于文学人物形象的评说有影响。不同的时代有不同的社会政治意识，比如宋明时期的政治价值依然是儒家思想基础，但社会政治中的人生价值仍然是学而优则仕，科举功名是实现人生价值的最好途径，升官发财是人生价值追求中的本质含义。所以，占有财产是合情合法合理的。西门庆开当铺、药铺、绒线铺，以及走标船贩盐引，虽然有投机钻营以权谋私的勾当，但在当时的社会政治判断中是容忍的，不是违法犯罪的行为。如果以今天的人生价值标准来判断，就是腐败，就是违法乱纪，就该绳之以法。包括西门庆的贿赂蔡太师以得官职，宴请蔡状元等结交权贵等，在当时的社会政治判断中也是正常现象。这种恶劣的政治价值观念，中国传统的根深蒂固的官本位政治意识至今影响不减。三是受时代道德观念的制约。由于时代条件、自我修养不同，每个人都形成了自己的道德判断和价值标准，对于评说文学人物形象产生重大影响。我们知道，传统专制的男性中心主义中国社会里，权力掩盖下的罪恶比比皆是。比如一夫多妻制是合法的婚姻制度，男人的寻花问柳宿妓嫖娼是时尚行为。它直接为帝王

---

① 鲁迅：《中国小说的历史的变迁·第四讲宋人之"说话"及其影响》，载鲁迅《中国小说史略·附录》，上海古籍出版社，1998。

将相的寻欢作乐，达官贵人的享乐腐化作铺垫，它以人本能需求满足掩盖了非人性的罪恶，所以社会民众也认可这种习惯成自然的道德罪恶。所以，以今天的道德判断来评价西门庆时，绝对是道德败坏、行为放荡、精神堕落的典型，还有关于《金瓶梅》中人物的性爱行为，如果不审视当时的婚姻制度和爱情观念，必定出现崇今非古的偏颇评论。关于《金瓶梅》研究的不少文章和著作都批判了其中的性描写，也没有什么新鲜观点，无非是对性描写又多又滥的非议。但我们也应该充分认识到，《金瓶梅》的文学历史价值也正在于此。它是以社会历史的本来面目来进行性描写的，它以现实生活作为自己描写的对象，是当时生活的具体反映。

第三章

不可回避的问题：《金瓶梅》的性爱描写

许多读者往往带着"有色眼镜"看待《金瓶梅》的性爱描写，又以"万恶淫为首"先入为主的道德标准来评说。批判它写了男女之间的淫荡媾合，是伤风败俗，毒害性灵，把《金瓶梅》的社会价值和艺术价值矢口否认。这也是当前社会道德说教与价值判断偏差影响的结果，也影响到《金瓶梅》人物形象评说，所以我们必须对此进行矫正。

第一节　《金瓶梅》在小说史上的作用和地位

我们对《金瓶梅》的评价态度应该是细致全面地研读文本，根据小说中所描写的人物、所反映的社会生活，以及它使用的艺术表现手法，来对作品进行全面准确地评说。我们绝不能认为笑笑生仅仅是"肉欲文人"，《金瓶梅》中严格计算来看，性爱描写的内容不过两万字而已。更重要的是《金瓶梅》反映了广阔而深刻的社会生活，它对西门庆私欲横流的描写，对蔡京专权培植亲信的刻画，对潘金莲的毒辣残酷的书写等，那才是《金瓶梅》的主体内容。这些使《金瓶梅》在小说艺术史上的成就光彩夺目，彪炳后世。廿公的《金瓶梅词话·跋》就说："《金瓶梅传》为世庙时一巨公寓言。盖有所刺也。然曲尽人间丑态，其亦先师不删郑卫之旨乎？中间处处埋伏因果，作者亦大慈悲矣。今后流行此书，功德无量矣。不知者竟目为淫书，不惟不知作者之旨，并亦冤却流行者之心矣。"[①] 郑振铎肯定了《金瓶梅》反映社会生活的功绩，又嫌其性生活描写，"可惜作者也颇囿于当时风气，以着力形容淫秽的事实、变态的心理为能事，未免有些'佛头着粪'之感。"当然还是肯定了《金瓶梅》的历史地位：

---

① 秦修容：《会评会校本金瓶梅·附录》，中华书局，1998，第1471页。

"然即除净了那些性交的描写，却仍不失为一部好书。"① 黄裳说"《金瓶梅》反映现实的深广，写作技巧的精美，篇章之宏伟，在中国小说史上都是划时代的"②。总起来看，《金瓶梅》在反映社会生活的深度和广度上，在塑造人物形象的鲜明生动上，在小说结构的完整上，在语言文字的运用上都取得了巨大的成功，不愧为明代的"四大奇书"之一，也不愧为"天下第一奇书"。它对我国伟大小说《红楼梦》的创作产生了巨大影响。从文学史的意义上看，笑笑生是伟大的小说家，他的伟大不亚于曹雪芹。

宁宗一先生说："笑笑生之所以伟大，正在于他根本没有用通用的目光、通用的感觉感知生活。《金瓶梅》的艺术世界之所以别具一格，就在于笑笑生为自己找到了一个不同于一般的审视生活和反思生活以及呈现生活的视点和叙事方式。是的，笑笑生深入到了人类的罪恶中去，到那盛开着'恶之花'的地方去探险。那地方不是别处，正是人的灵魂深处。他远离了美与善，而对丑与罪恶发生兴趣；他以有力而冷静的笔触描绘了一具身首异处的'女尸'，创造出一种充满变态心理的触目惊心的氛围。笑笑生在罪恶之国漫游，得到的是绝望、死亡，其中也包括他对沉沦的厌恶。总之，笑笑生的世界是一个阴暗的世界，一个充满了灵魂搏斗的世界，他的恶之花园是一个惨淡的花园，一个豺狼虎豹出没其间的花园。小说家面对理想中的美却无力达到，那是因为他身在地狱，心向天堂，悲愤忧郁之中，有理想在呼唤。然而在那残酷的社会里，诗意是没有立足之地的。愚以为这一切才是《金瓶梅》独特的小说美学色素，它无法被人代替，它也无法与人混淆。"③ 又说："笑笑生勇于把生活中的否定性人物作为主人公，直接把丑恶的事物细细剖析来给人看，展示出严肃而冷峻的真实。《金瓶梅》正是以这种敏锐的捕捉力及时地反映出明末现实生活中的新矛盾、新斗争，从而体现出小说新观念觉醒的征兆。笑笑生发展了传统的小说学。他把现实的丑引进了小说世界，从而引发了小说观念的又一次变革。"④

文学创作的中心任务不一定要反映社会历史的重大事件，或是重大人物的生活变迁。文学的中心任务是反映现实社会生活和人的思想感情，反映人类生活在世界上的愿望和要求，反映人的性灵与情操。所以，文学创作不仅要反映历史的重大事件和重要历史人物，而且要反映下层社会平民百姓的活生生的现

① 郑振铎：《插图本中国文学史·长篇小说的进展》，中华书局，2016，第 1037 页。
② 黄裳：《〈金瓶梅〉及其他》，载古耜《悟读金瓶梅》，京华出版社，2008，第 117 页。
③ 宁宗一：《我看〈金瓶梅〉》，载古耜《悟读金瓶梅》，京华出版社，2008，第 148 页。
④ 宁宗一：《我看〈金瓶梅〉》，载古耜《悟读金瓶梅》，京华出版社，2008，第 150 页。

实生活，反映民众的理想与心声。当时世风日下，肉欲横流。韩道国献妻求财，两口子脸不红心不慌；临清的刘二支持姐夫张胜嫖娼，专门为张胜与孙雪娥厮混腾房做窠，酒肉伺候……蓄妓嫖娼、续弦纳妾既不违法犯纪，也无道德谴责，在社会价值判断中丝毫没有污点。构成历史的真实面貌，构成社会历史生活全部内容的，除了帝王将相的政治、军事、文化大事件以外，还有普通平民的世俗生活：他们的吃穿住行、耕读生活、生老病死、婚丧嫁娶，还有他们的男欢女爱、爱情纠葛、家庭矛盾、悲欢离合……我们不仅应该看到都城的红墙碧瓦、大道轩辕，还应该关注乡村的田园牧歌、耒耜锄犁。历史记录的重点是社会政治的变迁，极少关注老百姓的生活。世俗民情的历史才是生活的真实记录。一部历史大书，真正的书写者是在世界上生存过的芸芸众生。

历史的更迭、帝王将相的秘史是相似的，只有平民百姓的生活变幻无穷、丰富多彩、气象万千。《金瓶梅》中对市井生活的描写，对平民形象的刻画，对世俗人情的描绘，正是那些正史以及达官贵人文学创作所没有反映的，是在历史著作中难以见到的人间真实生活的写照。明清其他著名的小说很多都能找到它的替代品，其他一些小说描述的生活内容、思想观念、人物形象，甚至性格特性等都有类似或雷同的作品存在。而《金瓶梅》却是一部惊世骇俗的作品，或者说，宋明时代的风土人情、市民风情，如果没有《金瓶梅》的描述和记录，则难以知其真相，历史学家极少关注下层平民生活，政治家、思想家也难以下顾平头百姓，独《金瓶梅》作者一片真情倾顾民间，眼里、耳里、口里全是下层民众的风尘生活，且是富有中国民族风情至今尚在传承的民俗风情描写。这正是《金瓶梅》作者的可贵之处。正如宇文所安说："《金瓶梅》所给予我们的，是《红楼梦》所拒绝给予我们的宽容的人性。"① 它与《红楼梦》相比，可以说《金瓶梅》是世俗的、平民的，《红楼梦》是文雅的、贵族的；《金瓶梅》是成年人的生活书，《红楼梦》是少男少女的未来梦；《金瓶梅》是饮食男女世情生活的写照，《红楼梦》是理想情怀人生至情的表白。如果说《红楼梦》是中国封建社会的镜子，《金瓶梅》则是中国封建社会现实生活的原型。二者前赴后继，一脉相承。孙犁先生对比二者说："不仔细阅读《金瓶梅》，不会知道《红楼梦》受它影响之深。说《红楼梦》脱胎于它，甚至说，没有《金瓶梅》，就不会有《红楼梦》，一点也不为过分。任何文学现象，都是在前人的基础上产生的，任何天才的作家，都必须对历史有所借鉴。善于吸收者，得到发展，止于剽掠者，沦为文盗。《金瓶梅》所写的生活场景，例如家庭矛盾，婚丧势派，

---

① 田晓菲：《秋水堂论金瓶梅·序》，天津人民出版社，2003，第2页。

妇女口舌，宴会游艺，园亭观赏，诗词歌曲，无不明显地在《红楼梦》中找到影子。当然《红楼梦》作者的创作立意、艺术修养境界更高，所写有其独特的色彩，表现有其独特的个性，在多方面，都凌驾于《金瓶梅》之上，但并不能掩盖它的光辉。"① 孙犁先生还从写法、语言、反映的社会生活、创作手段等方面进行对比，肯定了《金瓶梅》的文学地位和小说史影响。正因为《金瓶梅》反映了其他史书或文学作品中没有的社会生活，才成为中国小说史上的"第一奇书"——"这是一部末世的书，一部绝望的书，一部哀叹的书，一部暴露的书。"②

先看《金瓶梅》在反映社会生活方面的成就。

当代学者许建平指出：《金瓶梅》"以百科全书式的丰富、哲学式的深刻、嚼舌根式的鲜活语言，生动地记录了那个时代的变革，成为晚明历史的缩影。传统的思想、传统的写法、传统的叙事方法都被打破了、改变了，从而开创了中国文学的新时代：写实的时代"③。李长之说"《金瓶梅》就是现实主义在中国质变的标志"④。笑笑生以历史家的纪实手法反映了中国封建社会的现实生活，是中国封建社会平民百姓生活的真实写照。《金瓶梅》描写的具有普遍意义的物质文化生活至今仍有现实价值。如小说中常说的口头禅："南京沈万三，北京枯树弯"，是人人皆知的人或事。《金瓶梅》所反映的社会生活是司空见惯的日常生活，是世人皆知的普通经历。

虽然，《金瓶梅》所反映的是宋明时期全面的社会生活不把描写帝王将相的等贵族生活作为主体，但下层平民的日常生活与国家命运相连，与贵族生活息息相关，书中也用大笔法描述了宫廷、官府衙门和王侯贵族的生活，揭露批判了整个社会的腐败与黑暗。鲁迅先生评论《金瓶梅》说："至谓此书之作，专一写市井间淫妇荡妇，则与文本殊不符，缘西门庆故称其家，为搢绅，不惟交通权贵，即士类亦与周旋，著此一家，即骂尽诸色，盖非独描摹下流言行，加以笔伐而已。"⑤ 明代学者谢肇淛在《金瓶梅》的传抄阶段，就指出《金瓶梅》描写生活的真实性和广阔性。说小说写"朝野之政务，官私之晋接，闺闼之谍语，

① 孙犁：《〈金瓶梅〉杂谈》，载古耜《悟读金瓶梅》，京华出版社，2008，第98页。
② 孙犁：《〈金瓶梅〉杂谈》，载古耜《悟读金瓶梅》，京华出版社，2008，第102页。
③ 许建平：《〈金瓶梅〉中的近世文化意蕴》，《文史知识》，2002年第7期，第16—23页。
④ 李长之：《〈金瓶梅〉：一部严格的现实主义作品》，载古耜《悟读金瓶梅》，京华出版社，2008，第95页。
⑤ 鲁迅：《中国小说史略》，郭豫适导读，上海古籍出版社，1998，第126页。

市里之猥谈"，都能"穷极境象，骇意快心"①。张竹坡《批评第一奇书〈金瓶梅〉读法［八四］》说："《金瓶梅》因西门庆一分人家，写好几分人家，如武大一家，花子虚一家，乔大户一家，陈洪一家，吴大舅一家，张大户一家，王招宣一家，应伯爵一家，周守备一家，何千户一家，夏提刑一家。他如翟云峰，在东京不算，伙计家以及女眷不往来者不算。凡这几家，大约清河县官员大户，屈指已遍。而因一人写及一县。"②

郑振铎《谈金瓶梅》说："在《金瓶梅》里所反映的是一个真实的中国的社会。这社会到了现在，似还不曾成为过去。要在文学里看出中国社会的潜伏的黑暗来，《金瓶梅》是一部最可靠的研究资料。它是一部很伟大的写实小说，赤裸裸的毫无忌惮的表现着中国社会的病态，表现着'世纪末'的最荒唐的一个堕落的社会的景象。而这个充满了罪恶的畸形的社会，虽经过了几次的血潮的洗荡，至今还像陈年的肺病患者似的，在恹恹一息的挣扎生存在哪里呢。"③"在不断记载着拐、骗、奸、掳、杀的日报上的社会新闻里，谁能不嗅出些《金瓶梅》的气味来。郓哥般的小人物，王婆般的'牵头'，在大都市里是不是天天可以见到？西门庆般的恶霸土豪，武大郎、花子虚般的被侮辱者，应伯爵般的帮闲者，是不是已绝迹于今日的社会上？杨姑娘的气骂张四舅，西门庆的谋财娶妇，吴月娘的听宣卷，是不是至今还如闻其声、如见其形？那西门庆式的黑暗的家庭，是不是至今到处都还像春草似的滋生蔓殖着？《金瓶梅》的社会是不曾僵死的；《金瓶梅》的人物们是至今还活跃于人间的；《金瓶梅》的时代，是至今还顽强的在生存着。"④

西门庆的亲家陈洪因杨戬被参倒而受牵连，这其中真正的原因是官场里互相争斗、相互倾轧。他们互相嫉妒，军中混乱，大敌临边，尚书竟不发援兵。陈洪写给西门庆的信中说："兹因边关告警，抢过雄州地界，兵部王尚书不发救兵，失误军机，连累朝中杨老爷，俱被科道官参劾大重。"（第十七回，第241页）

看一下第十七回西门庆见到的兵科给事中宇文虚中的一本奏书，从一个侧面揭露了官场的黑暗和社会的腐朽。奏本说：

> 陛下端拱于九重之上，百官庶政各尽职于下。元气内充，荣卫外

---

① 蔡国梁：《谢肇淛与〈金瓶梅〉》，《福建论坛》，1982年第5期，第114—145页。

② 秦修容：《会评会校本金瓶梅·附录》，中华书局，1998，第1511页。

③ 郑振铎：《谈金瓶梅》，载徐朔方、刘辉：《金瓶梅论集》，人民文学出版社，1986，第2—3页。

④ 郑振铎：《谈〈金瓶梅〉》，载古耜《悟读金瓶梅》，京华出版社，2008，第17—18页。

杆，则虏患何由而至哉？今招兵戈之患者，莫如崇政殿大学士蔡京者：本以憸邪奸险之资，济以寡廉鲜耻之行，谀谄面谀；上不能辅君当道，赞元理化，下不能宣德布政，保爱元元；徒以利禄自资，希宠固位，树党怀奸，蒙蔽欺君，中伤善类，忠士为之解体，四海为之寒心；联翩朱紫，萃聚一门。迩者何湟失议，主议伐乐，内割三群。郭药师之叛，卒致全国背盟，两失和好。此皆误国之大者，皆由京之不职也。王黼贪无赖，行比俳优，蒙京汲引，荐居政策，未几谬掌本兵。惟事慕位苟安，终无一筹莫展。乃者张达残以太原，为之张皇失散。今兵犯内地，则又挈妻南下，为自全之计。其误国之罪，典司兵柄，滥膺阃外，大奸似忠，怯懦无比。此三臣者皆朋党团结，内外蒙蔽。为陛下腹心之蛊者也。数年以来，招灾致异，丧本伤元，役重赋繁，生民离散，盗贼猖獗，举兵犯顺，天下之膏腴已尽，国家之纲纪废弛，虽擢发不足以数京等之罪也……（第十七回，第241页）

这段描写揭露了蔡京、王黼、张达的荒淫误国，他们相互勾结，贻误军机，导致国家动乱，民不聊生。如此的一书上表，皇上并不以为然，下的圣旨是：蔡京姑留辅政。王黼、杨戬着拿送三法司，会问明白来说。蔡京逍遥法外，而下臣却成了替罪羊。西门庆后来所勾结的正是当朝最大的奸臣蔡京。

小说第三十回"蔡太师覃恩赐爵 西门庆生子加官"写到西门庆派来保和吴主管到京城蔡太师家里送生辰寿礼。蔡太师给西门庆点了金衣左所副千户、山东等处提刑所理刑职务。作者也写道：

> 看官听说：那时徽宗，天下失政，奸臣当道，谗佞盈朝，高、杨、童、蔡四个奸党，在朝中卖官鬻狱，贿赂公行，悬秤升官，指方补价。夤缘钻刺者，骤升美任；贤能廉直者，经岁不除。以致风俗颓败，脏官污吏，遍满天下，役烦赋兴，民穷盗起，天下骚然。不因奸佞居台辅，合是中原血染人。（第三十回，第418页）

第五十五回"西门庆两番庆寿旦，苗员外一诺送歌童"写到西门庆到了蔡太师家，由翟管家领他进府，他目睹了太师家的豪华富贵：

> 西门庆恭身进了大门，翟管家接着，只见门关着不开，官员都从角门而入。西门庆便问："为何今日大事，却不开中门？"翟管家道：

"中门曾经官门行幸,因此人不敢走。"西门庆和翟管家进了几重门,门上都是武官把守,一些儿也不混乱,见了翟谦一个个都人身,问:"管家从何而来?"翟管家答道:"舍亲打山东来拜寿老爷的。"说罢,又走过几座门,转几个弯,无非是画栋雕梁,金张甲第。隐隐听见鼓乐之声,如在天上一般。西门庆又问道:"这里民居隔绝,哪里来的鼓乐喧嚷?"翟管家道:"这是老爷叫的女乐,一班二十四人,都晓得天魔舞、霓裳舞、观音舞。但凡老爷早膳、中饭、夜宴,都是奏的。如今想是早膳了。"西门庆听言未了,又鼻子里觉得异香馥馥,乐声一发近了。翟管家道:"这里与老爷书房相近了,脚步儿放松些。"转个回廊,只见一座大厅,如宝殿仙宫。厅前仙鹤、孔雀,种种珍禽,又有那琼花、昙花、佛桑花,四时不谢,开的闪闪烁烁,应接不暇。西门庆还未敢闯进,交翟管家先进去了,然后挨挨排排,走到堂前。只见堂上虎皮交椅上,坐一个大猩红蟒衣的,是太师了。屏风后列有二三十个美女,一个个都是宫样妆束,执巾执扇,捧拥着他。(第五十五回,第737—738页)

这就是蔡太师的气势和风度,简直是天堂一般的生活。

至于小说中所塑造的中心人物形象西门庆,更是封建社会里欺压百姓、横行乡里、草菅人命的罪恶代表。"(西门庆)他用'活人'作阶梯,一步步踏上了'名'与'利'的园地里。他以欺凌、奸诈、硬敲、软骗的手段,榨取了不知数的老百姓们的利益!然而在老百姓们确实是被压迫得太久了,竟眼睁睁的无法奈何这破落户何!等到武松回来为他哥哥报仇时,可惜西门庆是尸骨已寒了。"[1] 反映了当时社会对金钱的追求,整部书中充满了铜臭气,反映了拜金主义的黑暗腐朽——火到猪头烂,钱到公事办。马克思说:"在我们面前有两种权力:一种是财产权力,也就是所有者的权力;另一种是政治权力,即国家的权力。权力统治着财产,也就是说,财产的手中并没有政治权力,甚至政治权力还通过如任意征税、没税、特权、官僚制度,加于工商业的干扰等等方法来捉弄财产。"[2]

从文化研究的角度来看,对于文化内涵的理解不一,也出现了各自不同的

---

[1]　徐朔方、刘辉:《金瓶梅论集·从人物形象看〈金瓶梅〉与〈红楼梦〉》,人民文学出版社,1986,第10页。

[2]　马克思:《道德化的批评和批评化的道德》,载《马克思恩格斯全集》(第四卷),人民出版社,2016,第330页。

分类，基本的分法是三个层次：物质文化（或谓物质层）；制度文化（或谓政治文化）；思想文化（或谓精神文化）。从中国小说发展的历史来看，小说反映社会的功能也基本上走出了这样一条道路，特别是明清人情小说更是体现了文化内涵的三个层次，这三个层次表现在三部著名的长篇人情小说上，即：《金瓶梅》—《醒世姻缘传》—《红楼梦》。这三部小说虽然不是截然分开地反映了社会文化的内容，它们之间也有交叉，但它们的侧重点各有不同：《金瓶梅》反映的是中国封建社会的物质文化，《醒世姻缘传》以批判中国封建社会的政治文化为宗旨，《红楼梦》则反映了封建社会青年男女追求的精神文化。这三部作品又恰恰是我国明清人情小说发展史上三部里程碑式的代表作。《金瓶梅》所重点描写的正是封建社会的物质文化生活，当然其中的政治文化、思想文化也有大量的反映。物质文化最主要的内容就是与人类生活息息相关的吃、穿、住、行等内容，与人类生存繁衍有直接关系的性爱生活。也就是人类生存最本能的要求：食与色。《金瓶梅》里的确描写了大量的宴席饭桌，西门庆家里摆过多次宴席，其中有菜肴、面食、点心、茶水、美酒、饮料等，据有人统计其中的菜肴有二百多种，鸡鸭鱼肉、山珍海味一应俱全，仅面食就达五十五种，动不动就是四碟果子、四碟小菜、四碟案酒，像宋惠莲一根柴禾把猪头肉煮得稀烂，让人听了垂涎三尺。其中提到的家常便饭也有几十种，仅饼就提到不下十种，什么炊饼、蒸饼、烤饼、烧饼、酥饼、馅饼、月饼等，还有馒头、面条之类的饭食，像西门庆吃过的"鸡舌面"也确实别有风味。还有各种各样的汤，不同风味的酒（比如菊花酒、金华酒等）。另外还有一些地方土产、风味小吃等。《金瓶梅》中还详细地描绘了其中人物的穿着打扮、各色服饰，像西门庆妻妾们穿的比甲、裙带、衣衫、鞋等。书中的房屋、车马、舟船等也各具特色。还有当时人们日常生活所用的器具等也有详细的描写，像潘金莲等人用的镜子等，甚至于中医的药方都写得十分丰富。总之，《金瓶梅》中描绘了中国封建社会里具有民族特色日常生活，反映了那时人们生活的风土人情，在物质文化层次的表现上达到了中国小说极高的程度，同时代的文学创作难以与之比并。刘心武先生将《红楼梦》与《金瓶梅》进行了详尽的比较，最后肯定了《金瓶梅》的文学史地位。他说："当然，《红楼梦》是一部不仅属于我们民族，更属于全人类的文学瑰宝；那么，比《红楼梦》早二百年左右出世的《金瓶梅》呢？我以为已是一部不仅属于我们民族，也更属于全人类的文学巨著，而且，在下一个世纪里，我们有可能更深刻地意识到这一点，尤其是，有可能悟出其文本构成的深层机制，以及时代与文学、环境与作家间互制互动的某种复杂而可寻的规律，从而由衷地发出理解与谅解的喟叹！"①

《金瓶梅》描写的性爱，反映了传统的男女关系和家庭生活史实。很多人讨厌其中的色情成分，甚至视为洪水猛兽。其实，从文化的视角来看，这也是当时物质文化内容的具体表现，是物质生活在个人生活中的一种反映形式。爱情并不是纯精神的爱恋，而是物质与精神相互依存的结合体，谁也说不清爱情到底是物质文化或是精神文化还是制度文化。如果没有物质基础，爱情就是空中楼阁。世界上任何两个男女都可能产生爱情，凡是两个具有异性吸引力的人都有爱情的基础，这个基础就是男女的身体条件，假如没有各自以为合适的身体外貌等物质条件，爱情是不会产生的，像武大郎与潘金莲的婚姻就没有爱情的坚实物质基础，因为潘金莲根本就没有看上武大郎的躯体，虽然武大郎对潘金莲一往情深，那只是一厢情愿的单相思，故他们的婚姻终究是悲剧。之所以潘金莲与西门庆一见钟情，就在于他们都对对方的躯体存在冲动，都对对方的身体也就是性的对象感到满足。说到底，爱情的基础物质条件就是对方能够满足自己的需求，并且自己愿意与对方实现性欲的躯体条件。爱情产生的起初是男女双方都看到对方的躯体，并互相产生吸引力。而婚姻的物质基础也是躯体条件，即能实现性欲。婚后家庭的爱情生活美满不美满，也主要取决于是否婚姻的双方能顺利地实现性欲。实现爱情性欲的生活描写是爱情婚姻物质层次上的描写，《金瓶梅》就脚踏实地地反映了爱情婚姻的物质文化内容，即大量地描写了男女之间性欲实现的争夺过程、身体感觉、情感趣味，甚至于具有性审美的内容。把人类爱欲的实现写得五彩缤纷，令人心动神摇；也就是把人类的爱情生活描绘得琳琅满目、动人心弦。这是《金瓶梅》反映社会生活的特色，是它表现社会生活独特的贡献。有人批判它的自然主义描写，这也没有批判的必要，自然主义也不一定就是不好的表现手法，这恰恰是《金瓶梅》的一个重要艺术特色。所以，我们要以这样的心态来研读《金瓶梅》的文本，不要在文本以外的领域里关照《金瓶梅》。不要带着非科学、不正当的评论心态来评说《金瓶梅》。从这一点上来说，我们完全没有必要去谴责《金瓶梅》的性爱描写，正因为它反映了物质文化层次的社会生活内容，才成其为"金瓶梅"。如果千篇一律地写一种生活内容，描写一个文化层次的社会风情，文学创作也就走进坟墓了。

---

① 刘心武：《评点金瓶梅·序》，载古耜《悟读金瓶梅》，京华出版社，2008，第173页。

第二节 《金瓶梅》性爱描写的社会动因

《金瓶梅》中的大量的性爱描写，是中国文学史上大放异彩的篇章。书中描写了一群男女的淫欲无耻、恶欲横流，西门庆丧心病狂的性欲发泄，潘金莲、王六儿寡廉鲜耻的泄欲表演，陈敬济伦理混乱的性爱追寻，庞春梅为性爱不惜捐躯献体。还有李瓶儿为爱情害人灭口，宋惠莲、如意儿为小利灵魂肮脏人格丧尽，林太太则道貌岸然挂羊头卖狗肉。对于性描写的态度，批评家也存在两面性，也是人人心中有又人人口中无而已。专家学者研究《金瓶梅》，都是以清客的面目出现，写的都是正人君子的仁义道德评说文字，与作为一个清净读者的内心体验是相违背的。

首先，《金瓶梅》性爱描写有其深刻的生活基础。郑振铎分析认为，《金瓶梅》反映了中国几千年的生活习俗，是跨越朝代内容的现实主义杰作："它是一部很伟大的写实小说，赤裸地毫无忌惮地表现着中国社会的病态，表现着'世纪末'的最荒唐的一个堕落的社会的景象。而这个充满了罪恶的畸形的社会，虽经过了好几次的血潮的洗荡，至今还是像陈年的肺病患者似的，在恹恹一息的挣扎着生存在那里呢……《金瓶梅》的社会是并不曾僵死的；《金瓶梅》的人物们是至今还活跃于人间的，《金瓶梅》的时代，是至今还顽强的在生存着。"①

茅盾先生进一步分析说："何以性欲小说盛于明代？这也有它的社会的背景。明自成化后，朝野竞谈'房中术'，恬不为耻。方士献房中术而骤贵，为世人所欣慕。嘉靖间，陶仲文进红铅得幸，官至特进光禄大夫柱国少师少傅少保礼部尚书恭诚伯。甚至以进士起家的盛端明及顾可学也皆藉'春方'——秋石方——才得以做了大官。既然有靠房中术与春方而得富贵的，自然便成了社会的好尚；社会上既有这种风气，文学里自然会反映出来。《金瓶梅》等书，主意在描写世情，刻画颓俗，与《漂亮朋友》相类；其中色情狂的性欲描写只是受了时代风气的影响，不足为怪，且不可专注重此点以评《金瓶梅》。然而后世摹仿《金瓶梅》的末流作者，不能观察人生，尽其情伪，以成巨著，反而专注意于性交描写，甚至薄物小册，自始至终，无非性交，这真是走入了恶魔道，恐非《金瓶梅》作者始料所及了。这一类小书，在印刷术昌明的今日，流传于市井甚盛；它们当然不配称为性欲描写的文学，并且亦不足为变态性欲研究者的

---

① 郑振铎：《谈〈金瓶梅词话〉》，载古耜《悟读金瓶梅》，京华出版社，2008，第17—18页。

材料。其中有《肉蒲团》一书,意境稍胜,其宗旨在唤醒世人斩绝爱欲,所谓'须从《肉蒲团》上参悟出来,方有实济',所以特地描写淫亵之事,引人入胜,而后下当头棒喝。但是此书不多的篇幅仍旧自始至终几乎全是描写性交,不曾于性交之外,另写社会现象;这便是一个极大的缺点,很减低了它的价值的。"①

鲁迅先生也指出《金瓶梅》性爱内容来源于社会现实:笑笑生的时代,世风日下,上至帝王将相,下至平民百姓,皆以享乐腐化为宗。"风气既变,并及文林,故自方士进用以来,方药盛,妖心兴,而小说亦多神魔之谈,且美叙床笫之事也。"②

现实社会生活是作家创作的原动力。王蒙先生认为,"由于人类的心底长期压迫着的那黑暗的一面:纵欲以及禁欲直到自宫,杀戮和犯罪,乱伦……人类文化给人们树立了许多公认的规则,文明人遵守这种规则,活得很辛苦。这种规则有理地或者过分地约束着人性的另一面,即打破一切规则把一切规则搞个稀巴烂的放纵的不顾死活的那一面。例如淫荡,说穿了就是性欲强到了失控地步,原因可能是由于粗鄙、缺乏教养,也可能是由于性低能的男人对之既羡又畏;本来没有那么大的罪,却常常被中外正人君子视为邪恶。人们批评淫荡、谴责淫荡,却又在艺术尤其在戏剧中长久地表现之。于是出现了以下说法:叫作男人追求的是圣母加妓女式的情人,而另一面是男人不坏,女人不爱。人性本身就是充满悖谬充满张力的。欲望带来活力也带来骄纵,文明带来规则也带来压制,激情带来快乐也带来危险,尝试带来创造也带来痛苦,甚至痛苦也能带来庄严崇高或是仇恨乖戾。人可能为圣也可能为魔。人可能贪纵自暴也可能萎缩自戕。人至少有好奇心,想知道那些不可以轻易付诸实践的事儿的真相。人还有试试极致的心,想把一种情绪一种欲望一种性格发展到极致观照一下,体验一下。真理多走一步会成为谬误,这是从认识论意义上说的,而性格——欲望——追求在艺术中多走一步就可能成为邪恶的'美'。在舞台上,荡妇往往会比圣女更引人注目,在生活中,唐·璜也比柳下惠更动人。"③ 宁宗一先生《我读〈金瓶梅〉》更以自己的深切体会说,"我在翻看自己的旧稿时,就看到了自己内心的矛盾和评估它的价值的矛盾。这其实也反映了批评界和研究界的一种值得玩味的现象。我已感觉到了中国的批评界和读者看问题的差异。我发现一个重大差别就是研究者比普通读者虚伪。首先因为读者意见是口头的,而

---

① 茅盾:《中国文学内的性欲描写》,载古耜《悟读金瓶梅》,京华出版社,2008,第13页。
② 鲁迅:《谈〈金瓶梅〉》,载古耜《悟读金瓶梅》,京华出版社,2008,第4页。
③ 王蒙:《莎乐美、潘金莲和巴别尔的骑兵军》,载古耜《悟读金瓶梅》,京华出版社,2008,第157—158页。

研究者的意见是书面的，文语本身就比口语多一层伪饰，而且口语容易个性化，文语则容易模式化——把话说成套话，套话就不真实；同时研究者大多有一种'文化代表'和'社会代表'的自我期待，而一个人总想着代表社会公论，他就必然要掩饰自己的某些东西。在这方面，普通读者就没有面具，往往想怎么说就怎么说，怎么想就怎么说，比如对《金瓶梅》其实不少研究者未必没有普通读者的阅读感受，但他们写成文章就冠冕堂皇了。尽管我们分明地感到一些评论文字在作假，一看题目就见出了那种做作出来的义正而辞严，可是这种做作本身就说明了那种观念真实而强大的存在。它逼得人们必须如此做作。且做作久了就有一种自欺的效果，真假就难说了。《金瓶梅》竟然成了一块真假心态的试金石，这也够可笑的了。就拿《金瓶梅》最惹眼的性行为的描写来说，我必须承认，在我过去的研究文章中就有伪饰。现在再读《金瓶梅》时，似经过了一次轮回，才坦然地说出了自己心底的话：我既不能苟同以性为低级趣味之作料，也无法同意谈性色变之国粹，当然我对弗洛伊德的性本能说持有许多保留意见。现在，也许经过一番现代化开导，我真的认识到，性活动所揭示的人类生存状态，往往是极其深刻的。因为，在人类社会里，性已是一种文化现象，它可以提高到更高的精神境界，得到美的升华，绝不仅仅是一种动物性的本能。所以，我认为《金瓶梅》可以、应该、必须写性（题材、内容这样要求），但是由于作者笔触过于直露，缺乏艺术分寸感，因此时常为人们所诟病。但是，我更喜欢伟大喜剧演员 W.C. 菲尔兹的一句有意味的话：'有些东西也许比性更好，有些东西也许比性更糟，但没有任何东西是与之完全相似的。'[1] 由此可见王蒙先生与宁宗一先生的深邃见解和大家风范。

对于《金瓶梅》的性爱描写的态度，历来存在两种基本表现：一是谈《金》色变。另一种意见认为《金瓶梅》性描写并没有什么不对，要看读书人的心态如何。"人摆脱了动物状态，既能变成魔鬼，也能变成天使。最坏的恶和最好的善都属于心灵，而这二者都在文学中得到了最完整的再现。因此对那些学会了阅读的人来说，他们的灵魂是染于苍还是染于黄都由自己掌握。"[2] 张竹坡《批评第一奇书〈金瓶梅〉读法〔五六〕》说："真正读书者，方能看《金瓶梅》，其避人读者，乃真正看淫书也。"[3] 东吴弄珠客的《金瓶梅·序》也明确指出："《金瓶梅》，秽书也……读《金瓶梅》而生怜悯心者，菩萨也；生畏

---

① 宁宗一：《我看〈金瓶梅〉》，载古耜《悟读金瓶梅》，京华出版社，2008，第146—147页。
② 阿米斯：《小说美学》，见宁宗一：《走进困惑》，山西古籍出版社，1998，第164—165页。
③ 秦修容：《会评会校本金瓶梅·附录》，中华书局，1998，第1507页。

惧心者，君子也；生欢喜心者，小人也；生效法心者，乃禽兽耳。"① 《金瓶梅》有毒没有毒就看你是不是吸毒者。如果有禽兽之心必定对自己有害，也必定毒害社会。张竹坡《批评第一奇书〈金瓶梅〉读法〔五二〕》说："《金瓶梅》不可零星看，如零星，便止看其淫处也。故必尽数日之间，一气看完，方知作者起伏层次，贯通气脉，为一线穿下来也。"② 还说："何谓《金瓶》误人？不善读书人，粗心浮气。与之经史不能下咽，偏喜读《金瓶梅》，且罪不喜读下半本《金瓶梅》，是误人者《金瓶梅》也。何为人自误之？夫对人说贼，原以示戒，乃听者反因学做贼之术，是非说贼者之过也，彼听说贼者本自为贼耳。故《金瓶梅》不任受过。何以谓人误《金瓶》？《金瓶梅》写奸夫淫妇，贪官恶仆，帮闲娼妓，皆其通身力量，通身解脱，通身智慧，呕心呕血，写出异样妙文也。今止因自己目无双珠，遂悉令世间将此妙文目为淫书，置之高阁，使前人呕心呕血做这妙文——虽本自娱，实亦欲娱千百世之锦绣才子者——乃为俗人所掩，金付流水，是谓人误《金瓶》。何以谓西门庆误《金瓶》？使看官不作西门的事读，全以我此日文心，逆取他当日妙笔，则胜如读一部《史记》。乃无如开卷便止知看西门庆如何如何，全不知作者行文的一片苦心，是故谓之西门庆误《金瓶梅》。然则仍旧看官误看了西门庆的《金瓶梅》，不知为作者的《金瓶》也。"③ 可以看出，《金瓶梅》本为小说，宗教家关注其佛道教化；政治家看到的是政治制度和权力手段；经济家看其反映的社会发展，注重的是商业经营；文人看其篇章结构、人物描写、语言艺术。好奇者得其声色之乐、奇风异俗；淫荡者观其迎奸卖俏、床上风流。正如鲁迅《〈绛洞花主〉小引》对《红楼梦》评说时说："经学家看见《易》，道学家看见淫，才子看见缠绵，革命家看见排满，流言家看见宫闱秘事……"④ 由此可见：谓《金瓶梅》淫，非作者淫，非作品淫，是读者之淫心淫。也如金圣叹评《西厢记》所说"文者见之谓之文，淫者见之谓之淫"（读第六才子书《西厢记》之二）。田晓菲认为："一个读者，必须有健壮的脾胃，健全的精神，成熟的头脑，才能够真正欣赏和理解《金瓶梅》，能够直面其中因为极端写实而格外惊心动魄的暴力——无论是语言的，是身体的，还是感情的。"⑤ 所以说，阅读《金瓶梅》必须心静、超凡、纯洁。否

---

①　秦修容：《会评会校本金瓶梅·附录》，中华书局，1998，第1472页。
②　秦修容：《会评会校本金瓶梅·附录》，中华书局，1998，第1506页。
③　张竹坡：《批评第一奇书〈金瓶梅〉读法》（八三）．秦修容《会评会校本金瓶梅·附录》，中华书局，1998，第1510页。
④　鲁迅：《集外集拾遗补编》，人民文学出版社，1993，第141页。
⑤　田晓菲：《秋水堂论金瓶梅·前言》，天津人民出版社，2003，第3页。

则，莫读《金瓶梅》。

第三节　《金瓶梅》性爱描写的心理学观照

《金瓶梅》的性爱描写反映了人的本能欲望和心理需求。性冲动是人类的基本欲望需求的表现，"性冲动是人的心理感受中最为敏感的神经元，它比蜗牛的触角还要微妙灵敏。人在这种个体感受中获得的欢乐是最大的欢乐，获得的享受也是最大的享受。"① 所以，性爱是人之大欲。《金瓶梅》在性爱的描写过程中，充分展现了男女性爱的不同方式和体验，客观真实地反映了人类性爱的多样性，充分肯定了人类性爱的客观存在。它具体描述了西门庆、潘金莲、李瓶儿、王六儿、陈敬济、庞春梅等的性爱实现，他们为自己的欲望都不只选择了一个对象，而且实现性欲的方式也是千姿百态，实现欲望的体验也各不相同。爱情是物质和精神的结合体，它既不是纯物质的男女交合，也不是纯精神的心心相通。爱情是以男女身体的物质存在为基础，使男女双方产生异性的吸引，产生绚丽多彩的情爱愉悦。也就是说，爱情以男女的交合作为物质基础，以两性的爱欲为动力，实现人类的本能繁衍生息。或曰爱有它的自然属性和社会属性。"在爱的复杂过程中，虽然爱的本质是理性的，但是理性的爱并不总是战胜感性的爱的。这一方面因为理性常常是激情或情感的奴隶，经不住抚摸、微笑、接吻、拥抱、祝愿、甜美可爱的目光、柔情蜜意的话语的引诱和冲击；另一方面是因为理性常常是受到各种社会因素——文化因素、伦理道德、风俗习惯的压制。虽然理性通常走在人类的行为前头，但是它却常常失败于控制和指导人类的爱的实践活动。"② 就是说，人的爱情与动物不同，它受道德、伦理、法律的限制，但理性往往又不能限制或扼杀本能的天真追求。弗洛伊德站在非理性主义的立场上，通过对人的心理结构的分析，就人的本质问题提出了"本能论"的观点。他提出："自从类人猿能够直立行走并显露了性器官时，性欲就变成恒常而不仅仅是周期性的冲动。"③ 他认为人的心理结构中的无意识系统，即人的原始的盲目冲动、生物的本能和出生后受压抑的欲望对人的行为活动起决定作用。在本我与自我，无意识与意识，本能与理智的关系上，归根到底是前者决

① 李存葆：《永难凋谢的罂粟花》，载古耜《悟读金瓶梅》，京华出版社，2008，第210页。
② 张之沧：《人的深层本质》，陕西人民出版社，1992，第154页。
③ ［美］艾布拉姆森：《弗洛伊德的爱欲论》，陈杰荣等译，辽宁大学出版社，1987，第12页。

定后者。科纳说："只要男女之间需要深沉的爱恋，人类就需要嫉妒以保证他们
的连续性。"① 人从一出生便有了性冲动，它来自于人的肉体的本能力量，弗洛
伊德找到的根源物质是里比多（即性原欲，是指性本能的一种内在的、原发的
动能力量）。这种本能的冲动或发泄最初的对象是模糊的，连自己也不知道不明
白，随着年龄的增长逐渐清晰起来，那就是选择异性作为实现的载体。所以人
的初期的性欲萌动并没有固定的对象，直到人寿终正寝时性欲的冲动也不是固
定在一个对象身上。由此看来，能满足人的欲望实现的对象具有多目标多形式
的特征。无论男女都可以找到许多性欲实现的对象，不论一个人处在什么地域、
处于什么时间，都可以找到自己性欲望实现的目标。自然，实现人的爱欲的方
式方法也是丰富多彩的，世界上没有两个人的性欲实现是一模一样的。并且，
人的性欲的实现每一次都有不同的记忆，而性欲实现的记忆又是模糊的。心理
学认为：人对性欲具有不可记忆性，也就是说很快就把上一次的体验忘记了，
新的冲动又会来临。西门庆就是一个为欲望四处寻觅的幽灵，他以强烈的生命
力量征服了无数的女子，并以生命为代价证明了性爱心理冲动导致的人类性爱
的多姿多彩。

　　从男女性爱心理机制特点来说，"两性的大脑结构和功能如同其他方面一样
拥有性别特征。比如在情感和理智的开启方面，女人是通过触摸、口香糖和柔
情蜜语来开动的，而男人则是通过黄色电影和女孩的注视来开动的。女人通过
阅读流行的浪漫小说可以产生性欲激动；而男人只有把双眼盯住'花花公子'
的中心部分才能感到异常的愉快。"② 如西门庆性交时爱用淫器，还具有性欲狂
和虐待狂的性变态心理表现。"一只野兽使旁的东西受痛苦是出于无意的，这就
没有什么不对。因为对它来说，根本就没有'不对'的事情，它使旁的东西受
痛苦，并不是出于高兴——只有人才这么干。"③ 而潘金莲、王六儿、李瓶儿、
宋惠莲、如意儿等又具有性受虐待狂的心理特征，她们甘愿被西门庆折磨，不
惜忍受皮肉之苦。甚至，她们感觉到的不是痛苦而是快乐和幸福。如果没有这
种性的欲望物质体验的反映，也就不算是真正地描写了人类的爱情生活。柏拉
图的精神恋爱和宝玉、黛玉的精神意淫一样，不是人类真正的爱情描写。《金瓶
梅》中的性爱描写使沉醉于肉欲的人，终于在交合中走向了灭亡。西门庆死了，
李瓶儿死了，庞春梅更在享受性爱的温床上咽了气。这不能不说是在性欲的恶

---

①　张之沧：《人的深层本质》，陕西人民出版社，1992，第158页。
②　张之沧：《人的深层本质》，陕西人民出版社，1992，第144页。
③　［美］莫蒂斯·艾德勒：《西方思想宝库》，吉林人民出版社，1988，第596页。

战中双双殉难，但历来的文学创作都没有将情欲描写得如此痴迷癫狂、多姿多彩，又让人为之献身输命。由此可见：《金瓶梅》描写的是真正的男女婚姻、家庭的生活变迁，而《红楼梦》描写的是理想爱情的悲欢离合。

从人的深层本质来讲，人与动物之间有着必然的联系。人类的性爱是动物性与人性结合的产物，它既有动物性的性结合，也有人类社会特有的人性色彩。我们常常把爱和性分离开来，"我们的性和爱被人类的文化传统、社会制度等因素给弄混乱了。我们爱配偶，并且需要配偶，但是人类的婚配却是地球上最复杂、最成问题的。关于性我们经常存在着矛盾的心理。莫内博士说，在西方文明史的多数时期内，我们一直把性和爱分离开来。'爱位于快感之上，性位于快感之下'，'爱是美丽的、抒情的和浪漫的，而性则是污秽的、淫乱的和好色的，因为它涉及到性器官。'"① 我们中国历史上，性和爱分离的观念更为鲜明。而有些动物也有伦理和领地的限制，就是说人类的爱情与动物的情欲有相通之处，在爱情的物质层次上是一致的。"人类一向把自身视为尊贵、高尚、仁慈和理性的化身，而把低劣、卑鄙、粗野、残忍、冷酷和无理视为动物性行为。其实人的一切行为都包含着人性与动物性、文明与野蛮等对立因素。正是这些对立因素的统一构成了人的深层本质。没有生物性就没有人性，这不仅因为生物性构成了人性的进化基础，而且因为任何人性也只有体现动物性方才是真正的人性。"② 甚至休谟在《人性论》中直接说："在我看来，最明显的一条真理就是：畜类和人类一样赋有思想和理性。"③ 这一论述肯定了人性与动物性的不可分割，描写人的生存、反映人类的生活就应当也关注人的动物性。文学作为反映人类社会生活的载体，在反映人类的爱情的时候，也必然会涉及人类爱情的物质基础的男女交合，有的还描写得多姿多彩，动人心弦。文学有反映人类的性爱的权利和义务，没必要在写起性爱时羞羞答答，更没必要以之为耻。《金瓶梅》的作者虽然以人类生存的本质需要写了性爱的现实生活，把两性的爱欲实现描写得丰富细致。在性爱的描写上更注意了动物性的一面，但其中的两性交合行为绝不能视为动物行为。因为动物没有性爱的心理活动，没有性爱的社会目的性，也没有性爱的感情基础。但由于时代、社会的观念束缚，笑笑生没直接写出自己的名字，而是为后人留下了作者的千古之谜，让我们无数的学者、教授耗尽毕生心血去考证作者及其身世，写出了汗牛充栋的著作和论文，由此

① 张之沧：《人的深层本质》，陕西人民出版社，1992，第163页。
② 张之沧：《人的深层本质》，陕西人民出版社，1992，第176页。
③ 休谟：《人性论》，载张之沧《人的深层本质》，陕西人民出版社，1992，第176页。

也造就了大批的博士、硕士。当然文学中的性爱描写有的是歌颂爱情，强调人的精神愉悦；有的描写肯定情欲，强调肉体的满足。《金瓶梅》所描写的就是衣食不足的下层市民，他们为满足欲望而东奔西走。在伦理混乱的日子里，他们用不着坚守虚无缥缈的贞操，他们看中的是现实生活的满足，而不是人生高雅的追求，因此，性爱就成为弱势群体特别是妇女利益满足的工具。《金瓶梅》不像《红楼梦》描写的是锦衣玉食、琴棋书画，耳濡目染的是诗书礼仪，青年男女的谈情说爱是仓廪实以后情意绵绵的梦想。单就性爱来说，《金瓶梅》写一群狗男女的淫荡媾合，而《红楼梦》写几个青年人的爱恨缠绵。如果从《金瓶梅》肯定人情人欲的角度来分析它的性爱描写，也不应该指责它为肮脏、为教唆、为流毒。"《金瓶梅》既是一株媚中含毒永难凋谢的罂粟花，也是一朵伴随着人类走向永恒的'警世之蕾'。"[1]

第四节　《金瓶梅》性爱描写的文学史意义

文学即是人学，这已经是不争的定说。既然文学要反映社会生活，反映人类的思想感情，就应当描写人类丰富多彩的生活，包括性爱生活。"性爱"一词没有善与不善的含义，它是一个中性词，是一个生活词汇。从文学发展史来看，反映人类的性爱生活是文学思想的进步，是叙事文学艺术的进步。"从我国小说发展的历史来看，其描写的对象从神到人是一个进步；从超人到凡人又是一个进步；再到侧重于刻画人情，探讨人性，又是一个进步。"[2] 在中外文学名著中性爱描写不乏实例，《十日谈》《茶花女》《安娜·卡列尼娜》《源氏物语》等，自然也有中国的《金瓶梅》《绿野仙踪》《醒世姻缘传》，甚至《红楼梦》等。我们有时批判《金瓶梅》中既多且细的性描写，斥之为自然主义。可是，自然主义又有什么不好？这也是文学创作的一种手法！关键还是看它的文学意义，没有自然主义的描写，哪有如此真实细致的叙事。孙犁先生说："《金瓶梅》运用了写实的手法，或者说是自然主义的手法，描写不避繁琐。采用日常用语、民间谚语，甚至地方土话，来表现人物的性格、色彩和气氛，也是它的创造。"看起来，赤裸且泛滥的性描写的确是《金瓶梅》的一个缺点，但它并没有淹没《金瓶梅》反映广泛与深刻的社会生活的文学价值。

---

① 李存葆：《永难凋谢的罂粟花》，载古耜《悟读金瓶梅》，京华出版社，2008，第225页。
② 黄霖：《读〈金瓶梅〉》，载古耜《悟读金瓶梅》，京华出版社，2008，第174页。

从现代社会学的角度来看，人类欲望的研究是一个重要课题。反映人类的基本欲望，也就是普通人的基本愿望，是文学创作的任务。人类的欲望就是人生需要，有生理需要、社会需要和精神需要。从人类的生存本质来说，性爱是人类的基本欲望之一，是人类进步发展的重要内容，是社会前进的动力。人生在世有两个本能的需求：一是生存需求；一是繁衍需求。也就是人的两大本性：食和色。《孟子》曰："食色，性也。"《礼记》曰："饮食男女，人之大欲存焉。""古往今来，世界上哪间房屋里不发生这等事情？"① 文学正要反映人类存在的基本要求。除了生存所需的食物、衣服、住房、交通、娱乐以外，就是人类的繁衍需求，在文学中称为爱情。《礼记·昏义》说："昏礼者，将合二姓之好，上以事宗庙，而下以继后世也，故君子重之。"先秦令男女结合采取的方式，《周礼·地官·媒氏》曰："媒氏掌万民之判……中春之月，令会男女。是时也，奔者不禁，若无故不用令者罚之，司男女之无夫家者而合之。"《圣经》虚构的亚当和夏娃是吃禁果的第一代男女，正是他们的开禁使人类有了生息繁衍的性爱生活，开启了人类的历史。在古巴比伦神话中，甚至认为人类开启智慧就是由神女与野男人会合性交开始的。巴比伦神妓与出入兽群的野人进行了六天七夜的性爱，之后，神女对野人进行了教诲，启蒙了野巨人的心智，使他进入了人类的文明状态。中国的巫山神女也与楚王交合而去，作者宋玉对楚襄王进行了开导，代替了神女的开启心智的功能，这似乎告诉人们：性行为不是人类的罪过，恰恰是人类智慧、激情、创造力的源泉。"从来没有人把这种行为及快感说成是坏的；相反，这种行为和快感有助于人类恢复那曾经获得的最高存在境界。""从一般特征看，性快感不是恶的化身。"② 我们清楚：动物的性爱没有明确的目的性，它们的性行为是为了躯体的满足，虽然有传宗接代的功能，但动物是没有心灵感应的。而人类的性爱不仅为了躯体的满足、精神的需要、感情的慰藉以及繁衍后代，还有其他许多社会目的。比如王六儿、宋惠莲、贲四嫂及行院勾栏的吴银儿、李桂姐之流，与西门庆的性爱是为了得到西门庆的金银，甚至就为了一件首饰或几件衣服；潘金莲、李瓶儿、如意儿之流则为了自己在西门庆家的地位；林太太之流是为了得到西门庆的社会支持。简单地讲，这些女人之所以甘心情愿地献出自己的肉体，是为了更好地生存。这自然又联系到中国古代社会的男性伦理中心主义，《金瓶梅》中的性描写体现了人类社会

---

① 黄霖：《读〈金瓶梅〉》，载古耕《悟读金瓶梅》，京华出版社，2008，第177—178页。

② 福柯：《性欲史·快乐的享用》，载叶舒宪《高唐神女与维纳斯》，中国社会科学出版社，1997，第359页。

特别是中国封建社会男性中心主义的伦理原则，描写了中国古代爱情以男性为主体的实现模式，也是人类性爱性别本质的真实写照。人类童年时期就像人的童年一样，也有对性追求的朦胧阶段。西方人的白日梦理论在中国的古代文献中也有具体的表现，自从神话传说中的周穆天子西游昆仑山与西王母相会，就体现出先民的男女性欲实现的男性中心主义观念。《高唐赋》《神女赋》中对梦幻女性的求索，屈原在《离骚》中就描写自己追寻逝去的神女、仙女，以求心灵的慰藉，宋玉所讲的楚王与神女的相会，实际是男性中心主义对女性的白日梦想，也反映了人类性爱男子具有主动性的性别本质。

《金瓶梅》中的性描写反映了作者的创作目的，充分体现了作者通过性描写揭露批判以西门庆为代表的乡绅恶霸的种种罪恶，他塑造的西门庆人物形象就是一个淫棍，一个性虐待狂。"色"是他灭亡的第一毒药，正因为西门庆如此疯狂泄欲，才实现了西门庆"酒色财气"恶有恶报的人生结局。笑笑生还用性爱描写反映了那个恶欲横流的时代，又以鲜明的人物形象塑造阐明了封建社会性爱与伦理的对立，肯定了人情人欲的客观存在。正如《批评第一奇书〈金瓶梅〉读法〔五三〕》说："凡人谓《金瓶梅》是淫书者，想必伊只看起淫处也。若我看此书，纯是一部史公文字。"[1] 甚至，我们可以将《金瓶梅》的性爱描写理解为文学的象征手法，它是以性爱的泛滥描写象征了那个腐朽的社会和达官贵人的糜烂生活。我们也十分清楚：爱欲总是受到社会伦理道德原则的制约，性欲的限制是社会伦理道德的要求，而事实上在道德伦理的背后却是爱欲的自由发泄。什么样的道德伦理也不会真正扼杀人的本能欲望。相反，越是社会道德压抑严重的社会条件下，人的欲望就越是得到巨大的张扬和肯定。"一方面，男人们出于对女性性欲的恐惧和憎恶，要求把女性视为尤物或妖魔，对她们严加提防和压制，制造出一系列性别歧视的伦理规章，如三从四德之类。另一方面，男人们又希望能尽情地满足自己的性欲，不论这种满足是现实的还是梦幻的。于是，在帝王们合法地拥有三宫六院和士大夫们合法的占有三妻四妾的同时，在梦境或幻觉中与神女、仙女、妖女或妓女艳遇的浪漫故事也就一个接一个地被创制出来了。又由于礼教纲常的现实压迫已经在相当程度上改变了女性的人格，驱使她们走向'贞'或'烈'的病态趋向，所以男人特别需要在梦幻中期遇与现实不同的女性形象，希望她们体现出那种未经礼教摧残和扭曲的自然天性，尤其是在性和情感方面的主动与奔放。于是乎自巫山神女以降，'愿荐枕

---

①　秦修容：《会评会校本金瓶梅·附录》，中华书局，1998，第 1506 页。

席’型的美人在幻梦文学中代不乏人，形成男性幻想定势中渴求的对象……"①西门庆与众女性的爱欲发泄也并不是没有伦理道德的限制，恰恰是道德伦理成了他们发泄欲望的遮羞布。在西门庆生活的社会中，压抑人性的社会伦理道德成了有权势和富有者更加猖狂地发泄私欲的保护伞。其实那些没有实现自己欲望的人，对于私欲横流也并非一味赞赏。笑笑生以道德君子的口气开头，对于发泄私欲的人大加嘲讽，并使人们知道私欲横流会导致家破人亡的结局。在道德原则指导下，《金瓶梅》写出了纵欲的西门庆、潘金莲、庞春梅、李瓶儿，在快乐原则的指导下的性爱发泄。而伦理准则否定父子性爱的争夺，又终于让陈敬济为潘金莲流落街头，为春梅死于非命。因为这两个女人是其岳父西门庆的妾和收用者，绝不是合乎伦理的陈敬济的性爱对象。《金瓶梅》正是通过这种为欲而死的性欲惩罚，维护了封建的伦理道德。但不管是否合于伦理，人类的性爱都是五彩缤纷的。即使是今天的人娶到西施、貂蝉、杨玉环等貌美多情的女人，也仍然是人生爱情婚姻的极大幸运。正如《金瓶梅词话》卷首词所说："大丈夫只手把吴钩，欲斩万人头。如何铁石打成心性，却为花柔！请看项籍并刘季，一似使人愁。只因撞着虞姬、戚氏，豪杰都休。"每一个女人对男人来说都可以是平等的性爱满足——只要他们处于最佳的异性结合状态。无论如何，以性本源为基础的人类性爱即好色之类，终究要战胜以心源为出发点的伦理道德之类。笑笑生在小说的具体描写中把人的性欲写得实实在在，最后又把自己的道德外衣撕破了，其性爱描写的真实生动具有了歌颂性爱的附美功能，以弘扬人的本能的实现肯定人情人欲的存在作结。《金瓶梅》所描绘的人类社会爱情追求的体现，已经不是朦胧的探寻，而是实实在在的实现。它描写的两性关系是活生生人的真实表现和感受。假如之前的文学性爱描写还是人类朦胧模糊爱情追寻的话，《金瓶梅》已进入了实施阶段。或者说之前是梦想情人寻找恋人，甚至是谈情说爱的爱情迷茫状态，而《金瓶梅》则是结婚并过上了幸福美满的爱情生活，不过那是初婚的性爱生活，还不是彼此心心相印的爱情婚姻阶段。

另外，兰陵笑笑生还把民俗中的象征语言手法运用到了《金瓶梅》的性爱描写中，不自知地暗合了弗洛伊德的心理学理论，典型的是象征女阴的酸梅汤、瓢、鞋、棒槌、钥匙等生活事像的描述。西门庆到王婆家探听潘金莲消息，两人还有一番斗嘴，将"梅"与"媒"谐音双关，打趣戏笑 (第二回，第50—51页)。小说第四回王婆到武大郎家借瓢，实是王婆为潘金莲与西门庆幽会拉皮条的暗语。作者专门说道：

---

① 叶舒宪：《高唐神女与维纳斯》，中国社会科学出版社，1997，第443—444页。

　　有词单表这瓢双关二意：这瓢是瓢，口儿小，身子儿大。你幼在春风棚上恁儿高，到大来人难要。他怎肯守定颜回，甘贫乐道，专一趁东风水上漂。也曾在马房里喂料，也曾在茶房里来叫。如今弄得许由也不要。赤道黑洞洞，葫芦中卖的甚么药？（第四回，第76页）

　　"瓢"具有女阴的象征意义，也如人类自古以来就有的容器象征母亲的系列象征物一样。其中的"鞋"描写更是丰富多彩、跌宕多姿，其心理学价值和文学象征意义更是超凡脱俗。

　　第七十二回"潘金莲抠打如意儿"，写西门庆勾搭上丫头如意儿，经常与之过夜，而冷落了潘金莲，金莲难熬，故意让春梅代替主子去借棒槌，为了一个"棒槌"金莲与如意儿大闹一场，又借故大骂秋菊，争夺"棒槌"就有对男性争风吃醋的意义，"棒槌"即有心理学的阳具象征意义。

　　第二十八回"陈敬济侥幸得金莲，西门庆胡涂打铁棍"，写潘金莲因醉闹葡萄架淫欲过度丢了鞋子，被一丈青的儿子小铁棍捡到，落在陈敬济的手里。陈敬济归还时借机调戏潘金莲，却又丢了一把钥匙，他觉得遗失在金莲处，又到金莲房里来找，钥匙开锁正是男女相合的象征。这绣鞋和钥匙既是潘金莲与陈敬济勾搭激情的热情道具，又是男女性器的象征物，这些描写都是《金瓶梅》的辉煌篇章。关于此论述已有专门论文，在此不细表。①

　　《金瓶梅》中的性爱描写，一方面显示了社会日常生活中不被公众见到的而又是人人经历的性爱生活，一方面又反映了人在性欲压抑下的疯狂发泄状态。我们感到"罕见"或"奇特"，是因为它与传统的文学描述内容大不一样，是文学创作的"禁区"，道德家反对，政治家反对，文学家也反对，甚至布衣平民都反对。事实上，《金瓶梅》所描写的人类性欲实现的生活内容，是人人口中无人人心中有的活生生的现实生活写照。笑笑生以超凡的胆略以身试法，向传统制度与道德规则挑战，演绎了真情动人的人性华章。如果人人缩头缩脑，投鼠忌器，怎能创作出如此惊艳又力透纸背的文学著作！如王蒙先生所说："这样的爱情是对于规则的谋杀，古往今来的文学作品都喜欢把规则踩在脚下……这种

①　范正生：《古代恋鞋观念的心理学阐释》，《泰山学院学报》，2004年第2期，第40—44页。范正生：《〈金瓶梅〉"绣鞋风波"的心理学透视》，《黑龙江社会科学》，2004年第1期，第94—97页。

对于规则的谋杀，安慰了旷男怨女与被压迫工农的心。"① 从这个意义上讲，《金瓶梅》中的性描写是人之本性的肯定和张扬，是对人类心灵现实压抑原则的否定，是人生快乐原则的颂歌，难怪袁宏道赞之为"云霞满纸，胜于枚生《七发》多矣"。② 郑振铎赞《金瓶梅》说："《金瓶梅》的出现，可谓中国小说的发展的极峰。在文学的成就上说来，《金瓶梅》实较《水浒传》《西游记》《封神榜》尤为伟大……《金瓶梅》实是一部可诧异的伟大的写实小说。她不是一部传奇，实是一部名不愧实的最合于现代意义的小说……她是一部纯粹写实主义的小说。《红楼梦》的什么金呀、玉呀，和尚、道士呀，尚未能脱尽一切旧套。唯《金瓶梅》则是赤裸裸的绝对的人性描写；不夸张，也不过度的形容……在我们的小说界中，也许仅有这一部而已……《金瓶梅》则画人之作也，入手即难，下手却又写得如此逼真，此其所以不仅独绝于这一个时代的小说界也。"③ 虽然淫欲过度使人丧命，但性命终究要结束的，只是结束的原因和方式不同而已。无论是人还是动物每一次性爱都是一次死亡的体验。笑笑生认为：为人性的本能而死，比为虚妄的伦理道德而死，使生命显得更加真实饱满！"人最宝贵的是生命，只有写出了超过生命的事件或者理念或者情欲，才算是达到了艺术的极致。"④

第五节　创作意图与道德说教的矛盾

　　传统的文学中也有大量描写男女性爱的内容，只是作为宫廷秘史般的保存起来，一般读者难以看到，但这种希望得到并一睹为快的心理冲动人人都有。正统的文人隐而不表，大胆突破的文人心犹不甘、羞于面世。于是若即若离的一边暴露批判一边欣赏愉悦的矛盾心态就表现出来。《金瓶梅》中的性爱描写，一边是大胆甚至是忘我的激情书写，如潘金莲醉闹葡萄架、陈敬济弄一得双等，无不展现着作者对性爱的沉醉与痴迷；一边在篇章中又大段大段的道德警示，如开头的酒、色、财、气四篇的说教，又有色箴的佳人索命忠告，还有行文中

---

① 王蒙：《莎乐美、潘金莲和巴别尔的骑兵军》，载古耜《悟读金瓶梅》，京华出版社，2008，第160页。
② 许志强：《金瓶梅：兰陵笑笑生之谜》，中国文联出版社，2000，第14页。
③ 郑振铎：《插图本中国文学史》，中华书局，2016，第1034—1037页。
④ 王蒙：《莎乐美、潘金莲和巴别尔的骑兵军》，载古耜《悟读金瓶梅》，京华出版社，2008，第161页。

时时插入的"看官听说"警醒。好似作者必须书写性爱，又必须告诫性爱的可怕，真是有些"既当婊子又立牌坊"的嫌疑。这与《诗经》以来的"温柔敦厚"文学价值观念有关，《诗经》是"饥者歌其食，劳者歌其事"，是反映现实社会生活和人生欲望的，但解读《诗经》则是"思无邪"。明明《关雎》写"窈窕淑女，君子好逑"的爱情追求，却解说为"后妃之德"。笑笑生也是极力书写人性本能的性爱行为，又把泛滥的性爱描写说成是"垂戒来世"道德范本。

聂绀弩说："天下事往往如此：你以隐蔽某种行为为有利，一定有另一批人以揭露这种行为为有利。有人以仁义道德典章文物来掩饰什么，另一面一定有人来反对仁义道德典章文物。从这一观点看问题，不为诲淫，不为别的什么，只作暴露文学，《金瓶梅》这种小说，在一定的历史条件下，迟早会出现的。至于末流怎样且不谈。老子曰：'天下皆知美之为美，斯恶（丑）矣。'《资本论》第四卷说路德反对高利贷者穷凶极恶地剥削债务人，也穷凶极恶地攫取一切美名，把美与丑、善与恶颠倒过来。牵别人的耕牛回家，拉它的尾巴倒退，使人从足迹辨认，倒以为是别人把他的牛牵走了。这正好是老子的注脚。如果照老子的话作逻辑推论说：'天下皆知丑之为丑，斯不丑矣'，似乎也可以。《金瓶梅》揭露夸张某种人的某种恶行丑态，不管意图如何，客观上多少能使人知丑之为丑，似乎不是坏事，进一步说，使天下皆知人类的美与丑，又岂非人的觉醒的前奏？"① 《金瓶梅》把丑陋揭露出来，效果是使人们知道什么是美丽了。从这个角度说，作者没必要再去进行道德说教，大胆描写即可。

鲁迅《中国小说史略》第十九篇《明之人情小说（上）》也说："故就文词与意象以观《金瓶梅》，则不外描写世情，尽其情伪，又缘衰世，万事不纲，爰发苦言，每极峻急，然亦时涉隐曲，猥黩者多，……而在当时，实亦时尚。成化时，方士李孜、僧继晓已以献房中术骤贵，至嘉靖间而陶仲文以进红铅得幸于世宗……于是颓风渐及士流，都御史盛端明、布政使参议顾可学皆以进士起家，而俱借'秋石方'致大位……世间乃渐不以纵谈闺帏方药之事为可耻。风气既变，并及文林，故自方士进用以来，方药盛，妖心兴，而小说亦多神魔之谈，且每叙床第之事也。"② 由此可见，世情生活为《金瓶梅》提供了素材，是真实的生活描写，也没必要欲之又为之辞的矛盾表态。

作者在书中夹杂洗白自己的说教的原因是：作者生怕误读了《金瓶梅》，生怕《金瓶梅》误了人，所以才苦口婆心地进行道德教化。如果都能像张竹坡一

---

① 聂绀弩：《谈〈金瓶梅〉》，载古耜《悟读金瓶梅》，京华出版社，2008，第71页。
② 鲁迅：《中国小说史略》（上），上海古籍出版社，1998，第128页。

样真正悟读《金瓶梅》，作者就不会有多且乱又矛盾的说教了。张竹坡说："何为《金瓶》误人？不善读书人，粗心浮气，与之经史不能下咽，偏喜读《金瓶梅》，且最不喜读下半本《金瓶梅》，是误人者《金瓶梅》也。何为人自误之，夫对人说贼，原以示戒，乃听者反因学做贼之术，是非说贼者之过也，彼听说贼者本自为贼耳。故《金瓶梅》不任受过。何以谓人误《金瓶》？《金瓶梅》写奸夫淫妇，贪官恶仆，帮闲娼妓，皆其通身力量，通身解脱，通身智慧，呕心呕血，写出异样妙文也。今止因自己目无双珠，遂悉令世间将此妙文目为淫书，置之高阁，使前人呕心呕血做这妙文——虽本自娱，实亦欲娱千百世之锦绣才子者——乃为俗人所掩，尽付流水，是谓人误《金瓶》。何以谓西门庆误《金瓶》？使看官不作西门的事读，全以我此日文心，逆取他当日的妙笔，则胜如读一部《史记》。乃无如开卷便止知看西门庆如何如何，全不知作者行文的一片苦心，是故谓之西门庆误《金瓶梅》。然则仍依旧看官误看了西门庆的《金瓶梅》，不知为作者的《金瓶》也。常见一人批《金瓶梅》曰'此西门之大账簿'。其两眼无珠，可发一笑。"① 张竹坡与作者担心的是一回事。如果读《金瓶梅》是为了一观色相，满足男女窥癖，甚至效法其行，真是误读了。所以作者不得不反复告诫读者，一定不要有邪恶之念，极力展现荒淫的同时，又不得不痛骂之。作者的真心是不得不写，不写不足以揭露和嘲骂；又不得不否定性爱描写，不否定又怕读者误读了。所以，笑笑生不得不老生常谈，淋漓尽致地泼墨一番，又不忘像宣讲教科书般的唠叨一篇。尽管兰陵笑笑生大胆地作出惊世探索，但内心还有投鼠忌器的忧虑。毕竟，《金瓶梅》的这种叙事方式，还是实现了作者的创作目的。

第一，丑恶的性欲与美丽的爱情。写丑恶的性欲实现，篇章本身却附丽了美好的爱情。

王溢嘉《从精神分析观点看潘金莲的性问题》认为："依笔者简单的心思来看，《金瓶梅》是一本淫书，潘金莲是一个淫妇；而身为一个艺术家的兰陵笑笑生当然不会是志在'写一本黄色小说'而已，他想要描绘的是存在于他内心深处一些模糊而又与人生真谛有关的东西（也就是'原型'）。在勾绘'淫妇原型'的过程中，他自觉或不自觉地表露或者说宣泄了他的性幻想；同时，对他所创造的'淫妇'，在'阳'的一面，他给予公式化的道德谴责，在'阴'的

---

① 张竹坡：《批评第一奇书〈金瓶梅〉读法》（八二），载秦修容《会评会校本金瓶梅·附录》，中华书局，1998，第1510页。

一面，却也暴露了一般男性对此的惧怖。"①

兰陵笑笑生对社会人物原型的刻画，有自己的想象甚至梦想。有些性爱描写不是自己亲身经历，怎能写得如此丰富？不是自己的想象和夸张为何写得如此绚丽多彩？不是笑笑生亲做的性爱，为何写得如此痴迷细致？如第一回写西门庆一观金莲的姿色，"但见他黑鬖鬖赛鸦鸰的鬓儿，翠弯弯的新月的眉儿，香喷喷樱桃口儿，直隆隆琼瑶鼻儿，粉浓浓红艳腮儿，娇滴滴银盆脸儿，轻袅袅花朵身儿，玉纤纤葱枝手儿，一捻捻杨柳腰儿，软浓浓粉白肚儿，窄星星尖翘脚儿，肉奶奶胸儿，白生生腿儿，更有一件紧揪揪、白鲜鲜、黑茸茸，正不知是甚么东西。观不尽这妇人容貌……"（第一回，第48页）这种透视效果的性欲描写，就是作者想象虚构的绚丽篇章。所以，作者一边以多且滥的性爱描写控诉人性的堕落、社会的腐朽，一边也沉醉依恋着性爱的美丽，享受着男女性爱的满足。作者自觉地对性爱给予了赞美和欣赏，不自主地附美了性爱，也激发起读者品尝性爱描写芬芳气息的欲望。试想：读者尚且如此痴迷，况作者乎？那些花容月貌的美人描写，那些诉说衷肠的男欢女爱故事，还有那些"偷香窃玉"的情节展现，金莲雪夜弹琵琶的相思描写，就是情深意长动人心弦的性爱描写，就是对爱情的赞美，作者不是很欣赏吗？鲁歌总结说："《金瓶梅》能够为我们提供一个性交方面的最完备的景观。这个景观既是当时现实生活的真实写照。但更重要的是作品人为的艺术营构，是作者躁动不安的'性不法'心理的驱使下，精心构筑起来的种种令人恐怖的性交场面及其附有可怕的因果关系的性交大全。"②鲁迅则认为："然《金瓶梅》作者能文，故虽间杂猥词，而其他佳处自在。"③

现实道德原则使放纵性欲的西门庆、庞春梅、李瓶儿、潘金莲，死于快乐原则下的性爱发泄。伦理原则否定了父子间的性爱争夺，终于使陈敬济流落街头，为春梅他又命丧黄泉，因为金莲和春梅都不是陈敬济同伦的女性，而是西门庆合于人伦的性爱对象。敬济的行为是下对上的恣母，笑笑生还是把维护伦理道德的原则在几个人物的命运结局上体现出来。也就是说《金瓶梅》整体构思的道德编制并没有改变，只是在具体的性爱描写中背叛了伦理道德的束缚，是人性的爱欲潜意识支配笑笑生把笔墨泼在了性爱上，在批判嘲笑性欲的同时具有了"附美"人之性欲发泄的作用。最后又无法面对读者的审视，不能不承

① 古耜：《悟读金瓶梅》，京华出版社，2008，第237页。
② 鲁歌、马征：《金瓶梅纵横谈》，北京燕山出版社，1992，第223页。
③ 鲁迅：《中国小说史略》（上），上海古籍出版社，1998，第129页。

认是自己在伦理的仓库里装满了反伦理的货物，逃避追问的方式便是来了个隐姓埋名，干脆叫笑笑生，也就是开个玩笑，何必当真？爱怎么说就怎么说吧！

第二，道德说教与个性的张扬。大篇的道德说教，连篇累牍的劝诫之词，但却用欣悦的笔墨书写了人的个性自由，实现了揭露社会腐朽、人性堕落的目的。

张竹坡第一百回之回评说："一篇淫欲之书，不知却句句是理性之谈，真正道书也。"（第一百回，第1449页）"一部奸淫情事，俱是孝子悌弟穷途之泪"（第一百回，第1451页）。叶舒宪在评说《金瓶梅》创作时，挖掘了笑笑生的创作潜意识，说："作者操笔写之时受到了两种原则的制约，这两种对立原则就是精神分析所说的快乐原则和现实原则。弗洛伊德指出，潜意识心理的愿望和需求像婴儿一样，对社会的法律和伦理一无所知，生活中的'可以'与'不可以'对它没有任何意义。这种强烈的冲动在每个人心理深层造成一种要求满足的固定需要，这就是快乐原则，它是潜意识心理所遵从的'最高指南'。但是，受快乐原则刺激而产生的欲念必然会遭到另一个相反的力量监察和控制，这便是现实原则，它同样存在于每个人的心里，但与之相结盟的不是潜意识和本能，而是意识和超我，现实原则永远听从社会传统规范的指挥。快乐原则和现实原则之间的关系就好像严厉的父亲同任性的孩子，永远处在对立统一之中……当《金瓶梅》的作者围绕着《色箴》大作文章的时候，其实他说的并不是他想说的东西，而是现实原则让他不得不说的东西。"① 快乐原则让他说的是性爱的描写和欣赏，现实原则阻止他尽情书写，必须说出那些违背本心或影响叙事流畅的道德说教。比如《金瓶梅》第二回，当武松拒绝金莲的勾引后骂道："武二是个顶天立地噙齿戴发的男子汉，不是那等败坏风俗伤人伦的猪狗！嫂嫂休要这般不识羞耻，为此等的勾当。倘有风吹草动，我武二眼里认得是嫂嫂，拳头却不认得是嫂嫂。"作者用武松的话语，嘲笑了武松的木讷和无情。再如"武松杀嫂"的描写，以精彩的文字描写了武松的心狠手辣，杀人不眨眼。从叙事中阐明传统道德观念的无情和冷漠，把武松塑造成冷冰冰的道德雕像。崇祯本眉评武松说："如此人，世上却无。吾正怪其不近人情。"张竹坡"行评"说："不谓此书内，有这样一个男人。"（第二回，第42页）可见，都对武松被道德原则束缚的冷若冰霜表现予以否定。

有时作者站在叙事以外，直接进行劝解宣讲。如第十四回写李瓶儿把财宝转移给西门庆，并将三千两银子送给西门庆找关系，落下许多，花子虚要算账，

---

① 叶舒宪：《高唐神女与维纳斯》，中国社会科学出版社，1997，第515—517页。

被李瓶儿气骂一番，花子虚哑巴吃黄连——有口说不出。兰陵笑笑生评论说："大凡妇人更变，不与男子一心，随你咬折铁钉刚毅之夫，也难测其暗地之事。自古男治外而女治内，往往男子之名都被妇人坏了者，为何？皆由御之不得其道；要之，在乎容德相感，缘分相投，妇唱夫随，庶可保其无咎。若似花子虚落魄飘风，谩无纪律，而欲其内人不生他意，岂可得乎？"（第十四回，第204页）这是鲜明的男女伦理道德说教。至于作者道德说教的结果，茅盾先生分析说："描写极秽亵的事，偏要顶了块极堂皇的招牌——劝善；并且定是迷信的果报主义。好淫者必得奇祸，是一切性欲小说的信条——不问作者是否出于诚意。为了要使人知道'好淫者必得奇祸'而作性欲描写的小说，自然是一桩有意义的事。但是不使淫者受到社会的或法律的制裁，而以'果报'为惩戒，却是不妥。因为果报主义托根于迷信鬼神，一旦迷信不足束缚人心，果报主义就失了效用。那时候，劝善的书反成了诱恶。"①

第三，女人祸水论与男性的堕落。根据叙事作品的结构的分析，可以看出《金瓶梅》创作以道德说教出场，目的是叙述"性是罪恶""女人祸水""恶有恶报"等，它没有歌颂人情人欲，没有肯定人情人欲。

《金瓶梅》中没有歌颂男子汉，反而是女人像恶魔一样到处奔忙，她们为了个人的欲望不惜出卖自己的肉体与灵魂，那些东奔西跑的牙婆牵头，那些出卖肉体的女人，像金莲、李瓶儿、林太太、王六儿、宋惠莲，还有那些妓女、粉头，等等。在这些女人的操纵下，男人失去了尊严，甚至是人格丧尽。比如武大郎、花子虚、蒋竹山、来旺、韩道国、陈敬济、王三官、温葵轩，等等。第一回写金莲对武大的不满意，道："想当初，姻缘错配，奴把你当男儿汉看觑。不是奴自己夸奖，他乌鸦怎配鸾凤对？奴真金子埋在土里，他是块高号铜，怎与俺金色比？他本是块顽石，有甚福抱着我羊脂玉体？好似粪土上长出灵芝。奈何随他怎样，到底奴心不美。听知奴是块金砖，怎比泥土基！"笑笑生却说："看官听说，但凡世上妇女，若自己有些颜色，所禀伶俐，配个好男子便罢了；若是武大这般，虽好杀，也未免有几分憎嫌。自古佳人才子相配着的少。买金偏撞不着卖金的。"（第一回，第30—31页）第四回笑笑生说："却说这妇人自从与张大户勾搭，这老儿是软如鼻涕脓如酱的件东西，几时得个爽利！就是嫁了武大，看官试想，三寸丁的物事，能有多少力量？今番遇了西门庆，风月久惯、本事高强的，如何不喜？但见……直饶匹配着姻谐，真个偷情滋味美。"（第四回，

---

① 茅盾：《中国文学内的性欲描写》，载古耜《悟读金瓶梅》，京华出版社，2008，第14页。

第74页）在女子个性张扬、欲望实现的描写中，一群懦弱的男人土崩瓦解了。

第四，《金瓶梅》道德说教的两个创作缺陷。一是宣扬女人祸水论：《金瓶梅》污言秽语极多，宣泄性欲过分。所谓污言秽语，就是指那些性描写中男女交媾中的叙述语言和人物之间的淫声浪语。比如作者所说的月娘看到金莲时，从头看到脚，风流往下跑；从脚看到头，风流往上走。（第九回，第133页）伴随着性欲描写的隐含道德绑架就是"女人祸水论"。《金瓶梅》为实现其道德教化，丑化女人的性欲望，让情欲扼杀人，为情欲杀人——因情欲杀死了武大郎、花子虚、蒋竹山、西门庆、庞春梅、陈敬济等，并且加上情欲实现时的亵笔描写，使情欲变得肮脏、污浊、可怕，使人谈性色变，如洪水猛兽，这显然是封建主义的男性中心意识作怪，是"女人祸水论"的形象教材。二是因果报应观念：因果报应虽有佛教轮回的弊病，但社会历史的发展和人生体会中有许多的"因果报应"。有因必有果这符合哲学逻辑，原始思维认为原因和结果是互渗的，"原逻辑和神秘的思维到处感到存在物之间的秘密关系，作用和反作用，同时，这些关系既是外部的东西，又是内部的东西。"① 也就是因果互应，原始的部落人类就相信因果报应。《庄子·齐物论》有言："彼出于是，是亦因彼。"是说事物之间的相互影响。先人的"天人合一"观念，董仲舒的"天人感应"说，就是"因果报应"的中国哲学。洪水灾害与破坏森林草原有直接关系，是生态平衡遭破坏的因果报应。《金瓶梅》的确以人性道德的标准宣扬了"因果报应"，但也不能直接否定这种叙事构思。孙犁先生对《金瓶梅》进行了分析，认为因果报应的描写在现实生活确有真实反映。他说："我并不反对有些小说标榜因果报应。因果，就是现实发展变化的规律。事物都有它的起因和结果。起因有时似偶然，然其结果则是必然。其间迂回、曲折，或出人不意，或绝处生，种种变化，都是事物发展的过程。作家能真实动人地反映这一过程，使读者有同感，能信服，得警悟，这就是成功之作。起于青萍之末也好，见首不见尾也好，红极一时、灯火下楼台也好，烟消火灭、树倒猢狲散也好。虽是小说家点缀，要之不悖于真实。兴衰成败，生死荣枯，冷热趋避，人生有之，文字随之，这是毫不足奇的。小说家常常以两个极端，作为小说结构的大布局，庸俗者可成为俗套，大手笔究竟能掌握世事人生的根本规律。在写因果报应的小说中，《金瓶梅》是最杰出的、最精彩的一部。它不是简单的图解和说教，它是用现实生活的生动描绘，来完成这一主题。"②

---

① 列维·布留尔：《原始思维》，商务印书馆，1981，第290页。

② 孙犁：《〈金瓶梅〉杂谈》，载古耜《悟读金瓶梅》，京华出版社，2008，第97页。

下 篇

XIAPIAN

第四章

武大郎：传统伦理秩序中的小丈夫

　　《金瓶梅》中的武大郎形象与《水浒传》里一样，虽然不是贯穿始终的主人公，但他是具有重要历史社会意义和文学史意义的文学形象。后世学者对其评说甚少，对武大郎形象的文化意义及其在小说结构中的作用更少人提及。下面加以分析论述。

第一节　大丈夫形象的肉体失落

　　传统文化塑造的所谓大丈夫表现为"富贵不能淫，贫贱不能移，威武不能屈"（《孟子·滕文公》）男儿气概。先秦儒家思想就主张男子要"杀身成仁""舍生取义"，虽有维护剥削统治、追求个人声誉之目的，但它毕竟为后世的大丈夫形象设立了范本。它要求丈夫应该是有志气的男子，有成仁成义的君子人格，积极入世，勇往直前，不怕殉职，追求悲壮的人生结局。这种人格气概的前提是"浩然之气"。孟子称自己"善养浩然之气"，即培养一种精神气质和心理状态，成为无限的精神支撑力，并日臻于"大智大刚"，也就是孔子所谓的"仁人志士"。孟子在与诸侯的周旋中，展现了傲岸不屈的大丈夫风范，说："彼，丈夫也，我，丈夫也。吾何畏彼哉！"并准备为道德理想而殉职。"志士不忘填沟壑，勇士不忘丧其元。"（《孟子·滕文公上》）这种人生道德理念启迪了后代无数刚健威武的文人志士，像东汉士人与宦官的殊死搏斗，明代东林党人的关心天下、舍生忘死，还有秦汉的项羽、司马迁、李广、卫青、班超，魏晋的曹操、关羽，唐之李世民、哥舒翰、黄巢，宋之杨家将、岳飞、李刚、辛弃疾，《水浒传》中的一百单八将都是有仁有义富有大丈夫气概的英雄。墨家所倡导的大丈夫形象是赖力仗义的侠士。墨家特别重视人力，《墨子·非乐下》说："今之人固与禽兽麋鹿蜚鸟贞虫害异者也……今与此异者生，不赖其力者不生。"力即人生具有的生命力和劳动力，还要有为生存而运用自己力量的能力。

鸟兽虫鱼赖自然而生，社会生活中实是弱肉强食，《墨子·非命下》认为个人的饥饱、寒暖、荣辱、贵贱乃至整个社会的安危、治乱都取决于每一个人主体力量大小，"强必贵，不强必贱；强必荣，不强必辱；强必富，不强必平；强必宁，不强必危。"古先圣王之所以有美好的声誉皆"以为其力也"。自己有了强大的力量再仗义而为是墨家理想人格的另一部分，"有力者疾以助人，有财者勉以分人"（《墨子·天志上》），"视人之身若视己身"，"强不执弱"（《墨子·兼爱中》），所以扶弱除强、劫富济贫、舍己为人、勇于自我牺牲是墨家大丈夫的理想行为，其根本基础是力。先秦的"士"是社会的一个重要阶层，后来成为文士或武士。墨家理想的士大夫必是侠肝义胆的英雄豪杰，对后世的游侠之风影响巨大。文武双全的侠义之士就成为儒、墨思想相结合的完善的大丈夫。后来，封建的伦理道德更要求阳刚系列的男子意志坚强、外貌雄壮，在女子的心目中也是"男以强为贵"（班昭《女诫》），特别是战乱的年代男子汉更需意志顽强、体魄健壮。

那么，武大郎是个什么形象呢？在《水浒传》和《金瓶梅》中他都是一个不满尺寸的小男人，诨号"三寸丁谷树皮"。从浅层文化角度看，本来就是"长子继父体，因母立兆基"（魏伯阳《周易参同契·上篇》），无奈武大郎母基不坚、原力不足、生命不壮，可以说是既肾虚又弱智。潘金莲见到武松心中思忖："一母所生的兄弟，怎生我家那身不满尺的丁树，三分似人，七分似鬼。奴那世里遭瘟，撞着他来？如今看起武松这般人物健壮……"（第一回，第32页）所以自己常叹"一块好羊肉，如何落在狗口里"（第一回，第31页）。文龙在评武大郎时说："若武大何所恃乎？才不能骑马，力不能缚鸡，貌不足惊人，钱不足以使鬼，所恃唯一好兄弟耳。固非其所自有者也。"（第二回之回评）潘金莲在武松面前就直说："奴家平生快活，看不上那三打不回头，四打和身转的。"（第一回，第32页）这些都从生理的角度指出武大的男性不足。《金瓶梅》作者还有意把武松夸大描写，使武大在衬托中显得更加渺小，《金瓶梅》第一回描写武松为："雄躯凛凛，七尺以上身材，阔面棱棱，二十四五年纪。双目直竖，远望处犹如两点明星。两手握来，近看时好似一双铁碓。脚尖飞起，深山虎豹失精魂。拳头落时，穷谷熊罴皆丧魄。"（第一回，第27页）武大甚至连金莲都不如，潘金莲自称："我是个不戴头巾的男子汉，叮叮当当的婆娘，拳头上也立得人，胳膊上走得马，人面上行的人，不是那腌臜血撅不出的鳖！老娘自从嫁了武大，真个蚂蚁不敢如屋里来。"（第二回，第46页）基于此，武大郎只有靠卖炊饼为生，还常常遭人欺负，被打得鼻青脸肿，在家又被妻子奚落、嘲骂，从不敢出声。就在这鲜明的对照中，儒、墨理想的男子汉倒掉了。

作为一个男子，武大连做男人的本能也不足，他原欲不涨，生理欠缺，家庭结构的夫妻关系难以维持。从动物性而言："雄性动物生性好斗，恣意互相残杀，这是自然许诺的。因为，相对而言，雌性对于自然的目的来说是必要的，雄性几乎并不是必要的。"① "从生理条件看，女性富于接受性、被动性，一般是和谐、平衡、宁静的。而男性则富于攻击性、主动性，来源于叫作荷尔蒙的冲动。"意大利社会学家阿奎那认为从身体、生理和意志上看妇女的本性是懦弱的。他说："女子是从属于男人的，因为无论是在意志上还是从体力上，女人都是天然懦弱的……男子是女子的起源和目的，就像上帝是每个创造物的起源和目的一样。"② 由于武大郎的天赋不足，导致男子汉气概的失落，原欲不强又使潘金莲的爱欲不能满足。德国马尔库塞论述人生存本能中，强调性欲的统治地位，指出："在性关系的本性中，无论是男性还是女性都同时是主体和客体，性欲能量和攻击能量应融合起来。"③ 武大郎没有足够的性欲能量也就没有足够的攻击能量，是性爱的肉体弱者，所以金莲"欲火难禁一丈高"。卑弱的丈夫必然会家门不严，潘金莲在家庭结构的束缚下又不能脱离武大，只好无人处唱个《山坡羊》，再就是干些偷鸡摸狗的事了。"武大若挑担儿出去，（张）大户候无人，便踅入房中与金莲厮会。武大虽一时撞见，原是他的行货，不敢声言，朝来暮去，也有多时。"（第一回，第30页）"那妇人每日打发武大出门，只在帘子下嗑瓜子儿，一径把那一对小金莲故露出来，勾引浮浪子弟，日逐在门前弹胡博词，撒谜语，叫唱：'一块好羊肉，如何落在狗口里？'油似滑的言语，无般不说出来。"（第一回，第31页）可见，武大郎一直是戴着绿帽子生活的。西门庆就在此基础上与潘金莲勾搭成奸的，武大郎捉奸差点被西门庆踢死。就在他捉奸成双的前提下，还想隐忍求生，条件是只要不再与西门庆勾搭，甚至只要不害死他即可。最后武大的命运自然是在王婆的精心策划下，被西门庆与潘金莲勾结毒死了。武大饮下毒药时，金莲怕他挣扎，用被褥将其硬硬憋死，《金瓶梅》第五回写道：

这妇人怕他挣扎，便跳上床来，骑在武大身上，把手紧紧的按住被角，那里肯放些宽松。正是：

---

① 泰戈尔：《论妇女》，载刘湛秋《泰戈尔随笔》，安徽文艺出版社，1995，第104—105页。

② 阿奎那：《神学大全》，载侯均生《西方社会学思想进程》，辽宁人民出版社，1988，第154页。

③ 马尔库塞：《审美之维》，生活·读书·新知三联书店，1983，第147页。

油煎肺腑，火燎肝肠。心窝里如霜刀相侵，满腹中似钢刀乱搅。
浑身冰冷，七窍血流。牙关紧咬，三魂赴枉死城中；喉管枯干，七魄
投望乡台上。地狱新添食毒鬼，阳间没了捉奸人。

那武大当时"哎"了一声，喘息了一回，肠胃逆断，呜呼哀哉，
身体动不得了。（第五回，第87—88页）

这里的描写一方面让人同情武大郎的遭遇，一方面又让我们明白：人类社
会也是大自然的一个组成部分，正像动物世界一样，人类也遵循物竞天择、适
者生存、弱肉强食的自然法则。《金瓶梅》里男男女女的争夺，是人类动物性的
重要体现。武大郎被杀还使我们想起草原上的雄狮对雌狮的争夺，也想起大海
边海狮或海豹群为争夺同一群雌性而撕打得血肉横飞，甚至不惜牺牲自己的生
命。武大郎的死正是这种自然观念的体现。

第二节　阴阳伦理秩序的倾覆

由于先民在生产力极度不发达的条件下对大自然的认识不足，他们无法解
释大自然的一切，于是就幻化出一个神灵，甚至认为大自然的一切都是神灵所
创造的，且认为大自然的一切都遵循着同一秩序运行。人类像自然一样也按照
神的意志遵循自然之序而生生不息，这就是先民的天人合一意识。在我国西周
时代就已经确立了这种根深蒂固的原始宗教意识，也就是天命论。先民认为神
灵无高不达、无远不届，是自然的主宰，他指挥一切，赏罚善恶。《尚书·秦
誓》曰："商罪贯盈，天命诛之。"《尚书·汤誓》说："有夏多罪，天命殛之。"
鲜明地呈现为天人相通，天道和人道的相统一。还认为世界万物的发展，是在
神灵的支配下阴差阳错阴阳刚柔交化的结果。我们从我国最早的也是最有代表
性的哲学著作《易经》中可以得到全面的解释，它融合了春秋战国时期各种思
想，强调天人合一的有序性。并由自然秩序衍生出家国同构的政治伦理秩序。
《易经·序卦传》说："有天地，然后有万物。有万物，然后有男女。有男女，
然后有夫妇。有夫妇，然后有父子。有父子，然后有君臣。有君臣，然后有上
下。有上下，然后礼仪有所错。夫妇之道，不可以不久也，故授之以恒。"① 这
里可以看出天、男、夫、父、君等阳刚系列和地、女、妇、子、臣等阴柔系列

---

① 　朱熹：《周易本义》，李一忻点校，九州出版社，2004，第335页。

的矛盾、和谐与有序统一。而《易经·系辞》中又确定了"阳尊阴卑"的伦理秩序，"天尊地卑，乾坤定矣，卑高以陈，贵贱位矣。"①这种伦理原则运用到治理国家管理社会便是三纲五常的封建伦理。韩非在《韩非子》指出："臣事君，子事父，妻事夫，三者顺则天下治，三者逆则天下乱。此天下之常道也。"《易经》中许多卦象的阐释就恪守着家国同构的伦理秩序，如《易经·家人卦·象传》曰："家人，女正乎内，男正乎外，男女正，天地之大义也。家人有严君焉，父母之谓也。父父子子，兄兄弟弟，夫夫妇妇，而家道正。正家，而天下正矣。"②再如"渐卦""归妹卦"等也是如此。汉代董仲舒又将天人合一的观念发展为天人感应神学说，指出自然、社会、人类都与天相应，如果破坏了伦理秩序天也即神灵就会给予惩罚。儒士经生们又据天人合一或天人感应观念强化了伦理中心意识，提出了三纲，即："君为臣纲，父为子刚，夫为妻纲。"（《礼纬含文嘉》）在治理国家中就呈现为儒家所倡导的"修齐治平"思想，封建社会一直严守纲常礼教。宋代礼学更强调伦理原则，程颐《伊川易传·上下篇义》说："阴阳尊卑之义，男女长幼之序，天地之大经也。"封建统治者大加恶性发挥，把臣、子、妻一出生就绑在伦理的绞刑架上。明代还出现了梃杖制度，臣、子、妻简直牛马不如，百般服从，从而维护了封建社会的安定和封建家庭的表面和谐。《水浒传》《金瓶梅》中的武大郎在阳刚系列中根本站不住脚，他连科举升官发财的梦都不敢做，汉乐府《焦仲卿妻》中的焦仲卿虽然在家中听命父母，毁灭爱情，但却做过小吏，政治上稍有成功，在政治伦理中还有一席之地。而武大郎在家庭中连夫、父都做不成，在政治生活中更无能为臣。《后汉书·陈蕃传》说："大丈夫处事，当扫除天下，安事一室乎?"武大郎一室不扫，何以扫天下? 在武大身上体现了作者对男权政治伦理的反叛和抗争，也体现出明代市民思想的进步和民众人格主体意识的觉醒。

在婚姻制度上，中国封建社会处于半开化和文明的交混状态，一直是一夫一妻和一夫多妻制并存。在家庭生活中，由于受封建伦理的毒害，不论是一夫一妻还是一夫多妻都是以女子受压迫、受支配为前提，以泯灭女子的个性和压制人情人欲为代价。"男子既在家庭中取得统治权，妇女即成为单纯的生育机器与供男子使用的奴隶"③。由于受礼教的毒害，妇女总是自甘卑弱，班昭《女诫》认为，"女以弱为美"，家庭中男支配女，一张休书就可以把女子赶回娘家。

① 朱熹：《周易本义》，李一忻点校，九州出版社，2004，第261页。
② 朱熹：《周易本义》，李一忻点校，九州出版社，2004，第198页。
③ 蔡和森：《社会进化史》，东方出版社，1996，第37页。

女子要严守妇教，必须卑弱、屈从、事夫、孝行、守节。要"秉坤仪""著母德"（宋若莘《女论语》）。要讲三从四德，"妇人者，从人者也。幼从父兄，嫁从夫，夫死从子"（《礼记·郊特性》），并且一辈子不能改嫁或再嫁。到了明代，男耕女织经济模式被打破，人的主体意识觉醒，出现了反对传统的男女伦理的思想。本来男子可以抛弃女子随便寻花问柳，女子要恪守妇道的家庭伦理却在武大家里颠倒过来，出现了阴盛阳衰、雌鸡报晓、公鸡下蛋、家反宅乱的伦理大混乱，让男人陷入了瞠目结舌的尴尬境地。潘金莲不仅叛逆妇道，而且敢于和奸夫用残忍的手段害死丈夫，这真让封建大丈夫们毛骨悚然。武大郎在家庭伦理中也彻底垮台了。

《水浒传》《金瓶梅》所呈现的家庭关系中的阴盛阳衰、雌雄颠倒、伦理混乱也为西周生在《醒世姻缘传》中塑造狄希陈形象描写狄家的家反宅乱奠定了基础。

第三节　人情人欲的觉醒与肯定

爱情婚姻是人类社会生活史上的基本内容，人类的延续、物质资料的生产全靠人类自己，而人类自身的再生产是通过社会正式承认的男女两性结合即婚姻来实现的。由婚姻而形成的家庭是男女两性长期生活的稳定群体，是社会组成的基本细胞，又是国家组成的基本单位。男女双方维持家庭生活的完善，是人生的幸福，又是社会安宁的必要条件。按照人格本性来讲，家庭应是男女双方平等的组合。但从一夫一妻制的男权家庭结构来看，不论是东方还是西方，都把女子的守贞看作性别的义务，以压制女性为基本人格要求，采取多种手段来控制女子的爱欲，却放纵男子的婚外偷欢。就中国而言，虽然没有中世纪西方的贞节带之类的硬件，但中国却把无形的伦理屠刀架在女人脖子上，不让女子有半点婚外杂念。儒家倡导女子"三从四德""从一而终"的贞节观，其本质是抹杀妇女的情和欲，使妇女从精神到肉体都处于人格的蹂躏之中。有夫之妇守贞操，未嫁之女保贞操，孀居之妇继续坚守节操，即妇贞、童贞、从一而贞，特别是孀居妇女的从一而贞实在是以压制妇女的爱欲和主体独立为前提的。夫死不得再嫁，有夫之妇更不敢三心二意。这些观念在《易经》中已有体现，《易经·恒卦·象传》曰："妇人贞吉，从一而终也。夫子制义，从妇凶也。"①

---

① 朱熹：《周易本义》，李一忻点校，九州出版社，2004，第238页。

《礼记·郊特牲》则有明确的要求："信，妇德也，壹之与齐，终身不改。故夫死不嫁。"特别是宋代之后，理学家倡导理学。为维护伦理道德秩序和社会的安宁，统治者把天理与人欲绝对对立起来，非礼即欲，要求兴理灭欲，对妇女的压制和束缚更是惨无人道。这些无非是为巩固男子在家庭中的支配地位，把男子们的寻花问柳以礼教道德的方式合理化而已。

再者，由于封建伦理的毒害，女子们自甘卑弱、自我煎熬也是造成压制女性人情人欲的一个重要原因。《诗经》中已有重男轻女的思想，《诗经·小雅·斯干》说："乃生男子，载寝之床。载衣之裳，载弄之璋。其泣喤喤，朱芾斯皇，室家君王。乃生女子，载寝之地。载衣之裼，载弄之瓦。无非无仪，唯酒食是议，无父母诒罹。"说男孩出生睡床，女孩出生睡床下，男女性别歧视一目了然。汉代班昭更以女性的自残意识给妇女加套子，并把自己也装进套子。其《女诫》就是扼杀妇女的宣言书，其中表现出女性心态指导下的依附、柔弱、宽容、灭欲。压制女子的情欲在《诗经》《礼记》中并无系统的意识，班昭则加以全面系统化。仿《女诫》又较广泛发展其思想的是唐代宋若莘的《女论语》，它细致琐碎地将女子的道德进行规定，也无非是让妇女保节守操、屈从男权，做俯首听命的女奴。特别是在人的欲望方面，不仅不要吃穿的奢望，更不能有爱的自主权和实现情欲的要求。到了明代，成祖徐皇后作《内训》，明王相母刘氏作《女范捷录》，与《女诫》《女论语》合成《女四书》，成为扼杀中国妇女的情欲的精神机器，把妇女塑造成行尸走肉，推进可怜的纯精神胜利而绝情弃欲的深渊。

任何一种伦理道德观念与社会实践总是不平衡不协调的。一是由于伦理道德观念不具有法律性质，不以直接的体罚来进行管制。二是伦理道德观念往往以束缚人的个性和欲望为前提，人们在心灵深处自觉地进行抵抗。三是伦理道德观念与现实经济、政治的不协调导致与社会实际的脱离，产生不同程度的距离和时间差。从一而终的贞操观、压制人情人欲的理学、吃人的理教与中国社会的实际并不一致。春秋战国时期，寡妇嫁否任便。两汉虽有"女无二适"的教条，但女子再嫁、改嫁是主流，司马相如娶孀妇卓文君传为佳话。三国时，帝王都娶孀妇，曹操杀袁熙，其子曹丕纳娶袁熙妻甄氏。刘备称帝，娶的是刘瑁的寡妇吴氏。孙权的徐夫人，先嫁陆尚，夫死后再嫁于孙权。女诗人蔡琰先嫁卫仲卿，夫死无子，为匈奴所掳，十二年后生二子，赎回，又嫁于董祀。魏晋南北朝狎弄妇女成风，但妇女还有一线生机，不必守节，也不必不事二夫。唐代的贞节观念也很松弛，明皇李隆基以娶儿媳杨玉环名扬四海，成为风流美谈。妇女再嫁、改嫁也非罕事。宋代以后，虽然要求兴理灭欲，但它未阻止男人们的蓄妾养妓，还出现了大批屈从物欲而水性杨花的妓女，以自己的身体条件为代价，实现生命的自身价值，也的确有为爱欲的自由而甘愿失节者。

在封建伦理道德扼杀人性、压制人情的同时，无数的思想家也起来批判其不合理性，揭露其虚伪的本质。《孟子》早就说过"食色，性也"。《礼记》也说："饮食男女，人之大欲存焉。"宋明理学盛行的时候，明代一大批思想家自觉对自己进行审视，猛烈抨击封建礼教和宋明理学，肯定人情人欲的客观存在，强调人生的价值，尊重人的个性，认为饥思食、渴思饮、男女之爱都是活泼的"天性之体"。李贽直言不讳地说："夫私者，人之心也，人必有私，而后其心乃见。若无私，则无心矣。"① 情欲也是人之私心的必然。王夫之《诗广传》说："饮食男女之欲，人之大共也。""随处见人欲，即随处见天理。"这反映了明代市民阶层的愿望和要求。明代的许多文学家在文学创作中，大力描写人的私情私欲。拟话本中肯定商人的私利；人情小说则以家庭为中心描写人的私利私欲所导致的复杂社会关系，描绘出世俗平民的世间百态，向封建伦理、宋明理学提出挑战。他们反对"三从四德""从一而终""婚姻包办"的伦理观念，指出男女相爱只要两情相融，始乱终弃就可以，批判了统治阶级的禁欲思想。但他们在描写世情、肯定人情人欲的时候，矫枉过正，只从具体的人出发，突出了其动物性的欲望，李贽认为"日受千金不为滥，一夜御十女不为淫也"。甚至认为"月奸百女不为淫，一了此心，万迹不论"。② 《金瓶梅》中的西门庆自称强奸嫦娥、和奸王母也不减其富贵，金钱压倒一切，爱欲自由驰骋，林太太可以三战，为金莲不怕遭杀。武二郎的威风没吓倒西门庆和潘金莲，他们为爱欲望廉耻丧尽，死不畏惧。卜龟婆子算命说潘金莲短命，她却说："随他明日街死街埋，路死路埋，倒在洋（阳）沟里就是棺材。"〔第四十六回，第 621 页〕兰陵笑笑生虽然嘲讽了西门庆的纵欲，因欲害人，形象地描述了他恶有恶报的创作意图，但更重要的是笑笑生肯定了人情人欲的客观存在，甚至以赞美的口吻对西门庆、潘金莲、宋惠莲、李瓶儿、王六儿等的淫荡生活进行了细致的刻画。欣欣子的《金瓶梅词话·序》就说，"譬如房中之事，人皆好之，人皆恶之。人非尧舜圣贤，鲜有不为所耽。富贵善良，是以摇动人心，荡其素志。观其高堂大厦，云窗雾阁，何深沉也；金屏绣褥，何美丽也；鬓云斜耸，春酥满胸，何婵娟也；雄凤雌凰迭舞，何殷勤也；锦衣玉食，何侈费也；佳人才子，嘲风咏月，何绸缪也；鸡舌含香，唾圆流玉，何溢度也；一双玉腕绾复绾，两只金莲颠倒

---

① 李贽：《德业儒臣后论》，载《藏书》（卷二十四），中华书局，2009，第 544 页。
② 方正耀：《明清人情小说研究》，华东师范大学出版社，1986，第 50 页。

颠，何猛浪也。既其乐矣，然乐极必悲生。如离别之机将兴，憔悴之容必见者，所不能免也。折梅逢驿使，尺素寄鱼书，所不能无也。患难迫切之中，颠沛流离之顷，所不能脱也。陷命于刀剑，所不能逃也；阳有王法，幽有鬼神，所不能逭也。至于淫人妻子，妻子淫人，祸因恶积，福缘善庆，种种皆不出循环之机。故天有春夏秋冬，人有悲欢离合，莫怪其然也。合天时者，远则子孙悠久，近则安享终身；逆天时者，身名罹丧，祸不旋踵。人之处世，虽不出乎世运代谢，然不经凶祸，不蒙耻辱者，亦幸矣！吾故曰：笑笑生作此传者，盖有所谓也。"① 欣欣子也对《金瓶梅》中对人之情欲的描写持客观肯定的态度。

人类的爱情不应是按部就班的抽象法则，而应是花园里绽放的鲜花，摇曳多姿。它不是模式化的结构形态，而应是变化莫测的无规则运动。《水浒传》《金瓶梅》打破了伦理道德束缚的规则的爱情模式，强调了爱欲本能所呈现的多姿多彩，袁宏道说《金瓶梅》"云霞满天，胜于枚生《七发》多矣"（《与董思白书》）。强调了爱欲的客观存在，笑笑生说："但凡世上妇女，若自己有些颜色，所秉伶俐，配个好男子便罢了。若是武大这般，虽好杀也未免有几分憎嫌。"（第一回，第30页）并说金莲"青春未及三十岁，欲火难禁一丈高"（第十二回，第166页）。"只是女子由于本能的冲动，感受性的强烈，在痛苦和骚乱时，更容易放荡和残忍"②。一男一女的忠贞不二并不是人类爱情的全部，写武大郎的性无能也是肯定情欲的表现，同时指出了爱欲的可贵和禁欲的可恶。把武大郎从伟丈夫中分离出来，是对金莲爱欲本能的肯定，也正是武大使金莲从"从一而终"的藩篱中跨越出来，为实现欲望而进入西门大家族的争夺和厮杀之中，最终又被维护伦理的武松所杀，落了个悲惨的人生结局。潘金莲并不懂人情、个性、人格的解放，但她与武大郎的结合，使她自身的性冲动更加激荡，并使她人生价值开始觉醒，不由自主地实施了个性解放。从这个意义上讲，以潘金莲为代表的大批妇女参加了没有理论指导和真情鼓动的自我表现主体意识觉醒的妇女解放。不过，由于她们屈从于物欲，只是为实现自然的人本能而残杀，并不是为人格的独立和个性的理性解放而斗争，故她们的真正解放还遥遥无期。

---

① 秦修容：《会评会校本金瓶梅·附录》，中华书局，1998，第1469—1470页。
② ［英］利斯：《男与女》，尚新建、杜丽燕译，中国文联出版公司，1989，第294页。

第四节 叙事艺术的结构功能

分析叙事作品的人物性格，绝不能仅仅抓住这个人物进行分析，而应是用联系的、全面的、多维的方式来进行分析研究。一部作品里的人物性格组合是一个整体，而不是孤立的、简单的表现，一个人物的性格是整体人物性格组合的一部分，是性格运动链上的一个成分，因此分析人物性格要用全面的、联系的、发散的、运动的思维方式，正确理解某一个人物性格表现在作品人物性格组合中的作用，可能一个人物的某一点性格表现都能引起整个性格组合链的变化，成为作品故事情节中的重要组成部分。武大郎是《金瓶梅》中的一个短命人物形象，但也是贯穿整部小说结构的一个关键的功能符号代码，小说语言叙述中对他的描写具有典型的象征意义，其语言符号所指的意义是深刻而广泛的。"武松杀嫂"本自《水浒传》，若无武大，便无金莲，若无金莲，便无西门。无西门与金莲的媾合，也便无《金瓶梅》。这是小说结构的必然系统。偶然的人物作用，如武松的出现挑起了金莲的情窦绽放，西门庆到紫石街来消遣游荡遇到了金莲的"叉杆打头"，到处可见的牙婆"王婆子"恰恰与武大住邻居等，这都是故事情节发展的偶然因素。

综观小说叙事的整体结构，武大郎形象是一个意义符号、文化符号，更是整部小说的结构符号。通过他与其他人物形象的对比，发现他的符号意义和功能，对武大郎的肖像、性格、言行等描写假若相反，那么他在小说中的功能和意义将大相径庭。通过对《金瓶梅》小说的整体系统观照，武大郎在小说叙述结构中的功能有三：故事的开启功能；叙述的推进功能；结构的照应功能。

故事的开启功能。《金瓶梅》故事从武大家开始写起，整部小说叙述的主体是西门庆的发迹变泰及其家庭纠纷与变迁，而引出主体结构家庭纠纷的是武大郎的家庭变迁。虽然开头写了西门庆热结十兄弟，但实际是以写武大郎的家庭生活起步的，武大的生活及其经历具有小说叙事的开启作用。法国的语言学家、符号学美学家罗兰·巴特把故事的某些切分成分作为单位，因为它们具有叙事作品的单独的意义，具有功能的特征，故而称这种有意义的单位叫"功能"。他举例说："买手枪的相关单位是以后用手枪的时刻（如果不用，记下买枪一事就反过来成了意志薄弱的表示等）；摘下电话听筒的相关单位是以后重新挂上听筒的时刻；鹦鹉闯进菲丽西黛家的相关单位是喜爱鹦鹉、把鹦鹉制成标本等插曲。

结合性质的第二大类单位包括所有的'标志'（就这个词十分通常的意义而言），那么这类单位使人想到的不是一个补充的和一贯的行为，而是一个多少有些模糊的，但又是故事的意义所需要的概念。如有关人物性格的标志，有关他们的身份的情况，'气氛'的标志等。于是单位及其相关单位之间的关系不再是分布式的（常常几个标志使人想到同一个所指，它们的话语中出现的顺序也不一定是恰当的），而是结合式的。"① 武大郎形象的描写成为后来故事情节发展的一个功能的标志，是产生小说整体结构因果链上的一个起点。因为武大郎的性无能或衰弱而导致了潘金莲的欲火难忍、恶欲横流，正因为有了他，才有了与金莲的不合，才出现金莲对武二郎的爱慕之情。而武二的性格描写又成为金莲与西门庆勾搭的催化剂，这又引出了西门庆的恶欲膨胀，即起到故事情节发展催化作用的功能段落。《金瓶梅》中对武大的形象描写是通过金莲的怨恨来表现的。金莲见到武松心中思忖："一母所生的兄弟，怎生我家那身不满尺的丁树，三分似人，七分似鬼。奴那世里遭瘟，撞着他来？"（第一回，第32页）金莲在武松面前又直说："奴家平生快活，看不上那三打不回头，四打和身转的。"（第一回，第32页）

　　另外，还有一些对比描写来说明武大的渺小和无能，他在家受金莲的气，在外受别人的气，常常被人打得鼻青脸肿。更重要的是武大的性无能，使金莲只能无人处唱个《山坡羊》来解闷，诉说自己的性欲压抑。这些与小说开头所写的西门庆热结十兄弟的情节作用是一致的。它们是叙事作品中起非基本功能的语言段落单位，但若无此段描写，就无后面西门庆与金莲结合毒死武大郎并占金莲为妾故事情节的基础，就显不出西门庆的"手段"，后面的情节就无坚实的铺垫，这是让读者产生迷惑情节结构作用的体现。假如对武大郎的描写正相反，或者潘金莲的丈夫是武松一般的人物，《金瓶梅》的叙事结构就无从谈起了。正是因为武大的懦弱和性无能才开启了《金瓶梅》的故事叙述。

　　叙述的推进功能。在武大郎里强外壮的家庭结构中，武大郎的行为叙述对《金瓶梅》故事情节发展起到推进作用，它促进了故事的铺叙展衍，规定了故事发展的方向和后果。《金瓶梅》作者的创作意图并不是如一些学者所说的仅仅是对人情人欲的肯定和歌颂，作家的创作是无目的的，凡是想为历史作"标本"的创作注定是要失败的。他的创作是个性与历史对抗的结果。他不可能服从历史，他的写作受到语言的制约，但不受社会历史的制约，被历史限制的创作不

---

① ［法］罗兰·巴特：《符号学美学》，董学文等译，辽宁人民出版社，1987，第118页。

是真正的创作。作者写出的言语是个人与历史碰撞的浪花，不是历史的模写，但却潜伏着对历史的自然反叛。《金瓶梅》的客观效果更重要的是对欲望的批判，强调了欲是罪恶之源。书中的性欲强者如西门庆、潘金莲、庞春梅、陈敬济等都不得好死，是性欲的强大毁灭了他们的生命。而作为性欲的弱者如武大郎、蒋竹山等又成为性欲强者的牺牲品，性欲强者以恶欲战胜了性欲弱者取得了胜利。作者在这个结构的规则下展开了故事的发展进程。由于武大郎的无能，使金莲"欲火难禁一丈高"，就在她无处诉说的关键时刻，一个威武雄壮的好汉出现了，他就是武松。有了这个有潜在可能的性发泄对象，潘金莲立即移情于武松。就武松来说，他是个顶天立地的英雄好汉，他肯定也是性欲的强者，但他更是严守伦理道德的代表人物形象。这个形象给金莲当头一棒，泼了一盆冷水，这又成为小说叙事发展的催化剂。我们知道，武大郎形象具有小说结构"功能"的性质。但只有"功能"是不能构成叙事作品的，因为功能的后果还需要过渡的成分，还需要有催化的单位来起到连串、黏合的作用，给读者造成艺术的迷惑和欣赏的障碍。罗兰·巴特说："催化的恒定不变的功能是交际功能：维持叙述者与接受叙述者之间的接触。说实在的，取消一个核心而不使故事发生变化是不可能的，但取消一个催化而不使话语发生变化也是不可能的。"他还说："功能的核心由于膨胀开来而露出一个个的间隙，这些间隙几乎可以无限量的加以填补。人们可以用大量的催化填补空隙。"① 武松形象所起的结构作用就是叙述的催化，还有小说开头的西门庆热结十兄弟的描写也起到了同样的作用。正是由于武松的孝悌忠信和坚守伦理道德，把潘金莲推向发泄情欲疯狂的深渊。当武松去公干时，小说为金莲与西门庆的媾合留出了时间，于是由一根竹竿作道具，再由王婆子牵线，这些也是结构的催化"标志"，一场生命性欲的大战开始了。而之所以会发生以下的故事，关键还是武大郎的性无能，他没有办法守住门户，可怜的武大被潘金莲和西门庆为了欲望给活活毒死了。他七窍出血，一命呜呼，又为西门庆纳娶金莲为妾及以后在西门庆家发生的故事做了准备。中间又有武松回来后为哥报仇误打了李外传，被捕入狱发配沧州。这个情节又是"催化"，并不是结构的"功能"。起"功能"作用的仍是武大郎形象，关于他的言语行为的描写都推动了叙述的进程。

　　结构的照应功能。武大郎被毒死情节是照应小说篇章的关键功能单位。西门庆的恶有恶报就是从毒死武大郎埋下了祸根，西门庆最后的悲剧命运结局就

---

　　① ［法］罗兰·巴特：《符号学美学》，董学文等译，辽宁人民出版社，1987，第121页。

是从毒死武大的功能情节开始的。从此，他就像俄狄浦斯一样不能逃脱他命运的悲剧结局。我们在分析《金瓶梅》时，更多地关注了其中的描写，而忽视了整体结构的因果关系。过分强调了书中内容所指的社会意义，太想向历史"真实"靠近，而忽视了整体结构中的描写向结果的导向过程。没有注意到描写的内容为人物所带来的直接命运结局，没有看到描写对整部作品起到的结构联系功能，即描写在文本结构中的客观意义。罗兰·巴特说："叙事作品的功能不是'表现'，而是构成一幅景象，一幅对我们来说还是大惑不解的、但又不可能属于模仿的景象。序列的'真实性'不在于组成序列的行动之间前后连接的'自然'，而在于逻辑性，在于序列展开、冒险和首尾相符的逻辑性。"① 他把叙事作品看作一个完整的序列，而序列是前后统一和照应的。武大郎虽然在小说的开头就灭亡了，但他在小说中的"功能"并没有退化，他一直影响到小说的结束。第七十九回写西门庆在韩道国家与王六儿睡至三更回家，路上石桥边"忽然一阵旋风，只见个黑影子，从桥底下钻出来，向西门庆一扑。那马见了只一惊跳，西门庆在马上打了个冷战"，张竹坡此处评曰："写得冷气袭人，子虚、武大皆来矣。"（第七十九回，第1178页）金莲让西门庆吃春药，用酒送下只剩下的三丸，竹坡又评曰："与武大吃药时一般的。"（第七十九回，第1179页）西门庆临死时，黄道士给算命说："命犯灾星必主低，身轻煞重有灾危。时日若逢真太岁，就是神仙也皱眉。"（第七十九回，第1189页）其实那灾星就是指的武大郎、花子虚之流。甚至，西门庆临死的时候幻觉武大郎来索他的大命。西门庆自觉身体沉重，便发昏过去。眼前看见花子虚、武大在他面前站立，问他讨债。虽然花子虚也是西门庆害死，但他与西门庆毕竟是沆瀣一气的攀花折柳客，是"热结"的十兄弟之一。而武大郎则是与他毫无相干，没得西门庆一点恩惠的冤死鬼。

实际上，《金瓶梅》重点描写了武大郎、西门庆、周秀三个家庭的变迁，中心是西门庆家庭的兴衰变故。潘金莲的痛苦命运也是因毒死武大郎开始的，看起来似乎潘金莲很得意或很幸福，其实，在她的后半生里，一直有一个扼杀她的阴魂伴随着她。"武松杀嫂"一节是武大郎之死情节所推涌的必然结果，是对武大冤死的照应。西门庆也好，潘金莲也好，他们的悲剧命运是对武大郎形象塑造逻辑上的必然结局。甚至武松之所以为伦理道德所羁绊，被"逼上梁山"也是因为有一个武大这样的哥哥。总起来说是作者"善恶报应"创作观念的具体体现，他利用武大郎形象照应了西门庆"酒色财气"的恶有恶报，西门庆死

① ［法］罗兰·巴特：《符号学美学》，董学文等译，辽宁人民出版社，1987，第144页。

后，孟玉楼嫁给了李衙内，结婚那天，满街的人都在议论。说好者，"当初西门大官人怎的为人做人，今日死了，止是他大娘子守寡正大，有儿子，房中揽不过这许多人来，都交各人前进，甚有张主。"说歹的，"西门庆家小老婆，如今也嫁人了。当初这厮在日，专一违天害理，贪财好色，奸骗人家妻女。如今死了，老婆带的东西，嫁人的嫁人，拐带的拐带，养汉的养汉，做贼的做贼，都野鸡毛儿零拐了。常言三十年远报，而今眼下就报了。"（第九十一回，第1338—1339页）这些结局都由武大郎形象暗线贯穿，构成了完整的艺术整体。

第五章

潘金莲：女性解放的先行者

宁宗一说潘金莲，"她是《金瓶梅》的特殊人物：一方面，她完全充当了作者的眼睛，迈动一双三寸金莲奔波于几个小天地之间，用她的观察、分析、体验，将其连结成一个真实的世界。她又是一个发展中的人物，开头她被西门庆占有，而后西门庆的生命终点又是她制造的。因此，潘金莲这个形象在一定意义上又比西门庆更显得突出。"① 王蒙说潘金莲是"我们的国粹"②。与对待《金瓶梅》的性爱描写态度一样，对于潘金莲形象的态度也有两种：一是对其妒妇行径的批判，一是对其性情追求的同情。也就是潘金莲人物形象的双重品质，她美丽又似乎邪恶，可爱可怜又可气可恨。她的性格在被塑造的过程中是美丽的，结局是令人同情的，而其手段是残忍的，性格是毒辣的。她就像摇曳美丽的罂粟，诱人又害人。这些读解体验都在《金瓶梅》的叙事和人物形象的塑造之中。

第一节　心灵手巧又风情万种

第一回对潘金莲一出场就做了全面介绍："这潘金莲却是南门外潘裁的女儿，排行六姐。因他自幼生得有些姿色，缠得一双好小脚儿，所以就叫金莲。他父亲死了，做娘的度日不过，从九岁卖在王招宣府里，习学弹唱，闲常又教他读书写字。他本性机变伶俐，不过十二三，就会描眉画眼，傅粉施朱，品竹弹丝，女工针指，知书识字，梳一个缠髻儿，着一件扣身衫子，做张做致，乔模乔样。到十五岁的时节，王招宣死了，潘妈妈争将出来，三十两银子转卖于

---

① 宁宗一：《我看〈金瓶梅〉》，载古耜《悟读金瓶梅》，京华出版社，2008，第148页。
② 王蒙：《莎乐美、潘金莲和巴别尔的骑兵军》，载古耜《悟读金瓶梅》，京华出版社，2008，第151页。

张大户家，与玉莲同时进门。大户教他习学弹唱，金莲原自会的，甚是省力。
金莲学琵琶，玉莲学筝，这两个同房歇卧。主家婆余氏初时甚是抬举二人，与
他金银首饰装束身子。后日不料白玉莲死了，止落下金莲一人，长成一十八岁，
出落的脸衬桃花，眉弯新月。张大户每要收他，只碍主家婆厉害，不得到手。
一日主家婆邻家赴席不在，大户暗把金莲唤至房中，遂收用了。"（第一回，第29
页）这为潘金莲后来的性格发展奠定了基础。清查中国历史和文学作品，泼妇恶
女也不少：郑袖、吕雉、慈禧太后等；淫妇苏妲己、齐文姜、赵姬、冯小怜、
山阴公主、胡氏等。这些人物形象都有妒妇的特征。其实荡妇、妒妇心理动力
机制一致，泼妇、恶妇心理动力机制相似。潘金莲是荡妇妒妇形象，但她又是
撒泼有理的妇女形象。提到潘金莲，无数的研究者总是罗列一大堆材料，分析
证明她是如何的淫荡，如何歹毒，如何人面兽心，成为《水浒传》《金瓶梅》
塑造的第一恶人。张竹坡《批评第一奇书〈金瓶梅〉读法［三二］》就说：
"西门是混账恶人，吴月娘是奸险小人，玉楼是乖人，金莲不是人……"① 甚
至，有些学者将其划分到封建统治阶级的恶性代表加以批判。其实，我们仔细
研读《金瓶梅》和《水浒传》，可以清楚地知道：潘金莲的一生也十分可怜，
以她美丽的外表、娴熟的女红、心灵手巧的手艺、琴棋书画的灵通，以及温婉
多姿的性情，完全可以成为达官贵人的贤妻良母。

首先，潘金莲美丽动人：长相出众，体态优美，梳妆合宜，姿色诱人。

小说第二回一首右调《孝顺歌》形容她："芙蓉面，冰雪肌，生来娉婷年已
笄，袅袅倚门徕。梅花半含蕊，似开还闭。初见帘边，羞涩还留住。再过楼头，
款接多欢喜。行也宜，立也宜，坐又宜，偎傍更相宜。"（第二回，第39页）武松离
开清河进京后，金莲在家守候，发生了"叉杆打头"一节。通过西门庆看金莲
的姿色：

> 回过脸来看，却不想是个美貌妖娆的妇人。但见他黑鬒鬒赛鸦鸰
> 的鬓儿，翠弯弯的新月的眉儿，香喷喷樱桃口儿，直隆隆琼瑶鼻儿，
> 粉浓浓红艳腮儿，娇滴滴银盆脸儿，轻袅袅花朵身儿，玉纤纤葱枝手
> 儿，一捻捻杨柳腰儿，软浓浓粉白肚儿，窄星星尖翘脚儿，肉奶奶胸
> 儿，白生生腿儿，更有一件紧揪揪、白鲜鲜、黑茵茵，正不知是甚么
> 东西。观不尽这妇人容貌。且看他怎生打扮？但见：头上戴着黑油油
> 头发髻髻，一逞里蓬出香云，周围小簪儿齐插。斜戴一朵并头花，排

① 秦修容：《会评会校本金瓶梅·附录》，中华书局，1998，第1500页。

草梳儿后押。难描画，柳叶眉衬着两朵桃花。玲珑坠儿最堪夸，露来酥玉胸无价。毛青布大袖衫儿，又短衬湘裙碾绢纱。通花汗巾儿袖口儿边搭剌。香袋儿身边低挂。抹胸儿重重纽扣香喉下。往下看尖翘翘金莲小脚，云头巧缉山鸦。鞋儿白绫高底，步香尘偏衬登踏。红纱膝裤扣鸳花，行坐处风吹裙裤。口儿里常喷出异香兰麝，樱桃口笑脸生花。人见了魂飞魄丧，卖弄杀俏冤家。（第一回，第48页）

文中用透视手法描写了潘金莲的美丽与风韵，似乎是西门庆 X 射线透视，实是作者的想象，极有穿透力。王婆对西门庆介绍金莲："这个雌儿的来历，虽然微末出身，却到百伶百俐，会一手好弹唱，针指女工，百家歌曲，双陆象棋，无所不知。小名叫做金莲，娘家姓潘，原是南门外潘裁的女儿，卖在张大户家学弹唱。后因大户年老，打发出来，不要武大一文钱，白白与了他为妻。这雌儿等闲不出来，老身无事常过去与他闲坐，他有事亦来请我理会。"（第二回，第59页）潘金莲对于自己的美貌很自负，无人处唱个《山坡羊》以抒苦闷："……他本是块顽石，有甚福抱着我羊脂玉体！好似粪土上长出灵芝。"（第一回，第30页）

不管是在武大家，还是被偷娶到西门庆家，在所有人眼里潘金莲都是一个楚楚动人的美丽女子形象。许多的男子对她垂涎三尺，浮浪子弟，日逐门前，油腔滑调，嬉闹金莲。若不是潘金莲美貌，西门庆也不会为她神魂颠倒，冒死也要娶回金莲。当然，武大之死、西门庆之死、陈敬济之死都与金莲的美丽多情有关，甚至可以说是金莲的美貌葬送了武大郎和西门庆，也葬送了潘金莲自己——自古红颜多薄命。

其次，潘金莲情趣盎然：她有一颗少女之心，这表现在她天真烂漫的言行、琴棋书画的才艺中。她虽然出身贫贱，但在招宣府和张大户家的经历，使一个丫鬟具备了才女的素质。王婆向西门庆夸奖金莲："好个精细的娘子，百伶百俐，又不枉做得一手好针线。诸子百家，双陆象棋，折牌道字，皆通。一笔好写。"（第三回，第67页）

书中把潘金莲的性格情趣描写得十分动人，如她犹抱琵琶半遮面的思念情怀，她撒娇使性子的矫情等。第八回写她盼望西门庆如饥似渴，等王婆将西门庆请来，她先是怨怒西门庆忘却自己，说："大官人，贵人稀见面，怎地把奴丢了，一向不来傍个影儿？家中新娘子陪伴，如胶似漆，哪里想起奴家来！"然后她将西门庆的一顶新缨子瓦楞帽儿撮下来，往地上一丢。向西门庆要给她的信物簪子，西门庆哄骗她，"妇人见他手中拿着一把红骨细酒金、金钉铰川扇儿，取过来，迎亮处只一照——原来妇人久惯知风月中事，见扇上多是牙咬的碎眼儿，就疑是那个妙人与他的——不由分说，两把撕了。西门庆救时，已是扯的烂了，说道：'扇子是我一个朋友卜志道送我的，一向藏着不曾用，今日才拿了三日，被你扯烂了。'那妇人奚落了他一回。"（第八回，第125—126页）此中娇态与率性描写生动传神，潘金莲的少女情怀活灵活现，率真动人，与《红楼梦》"晴雯撕扇"一节可谓异曲同工。不过，晴雯与贾宝玉是纯情的意淫，而潘金莲与西门庆是现实的偷情。由此可以肯定地说，曹雪芹借鉴了《金瓶梅》的情节描写和人物形象塑造。

表现潘金莲娇情的还有第十一回"撮瓣洒郎"一节。金莲与玉楼在房中下棋玩乐，忽然西门庆至也参与下棋，赌一两银子做东道，无银子可以用簪子抵钱。"潘金莲输了，西门庆才数子儿，被妇人把棋子扑撒乱了，一直走到瑞香花下，倚着湖山，推掐花儿。西门庆寻到那里，说道：'好小油嘴儿！你输了棋子，却躲在这里。'那妇人见西门庆来，睨笑不止，说道：'怪行货子！孟三儿输了，你不敢禁他，却来缠我！'将手中花儿撮成瓣儿，洒西门庆一身。（崇祯本眉评：金莲撒娇弄痴，事事俱堪入画。每阅一过，辄令人销魂半响。张竹坡行评：此色的圈子。）被西门庆走向前，双关抱住，按在湖山畔，就口吐丁香，舌融甜唾，戏谑做一处。不防玉楼走到跟前，叫道：'六姐，他大娘家来了，咱后边去来。'这妇人撇了西门庆，说道：'哥儿，我回来和你答话。'（张竹坡行评：一语有心如画，直与满肚不快作接。）随同玉楼到后边，与月娘道了万福……金莲只在月娘面前打了个照面儿，就走来前边陪伴西门庆，分付春梅，房中熏香，预备澡盆浴汤，准备效鱼水之欢。（张竹坡行评：一段淘气文字，却只用闲笔一节节漾开。写淫妇迷人，全在不觉处，如画。而文字亦夭乔不凡。看他如此住一住，妙甚。）"（第十一回，第154—155页）此段如少女般"烂嚼红茸，笑向檀郎唾"描写，可谓风情万种，没有机诈，与撕扇一节遥遥相对。潘金莲对西门庆的留恋可谓娇憨可爱，又失魂落魄。

当西门庆与李瓶儿勾搭偷情后，潘金莲答应为他俩观风放哨，但提出三个条件：一是不许往院里去；二是要依我说话；三是与李瓶儿睡了，要告知。崇祯本眉评："三件事俱带孩子气，妙，不失美人心性。"（第十三回，第195页）是说金莲还是天真烂漫，直性迷人。西门庆一家在正月十五到李瓶儿家为她庆生日，临街楼上，"惟有潘金莲、孟玉楼同两个唱的，只顾搭伏著搂窗子，往下观看。那潘金莲一径把白绫袄袖子搂着，显他那遍地金袄袖儿；露出那十指春葱来，带着六个金马镫戒指儿，探着半截身子，口中嗑瓜子，把磕的瓜子皮儿，都吐落在人身上，和玉楼两个嘻笑不止。"（第十五回，第215页）还有第十九回描写西门庆家的花园卷棚竣工后，众妻妾游园玩乐。吴月娘把陈敬济也唤来，潘金莲与敬济密约偷情，有一段"金莲戏蝶"的描写可谓人性毕显："惟有金莲，且在山子前花池边，用白纱团扇扑蝴蝶为戏。不防敬济悄悄在他背后戏说道：'五娘，你不会扑蝴蝶儿，等我替你扑。这蝴蝶忽上忽下，心不安，有些走滚。'那金莲扭回粉颈，斜瞅了他一眼，骂道：'贼短命，人听着，你待死也！我晓得你也不要命了。'那敬济笑嘻嘻扑近他身来，搂他亲嘴。被妇人顺手只一推，把小伙儿推了一交。却不想玉楼在玩花楼远远瞧见，叫道：'五姐，你走这里来，我和你说话。'金莲方才撇了敬济，上楼去了。原来两个蝴蝶到没曾捉得住，到订了燕约莺期，则做了蜂须花嘴。正是：狂蜂浪蝶有时见，飞入梨花没处寻。"（第十九回，第263—264页）还有第五十二回写金莲与众女人吃酒后到花园赏花乘凉，她"因见墙角草地下一朵野紫花儿可爱，便走去要摘"。这时敬济因给她捎汗巾故意来搭讪，正在嬉闹，却被李瓶儿与如意儿撞见，"见金莲手拿白团扇一动，不知是推敬济，只认做扑蝴蝶，忙叫道：'五妈妈扑的蝴蝶儿把官哥儿一个耍子。'慌的敬济赶眼不见，两三步就钻进山子里边去了。"（第五十二回，第709页）这之后便是金莲把孩子官哥儿丢在一边，与敬济往山洞里偷情。

金莲戏蝶与摘花描写可与《红楼梦》之"宝钗戏蝶"相媲美。不过，在率性天真的戏蝶之后，潘金莲和薛宝钗都没干好事。

第四十回，金莲假扮丫头，打扮得花枝招展引逗月娘和西门庆开心，也显示她童心未泯。金莲风流轻佻，却又不失自然天成。在与西门庆生活的岁月里，潘金莲也时常表现出她的温柔可爱的一面，她对西门庆的朝思暮想、耿耿深情，弹琴自叹的思念，大胆泼辣的自我表白都是其性格的真实表现。当西门庆留恋李桂姐乐不思蜀时，她给西门庆写情书让小厮玳安送去，写了一首《落梅风》：

> 黄昏想，白日思，盼杀人多情不至，因他为他憔悴死，可怜也，绣衾独自。
> 灯将残，人睡也，空留得半窗明月。狠心硬，浑似铁，这凄凉，怎捱今夜？
> 下书"爱妾潘六儿拜"。（第十二回，第167页）

当西门庆与王六儿欢娱，一度冷却了潘金莲，金莲有一次雪夜弄琵琶，弹唱了几曲诉说自己的孤独与凄凉，表达了对西门庆的深切思念：

> 潘金莲见西门庆许多时不进他房里来，每日翡翠衾寒，芙蓉帐冷。那一日把角门儿着，在房内银灯高点，靠定帏屏，弹弄琵琶。等到二

三更，使春梅连瞧数次，不见动静。正是：银筝夜久殷勤弄，寂寞空房不忍弹。取过琵琶，横在膝上，低低弹了个《二犯江儿水》唱道：

闷把帏屏来靠，和衣强睡倒。

猛听得房檐上铁马儿一片声响，只道西门庆敲的门环儿响，连忙使春梅去瞧。春梅回道："娘，错了，是外边风起，落雪了。"妇人又弹唱道：

听风声嘹亮，雪洒窗寮，任冰花片片飘。

一回儿灯昏香尽，心里欲待去别，见西门庆不来，又意儿懒的动弹了。唱道：

懒把宝灯挑，慵将香篆烧。挺过今宵，怕到明朝。细寻思，这烦恼何日是了？想起来，今夜里心儿内焦，误了我青春年少！你撇的人，有上稍来没下稍。

......

潘金莲在那边屋里冷清清，独自一个儿坐在床上。怀抱着琵琶，桌上灯昏烛暗。待要睡了，又恐怕西门庆一时来；待要不睡，又是那眈困，又是寒冷。不免除去冠儿，乱挽乌云，把帐儿放下半边来，拥衾而坐，正是：

倦倚绣床愁懒睡，低垂锦帐绣衾空。

早知薄幸轻抛弃，辜负奴家一片心。

又唱道：

懊恨薄情轻弃，离愁闲自恼。

又唤春梅过来："你去外边再瞧瞧，你爹来了没有？快来回我话。"那春梅走去，良久回来，说道："娘还认爹没来哩，爹来家不耐烦了，在六娘房里吃酒的不是？"这妇人不听罢了，听了如同心上戳上几把刀子一般，骂了几句负心贼，由不得扑簌簌眼中流下泪来。一迳把那琵琶儿放得高高的，口中又唱道：

心痒痛难搔，愁怀闷自焦。让了甜桃，去寻酸枣。奴将你这定盘星儿错认了。想起来，心儿里焦，误了我青春年少。你撇的人，有上稍来没下稍。

西门庆正吃酒，忽听见弹的琵琶声，便问："是谁弹琵琶？"迎春答道："是五娘在那边弹琵琶响。"（第三十八回，第527—529页）

这既显示了潘金莲的才气，又展示了她对西门庆情深似海。

潘金莲琴棋书画无所不精，唱曲、弹琴、赋诗皆可。第八十二回写她与敬济约定相会，结果敬济外出喝酒醉卧家中，忘记了密约，金莲来了推不醒他，于是赋诗一首："独步书斋睡未醒，空劳神女下巫云。襄王自是无情绪，辜负朝朝暮暮情。"（第八十二回，第1230页）她与陈敬济奸情受阻后，也写情书让春梅捎给陈敬济，书上说："将奴这桃花面，只因你憔瘦损……泪珠儿滴尽相思病。"这真是说不尽离情苦，道不尽相思意。

由于性别原因，女子的性情本身就是矛盾的。"女子的感受性暴露出女子的穷凶极恶，它也是天使性情的主要来源——温柔、慈悲、天真烂漫。诗人们绞尽脑汁去表现这种天堂地狱的混合。"① 潘金莲性格开朗，乐天知命，她喝酒、下棋、打牌（叶子牌）、荡秋千，传统女性参与的文体活动，她都乐此不疲。第二十五回写吴月娘、孟玉楼与潘金莲等一群女人清明节荡秋千，那也是千娇百媚的描写，她们玩乐得一派天性："红粉面对红粉面，玉酥肩并玉酥肩。两双玉腕挽复挽，四只金莲颠倒颠。那金莲在上面笑成一块……不想那画板滑，又是高底鞋，趷不牢，只听得滑浪一声，把金莲擦下来。"（第二十五回，第348页）吴月娘也不是一本正经的正头娘子，孟玉楼也不老练世故了。甚至讲到周台官家小姐打秋千笑得太多，不料滑下来骑在画板上，把身子喜抓去了。

再次，潘金莲多才多艺：一般在分析潘金莲形象时，都忽略了她心灵手巧、勤劳能干的传统中国妇女品质。她洗衣做饭、手工女红样样不凡。

潘金莲烹饪出众。武松来武大家居住时，"妇人顿茶顿饭，欢天喜地伏侍武松，武松倒觉过意不去。那妇人时常把些言语来拨他，武松是个硬心的直汉。"（第二回，第40页）武大郎卖炊饼是她的手艺，炊饼是技术很高的熟食。《水浒传》和《金瓶梅》里都写到武大郎卖炊饼度日。

"炊饼"是什么食物，武大郎到底卖的什么饼？在这里多说几句。赵冰瑞《金瓶梅食谱临清风味考》② 认为炊饼就是烧饼。据傅憎享先生考证，炊饼本是蒸饼，理由是《青箱杂记》卷二云："仁宗庙讳贞，语讹近蒸，今内廷上下皆呼蒸饼谓炊饼。"或直接叫作馒头，此皆为不确之论。古代"饼"的制作方法有四种，《事物纪原》卷九说："秦汉逮今世之食，初有烤饼、胡饼、蒸饼、汤饼之四品。"烧饼与炊饼本非一物，烧饼应归烤饼之属。又据《三遂平妖传》二十七回说："卖烧饼的唤作火熟。"火烧即是今天的烧饼，是用炭火烤熟的。然《金瓶梅》中所提到过"烧饼"，与"炊饼"不混。第四十八回："西门庆差玳安儿

---

① ［英］利斯：《男与女》，尚新建，杜丽燕译，中国文联出版公司，1989，第294页。
② 赵冰瑞：《金瓶梅食谱临清风味考》，《东岳论丛》1990年第4期。

抬了许多酒肉烧饼来，与他家犒赏匠人。"（第四十八回，第636页）第七十四回西门庆恼李桂姐说："……这丽春院拿烧饼砌的门不成？到处银钱儿都是一样，我也不恼。"（第七十四回，第1052页）第四十八回："西门庆吩咐贲四，先把抬轿子的人一碗酒，四个烧饼，一盘子熟肉，分散停当。"（第四十八回，第640页）第九十二回写到陈敬济的妻子西门大姐与陈敬济买的粉头冯金宝打架，冯金宝说西门大姐"成日横草不拾，竖草不动，偷米换烧饼吃"（第九十二回，第1355页）。第九十三回写陈敬济流落街头，"花子见他是个富家勤儿，生得清俊，叫他在热炕上睡，与他烧饼吃"。（九十三回，第1362页）可见，《金瓶梅》里把"炊饼"和"烧饼"是截然分开的。

《三遂平妖传》说："卖炊饼的唤作气熟"，可见，蒸气而熟的是为炊饼，也就是蒸饼。但，《水浒传》和《金瓶梅》都说到武松离开武大郎与金莲出公差，临走嘱咐武大，原来做十扇笼炊饼卖，今后只做五扇笼，晚出早归，关门闭户。这"做"字，却不言"蒸"，不言"烤"，也不言"烙"。可见，所做的炊饼也并不一定是蒸饼。傅憎享又考证认为，蒸饼讳改为炊饼，是从俗语之音。《玉篇》："蜀人呼蒸饼为欠追"；《集韵》或作麦追；敦煌《启颜录》载有"僧欠追"笑话一则。《金瓶梅词话》第二十一回多处直称蒸饼，如"一碟鼓蓬蓬的白面蒸饼"。

傅先生还根据民间讳言隐语又说炊饼即是"馒头"。《金瓶梅词话》第五十九回中以"白面蒸饼一般"比喻女阴。明代善本小说《僧尼孽海·封师》也有"象蒸饼开着一条缝"。《笑林广记》也说"出笼的馒头解条缝"与民谚"新出屉的馒头砍一刀"所指的一样。准此，蒸饼就是馒头了。又据《金瓶梅词话》第一回形容潘金莲的牝户"犹如白馥馥、鼓蓬蓬发酵的馒头，软浓浓、红绉绉出笼的果馅"一句，指出"无馅者是为馒头亦即炊饼"。这里，不能苟同傅先生的说法：一是《玉篇》说的是蜀人呼蒸饼为欠追，其忌讳不在山东方言语音中，《金瓶梅》是用山东方言写成的；二是《金瓶梅》中有"馒头""炊饼""蒸饼""烙饼"等食物词语，为什么在一书甚至小说一回之中，会对一物有多种称谓？傅先生没有说明；三是《金瓶梅》中从未将无馅与有馅的说成同一食品；四是《金瓶梅》中把馒头和果馅对举，是明显的两种食物。

最后傅先生又考证认为蒸饼、馒头、包子是同物异名。他自己又说确难判定，自己都觉得模棱两可，难以服人。其实《水浒传》《金瓶梅词话》《金瓶梅》都提到了这三种食物，《金瓶梅》第四十四回说吴月娘为吴大妗子装了两个食盒，"装了一盒子元宵，一盒子馒头，叫来安儿送大妗子到家"（第四十四回，第589页）。第四十五回说月娘让蜡梅吃饭"分咐玉箫，领蜡梅到后边，拿下两碗肉，一盘子馒头，一瓯子酒，打发他吃”（第四十五回，第603页）。第五十七回在介绍到薛姑子的身世时，说她曾嫁人有夫，“在广成寺前卖蒸饼儿生理，不料生意浅薄，与寺里的和尚行音调嘴弄舌，眉来眼去，刮上了四五六个。常有些馒头斋供拿来进奉她，又有那些应付钱与她买花，开地狱的布，送与她做裹脚。”（第五十七回，第762页）第七十八回贲四嫂托玳安给月娘送了果馅蒸酥，月娘“连忙收了，又回出一盒馒头，一盒果子”（第七十八回，第1149页）。这几处明明说的是“馒头”，为什么就不说“炊饼”，恰恰又把“蒸饼”与“馒头”并举。张竹坡把“蒸饼”理解为“炊饼”，小说在写到薛姑子于广成寺卖蒸饼时，张竹坡评曰：“又是金莲旧稿”（第五十七回，第762页），意思是薛姑子与丈夫卖“蒸饼”为生，与潘金莲同武大郎卖“炊饼”为生同出一辙。这也不可信。

《金瓶梅》第五十九回形容郑爱月肌肤纤细，“犹如白面蒸饼一般柔嫩可爱”（第五十九回，第791页）。第六十七回也说到了“蒸饼”（第六十七回，第924页）。第六十二回还说到一种饼——乳饼，王姑子来探病李瓶儿，带来了二十块大乳饼，“王姑子道：‘迎春姐，你把这乳饼就蒸两块儿来，我亲看你娘吃些粥儿。’……（迎春）拿上李瓶儿的粥来，一碟十香甜酱瓜茄，一碟蒸得黄霜霜乳饼，两盏粳米粥。”（第六十二回，第838页）这里也明确说明，乳饼也可以是蒸的，与馒头无关。所以将“炊饼”理解为“馒头”毫无道理。馒头是圆形的白面球体蒸成，而饼必定是扁平的面片。宋代词人高观国词《菩萨蛮》说：“何须急管吹云暝，高寒滟滟开金饼。”把月亮形容为“金饼”，不可能将月亮形容为“金馒头”。不过，第七十八回真提到一种“金饼”，说“西门庆宰了一口鲜猪，两坛浙江酒……一百果馅金饼，谢宋御史”（第七十八回，第1145页）。第十一回写“潘金莲激打孙雪娥”，西门庆早起来要出门，偏偏要吃荷花饼，银丝鱼汤。秋菊去向孙雪娥要饼被臭骂一顿，春梅去要饼又吵骂起来，在潘金莲的唆使下，西门庆把孙雪娥打了个半死。里面多次说到“饼”，“饼”就是“饼”，它是与馒头形状、制作方法都不相同的两种食物。将“炊饼”理解为烙饼也说不过去，《金瓶梅》第七十七回写西门庆与花大舅、应伯爵“三人共在一起，围炉饮酒，西门庆又叫烙了两炷饼吃”（第七十七回，第1137页）。

笔者以为，《水浒传》和《金瓶梅》中所说的炊饼是烤饼。当今阳谷、聊城、临清古运河沿线仍有一种饼，叫作烤大饼，东平也产此饼，而直呼为大饼。用手把软发酵面压成薄饼，将饼蘸上芝麻，贴在似穹庐的木炭烤炉炉堂内壁上烘烤，既能把饼烤得金黄酥脆，又不会把饼烤上灰尘，吃起来香甜可口，又易于保存。它是明清运河沿岸地区一种常见但不是人人会做的食品。潘金莲做炊饼，武大郎去卖是不错的生意。潘金莲是心灵手巧的女子，由此也可见一斑。

故此，武大郎才靠他与金莲的看家手艺——卖炊饼为生。至今，沿运河的东平、聊城、临清一带仍在卖这种大众而又制作比较复杂的食品。由此可见，山东电视台拍摄的水浒电视剧《武松》把"炊饼"当成烧饼，让武大郎直呼"烧饼"，声嘶力竭地沿街叫卖；中央电视台拍摄的电视剧《水浒传》将武大郎所卖的"炊饼"直接蒸成"馒头"，都不是解读文本和细研饮食文化得出的结论。

潘金莲缝纫衣裳的技艺超群。王婆正是利用了潘金莲针线手艺精湛的优势，实现了西门庆十步"挨光"的阴谋，使西门庆与潘金莲勾搭成奸。王婆收了西门庆的绸绢绵子，故意到武大家借历日。王婆道："娘子家里有历日，借与老身看一看，要个裁衣的日子。"妇人道："干娘裁甚衣服？"……王婆道："……难得一个财主官人，常在贫家吃茶，但凡他宅里看病，买使女，说亲，见老身这般本分，大小事儿无不管顾老身。又布施了老身一套送终衣料，绸绢表里俱全，又有若干好绵，放在家里一年有余，不能勾做得。今年觉得好生不济，不想又撞着闰月，趁着两日倒闲，要做又被那裁缝勒掯，只推生活忙，不肯来做。老身说不得这苦也！"那妇人听了笑道："只怕奴家做得不中意。若是不嫌时，奴这几日倒闲，出手与干娘做如何？"那婆子听了，堆下笑来说道："若得娘子贵手做时，老身便死也得好处去。久闻娘子好针指，只是不敢来相央。"那妇人道："这个何妨！既是许了干娘，务要与干娘做了，将历日去交人拣了黄道好日，奴便动手。"王婆道："娘子休推老身不知，你诗词百家曲儿内字样，你不知识了多少，如何交人看历日？"妇人微笑道："奴家自幼失学。"婆子道："好说，好说。"便取历日递与妇人。妇人接在手内，看了一回，道："明日是破日，后日也不好，直到外后日方是裁衣日期。"王婆一把手取过历头来挂在墙上，便道："若得娘子肯与老身做时，就是一点福星。何用选日！老身也曾央人看来，说明日是个破日，老身只道裁衣日不用破日，我不忌他。"那妇人道："归寿衣服，正用破日便好。"王婆道："既是娘子肯作成，老身胆大，只是明日起动娘子，到寒家则个。"妇人道："何不将过来做？"王婆道："便是老身也要看娘子做生活，又怕门首没人。"妇人道："既是这等说，奴明日饭后过来。"那婆子千恩万谢下楼去了……（第二回，第61—63页）然后是一连三天的缝补寿衣，金莲的女红才艺展露无遗。王婆也对她夸赞有加。

> 次日清晨，王婆收拾房内干净，预备下针线，安排了茶水，在家等候。且说武大吃了早饭，挑着担儿自出去了。那妇人把帘儿挂了，分付迎儿看家，从后门走过王婆家来。那婆子……便取出那绸绢三匹来。妇人量了长短，裁得完备，缝将起来。婆子看了，口里不住喝采

道："好手段，老身也活了六七十岁，眼里真个不曾见这般好针指！"……再缝一歇，将次晚来，便收拾了生活，自归家去。（第二回，第63页）

次日饭后，武大挑担儿出去了，王婆便踅过来相请。妇人去到他家屋里，取出生活来，一面缝来……这婆子安排了酒食点心，和那妇人吃了。再缝了一歇，看看晚来，千恩万谢归去了。（第二回，第63—64页）

第三日早饭后，王婆只张武大出去了，便走过后门首叫道："娘子，老身大胆。"那妇人从楼上应道："奴却待来也。"两个厮见了，来到王婆房里坐下，取过生活来缝……

却说西门庆巴不到此日，打选衣帽齐齐整整，身边带着三五两银子，手里拿着洒金川扇儿，摇摇摆摆逕往紫石街来。到王婆门首，便咳嗽道："王干娘，连日如何不见？"那婆子睃科，便应道："兀的谁叫老娘？"西门庆道："是我。"那婆子赶出来看了，笑道："我只道是谁，原来是大官人！你来得正好，且请入屋里去看一看。"把西门庆袖子只一拖，拖进房里来，对那妇人道："这个便是与老身衣料施主官人。"西门庆睁眼看着那妇人：云鬟叠翠，粉面生春，上穿白布衫儿，桃红裙子，蓝比甲，正在房里做衣服。见西门庆过来，便把头低了。这西门庆连忙向前屈身唱喏。那妇人随即放下生活，还了万福。王婆便道："难得官人与老身段匹绸绢，放在家一年有余，不曾得做，亏杀邻家这位娘子出手与老身做成全了。真个是布机也似好针线，缝的又好又密，真个难得！大官人，你过来且看一看。"西门庆拿起衣服来看了，一面喝采，口里道："这位娘子，传得这等好针指，神仙一般的手段！"那妇人低头笑道："官人休笑话。"（第二回，第64—65页）

于是，"风流茶说合，酒是色媒人"。王婆精心安排酒席，故意推说出门打酒，让西门庆与潘金莲如愿以偿。后来，王婆还以借"瓢"的女阴双关语为西门庆传话搭桥，西门庆与金莲厮混多日，直至武松误杀李皂吏，西门庆偷娶潘金莲。

第二十九回还写金莲做鞋的情节：

潘金莲早起，打发西门庆出门。记挂着要做那红鞋，拿着针线筐儿，往翡翠轩台基儿上坐着，描画鞋扇。使春梅请了李瓶儿来到。李瓶儿问道："姐姐，你描金的是甚么？"金莲道："要做一双大红鞋素缎子白绫平底鞋儿，鞋尖上扣绣鹦鹉摘桃。"李瓶儿道："我有一方大红十样锦缎子，也照依姐姐描恁一双儿。我做高低的罢。"于是取了针线筐，两个同一处做。金莲描了一只丢下，说道："李大姐，你替我描这一只，等我后边把孟三姐叫了来。他昨日对我说，他也要做鞋哩。"一直走到后边。玉楼在房中倚着护炕儿，也衲着一只鞋儿哩。看见金莲进来，说道："你早办！"金莲道："我起来的早，打发他爹往门外与贺千户送行去了。教我约下李大姐，花园里赶早凉做些生活。我才描了一只鞋，教李大姐替我描着，逐来约你同去，咱三个一搭儿里好做。"

(第二十九回，第400页)

潘金莲还会穿珠花，手艺也非常精湛。珠花是女性发型或服装上用珠子串制的花饰从潘金莲制作漂亮的珠花也可以看出她是一个心灵手巧的女子。《金瓶梅》第八十二回写"陈敬济弄一得双"，陈敬济连春梅也收用了。之后敬济和金莲偷偷摸摸如张生会莺莺，往来密切。第八十三回就是"秋菊含恨泄幽情"，七月十五金莲与敬济私会，被丫头秋菊偷看，去告诉月娘被小玉劫听，反告春梅、金莲，被毒打一顿。八月十五，金莲敬济又私会并一觉睡到天明，又被秋菊看在眼里，跑到后上房告知月娘，小玉阻拦不下，月娘蓦然来到金莲房里，为了营救敬济，金莲展示了她的穿珠花手艺。"金莲与敬济两个还在被窝内未起，听见月娘到，两个都吃了一惊，慌做手脚不迭，连忙藏敬济在床身子里，用一床锦被遮盖的沿沿的。教春梅放小桌儿在床上，拿过珠花来，且穿珠花。不一时，月娘到房中坐下，说：'六姐，你这咱还不见出门，只道你做甚，原来在屋里穿珠花哩。'一面拿在手中观看，夸道：'且是穿的好，正面芝麻花，两边槅子眼方胜儿，辕围蜂赶菊，刚凑着同心结，且是好看。到明日，你也替我穿恁条箍儿戴。'妇人见月娘说好话儿，那心头小鹿儿才不跳了，一面令春梅：'倒茶来与大娘吃。'少顷，月娘吃了茶，坐了回去了，说：'六姐快梳了头，后边坐。'金莲道：'晓得。'打发月娘出来，连忙揎掇敬济出港，往前边去了。"(第八十三回，第1237页)正是金莲精湛的穿珠花手艺避免了一场致命的尴尬，甚至是躲过一场生死大劫难。

如此美丽贤淑，多愁善感，风情万种，又爽朗率性多才多艺的潘金莲，却被现实社会生活改塑成心狠手辣的泼妇、妒妇、毒妇，这应该从她的生命历程中考察原因。

第二节　嫉妒成性且心狠手辣

人物的性格自然有它的一致性、稳定性，人物的行动（言语行为）与其性格有时是相符的，有时是脱离的，有时是相悖的。随着社会环境和人物关系的变化，人物的性格表现也会千变万化，典型的环境和特殊的境遇会改变人的性格发展趋向。不管他的性格有多么大的摇摆、起伏都应该是合理的，因为人的性格的内在运动是与人物外部环境的作用分不开的。也就是说，人的性格变化与他的人生经历相辅相成。中国自古以来的家族家庭观念泯灭了人的个性，家国一体的内在道德规范使精神独立的人成了心理病态者或精神病人。生活在社会中的每一个人，一旦表现出与家庭观念和伦理道德不相符的言行，就会被视为是叛逆，就被人们当作反面人物进行嘲笑和怒骂。潘金莲生活在一夫多妻制的家庭中，她的本能都不能实现，更谈不上什么人格的独立和尊严。为了与家庭"合群"，不得不采取了非同寻常的方式来寻找个性实现，这便表现出中国国民性中传统的劣根性之一——嫉妒恶毒，残酷陷害，明争暗斗。表现出的行为还是"咬群儿，口嘴伤人"（第十二回，第178页）。吴月娘骂："如今这屋里乱世为王，九尾狐狸精出世……拿纸棺材糊人，成个道理？"（第二十六回，第363页）说的也是潘金莲。第二十九回"吴神仙冰鉴定终身"，写道：神仙抬头观看这个妇人，沉吟半日，方才说道："此位娘子，发浓髻重，光斜视以多淫；脸媚眉弯，身不摇而自颤。面上黑痣，必主刑夫；唇中短促，终须寿夭。举止轻浮唯好淫，眼如点漆坏人伦。月下星前长不足，虽居大厦少安心。"（第二十九回，第407页）冰鉴的卜辞说金莲淫荡、短命，真是一语成谶。实际是作者叙事构思的精心安排，是为塑造潘金莲性格埋下的伏笔。潘金莲的性格也本是善良温顺，但残忍的折磨、非人的待遇、苦难的命运使她走向了恶毒的深渊，偏离了她的性格基础趋向。她的心理机制表现出"斯德哥尔摩综合征"特点，她是受害者，又帮助加害者害其他人。我们在研究《金瓶梅》的论文、著作中所见到潘金莲评论，也是褒贬不一。她就是一株罂粟花，美丽又芬芳，却也毒性十足。人们唾骂她是泼妇、恶妇、毒妇，突出的便是她可恨的一面。在小说中具体表现为十大罪状。

第一，虐待潘姥姥。在小说中描写的潘金莲的唯一有血缘关系的亲人，就是她的母亲潘姥姥。可她连她的母亲也不放在眼里，为了个人的私利，她表现得极端不忠不孝，可谓六亲不认。小说第六回写武大郎死后，潘妈妈来金莲家，"妇人知西门庆来了，因一力撺掇他娘起身去了。将房中收拾干净，烧些异香，从新把娘吃的残馔撤去，另安排一席齐整酒肴预备。"张竹坡行评："写淫妇人不孝处，可杀。"（第六回，第95页）第七十八回写潘姥姥在金莲过生日前来到西门庆家，正赶上金莲痛骂玳安做牵头，使西门庆与王六儿、叶五儿（贲四嫂）媾合，小玉来告知潘姥姥来了，顾的人轿子没有给钱，金莲却说："我那得银子？来人家来，怎不带轿子钱儿走！"月娘说："你与姥姥一钱银子，写账就是了。"金莲道："我是不惹他，他的银子都有数儿，只教我买东西，没教我打发轿子钱。"坐了一回，大眼看小眼，外边抬轿的催要去。玉楼见不是事，向袖中拿出一钱银子来，打发抬轿的去了……潘姥姥归到前边她女儿房内来，被金莲尽力数落了一顿，说："你没轿子钱，谁叫你来？恁出丑刮划的，叫人家小看！"潘姥姥道："姐姐，你没与我个钱儿，老身那讨个钱儿来？好容易赒办了这份礼儿来。"妇人道："指望问我要钱，我那里讨个钱儿与你？你看七个窟窿到有八个眼儿等着在这里。今后你看有轿子钱便来他家来，没轿子钱不要来。料他家也没少你这个穷亲戚，休要做打嘴的献世包！'关王卖豆腐——人硬货不硬'。我又听不上人家那等屁声颏气。前日为你去了，和人家大嚷大闹的，你知道也怎的？'驴粪球儿面前光，却不知里面受恓惶'。"（第七十八回，第1158—1159页）几句说的潘姥姥呜呜咽咽哭起来了。把潘姥姥气得在炕上睡了一觉。晚间潘姥姥在李瓶儿房里睡觉，对着如意、迎春儿诉说了金莲的不孝，还不如李瓶儿对自己好，骂她"没人心，没人义，几遍为他心龌龊"（第七十八回，第1163页）。由此可见，潘金莲是一个不孝之女，简直就是个打娘骂老的货色。潘金莲虐待自己的母亲，只是为了与其他妻妾呕气。这种女子对母亲的厌恶被弗洛伊德称为"伊赖克辍情结"，即爱父嫌母的感情。这一情结出自古希腊神话，弗洛伊德借用来表示女孩恋父斥母的情怀。潘金莲对母亲的斥责，完全可以认为是女恋父导致的病态心理作怪。

第二，毒死武大郎。潘金莲在王招宣和张大户家已被调教得柔媚多情，不守本分。嫁给武大郎以后，她的本能要求使他"欲火难禁一丈高"。武大郎是母基不厚父精不坚的弱男子，金莲自己也常常叹息自己命运的悲惨，悲叹"一朵鲜花插在牛粪上"，无人处唱个《山坡羊》解闷。慢慢地她逐渐适应了这种苦闷无聊的生活，习惯了早早关门守候家业的规矩。见到武松时，人本能欲望又被激发。遇到西门庆时，她人生的本能更觉醒了，风流倜傥的西门庆与武大郎相比真是天壤之别，金莲对他一见倾心。在王婆子"茶房说技"的挑唆下，很快使金莲就成了西门庆的性爱猎物。王婆子为了金银费尽心机，导演了一出凶残至极的悲剧。在西门庆已经把武大郎踢得半死不活的时候，由王婆子出计、西门庆操作、潘金莲实施的杀人计划开始了：西门庆备毒药，潘金莲煎药喂药，王婆子做帮凶把武大郎送上了西天。武大饮下毒药时，金莲怕他挣扎，用被褥将其硬硬憋死。《金瓶梅》第五回写道："这妇人怕他挣扎，便跳上床来，骑在武大身上，把手紧紧的按住被角，那里肯放些宽松。正是：'油煎肺腑，火燎肝肠。心窝里如霜刀相侵，满腹中似钢刀乱搅。浑身冰冷，七窍血流。牙关紧咬，三魂赴枉死城中；喉管枯干，七魄投望乡台上。地域新添食毒鬼，阳间没了捉奸人。'那武大当时'哎'了一声，喘息了一回，肠胃尽断，呜呼哀哉，身体动不得了。"（第五回，第87—88页）

这真是惊心动魄的扎心一幕。张竹坡行评说："以上是金莲罪案。"（第五回，第88页）在人类的自相残杀中个体的生命是多么无助，对于同类相残的悲剧也只有人类能实现——当人是兽时他比兽还坏。先秦就有奸夫淫妇合谋杀夫的故事，如苏秦讲过一个男女关系的故事来说明君臣关系。他说："臣邻家有远为吏者，其妻私人。其夫且归，其私之者忧之。其曰：'公勿忧也，妾已为药酒以待之矣。'后二日，夫至，妻使妾奉卮酒进之，妾知其药酒也，进之则杀主父，言之则逐主母，乃佯僵弃酒，主父怒而笞之。故妾一僵而弃酒，上以活主父，下以存主母。忠至如此，然不免于笞，此以忠信得罪者也。"（《战国策·燕策一》）故事中的奸夫淫妇最终没有实现杀死无辜先夫的目标，幸亏有懂事明理的妾（丫鬟）解救了原配夫妇，使丈夫免遭杀身之祸。武大郎就没有这种幸运了，可怜的迎儿对于父亲的死毫无办法，对于潘金莲的恶毒更是无计可施。

第三。折磨迎儿。迎儿是武大郎与其前妻陈氏所生的唯一女儿。由此也可以证明，武大郎并不是没有男人生育功能，但男女的性爱实现不仅仅是生育目的。人类性爱的快感超越其他动物，没有季节和周期的明显变化，是经久不息的爱欲实现。人类的性爱还有心理和情感的满足和愉悦。对于潘金莲来说，武大的男性力量太弱，女性对男性的身体依靠没有满足，对男子的心理情感也得不到慰藉。在男女情爱中失败的武大郎，在家庭中自然也失去了权威，前妻留下的唯一女儿在金莲的手中备受蹂躏。

金莲对迎儿的折磨尤为残忍，她常常把迎儿当成发泄性爱压抑对象。武大死后，西门庆丢开金莲一月多，原因是中间又迎娶了孟玉楼，办理西门大姐之事。由于金莲思念之切，久旱不见甘露，于是：

> 妇人盼的紧，见婆子回了，又叫小女儿街上去寻。那小妮子怎敢入他深宅大院？只在门首矗探，不见西门庆，就回来了。来家被妇人哕骂在脸上，怪他没用，便要叫他跪着。饿到晌午，又不与他饭吃。
>
> 此时正值三伏天道，妇人害热，分咐迎儿热下水伺候，要洗澡。

又做了一笼裹馅肉角儿，等西门庆来吃。身上只着薄纱短衫，坐在下小杌上，盼不见西门庆来到，骂了几句"负心贼"，无情无绪，用纤手向脚下两只红绣鞋儿来，试打一个相思卦。正是：逢人不敢高声语，暗卜金钱问远人……妇人打了一回相思卦，不觉困倦，就歪在床上盹睡着了。约一个时辰醒来，心中正没好气，迎儿问："热了水，娘洗澡也不洗？"妇人就问："角儿蒸熟了？拿来我看。"迎儿连忙拿到房中。妇人用纤手一数，原做下一扇笼三十个角儿，翻来复去只数得二十九个，便问："那一个往那里去了？"迎儿道："我并没看见，只怕娘错数了。"妇人道："我亲数了两遍，三十个角儿，要等你参来吃。你如何偷吃了一个？好娇态淫妇奴才，你害馋痨饿痞，心里要想这个角儿吃，你大碗小碗口床搅不下饭去，我做下孝顺你来？"便不由分说，把这小妮子跳剥去身上衣服，拿马鞭子打了二三十下，打的妮子杀猪也似叫。问着他："你不承认，我定打你百数！"打的妮子急了，说道："娘休打，是我害饿的慌，偷吃了一个。"妇人道："你偷了，如何赖我错数？眼看着就是个牢头祸根淫妇！有那亡八在时，轻学重告，今日往那里去了？还在我跟前弄神弄鬼！我只把你这牢头淫妇，打下你下截来！"打了一回，穿上小衣，放他起来，分咐在旁打扇。打了一回扇，口中说道："贼淫妇，你舒过脸来，等我掐你这皮脸两下子。"那妮子真个舒着脸，被妇人尖指甲掐了两道血口子，才饶了他。（第八回，第120—122页）

由此可见，潘金莲真是后妈的典范。武大郎在世时无力保护自己的女儿。没有亲爹的关爱的迎儿就成了后娘的出气筒。在潘金莲的威胁恐吓下，迎儿受到委屈也不敢向武大郎告知。迎儿的幼年经历了亲妈早死，孤苦伶仃。武大郎娶金莲后，她受金莲的欺辱；武大死后，她又被丢给王婆子；"武松杀嫂"后，托邻居姚二郎收养；第八十八回，借杨二郎之口道出她后续人生，迎儿嫁人为妻。再后来就泥牛入海了。

第四，毒打秋菊。秋菊本是娶进潘金莲后，西门庆给她买的上灶丫头。秋菊的确是个愚蠢、任性又不争气的丫鬟，在她的言行中表现出迷糊和不懂事，多次受到潘金莲的惩罚又屡次受到庞春梅的欺弄。可以说金莲和春梅沆瀣一气，把秋菊整得半死不活，动不动就打得"杀猪也似叫"。请看第二十九回金莲是怎样折磨秋菊的：

（金莲）教秋菊："取白酒来与你爹吃。"又拿果馅饼与西门庆吃，恐怕他肚中饥饿。只见秋菊半日拿上一银注子酒来。妇人才斟了一钟，摸了摸冰凉的，就照着秋菊脸上只一泼，泼了一头一脸，骂道："好贼少死的奴才！我分咐教你烫了来，如何拿冷酒与爹吃？你不知安排些甚么心儿？"叫春梅："与我把这奴才采到院子里跪着去。"春梅道："我替娘后边卷裹脚去来，一些儿没在跟前，你就弄下碴儿了。"那秋菊把嘴谷都着，口里喃喃呐呐说道："每日爹娘还吃冰湃的酒儿，谁知今日又改了腔儿。"妇人听见骂道："好贼奴才，你说甚么？与我采过来！"叫春梅每边脸上打与他十个嘴巴。春梅道："皮脸，没的打污浊了我手。娘只教他顶着石头跪着罢。"于是不由分说，拉到院子里，教他顶着块大石头跪着，不在话下。（第二十九回，第411—412页）

第二十七、二十八回的"绣鞋风波"把秋菊折磨得死去活来。因为金莲与西门庆淫欲过度，在醉闹葡萄架以后，将自己的绣鞋丢了一只。为了寻找绣鞋，秋菊跑断了腿，来来回回几次没有找到，被金莲用"头顶块石头跪着"的方式惩罚。最终在藏春坞里找到了一只绣鞋，结果是宋惠莲生前留给西门庆做念想的，这又激起金莲的怒火，把秋菊打了个半死。第七十三回潘金莲打秋菊，为的是她在孟玉楼生日的宴席上拿回来的水果被秋菊偷吃了一个，她在秋菊的衣袖里发现了柑子皮，秋菊被潘金莲打骂了一顿，"那秋菊被妇人拧得脸胀肿的，谷都着嘴，往厨下去了。"（第二十九回，第1044页）秋菊的偷吃柑子与迎儿的偷吃蒸饺一模一样，也是被金莲当成了出气的借口，反映出潘金莲恶毒的品质。

因为李瓶儿的儿子官哥与乔大户家女儿订娃娃婚，金莲吃醋被西门庆大骂一顿。她在心臭骂西门庆，又发狠诅咒官哥，回到屋里却痛打秋菊，"妇人把秋菊叫他顶着大块柱石，跪在院子里。跪的他梳了头，叫春梅扯了他裤子，拿大板子打他……一面骂着又打，打了又骂，打的秋菊杀猪也似叫。"（第四十一回，第562页）

第五，激打孙雪娥。孙雪娥是个得意忘形的女子，一旦得了西门庆的宠爱就不知道天高地厚。对于金莲来说，她们的争斗是同类相残。终于在小说的第十一回，被潘金莲激怒了的西门庆，把孙雪娥着实地打了一顿：

话说潘金莲在家恃宠生骄，颠寒作热，镇日夜不得个宁静。性极多疑，专一听篱察壁。那个春梅，又不是十分耐烦的。一日，金莲为些零碎事情，不凑巧骂了春梅几句。春梅没处出气，走往后边厨房下去，捶台拍凳，闹狠狠的模样。那孙雪娥看不过，假意戏她道："怪行货子！想汉子，便别处去想，怎的在这里硬气？"春梅正在闷时，听了这句，不一时暴跳起来："那个歪厮缠我哄汉子？"雪娥见她性不顺，只做不听得。春梅便使性，做几步走到前边来，一五一十，又添些话头，道："他还说娘叫爹收了我，俏一帮儿哄汉子。"挑拨与金莲知道。金莲满肚子不快活。（第十一回，第153页）

次日，也是合当有事，西门庆许下金莲，要去庙上替他买珠子穿箍儿戴。早起来，等着要吃荷花饼，银丝鲊汤，使春梅往厨下说去，那春梅只顾不动身。金莲道："你休使她。有人说我纵容她，教你收了，俏成一帮儿哄汉子。百般指猪骂狗，欺负俺娘们儿。你又使她后边做甚么去？"西门庆便问："是谁说的？你对我说。"妇人道："说怎的？盆罐都有耳朵。你只不叫她后边去，另使秋菊去便了。"西门庆遂叫过秋菊，吩咐他往厨下对雪娥说去。

约有两顿饭时，妇人已是把桌儿放了，白不见拿来，急的西门庆只是暴跳。妇人见秋菊不来，使春梅："你去后边瞧瞧，那奴才只顾生根长苗的，不见来。"春梅有几分不顺，使性子走到厨下，只见秋菊正在那里等着哩，便骂道："贼奴才！娘要卸下你腿哩！说你怎的就不去了。爹等着吃了饼，要往庙上去，急得爹在前边暴跳，叫我采了你去哩！"这孙雪娥不听便罢，听了心中大怒，骂道："怪小淫妇儿，'马回子拜节——来到的就是'。锅儿是铁打的，也等慢慢儿的来。预备下煮的粥儿，又不吃，忽剌八新兴出来要烙饼做汤，那个是你肚里的蛔虫？"春梅不忿她，骂说道："没的扯屁淡？主子不使了来，那个来问你要？有与没，俺们到前边只说一声儿，有那些声气儿？"一只手拧住秋菊的耳朵，一直往前边来。雪娥道："主子、奴才，常远是这等硬气！有时道着！"春梅道："有时道没时道，没的把俺娘儿两个别变了罢！"于是气狠狠走来。

妇人见他脸气得黄黄的，拉着秋菊进门，便问："怎的来了？"春梅道："你问他，我去时，还在厨房里雌着，等他慢条厮礼才和面儿，我自不是。说了一句'爹在前边等着，娘说你怎的就不去了'，到被那小院儿里的千奴才、万奴才骂了我恁一顿，说爹'马回子拜节——走到的就是'，只像那个挑唆了爹一般，预备了粥儿不吃，平白地生发起要甚饼和汤。只顾在厨房里骂人，不肯做哩！"妇人在旁便道："我说别要使他去，人自恁和他合气，说俺娘儿两个霸拦你在这屋里，只当吃人骂将来。"

西门庆听了大怒，走到后边厨房里，不由分说，向雪娥踢了几脚，骂道："贼歪剌骨！我使他来要饼，你如何骂他？你骂他奴才，你又如何不溺胞尿，把自己照照！"雪娥被西门庆踢骂了一顿，敢怒而不敢言。西门庆刚走到厨房门外，孙雪娥对着来昭妻一丈青说道："你看，我今日悔气！早是你在旁听，我又没曾说甚么。他走将来凶神一般，大吆小喝，把丫头采的去了。反对主子面前轻事重报，惹的走来平白的怔一场儿。我洗着眼看着，主子奴才长远怔硬气着，只休要错了脚儿！"不想被西门庆听见了，复回来，又打了几拳。骂道："贼奴才淫妇！你还说不欺负他，亲耳朵听见你还骂他。"打得雪娥疼痛难忍，西门庆便往前边去了。那雪娥，气的在厨房里两泪悲流，放声大哭。(第十一回，第155—157页)

孙雪娥又把这件事告诉了吴月娘，被潘金莲偷偷听见，又是一顿臭骂。吴月娘不咸不淡地说了金莲几句，潘金莲就怀恨在心，撒泼使性，编造故事又闹了西门庆一场。

这西门庆不听便罢，听了时，三尸神暴跳，五脏气冲天，一阵风走到后边，采过雪娥头发来，尽力拿短棍打了几下。多亏吴月娘向前扯住了，说道："没的大家省些儿事罢了！好交你主子惹气。"西门庆道："好贼歪剌骨！我亲自听见你在厨房里骂，你还搅缠别人。我不把你下截打下来也不算！"看官听说，不争今日打了孙雪娥，管教潘金莲从前作过事，没兴一齐来。正是：惟有感恩并积恨，万年千载不生尘。

当下西门庆打了雪娥，走到前边，窝盘住了金莲，袖中取出庙上买的四两珠子，递与他。妇人见汉子与他做主，出了气，如何不喜？由是要一奉十，宠爱愈深。(第十一回，第159页)

西门庆就这样依照潘金莲的唆使，狠狠打了孙雪娥两顿，也可以看出西门庆和潘金莲没有一个好东西。小说第五十八回写金莲听粉头董娇儿说孙雪娥称自己是四娘，又得知西门庆在雪娥房里睡了一夜，怀恨在心，就对着几个粉头骂道："没廉耻的小妇奴才，别人称你便好，谁家自己称是四娘来。这一家大小，谁兴你，谁数你，谁叫你是四娘？汉子在屋里睡了一夜儿，得了些颜色儿，就开起染房来了。若不是大娘房里有他大妗子，他二娘房里有桂姐，你房里有杨姑奶奶，李大姐有银姐在这里，我那屋里有他潘姥姥，且轮不到往你那屋里去哩！”（第五十八回，第772页）把雪娥嘲笑讽刺得一文不值。

第六，谋害宋惠莲。孙雪娥是金莲的眼中钉，宋惠莲更是金莲的肉中刺。宋惠莲以实现爱欲并得到小利，而步步走向死亡。西门庆与惠莲勾搭成奸，潘金莲已经得知，却故意装傻，然后明枪暗箭痛骂宋惠莲。在西门庆面前挑唆，终于使西门庆设计把宋惠莲的丈夫来旺抓进牢狱，后潘金莲挑唆雪娥与惠莲的关系，让雪娥骂惠莲。西门庆骗取惠莲信任，却把来旺棒打后发配原籍，使本已痛不欲生的惠莲当晚就上吊自尽了。正如《批评第一奇书〈金瓶梅〉读法［二○］》所说“卒之来旺几死而未死，惠莲可以不死而竟死，皆金莲为之也”①。然后，再让春梅骂雪娥，真如《红楼梦》里的王熙凤挑唆秋桐骂尤二姐，再把秋桐慢慢害死。当然，真正挑拨的是孟玉楼。那宋惠莲已经死去，潘金莲也没有出够她的气，小说第二十八回写潘金莲丢红绣鞋一节写得十分精彩，本节也是潘金莲醉闹葡萄架后发生的最跌宕起伏，最有艺术价值的一节。这一节写金莲打骂了秋菊、痛骂了惠莲、激打了小铁棍儿，也写了春梅狗仗人势欺压同类，西门庆对潘金莲也无可奈何。足见潘金莲的手段之恶毒，她可以说是眼里揉不得半点砂子，真是一石三鸟。潘金莲与西门庆醉闹葡萄架，狂欢至极而丢失了一只绣鞋。逼迫丫头秋菊千寻万寻，却在花园山子底下雪洞里寻出一只绣鞋来：

> 妇人拿在手内，取过他的那只来一比，都是大红四季花缎子白绫平底绣花鞋儿，绿提根儿，蓝口金儿。惟有鞋上锁线儿差些，一只是纱绿锁线，一只是翠蓝锁线，不仔细认不出来。妇人登在脚上试了试，寻出来这一只比旧鞋略紧些，方知是来旺儿媳妇子的鞋：“不知几时与了贼强人，不敢拿到屋里，悄悄藏放在那里。不想又被奴才翻将出来。”看了一回，说道：“这鞋不是我的。奴才，快与我跪着去！”分咐春梅：“拿块石头与他顶着。”（第二十八回，第391—392页）

后来，潘金莲又拿这只绣鞋说事，在西门庆面前把死去的宋惠莲骂了一顿：

> 因令春梅：“你取那只鞋来与他瞧。”“你认的这鞋是谁的鞋？”西门庆道：“我不知是谁的鞋。”妇人道：“你看他还打张鸡儿哩！瞒着

---

① 秦修容：《会评会校本金瓶梅·附录》，中华书局，1998，第1496页。

我，黄猫黑尾，你干的好茧儿！来旺儿媳妇子的一只臭蹄子，宝上珠也一般，收藏在藏春坞雪洞儿里拜帖匣子内，搅着些字纸和香儿一处放着。甚么稀罕物件，也不当家化化的！怪不的那贼淫妇死了，堕阿鼻地狱！"……秋菊拿着鞋就往外走，被妇人又叫回来，分咐："取刀来，等我把淫妇剁作几截子，掠到茅厕里去！叫贼淫妇阴山背后，永世不得超生！"因向西门庆道："你看着越心疼，我越发偏剁个样儿你瞧。"（第二十八回，第397—398页）

当然，潘金莲只是害死宋惠莲的帮凶，真正的凶手是西门庆，并且西门庆把宋惠莲的父亲宋仁也置之死地而后快。宋惠莲骂西门庆："你原来就是个弄人的刽子手！把人活埋惯了，害死人还看出殡的！"（第二十六回，第369页）

第七，害死官哥儿。在妻妾群的争风吃醋中，潘金莲征服李瓶儿的最好办法，就是害死李瓶儿的儿子官哥儿。这是她与李瓶儿争夺性伴侣和家庭地位的牛鼻子，自然一箭多雕。当吴月娘决定李瓶儿的官哥儿与乔大户女儿定娃娃婚时，金莲就指桑骂槐发狠说："多大的孩子，一个怀抱的尿泡种子，平白板亲家，有钱没处施展的，争破卧单没的盖，'狗咬尿泡——空欢喜'！如今做湿亲家还好，到明日休要做了干亲家才难。'吹杀灯挤眼儿——后来的事看不见'。做亲时人家好，过三年五载方了的才一个儿。"（第四十一回，第560页）第五十七回写西门与月娘夸赞官哥，以后做个文官儿、封月娘为母等。金莲听见就骂道："没廉耻、弄虚皮的臭娟根，偏你会养儿子！也不曾经过三个黄梅、四个夏至，又不曾长成十五六岁，出幼过关，上学堂读书，还是个水泡，与阎罗王合养在这里的！怎见的就做官，就封赠那老夫人？怪贼囚根子，没廉耻的货，怎地就见的就做文官，不要像你？"（第五十七回，第560页）此处为日后金莲害死官哥埋下了伏笔。小说第五十八回"潘金莲打狗伤人，孟玉楼周贫磨镜"中写潘金莲蓄意伤害官哥一节：

潘金莲吃的大醉归房，因见西门庆夜间在李瓶儿房里歇了一夜，早晨又请任医官来看他，恼在心里。知道他孩子不好，进门，不想天假其便，黑影中踹了一脚狗屎。到房中叫春梅点灯来看，一双大红缎子鞋，满帮子都沾污了。登时柳眉别竖，星眼圆睁，叫春梅打着灯，把角门闩了，拿大棍把那狗没高低只顾打，打的怪叫起来。李瓶儿使过迎春来说："俺娘说，哥儿才吃了老刘的药，睡着了。叫五娘这边休打狗罢。"潘金莲坐着，半日不言语，一面把那狗打了一回，开了门放出去，又寻起秋菊的不是来。看着那鞋，左也恼，右也恼，因把秋菊唤至跟前，说："这咱晚，这狗也该打发出去了，只顾还放在这屋里做甚么？是你这奴才的野汉子，你不发它出去，叫它恁遍地撒屎，把我恁双新鞋儿，连今日才三四日儿，趱了恁一鞋帮子屎。知道我来，你也该点个灯儿出来，你如何恁推聋妆哑装憨儿的！"春梅道："我头里就对他说，你趁娘不来，早喂他些饭，关到后边院子里去罢。他佯打耳睁的不理我，还拿眼儿瞅着我。"妇人道："可又来，贼胆大万杀的奴才，我知道你在这屋里成了把头，把这打来不作准。"因叫他到跟前："瞧，趱的我这鞋上的齷齪。"哄得他低头瞧，提着鞋拽巴，兜脸就是几鞋底子，打得秋菊嘴唇都破了，只顾搵着抹血，忙走开一边。妇人骂道："好贼奴才，你走了！"叫春梅："与我采过来跪着，取马鞭子来，把他身上衣服与我扯去，好好叫我打三十马鞭子便罢。但扭一扭儿，我乱打了不算。"春梅于是扯了他衣裳，妇人叫春梅把他手扯住，雨点般鞭子打下来，打的这丫头杀猪也似叫。那边官哥才合上眼儿又惊醒了。又使了绣春来说："俺娘上复五娘，饶了秋菊罢，只怕諕醒了哥哥。"

那潘姥姥正歪在里间炕上，听见打的秋菊叫，一磕碌子爬起来，在旁边解劝。见金莲不依，落后又见李瓶儿使过绣春来说，又走向前夺他女儿手中鞭子，说道："姐姐，少打他两下儿罢，惹得他那边姐姐说，只怕諕了哥哥。为驴扭棍不打紧，倒没的伤了紫荆树。"金莲紧自心里恼，又听见他娘说了这一句，越发心中窜上把火一般。须臾，紫涨（涨）了面皮，把手只一推，险些儿不把潘姥姥推了一交，便道："怪老货，你与我过一边坐着去！不干你事，来劝甚么？甚么紫荆树、驴扭棍，单管外合里应。"潘姥姥道："贼作死的短寿命，我怎的外合里应？我来你家讨冷饭吃？教你恁顿摔我！"金莲道："你明日夹着那老屄走，怕他家拿长锅煮吃了我？"潘姥姥听见女儿这等擦他，走到里边屋里呜呜咽咽哭去了。随着妇人打秋菊，打够了二三千马鞭子，然后又盖了十栏杆，打得皮开肉绽，才放出来。又把他脸和腮颊，都用尖指甲掐得稀烂。李瓶儿在那边，只是双手捂着孩子耳朵，腮边堕泪，敢怒而不敢言。

……李瓶儿见官哥儿吃了刘婆子药不见动静，夜间又着惊諕，一双眼只是往上吊吊的。（第五十八回，第777—779页）

　　金莲打秋菊显露金莲心狠手辣和一箭多雕的手段。打狗；打骂秋菊；虐待潘姥姥；唬病官哥儿；气骂李瓶儿。本质是嫉妒李瓶儿生儿子受宠于西门庆。秋菊挨打起因不是李瓶儿，却因金莲嫉妒李瓶儿备受疼痛。金莲恨瓶儿，又泄恨官哥儿，打秋菊是杀鸡给猴看，实为打鸡害狗。之后，潘金莲与孟玉楼、西门大姐又议论了李瓶儿母子，说："怎有钱的姐姐，不赚他些儿是傻子，只相牛身上拔一根毛儿。你孩儿若没命，休说舍经，随你把万里江山舍了，也成不的。如今这屋里，只许人放火，不许俺们点灯。大姐听着，也不是别人。偏梁的白儿不上色，偏他会那等轻狂使势，大清早辰，刁蹬着汉子请太医看。他乱他的，俺们又不管。每常在人前会那等撇清说话：'我心里不耐烦，他爹要便进我屋里，推看孩子，雌着和我睡。谁耐烦！叫我就搲掇往别人屋里去了。俺们日子怎好罢了，背地还嚼说俺们'。那大姐偏听他一面词儿。不是俺们争这个事，怎么昨日汉子不进你屋里去，你使丫头在角门子首叫屋里，推看孩子，你便吃药，一径把汉子作成，和吴银儿睡了一夜，一径显你那乘觉，叫汉子喜欢你。那大姐就没的话说了。昨日晚夕，人进屋里躧了一脚狗屎，叫丫头赶狗，也嗔起来。使丫头过来说，諕了他孩子了。俺娘那老货又不知道，走来劝，甚么的驴扭棍伤了紫荆树。我恼他那轻声浪气，叫我墩了他两句，他今日使性子家去了。去了罢！叫我说，他家有你这样穷亲戚也不多，没你也不少。"（第五十八回，第780—781页）又说："不是这等说，恼人的肠子。单管黄猫黑尾，外合里应，只管人说话。吃人家碗半，被人家使唤。得不的人家一个甜头儿，千也说好，万也说好。想着迎头儿养了这个孩子，把汉子挑唆的生根也似的，把他便扶的正正儿的，把人恨不得躧到泥里头还躧。今日怎的天也有眼，你的孩儿也生出病来了。"（第五十八回，第780—781页）潘金莲借风吹火，落井下石，甚至放火看热闹。可见人的情欲的力量有多么大！它可以使人丧心病狂，可以使人道德败坏，可以使人寡廉鲜耻，可以使人杀人不眨眼。这为潘金莲日后用大狸猫害死官哥儿打下了基础，在小说的叙事结构中埋下了伏笔。终于在第五十九回实施了吓死官哥儿的阴谋，写道：

　　　却说潘金莲房中养的一只白狮子猫儿，浑身纯白，只额上带龟背一道黑，名唤"雪里送炭"，又名"雪狮子"。又善会口啣汗巾子，拾扇儿。西门庆不在房中，妇人晚夕常抱他在被窝里睡。又不撒尿屎在衣服上，呼之即止，挥之即去。妇人常唤他是"雪贼"。每日不吃牛肝干鱼，只吃生肉，调养的十分肥壮。毛内可藏一鸡弹。甚是爱惜他，终日在房里用红绢裹着肉，令猫扑而挝食。

这日也是合当有事，官哥儿心中不自在，连日吃刘婆子药，略觉好些。李瓶儿与他穿上红段衫儿，安顿在外间炕上玩耍，迎春守着，奶子便在旁吃饭。不料这"雪狮子"正蹲在护炕上，看见官哥儿在炕上，穿着红衫儿一动动的玩耍，只当平日哄喂他肉食一般，猛然往下一跳，将官哥儿身上皆抓破了。只听那官哥儿呱的一声，倒咽了一口气，就不言语了，手脚俱风搐起来。慌的奶子丢下饭碗，搂抱在怀，只顾唾哕，与他收惊。那猫还来赶着他要挝，被迎春打出外边去了。如意儿实承望孩子搐过一阵好了，谁想只顾连一阵不了一阵搐起来。忙使迎春后边请李瓶儿去，说："哥儿不好了，风搐着哩，娘快去。"那李瓶儿不听便罢，听了，正是：

惊损六叶连肝肺，唬坏三毛九空心。

连月娘慌的两步做一步，径扑到房中。见孩子搐的两只眼直往上吊，通不见黑眼睛珠儿，口中白沫流出，呷呷犹如小鸡叫，手足皆动。一见心中犹如刀割相思，连忙搂抱起来，脸揾着他嘴儿，大哭道："我的哥哥，我出去好好的，怎么就搐起来？"迎春与奶子悉把五娘房里猫所諕一节说了。那李瓶儿越发哭起来，说道："我的哥哥，你紧不可公婆意，今日你只当脱不了，打这条路儿去了。"（第五十九回，第792—793页）

月娘查问金莲，她死不承认，还气急败坏。作者评说道："潘金莲见李瓶儿有了官哥儿，西门庆百依百顺，要一奉十，故行此阴谋之事，驯养此猫，必欲諕死其子，使李瓶儿宠衰，教西门庆复亲于己，就如昔日屠岸贾养神獒害赵盾丞相一般。"（第五十九回，第793页）官哥病重，吴月娘的姜汤、刘婆子的灯心薄荷金银汤与针灸，以至于求神问卜都无济于事，连鲍太医也束手无策了。恰在这时，花子虚魂魄又来李瓶儿梦中索要财物。官哥儿不到一夜，呜呼哀哉，断气身亡，只活了一年零两个月。尽管西门庆心中明白，却无真凭实据，愤而将"雪狮子"摔死，狸猫魂化屈死鬼。

第八，气杀李瓶儿。当官哥儿被"雪狮子"抓伤后，李瓶儿把自己的脸都抓破了，滚的宝髻鬌松，乌云散乱。

李瓶儿卧在床上，似睡非睡，梦见花子虚从前门外来，身穿白衣，恰似活时一般。见了李瓶儿，厉声骂道："泼贼淫妇，你如何抵盗我财物与西门庆！如今我告你去也。"被李瓶儿一手扯住衣袖，央及道：

"好哥哥，你饶恕我则个。"花子虚一顿，撒手惊觉，却是南柯一梦。（第五十九回，第797页）

官哥儿死后，"那李瓶儿挝耳挠腮，一头撞在地下，哭的昏过去，半日方才甦省，搂着他大放声哭，叫道：'我的没救星儿，心疼杀我了！宁可我同你一答儿里死了罢，我也不久活在世上了！我的抛闪杀人的心肝，撇的我好苦也！'……那李瓶儿躺在孩儿身上，两手搂抱着，那里肯放，口口声声直叫：'没救星的冤家！娇娇的儿！生揭了我的心肝去了！撇的我枉费辛苦，干生受一场，再不得见你了，我的心肝……'"（第五十九回，第798页）哭的一头撞在地上。"李瓶儿思想官哥儿，每日黄恹恹，连茶饭都懒待吃，题起来只是哭啼，把喉音都哭哑了。"（第五十九回，第800页）官哥儿出丧，李瓶儿声气都破了，一头撞在门底下，粉额磕伤，金钗坠地。

为了斩草除根，防止李瓶儿与她继续争宠，潘金莲指桑骂槐故意刺痛李瓶儿的伤口，以她的儿子作靶子进行攻击，骂道："贼淫妇！我只说你日头常晌午，却怎的今日也有错了的时节。你'斑鸠跌了弹——也嘴答谷了'！'春登拆了靠背儿——没得椅了'！'王婆子卖了磨——推不的了'！'老鸨子死了粉头——没指望了'！却怎的也和我一般？"（第六十回，第805页）其中的"弹""靠背儿""磨""粉头"都是暗指的李瓶儿死去的儿子官哥儿。"李瓶儿这边屋里分明听见，不敢声言，背地里只是掉泪。着了这暗气暗恼，又加上烦恼忧戚，渐渐精神慌乱，梦魂颠倒，每日茶饭都减少了。"从此李瓶儿经水淋漓不止，崩漏病医治无效，"肌肤消瘦，而精彩丰标无复昔时之态矣。正是：肌骨大都无一把，如何禁架许多愁？"（第六十回，第805页）李瓶儿思子心切，日夜啼哭，噩梦连夜，狐鬼侵袭，与西门庆"哥哥""姐姐"的恩爱温存，西门庆用尽办法也没救回来，一命呜呼了。第六十二回之回评说李瓶儿死："西门是痛，月娘是假，玉楼是淡，金莲是快。"（第六十二回，第835页）月娘评价金莲是"九条尾的狐狸精，把好的吃他弄死了"（第七十五回，第1090页）。第八十七回之回评也说："是金莲死官哥，实金莲死瓶儿也。"（第八十七回，第1280页）

当然，李瓶儿的死绝不是金莲一人的罪过。李瓶儿临死前，何医官来看病，说："这位娘子，乃是精冲了血管起，然后着了气恼，气与血相搏，则血如崩。不知当初起病之由，是也不是？"（第六十一回，第830页）何医官一下说出了病因，李瓶儿的病与西门庆的淫欲有直接关系。确切地说，李瓶儿的妇科病是几个男人日积月累作践的结果，害死她的人还有花太监、花子虚、蒋竹山等。

第九，大闹吴月娘。犯上作乱。李瓶儿在西门庆的众妻妾中性情平和，西门庆耳朵没听到她争风吃醋的挑拨，而是凭借自己的温柔体贴、乐善好施，赢得了西门庆信任与钟爱，赢得了西门府妻妾及家人爱戴。对于潘金莲的嫉妒陷害，一直隐忍到临死前，才把积怨嘱托给吴月娘，说："娘，到明日好生看养着，与他爹做个根蒂儿，休要似奴粗心，吃人暗算了。"作者评说道，"看官听说：只这一句话，就感触月娘的心来。后西门庆死了，金莲就在家中住不牢者，就是想着李瓶儿临终这句话。"（第六十二回，第848页）其实金莲气杀李瓶儿，也为自己的悲剧结局垫了一砖。

第七十五回"因抱恙玉姐含酸，为护短金莲泼醋"写月娘与金莲矛盾的激化，二人已经是撕破脸皮真开战了。因为韩家的春花生了一个儿子，月娘率众妇人到韩道国家里吃喜面。在家里的春梅等人，于李瓶儿房里与如意等人吃酒，春梅到月娘房里去叫申二姐来唱曲，偏偏申二姐不来，被春梅大骂一场，立刻逼着申二姐离开了西门庆家。月娘吃喜面回来很生气，骂了春梅，连带着骂了金莲。金莲晚上一心想让西门庆到自己房里睡，目的是在壬子时期怀上身孕，因为她吃了薛姑子的符药做了充分的准备。金莲直接到月娘房里招呼西门庆，月娘偏偏不让西门庆去。巧的是孟玉楼生了病，一天没吃饭，月娘让西门庆到玉楼房里睡了一夜。这恰好误了金莲的生子大事，金莲心中甚是不悦。又加上月娘房中的丫头玉箫挑拨，使金莲怒气冲天。第二天金莲又到月娘房外潜听，冷不丁地出现在月娘的面前，两人演了一场"家反宅乱"好戏。那场面火上浇油，越闹越凶，月娘骂金莲浪气把拦汉子，说："原来只你是他的老婆，别人不是他的老婆？行动提起来'别人不知道，我知道'。"（第七十五回，第1086页）又骂金莲与春梅"猫鼠同眠"。最后揭了金莲的伤疤："这个是我浪了，随你怎的说。我当初是女儿填房嫁他，不是趁来的老婆。那没廉耻趁汉子精便浪，俺每真材实料，不浪。"甚至揭出打狗蓄猫害官哥儿、害李瓶儿的老底来，说："你害杀了一个，只多我了。"（第七十五回，第1087页）

这一句棒打数鸟。那潘金莲见月娘这等言语骂她，坐在地下打滚撒泼。自家打几个嘴巴，头上鬏髻都撞落一边，放声大哭，叫起来，说道："我死了罢，要这命做甚么，你家汉子说条念款说将来，我趁将你家来了！这也不难的勾当，等他来家，与了我休书，我去就是了。你赶人不得赶上。"（第七十五回，第1088页）

在玉楼和玉箫的劝阻下，这场厮闹才算结束。把月娘气得胳膊都软了，手冰冷的。吴月娘又对吴大妗子、孙雪娥、李娇儿等唠叨一番，说金莲是"犯夜的拿住巡更的""曲心矫肚，人面兽心""九条尾的狐狸精"，甚至说："我洗着眼儿看着他，到明日还不知怎么样儿死哩。"（第七十五回，第1089页）并对西门庆报复潘金莲说："往后没的又像李瓶儿，吃他害死了。"（第七十五回，第1092页）算是一口恶气出尽矣。

潘金莲与侯月娘大闹也是别有用心，潘金莲知道月娘已经有了身孕十分嫉妒，必欲置之死地而后快。金莲的泼皮狠毒由此可见一斑。当然，月娘也不是什么好东西。

第十，淫杀西门庆。尽管金莲对西门庆是百般顺从，喝尿咽精，换取狰狞一笑。但是西门庆丧命星是因为潘金莲。"她（金莲）一面用自己全部的生理技能去笼络西门庆，一面象一只叫春的母猫，到处打'野食儿'，就连十五岁的琴童，也逃不脱她的欲爪。"① 西门庆拜访林太太，淫媾如意儿，又与王六儿媾合，几天来忙得不亦乐乎。已经害腰疼又头昏脑涨的西门庆回到金莲房里，潘金莲实施了淫杀西门庆的表演。

第三节　幽怨苦情并命运悲惨

我们不能掩盖潘金莲性格的毒辣凶残，但对她的性格形成和表现，应有细致分析和充分理解。潘金莲一生非常悲惨，并且在小说中描写她恶毒、残忍性格也都做了入情入理的逻辑理解，在冷嘲热讽的背后是作者深切的同情。我们在分析潘金莲形象的时候，应挖掘她性格形成的社会根源，只有考察她所处的时代和社会环境，才能对她进行公正的评说。赵景深《谈〈金瓶梅词话〉》对小说中塑造的妇女形象，都寄予了深切的同情，他说："在这部书里，没有一个妇女过着快乐自由的生活，大贵族大地主有钱有势，百般地玩弄她们，用沾着血腥的金钱埋葬了她们美丽的青春，用虚伪的言词玷辱了她们纯洁的感情。尽管她们受尽了折磨，还得战战兢兢地承受颜色，满足他（西门庆）的兽欲。"② 潘金莲的确是一个可怜的值得同情的女性悲剧形象。

第一，潘金莲是欲望的强者，为她争强好胜的性格表现打下了基础。拉康的理论认为："欲望是对某种已知的可以带来愉悦或满足的事物的渴求。欲望起源于对某种存在物的缺位的认识，即确认某种事物是令人舒服、愉快、激动、满意的，而这一存在物（有）现在是缺乏的（无），于是便导致追求这一事物的动机。欲望本身包含着某种对象的缺乏感。"③ 潘金莲是淫妇的典型代表，可

---

① 高越峰：《金瓶梅人物艺术论》，齐鲁书社，1988，第30页。
② 赵景深：《谈〈金瓶梅词话〉》，载古耜《悟读金瓶梅》，京华出版社，2008，第65页。
③ ［美］波利·扬-艾森卓：《性别与欲望》，杨广学译，中国社会科学出版社，2003，第93页。

以说潘金莲是性欲的狂人，她的欲望达到了惊人的强度，这是她的生命天赋，这说明了她人生中令她愉快满足的事物是缺乏的，欲望强烈不是她的人生罪过。她更是一个"生性淫荡"的女人，作者借相术来显露她这种性本能：在第二十九回里，吴神仙看了潘金莲后，说她"发浓髻重，光斜视以多淫；脸媚眉弯，身不摇而自颤。面上黑痣，必主刑夫；唇中短促，终须寿夭。举止轻浮惟奸淫，眼如点漆坏人伦，月下星前长不足，虽居大厦少安心"（第二十九回，第407页）。相格正暗示着人的本质性格，潘金莲之所以对"性"特别有兴趣，乃是因"脸上多一颗痣或肌骨的比例"所致，是生来就是如此的。波利·扬-艾森卓认为："原来欲望并不是纯粹由外界刺激引起的；原来我们自己才是欲望的主体。"①从女性的生理特点来说，其性欲比男人高得多，哈代说："人类女性是在性行为方面拥有持续接受能力的唯一的哺乳动物"②，不管你用怎样高级的灵长类动物的天平来衡量，对于女性来说都存在着非生育期间的更强的性接受能力。正是在人类中，性行为非周期化了。而且女性有着更旺盛的性欲。她们同男子不同，具有持久的接受性。一般来说："在男性主导的社会里，女性对性欲和色情的喜好和追求大都是秘而不宣、被深深地掩盖起来的。"③但并不是她们的欲望不强烈。如果遇上环境条件的刺激和影响，女性的性欲有时会发疯般的强烈。《灯草和尚》第一回说："妇人家欲火尤甚，但不去引动她，还好禁持，一引动了，便没个底止。"④潘金莲自小就为了家庭还债，被卖给王招宣，王招宣家教她学艺，是王招宣激发了她性格的恶劣根性。奥地利心理学家阿德勒认为：人的童年时期的经历决定着人以后的生活和人生目标，也决定了他的人格形成。张竹坡评曰："一裁缝家的九岁女孩至其家，即费许多闲情教其描眉画眼，弄粉涂朱，且教其做张做致，乔模乔样。""今看其一身机诈，丧廉寡耻，若云本自天生，则良心为不可必，而性善为不可据也。吾知其二、三岁时，未必便如此淫荡。"⑤王招宣又将其卖给张大户，因为主家婆的嫉妒，张大户又将其卖给武大郎，让武大捡了个便宜。武大郎在《金瓶梅》和《水浒传》中都被描写成体力不支，四体短小的小男人。他的生命本能不足，父本不坚，母基不厚。难怪潘

---

① ［美］波利·扬-艾森卓：《性别与欲望》，杨广学译，中国社会科学出版社，2003，第109页。

② 张之沧：《人的深层本质》，陕西人民出版社，1992，第164页。

③ ［美］波利·扬-艾森卓：《性别与欲望》，杨广学译，中国社会科学出版社，2003，第111页。

④ 高则诚：《灯草和尚》，载王立《宗教民族文献与小说母题》，吉林人民出版社，2001，第326页。

⑤ 秦修容：《会评会校本金瓶梅·附录》，中华书局，1998，第1497页。

金莲一嫁给武大就抱怨张大户："普天世界断生了男子，何故将我嫁于这样个货！每日牵着不走，打着倒退的，只是一味嗜酒，着紧处，却是锥钯也不动。奴端的那世里悔气，却嫁了他！是好苦也！"（第一回，第30页）更何况武大郎对她的性本能欲望都不能满足！因而潘金莲禁不住与张大户藕断丝连，这也仍不能满足她的强烈欲望，"常无人处唱个《山坡羊》为证"。她还常想："怎生我家那身不满尺的丁树，三分似人，七分似鬼。奴那世里遭瘟，撞着他来？"（第一回，第32页）而她自己是乔模娇样，聪明伶俐，真是"梨花一枝春带雨""天生丽质难自弃"。怎不让她感叹：一块好羊肉，如何落在狗口里。吴月娘见她是：

> 眉似初春柳叶，常含着雨恨云愁；脸如三月桃花，每带着风情月意。纤腰袅娜，拘束着燕懒莺慵；檀口轻盈，勾引得蜂狂蝶乱。玉貌妖娆花解语，芳容窈窕玉生香。
>
> 吴月娘从头看到脚，风流往下跑；从脚看到头，风流往上流。论风流，如水晶盘内走明珠；语态度，似红杏枝头笼晓月。看了一回，口内不言，心内想道："小厮们来家，只说武大怎样一个老婆，不曾看见，不想果然生的标致，怪不的俺那强人爱他。"（第九回，第133页）

从心理学的角度来看，生命本能的不能满足是人类最本质的痛苦，挨饿受冻是基本的苦难，性本能欲望的煎熬是人生的生命本质痛苦。在男尊女卑的社会条件下，女子的性本能被否定，是封建礼教的最大罪恶毋庸置疑。由此可以说，潘金莲的欲望是生命的本质要求，是合情合理的，是人的本质特性的显现。张之沧《人的深层本质》说："其实人的一切行为都包含着人性与动物性、文明与野蛮等对立因素。正是这些对立因素的统一构成了人的深层本质。没有生物性就没有人性。这不仅因为生物性构成了人性的进化基础，而且因为任何人性也只有体现生物性方才是真正的人性。"[①]潘金莲的行为是为实现她的真正人性而奋斗。她与西门庆媾合后，不除武大无法自由满足自己的欲望，因而下药毒死武大，嫁于西门庆。西门庆与金莲的结合，也说明了西门庆被金莲强大的性欲征服了。但西门庆娶回金莲后，起先西门庆还宠她一人，"天天到她房里睡，"无奈后来他又梳笼李桂姐，娶进李瓶儿，包占宋惠莲和王六儿，还情战林太太……西门庆淫欲的人愈来愈多，潘金莲的欲望也愈来愈得不到满足。西门庆在院中贪恋李桂姐姿色，吴月娘派人叫不回来。"丢的家中这些妇人都闲静了。

---

①　张之沧：《人的深层本质》，陕西人民出版社，1992，第176页。

别人犹可，惟有潘金莲这妇人，青春未及三十岁，欲火难禁一丈高，每日打扮
的粉妆玉琢，皓齿朱唇，无日不在大门首倚门而望，只等到黄昏。到晚来归入
房中，单枕孤帷，凤台无伴。睡不着，走来花园中，款步花苔。看见那月漾水
底，便疑西门庆性情难拿；偶遇着耽珸猫儿交欢，越引逗的他芳心迷乱"。（第十
二回，第166页）于是借机把琴童叫到房里，以酒为媒，与琴童成奸。金莲还叛逆
传统伦理，与西门大姐之婿陈敬济勾搭成奸，二人的爱恋可谓大放异彩。就在
西门庆去东京认蔡京干爹的时候，也可以说是西门庆最鼎盛的时候，却家反宅
乱、后院起火。在西门庆死后，被西门庆之正妻吴月娘赶出家门，待卖王婆家，
与王潮也成奸。从小说的叙述描写来看，金莲的欲望难以用伦理道德来束缚，
她的生活中不乏淫声浪语，她为了个人的欲望敢于争夺，勇于冲破伦理道德的
妇道束缚，压倒其他妻妾。孙雪娥曾在吴月娘面前评论潘金莲说："娘！你还不
知，淫妇说起来，比养汉老婆还浪，一夜没男子也成不得的。背地干的那茧儿，
人干不出，他干出来。当初在家，把亲汉子用毒药摆死了，跟了来，如今把俺
们也吃她活埋了。弄的汉子乌眼鸡一般，见了俺们便不待见。"（第十一回，第158
页）甚至为了爱欲她不怕死无葬身之地，敢于肯定真情的自我。"街死街埋，路
死路埋，倒在洋（阳）沟里就是棺材。"（第四十六回，第621页）王婆子也劝她
"受用到那里是那里"（第七十六回，第1114页）。这既是一语成谶的断语，也是潘金
莲性格的概括。能够勇于表现自我、显露真心、诉说真情的人是可歌可泣的，
是一个理解了人性的人。潘金莲在正月十五到李瓶儿家为其做生日，夜晚她与
孟玉楼观灯的描写，是那样的自然率真，文中说：

> 　　惟有潘金莲、孟玉楼同两个唱的，只顾搭伏着楼窗子，往下观看。
> 那潘金莲一径把白绫袄袖子搂着，显她那遍地金袄袖儿；露出那十指
> 春葱来，带着六个金马镫戒指儿，探着半截身子，口中磕瓜子儿，把
> 磕的瓜子皮儿，都吐落在人身上，和玉楼两个嘻笑不止。一回指道：
> "大姐姐，你来看，那家房檐下，挂的两盏绣球灯，一来一往，滚上滚
> 下，到好看。"一回又道："二姐姐，你来看，这对门架子上，挑着一
> 盏大鱼灯，下面还有许多小鱼鳖虾蟹儿，跟着他倒还要子。"一回又
> 叫："三姐姐，你看，这首里这个婆儿灯，那个老儿女灯。"正看着，
> 忽然一阵风来，把婆儿灯下半截刮了一个大窟窿。妇人看见，笑个不
> 了，引惹的那楼下看灯的人，挨肩擦背，仰望上瞧，通挤匝不开，都
> 压摞摞儿。内中有几个浮浪子弟，直指着谈论。一个说道："一定是那
> 公侯府里出来的宅眷。"一个又猜："是贵戚王孙家艳妾，来此看灯。

不然，如何内家妆束?"又一个道:"漠不是院中小娘儿? 是那大人家
叫来这里看灯弹唱。"又一个走过来说道:"只我认的，你们都猜不着。
这两个妇人，也不是小可人家的，他是阎罗大王的妻，五道将军的妾，
是咱县门前开生药铺、放官吏债，西门大官人的妇女。你惹他怎的?
想必跟他大娘来这里看灯。这个穿绿遍地金比甲的，我不认的。那穿
大红遍地金比甲儿，上带着个翠面花的，倒好似卖炊饼武大郎的娘子。
大郎因为在王婆茶坊内捉奸，被大官人踢死了。把他娶在家里做妾。
后次他小叔武松告状，误打死了皂吏李外传，被大官人垫发，充军去
了。如今一二年不见来，出落得这等标致了。"（第十五回，第215—216页）

潘金莲只顾嘻嘻玩乐，早把武大郎与武松的事忘到九霄云外了。她认定，
活一天是一天，不管人生命运如何安排，也不顾哪一天大祸临头，只要活着，
就开开心心地享乐。是福少不了，是祸躲不过。金莲想生子当然是为了道德伦
理的需要或家庭功利的目的，但更直接、更急切的是为了性的满足，是为了宠
爱的争夺。西门庆死后，她与陈敬济的性爱绝无伦理道德可言，是典型快乐原
则指导下的享乐主义表现，是人生欲望的本能发泄。她的人生信条就是:一息
尚存，万计不论，今生今世为自己的性欲欢乐，不管沦为地域什么色鬼，生之
快乐超乎一切。以比较偏激的话语说，世界上有两种女人:一种是男人见了就
想强暴的女人;一种是见了男人就想强暴的女人。潘金莲是二者的合一。波
利·扬-艾森卓也说:"欲望可以表现为各种各样的恐惧症，表现为憧憬和野心，
表现为需要他人的敬仰和称赞。"①当潘金莲被逐出西门庆家后，暂住王婆家待
嫁却又与王婆儿子王潮媾合。崇眉评:"金莲于此昧，老的少的、村的俏的、贵
的贱的，皆有所遇，可谓备尝之矣。"（第八十六回，第1275页）第八十六回之回评
说:"金莲一生之淫行，千古罕见。以敬济为西门之婿而不知羞，皆可与合;以
王潮为王婆儿，亦可与合，则天下之畜类，凡为阳物者，亦无不可与合也。"（第
八十六回，第1264页）这是性的崇拜，是爱的崇拜，是至美的崇拜。所以就潘金莲
这个形象的社会意义来说，通过这一形象的塑造肯定了人情人欲的客观存在，
批判了传统礼教对人情人欲特别是妇女情欲的扼杀。

第二，潘金莲生活于妻妾成群的多妻制家庭中，为争得宠爱和家庭地位费
尽心机。潘金莲是妒妇的杰出代表。从心理学的角度看，男人有寻求多个性伙

①　[美]波利·扬-艾森卓:《性别与欲望》，杨广学译，中国社会科学出版社，2003，第
127页。

伴的欲望，而女人则有倾心于一夫一妻的心理机制。原因在于单个女性能生产的后代数目有限，而单个男性能生产的子女数目可以大得多①。古代社会多妻制的弊病之一就是争风吃醋，众妻妾都不是家庭天然的统治者，她们无时无地不在争夺，潘金莲只不过是个暂时的胜利者罢了。多妻制使男人们花心，使女人们失贞。妻妾成群，泼妇称雄，家反宅乱是多妻制家庭的必然结局。潘金莲到了西门庆家，在与其他妻妾的争夺中，有欲望奠定的原欲激荡着她，铸就了她掐尖儿占先的性格特征。她不像李瓶儿、孟玉楼靠财取悦西门庆，而是凭借自己的雄厚女性基础，赢得了西门庆的一时宠幸，所以才"恃宠生骄，颠寒作热，镇日夜不得个宁静；性极多疑，专一听篱察壁"（第十一回，第153页）。导演并实施了激打孙雪娥、害死官哥儿、气杀李瓶儿一幕幕险恶的表演。况且，西门庆的内心深处并不真爱潘金莲，金莲只是西门庆激情性爱的工具而已。西门庆朝秦暮楚、见异思迁，不停地移情别恋，除了一群妻妾，还有家人媳妇、楼台娼妓、市井相好，等等。

从社会学的角度来看，人加入到一个群体，本身就意味着地位的下降，按照双方或多方都接受的规则来进行竞争，人们就不会处于高度的嫉妒之中。如果是不平等的竞争规则，用不同的规则对待不同的人就会产生嫉妒。嫉妒者主要考虑的是占有物，而猜忌者则主要考虑的是占有者。"正如克里格生动地描述洛维杜人的情况那样，妻子们的个人茅舍围着丈夫的茅舍排出半圆形，她们都注意地看着，丈夫是否在某个妻子那里多待了哪怕一小会儿，或者特别选中了她们之中的某一个人。如果一个妻子在一天当中只有两个小时或者四个小时之内她的丈夫属于她，这段时间是她和其他妻子平分得到的，那么她就对这几个小时心怀猜忌地看得很紧。就像一夫一妻制中的一个妻子在二十四小时中防备她丈夫被别的女人抢去似的。"②潘金莲在西门庆家仅是第五妾，上有正妻吴月娘，下有妾李娇儿、孟玉楼、孙雪娥、李瓶儿。而李瓶儿又偏偏比别人得宠，金莲要使西门庆宠幸自己，就要压倒、制服众妻妾。她首先听长房吴月娘的话，取得月娘的偏袒。然后施计压倒孙雪娥，团结孟玉楼，李娇儿就不在话下了。

在中国历史上妒妇的形象比比皆是，先秦的《诗经》中就有对妒妇的描写，也有大量的关于妒妇故事的记载，如楚国郑袖心狠手辣地为争风吃醋割掉美人的鼻子；汉朝的吕后为了嫉妒在高祖死后残酷折磨戚夫人；南朝虞通之《妒妇

---

① ［美］波利·扬-艾森卓：《性别与欲望》，杨广学译，中国社会科学出版社，2003，第1—2页。

② ［奥］赫·舍克：《嫉妒论》，王祖望、张田英译，社会科学文献出版社，1988，第83页。

记》遗事小说，记录妒妇不少。《宋书·后妃传》云："宋世诸主，莫不严妒，太宗每疾之。湖熟袁佰妻以妒忌赐死，使近臣虞通之撰《妒妇记》"；还有杨贵妃、慈禧太后等对与自己争宠女子的惨不忍睹的迫害，等等。在西门庆家里潘金莲最重要的竞争对手是李瓶儿，李瓶儿得宠直接影响到她在西门庆心中的地位。张冥飞《小说评林》说："嫉妒之性，男女皆有之，而女子为独尤甚。故此种嫉妒之性可谓之普通之女性，捻酸吃醋即由此种女性所发挥。充此种女子之量，其所注意之目的物，能取得至高无上之所有权，则可以牺牲生命以殉之，而不知悔。其在男女之际，当爱情萦注时，而触发此种之女性，而妒而痴，则捻酸吃醋焉；而妒而悍，则狐媚子霸道焉。"① 自从李瓶儿进家，金莲就常常被抛舍一边，多少次的夜守空房，苦苦企盼，情场上一次次输与李瓶儿。因此，小说中描写她俩的矛盾最尖锐，金莲处处与李瓶儿作对，设下重重障碍百般刁难李瓶儿，并且以恶毒的手段谋害李瓶儿和其子官哥儿，其"毒辣"的性格表现令人发指。李瓶儿死后一年，其魂魄还缠着西门不放，西门庆又把淫欲的目标转移于李瓶儿的替身奶子如意儿身上，让金莲怀恨在心。

　　然而，潘金莲毒辣的直接原因是传统婚姻制度和家庭制度。男权社会的家庭只肯定男子的地位，而女子只有服从，是男人的附属品。女子要想得宠全靠自己的姿色和手段，金莲在欲望不能满足又失宠的前提下，不争夺又如何呢？在一夫多妻、妻妾成群的家庭里，心理失常、精神变态是妇女性格发展的必然表现。我们看一看电影《大红灯笼高高挂》就完全明白了，其中的几个妻妾为了争风吃醋进行了无数次明争暗斗，甚至采用了巫术手法来争宠。那四太太在潜意识的支配下莫名其妙地将二太太的耳朵剪破了。马克思·舍勒说："毕竟是女人，因为她更软弱些，因此也就更有强烈的报复欲望，而且恰恰出于她个人的、不容改变的特性，总是不得不和其他的女性伙伴进行竞争，以赢得男人的宠爱。"②《金瓶梅》中的女人们自然也躲不过这些劫难。从《金瓶梅》中看出，再没有比中国女人的嫉妒更强烈的了，《金瓶梅》故事的发展动力和故事情节的演进都是嫉妒心理推动的结果，人物描写无不显示出嫉妒的巨大力量。假如是一妻多夫的婚姻制度，给潘金莲娶上五六个丈夫，争风吃醋的不是潘金莲，该是西门庆之流了。

　　第三，潘金莲是"无子"之妇，妻妾中谁先有子谁就是眼中钉，必定成为

---

① 张冥飞：《小说评林》，载王立《宗教民族文献与小说母题》，吉林人民出版社，2001，第326页。

② ［奥地利］赫·舍克：《嫉妒论》，王祖望、张田英译，社会科学文献出版社，1988，第90—91页。

攻击的对象和争夺的焦点。在我国的封建社会里，妇女的最大功能就是生儿育女。封建的孝道认为：不孝有三，无后为大。（《孟子·离娄》）如果无后，妇女便犯了家庭道德条规，违背了妇德。妻无子，夫可再娶；再无子，夫可又续弦。利玛窦甚至说：中国人在性方面毫无节制，"他们能休弃第一个妻子，另外再娶一个；或者不休第一个，另外再娶一个、两个，多少都可以，没有任何限制，只要有能力供养。因而许多人有十个、二十个、三十个妻妾，皇帝及皇子皇孙则有上百上千的妻妾"①。当然，利玛窦的说法也不完全符合实际，但公子王孙为延续血脉蓄妓纳妾却是事实，这正是封建婚姻制度给家庭造成的一大缺陷，是家反宅乱的直接原因。

西门庆因长房月娘无子，娶了五妾，五妾都想生子，她们都明白"子贵母荣"的家庭规则和社会共识。对于李瓶儿生子，潘金莲恨得咬牙切齿，一边嫉妒一边哭泣：先是算李瓶儿生儿不足月，"一个后婚老婆，汉子不知见过了多少，也一两个才坐胎，就认做是咱家孩子？我说，差了。若是八月里孩儿，还有咱家些影儿；若是六月的，'踩小板凳儿糊仙道神——还差着一帽子哩'，'失迷了家乡，哪里寻犊儿'？"又说："俺们是买了个母鸡不下蛋，莫不吃了我不成！"（第三十回，第422页）后是"这潘金莲听见生下孩子来了，合家欢喜，乱成一块，越发怒气，径自去到房里，自闭门户，向床上哭去了"（第三十回，第423页）。小说第三十九回说吴道官来给西门庆和李瓶儿的儿子送礼，给李瓶儿的儿子官哥儿取了个道名，后写了父母及家眷字号，只有吴月娘和李瓶儿一妻一妾，而他人全无。"这潘金莲识字，取过红纸袋儿，扯出送来的经疏，看见上面西门庆底下同室人吴氏，旁边只有李氏，再没别人，心中就有几分不忿，拿与众人瞧：'你说贼三等儿九格的强人！你说他偏心不偏心？这上头只写着生孩子的，把俺每都是不在数的，都打到赘字号里去了。'孟玉楼问道：'可有大姐姐没有？'金莲道：'没有大姐姐倒好笑。'月娘道：'也罢了，有了一个，也就是一般。莫不你家有一队伍人，也都写上，惹的道士不笑话么？'金莲道：'俺每都是刘湛儿鬼儿的？比那个不出材的，那个不是十个月养的哩！'正说着，李瓶儿从前边抱了官哥儿来。"（第三十九回，第540页）由此可以看出，妻妾无子连个名分也得不到。金莲也曾效仿月娘去求神拜佛，还向王道婆求仙药妄图生一男半女，第六十九回这样写道："潘金莲思想着玉箫告他，月娘吃了他（薛姑子）的符水药才坐了胎气，又见西门庆把奶子要了，恐怕一时奶子养出孩子来，搀夺了

---

① 刘俊馀，王玉川：《玛窦全集·利玛窦中国传教史》（上），载林中泽《晚明中西性伦理的相遇》，广东教育出版社，2003，第65—66页。

他的宠爱。于是把薛姑子叫到前边他房里，悄悄央薛姑子，与他一两银子，替他配坐胎气符药，不在话下。"（第六十九回，第940页）

那一天，金莲按王姑子的方术，准备借壬子时与西门庆合房坐胎，不料，却因与吴月娘为春梅儿骂申二姐的事闹矛盾，月娘就不让西门庆去金莲房里睡。又碰巧玉楼生病，本已妒火中烧的月娘终于借故让西门庆住宿玉楼处，使金莲失去了一次大好机会，与西门庆再无怀孕机会，金莲怀恨在心，以致于后来大闹吴月娘，家反宅乱。其实潘金莲与吴月娘最根本的矛盾就在这里。（第七十五回）

本来就得宠的李瓶儿生了个儿子官哥儿，更是备受西门大官人的宠爱，后来月娘也有了身孕。金莲对月娘不敢冒犯，与李瓶儿的争宠顺理成章。陷害的焦点就是官哥儿，多次指桑骂槐吓唬官哥儿，打得狗怪叫惊吓官哥儿，终于用大狸猫"雪狮子"抓伤官哥儿，置之死地而后快。为了斩草除根，以防止李瓶儿与她继续争宠，她故意刺痛李瓶儿的伤口，以她的儿子作靶子进行攻击，骂道："贼淫妇！我只说你日头常晌午，却怎的今日也有错了的时节。你'斑鸠跌了弹——也嘴答谷了'！'春登拆了靠背儿——没得椅了'！'王婆子卖了磨——推不的了'！'老鸨子死了粉头——没指望了'！却怎的也和我一般？"（第六十四回，第805页）其中的"弹""靠背儿""磨""粉头"都是暗指的李瓶儿死去的儿子官哥儿。李瓶儿死后，西门庆又与奶子如意儿勾合。潘金莲又害怕如意儿生了孩子，最怕的是再生出个儿子来。所以在西门庆与夏提刑进京拜恩的时候，她以借棒槌为由，将如意儿痛打一顿，狠心的她用力去抠如意儿的肚子，恨不能把她的心里肉掏出来。她想把如意生子的可能扼杀在萌芽之中，毒妇的性格也就暴露无遗了。好歹被韩嫂儿拉开，还又闹又大骂一场，说："没廉耻的淫妇，嘲汉的淫妇！俺们这里还闲的声唤，你来雌汉子，你在这屋里是甚么人？你就是来旺媳妇子从新又出世来了，我也不怕你！"（第六十四回，第1008页）金莲又对着玉楼骂如意儿："天不着风儿晴不的，人不着谎儿成不的！他不撺瞒着，你家肯要他！想着一时来，饿答的个脸，黄皮寡瘦的，乞乞缩缩，那个腔儿。吃了这二年饱饭，就生事儿雌起汉子来了。你如今不禁下他来，到明日又教他上头上脸的，一时捅出个孩子，当谁的？"（第七十二回，第1010页）张竹坡在回评中说："夫金莲之妒瓶儿，以其有子也。今抠打如意，亦是恐其有子，又为瓶儿之续。是作者特为瓶儿余波，亦如山洞内蕙莲之鞋也。"（第七十二回，第1004页）田晓菲说："要想在这样一个大家庭里以妾的身份拥有一个牢固的位置，不被打入冷宫，受众人欺负，最重要的怕是生一个儿子。因此，金莲对如意的嫉妒不仅仅是情色方面的吃醋；何况月娘已结胎而金莲尚无子，所以万一如意受孕，最受影响的不是月娘而是金莲。月娘与金莲的吵架，不是简单的老婆舌头，而是一场对权力的角逐。"① 实际上，潘金莲最怕的还是自己没有儿子。儿子是得宠升迁的条件，即使如意儿这样的丫头，生了孩子也能得宠。

潘金莲也"小产过两遍，白不存"（第七十六回，第1113页）。后与陈敬济厮混也怀孕，第八十五回说金莲因畏惧月娘与敬济商量，求了胡太医的打胎药，把已经定型的男孩流产了。她的习惯性流产并不是自己的罪过，追根求源还是王招宣、张大户、武大郎等男子对她的摧残和蹂躏，也是西门庆犯下的罪恶。当时的社会道德将她的不育罪恶化，而且将生子当成衡量妇女价值的基础条件。她要得宠，要保住自己的家庭地位就必须运用各种手段把别人得宠的重要条件——生子，扼杀在摇篮之中。

第四，从作者对潘金莲的态度来看，小说在描述中透露出同情，在具体的人物刻画中也给予了肯定。即是说，作者心里有口里没有，心里想和口里说的并不一致。作者用道德的标准批判潘金莲，却用多情的文字"附美"了潘金莲这一形象。

首先，作者对潘金莲的毒辣性格是肯定的，但也对金莲的悲剧命运寄予了深切的同情。杰出的艺术家就是如此，他们不回避人性的恶，不掩盖人生的痛苦，更不抹杀人的本能性情。若丝毫没有人情人性的典型也就不成其为典型。坏到一个纯动物性的形象，或好成一尊佛像的形象，都不是真正的艺术典型。小说中的潘金莲并非纯粹的恶人，她的狠毒、泼辣是其性格的主要方面。但我们不能忽视作者对其性格肯定的方面：潘金莲外貌美丽动人，梳妆打扮出众；她性灵手巧、多才多艺；她性格直爽、自由奔放；她多愁善感、幽怨情深。笑笑生对潘金莲的这些品格，也舍得泼墨。吴月娘见到她时"从头看到脚，风流往上跑；从脚看到头，风流往下流。论风流，如水晶盘内走明珠；语态度，似红杏枝头笼晓月"（第九回，第133页）。小说中还有多处赞扬了金莲的美丽，可见作者也对"一枝鲜花插在牛粪上"寄予了同情；金莲的性格心直口快，别人不便说的事，她"直楞楞地给捅出来"。孟玉楼说她是"一个大有口没心的货子"。奶子如意儿也说："五娘嘴头子虽厉害，倒也没什么心"；潘金莲作为一个有血有肉的人物形象，她也有善良的一面。比如，她磨镜子的时候，听说磨镜子老汉的老婆得了重病，想吃腊肉，自己又无钱买时，潘金莲也是仗义疏财，给了老汉小米和酱瓜。即使她恶毒攻击别人时，也是明目张胆，不是暗捅刀子。她对待西门庆又是那样的百依百顺、温柔可爱，当她雪夜弄琵琶翘首盼望的时候也怎不让人为之感动，她被抛舍挥泪自叹的时候不也使人给予她深切的同情

---

① 田晓菲：《秋水堂论金瓶梅》，天津人民出版社，2003，第225页。

吗！第三十八回对潘金莲雪夜弄琵琶的精彩描写后，崇祯本眉评说："人只知鬲越相思之苦，孰知眼前相思之苦如此。人只知野合相思之苦，孰知闺阃夫妻相思之苦尤甚。可胜叹息。"（第三十八回，第527页）该评语以非常理性的思考对潘金莲表示了同情。潘金莲对武松的一见不舍之心，那纯真火热的爱恋之情也确实动人心弦。

其次，作者对于潘金莲命运的描写也表现出同情，总结了她性格导致的悲剧结局。她生活的社会塑造了她狠毒、泼辣的性格，而这性格本身又是她悲剧命运的直接原因。潘金莲原是清河县南门外潘裁的女儿，排行六姐，父死后，被其母卖给王招宣府里学弹唱，后招宣死，潘妈妈将其争将出来，当时的金莲已经打下了放荡不羁的基础，在王招宣家里已经激发助长了她淫荡的个性。潘妈妈又以三十两银子转卖给张大户，被张大户收用，后因主家婆嫉妒，大户又将其转卖给武大郎，住大户的房子。大户死后被赶出，搬到紫石街去，与武大郎度日。"每日乔模乔样，招蜂引蝶"。这便是潘金莲的出身和前半生的命运。虽然她轻佻、爱卖弄，但如果不是被当作玩物的卖来卖去，不能心满意足的找个丈夫，是不会那样恶毒的。《广志绎》卷二《两部》记载：明朝有一种非常残忍买卖少女的习俗，也是一种社会许可的惨无人道的制度，就是"养瘦马"恶习，即以马喻女性。较早的是万历进士王士性的记载："广陵蓄姬妾家，俗称养瘦马，多谓取他人子女而鞠育之，然不啻己生也。天下不少美妇人，而必于广陵，其保姆教训，严闺门，习礼俗，上者盖琴棋歌咏，最上者书画，次者亦刺绣女工。至于趋侍谛长，退让侪辈，极其进退深浅，不失常度，不致憨戆起争，费男子心神，故纳侍者类于广陵觅之。"明代的沈德符在《万历野获编》卷二十三《广陵姬》也有较为详尽的叙述："今人买妾，大抵广陵居多。或有嫌其为'瘦马'，余深非之。妇人以色为命，此李文饶至言。世间粉黛，哪有阀阅！扬州殊色本少，但彼中以为恒业。即士宦豪门，必蓄数人，以博厚粮，多者或至数十人。自幼演习进退坐立之节，即应对步趋亦有次第，且教以自安卑贱，曲事主母。"这里又强调了"瘦马"的精神素质的要求。民国文人徐珂在《清稗类抄》中说："扬州为盐务所在，至同治初……间阎老姬，蓄羊女性，束足布指，涂妆绾髻，节其食欲，以视其肥瘠，教之歌舞弦索之类，以昂其声价，贫家女投之，谓之'养瘦马'。"可见，当时的养姬之风波及平民。对妇女进行了残忍的肉体摧残和精神折磨。在明清之际的散文家张岱的《陶庵梦忆·扬州瘦马》中，关于买卖"瘦马"的过程描写得十分详细，根本没有将那些可怜的女子当人看待。在此世风下，潘金莲的买卖也被视为正常的了。况且，潘金莲嫁给不满尺寸武大郎，情欲遭到压制，她自己也叹息说："一块好羊肉，如何落到狗口里！"正是性欲的压制才使她为实现自己的欲望做了许多恶，却又为悲惨的命运埋下了种子。"为金莲者，盖既从《水浒传》中武二手内刀下夺来，终须还他杀去。"（第八十七回之回评，第1280页）当潘金莲被赶出西门庆的家门时，终于被武松得到。"武松杀嫂"一节，作者这样写道：

> 一面用手摊开她的胸脯，说时迟，那时快，把刀子去妇人白馥馥心窝内只一剜，剜了个血窟窿，那鲜血就冒出来。那妇人就星眸半闪，两只脚只顾登踏。武松口噙着刀子，双手去斡开她胸脯，扑扎一声，把心肝五脏生扯下来，血沥沥供养在灵前，后方一刀割下头来，血流满地。（第八十七回，第1291页）

这段描写，让读者为之心惊肉跳、魂飞胆破。我们可以看出武松的勇敢和果断，同时我们也感到金莲的可怜与可悲。当生命到了尽头，潘金莲在武松面前简直就是一个任人宰割的羔羊，一只用绳索捆绑待杀的猪。作者叹息道，"武松这汉子端的好狠也！可怜这妇人，正是：三寸气在千般用，一日无常万事休，亡年三十二岁。但见：手到处青春丧命，刀落时红粉亡身。七魄悠悠，已赴森罗殿上；三魂渺渺，应归枉死城中。好似初春大雪压折金线柳，腊月狂风吹折玉梅花。这妇人娇媚不知归何处，芳魂今也落谁家？古人有诗一首，单悼金莲死的好苦也：堪悼金莲诚可怜，衣服脱去跪灵前。谁知武二持刀杀，只道西门绑腿顽。往事堪嗟一场梦，今身不值半文钱。世间一命还一命，报应分明在眼前。"（第八十七回，第1291页）

一个在宗法礼教婚姻制度束缚下求生的女子，受到如此的肉体折磨和精神摧残，死得那么悲惨，死后又抛尸路旁无人收敛，幸亏还有个真正的痴情汉陈敬济告知庞春梅，春梅花了几个钱将她草草掩埋。金莲一生可以说受尽折磨，死后举目无亲，看到武松对她的杀戮，我们实为金莲的短暂生命感到悲伤。从她的一生来说，社会造就了她的性格的畸形，畸形的性格又酿成了她的人生的悲剧。她是悲剧的制造者，又是悲剧的承受者，这正是潘金莲的性格与其命运的和谐统一。潘金莲真是悲情怨妇，孟超称潘金莲是"千古悲剧人物"①。但，潘金莲的死得其所，杨闻宇在《双莲叙旧》表明了潘金莲知道罪有应得，可也算不白活一场，她说："当武松在他哥哥的灵堂前挽住我的乌云青丝用刀子处置我时，我轻闭双眸不感到害怕也不觉得紧张、痛苦，只觉得三魂七魄荡悠悠的，

---

① 孟超：《西门庆与"金瓶梅"》，载古耜《悟读金瓶梅》，京华出版社，2008，第51页。

倒在他的手里，如嫁如归，似乎叶落归根，正得其所。人生难免一死，这种死法也算幸福。"①

　　潘金莲形象的社会意义有以下三点：一是揭示了封建伦理道德对人的异化。潘金莲性欲压抑导致的心理变态和性格畸形，是对专制社会婚姻制度压抑人性的血泪控诉——为人莫作妇人身，百年苦乐由他人（第十二回，第174页）。社会环境可以改塑任何物种的品格，虎狼可以不吃人，而人却可以吃人。二是通过其性格本身为别人制造的悲剧，批判了等级社会压迫者的罪恶。潘金莲虽不是家庭的最高统治者，她与其他妻妾进行争夺，也对仆人、奴婢任意殴打，时常打得奴婢杀猪似的嚎叫，甚至让奴婢秋菊跪顶石头以示惩罚，暴露出嫉妒人格的凶残本质。三是潘金莲这一形象对人情人欲的客观存在给予了肯定，并为压制人性的宗法礼教敲响了丧钟，是明代个性解放浪潮的巨大成果，是越出个人生存范畴某种力量的体现。潘金莲形象的社会意义是：真实的社会人物；妇女悲剧的代表；个性解放的象征。潘金莲不是西门庆的正头娘子，没有合于礼教伦理的家庭地位，所以家反宅乱她没有义务整饬。她只是一个官宦富商家庭中的五姨太，没有更多的文化意义。

---

① 杨闻宇：《双莲叙旧》，载古耕《悟读金瓶梅》，京华出版社，2008，第188页。

第六章

西门庆：世俗文化中的大丈夫

　　关于西门庆这一形象，评论者众说纷纭。一般将其定为地主、商人、官僚合为一体的典型。当代也出现了一些新的观点，认为他是一位市民英雄，是成功的男人形象。前者是说从西门庆的一生经历和家业来考察，从他的性格特征来考察；后者从历史唯物主义深层来探讨这一形象。西门庆不是传统仕途的男人形象，也不是符合伦理道德正人君子。但哪一个时代没有像他一样恶贯满盈的贪官污吏、恶霸乡绅呢？分析西门庆这个形象具有深远的历史意义。他不仅是宋朝社会剥削者的写照，也不仅是对明代统治阶级的描绘，而是整个人类社会剥削阶层富贵达人的真实刻画。西门庆典型形象具有专制社会中成功者的共同特性，是人类社会生产力发展推涌出来的典型代表。

　　我们必须用辩证的观点来看待西门庆，比如他虽然财色俱得，但不是守财奴，而是慷慨好施；他色胆包天兽性大发，却没有强暴犯凶，没有因色欲害人。正如夏志清先生所说，"西门庆并不若一般人认为的那样永远被写成一个危害他人的坏蛋。他有钱有势，大体来说，他不是作者嘲骂的对象。我们对他的最后印象是：他是个讨人喜欢的人物，脾气好、慷慨，有真正的感情。他经常从事无法无天的交易，但同时他也给我们慷慨好施的印象。他诚然是个臭名远扬的诱奸者，但作者也明白表示受他诱骗的妇女都是自愿的……在西门庆作为一个淫棍的一生中，他是妓院中受尊重的顾客，有特权梳笼雏妓，实际他从未侮辱过一个良家处子或良家妇女……"① 田晓菲也说："他的不道德，没有一点是超凡脱俗的，没有一点是魔鬼般的、非人的。他的恶德，是贪欲、自私与软弱，而所有这些，都是人性中最常见的瑕疵。"②

---

① 夏志清：《金瓶梅新论》，载高小康《市民、士人与故事：中国近古社会文化的叙事》，人民出版社，2001，第128—129页。

② 田晓菲：《秋水堂论金瓶梅》，天津人民出版社，2003，第237页。

第一节　世俗社会的成功者

《水浒传》《金瓶梅》描写的西门庆形象，是中国传统社会先进生产力的代表，他进行农田租佃，进行商业经营，是中国资本主义萌芽的先驱；他与他的店员以及田地租佃者，实行的是资本生产关系，是中国资产阶级先行代表；他上通下达攀附权贵，热结十兄弟，对下人也慷慨好施，是中国公共关系的先驱；他尊重张扬人的个性，打破封建伦理道德规范，冲击封建礼教的束缚，是个性解放的先驱。他既能成为富豪，又能交通官府做上理刑副千户，以至正千户。正如吴神仙给他的相面断语："一生多得妻财，不少乌纱帽戴。"（第二十九回，第404页）在传统的建功立业标准来看，西门庆就是一个成功的大丈夫。

《金瓶梅词话》的开头就有《四贪词》一首，即讽刺酒、色、财、气。《金瓶梅》开头以卫道士的口气，用大篇箴言来隐括全文主旨：

　　……单道世上人营营逐逐、急急巴巴，跳不出七情六欲关头，打不破酒色财气圈子，到头来同归于尽，着甚要紧。

　　虽是如此说，只这酒色财气四件中，惟有"财色"二者更为利害。怎见得它的利害？假如一个人到了那穷苦的田地，受尽无限凄凉，耐尽无端懊恼，晚来摸一摸米瓮，苦无隔宿之炊，早起来一看厨前，愧没半星烟火，妻子饥寒，一身冻馁，就是那粥饭尚且艰难，那讨余钱沽酒？更有一种可恨处，亲朋白眼，面目寒酸，便是凌云志气，分外消磨，怎能够与人争气！正是：一朝马死黄金尽，亲者如同陌路人。

　　到得那有钱时节，挥金买笑，一掷巨万。思饮酒，真个琼浆玉液，不数那琥珀杯流；要斗气，钱可通神，果然是颐指气使。趋炎的压脊挨肩，附势的吮痈舐痔，真所谓得势叠肩来，失势掉臂去。古今炎凉恶态，其有甚于此者。这两等人，岂不是受那财的利害处！

　　如今再说那色的利害。请看如今世界，你说那坐怀不乱的柳下惠，闭门不纳的鲁男子，与那秉烛达旦的关云长，古今能有几人？至如三妻四妾，买笑追欢的，又当别论。还有那一种好色的人，见了个妇女略有几分颜色，便百计千方偷寒送暖，一到了着手时节，只图那一瞬欢娱，也全不顾亲戚的名分，也不想朋友的交情。起初时，不知用了多少滥钱，费了几遭酒食。正是：三杯茶作合，两盏色媒人。

到后来情浓事露，甚有斗狠杀伤，性命不保，妻孥难顾，事业成灰。就如那石季伦泼天豪富，为绿珠命丧囹圄，楚霸王气概拔山，因虞姬头悬垓下。真所谓"生我之门死我户，看得破时忍不过"。这样人岂不是受那色的利害处？（第一回，第9—10页）

……

说话的为何说此一段酒色财气的缘故？只为当时有一个人家，先前怎地富贵，到后来煞甚凄凉，权谋术智，一毫也用不着，亲友兄弟，一个也靠不着，享不过几年的荣华，倒做了许多的话靶。内中又有几个斗宠争强，迎奸卖俏的，起先好不妖娆妩媚，到后来也免不得尸横灯影，血染空房。正是：善有善报，恶有恶报；天网恢恢，疏而不漏。
（第一回，第10—12页）

这些道德宣讲中，只是道德教化，没有社会法治效果。西门庆正是被这酒色财气所累、所杀的一个典型。接下是对西门庆的介绍：

话说大宋徽宗皇帝政和年间，山东东平府清河县中，有一个风流子弟，生得状貌魁梧，性情潇洒，饶有几贯家资，年纪二十六七。这人复姓西门，单讳一个庆字。他父亲西门达，原走川广贩卖药材，就在这清河县前开着一个大大的生药铺。现住着门面五间到底七进的房子，家中呼奴使婢，骡马成群，虽算不得十分富贵，却也是清河县中一个殷实的人家。只为这西门达员外夫妇去世的早，单生这个儿子却又百般爱惜，听其所为。所以这人不甚读书，终日闲游浪荡。一自父母亡后，专一在外眠花宿柳，惹草招风。学得些好拳棒，又会赌博、双陆、象棋、抹牌、道字，无不通晓。结识的朋友，也都是些帮闲抹嘴，不守本分的人。（第一回，第12页）

这等一个人家，生出这等一个不肖的儿子，又搭了这等一班无益有损的朋友，随你怎的豪富也要穷了，还有甚长进的日子？却又有一个缘故，只因为这西门庆生来秉性刚强，作事机深诡谲又放官吏债，就是那朝中高、杨、童、蔡四大奸臣，他也有门路与他浸润，所以专在县里管些公事，与人把揽说事过钱，因此满县人都惧怕他。（第一回，第13-14页）

西门庆的财是第一位的，介绍西门庆时也是钱字当头。清代广东有一个画家郑绩一在《金钱图》中说："钱，钱，钱，命相连，黄童年白叟口流涎。读什么书，参什么禅，屈膝低头望周全，得了十数又想百，一百到手复求千……"张竹坡《批评第一奇书〈金瓶梅〉读法［二〇］》说："夫西门庆，杀夫夺妻取其财，庇杀主之奴，卖朝廷之法……"①赵景深《谈〈金瓶梅词话〉》将西门庆的发迹变泰分为四个时期："先是以生药铺为底，害武大郎后，又骗取了几桩财富——娶寡妇孟玉楼并财富，又娶李瓶儿并得金银。可本地官府平起平坐；陈洪连罪，得其女婿陈敬济箱笼床帐，升理刑副千户，绒线铺、段子铺成为官僚资本；结交土豪劣绅，为杀人犯开脱得钱；邀蔡状元和新巡抚，包庇贩盐等，以金银巴结认蔡京为干爹，官至理刑正千户。"②当然，还有荐盐引、走标船等，发迹变泰一跃而起。李存葆总结说："《金》书中从西门庆登台亮相到纵淫暴死，总共不过六年时光。在这短短六年间，他靠着独有的心计、心数、心算，靠着歹人也难以企及的狠心、黑心、负心、贪心、野心、兽心，一跃成为富甲临清运河码头的大官商、大暴发户！"③从西门庆经商赚钱发财致富的角度来说，西门庆是市民中商业经营的代表，是市民中的英雄。因为他的确是当时先进生产力的代表，是先进生产关系的践行者。

恩格斯说："卑劣的贪欲是文明时代从它存在的第一日起直到今日的动力；财富，财富，第三还是财富，——不是社会的财富，而是这个微不足道的单个的个人的财富，这就是文明时代唯一的，具有决定意义的目的。"④西晋鲁褒的《钱神论》嘲讽金钱崇拜说："危可使安，死可使活，贵可使贱，生可使杀。"笑笑生也说："世上钱财乃是众生脑髓，最能动人。""世财红粉歌楼酒，谁为三般事不迷。"（第九十四回，第1384页）

西门庆得金莲是为色，得玉楼为财。《金瓶梅》第七回写西门庆纳娶孟玉楼。薛嫂来给西门庆说亲，"西门庆道：'你且说这件亲事是那家的？'薛嫂道：'这位娘子，说起来你老人家也知道，就是南门外贩布杨家的正头娘子。手里有一分好钱。南京拔步床也有两张。四季衣服，插不下手去，也有四五只箱子。金镯银钏不消说，手里现银子也有上千两，好三梭布也有三二百筒。不料他男

---

① 秦修容：《会评会校本金瓶梅·附录》，中华书局，1998，第1496页。
② 赵景深《谈〈金瓶梅词话〉》，载古耜《悟读金瓶梅》，京华出版社，2008，第63—64页。
③ 李存葆：《永难凋谢的罂粟花》，载古耜《悟读金瓶梅》，京华出版社，2008，第207页。
④ 恩格斯：《政治经济学批判·序言》，载马克思《恩格斯选集》（第二卷），人民出版社，1995，第82页。

子汉去贩布，死在外边。他守寡了一年多，身边又没子女，止有一个小叔儿，才十岁。青春年少，守他什么！有他家一个嫡亲姑娘，要主张着他嫁人。这娘子今年不上二十五六岁，生的长挑身材，一表人物，打扮起来就是个灯人儿。风流俊俏，百伶百俐，当家立纪、针指女工、双陆棋子不消说。不瞒大官人说，他娘家姓孟，排行三姐，就住在臭水巷。又会弹一手好月琴，大官人若见了，管情一箭就上垛。'"（第七回，第106—107页）薛嫂首先介绍是方孔兄，然后才是年龄、相貌、才华。孟玉楼三十岁，薛嫂隐瞒四五岁，当西门庆知道大他两岁时，薛嫂急忙插嘴说："妻大两，黄金日日长。妻大三，黄金积如山。"（第七回，第111页）由此可见，西门庆与潘王楼的婚约是一桩金钱关系的婚约。迎娶孟玉楼，西门庆得到一笔钱财："此时薛嫂正引着西门庆家小厮伴当，并守备府里讨的一二十名军牢，正进来搬抬妇人床帐、嫁妆箱笼。"通过杨姑娘的口说出玉楼的嫁妆，"如今休说他男子汉手里没钱，他就有十万两银子。"（第七回，第115页）"薛嫂儿见他二人嚷做一团，领西门庆家小厮伴当，并发来众军牢，赶人闹里，七手八脚将妇人床帐、妆奁、箱笼，扛的扛，抬的抬，一阵风都搬去了。"（第七回，第116页）《金瓶梅》第七回张竹坡回评说："观杨姑娘一争，张四舅一闹，则总为玉楼有钱作衬。而玉楼有钱，见西门庆既贪不义之色，且贪无耻之财，总之良心丧绝，为作者骂尽世人地也。夫本意为西门庆贪财处写出一玉楼来，则本意原不为色。故虽有美如此，亦淡然置之。见得财的利害比色更利害些，是此书本意也。"（第七回，第100页）

李瓶儿则是色财俱有，西门庆先迷李瓶儿之色，后发现李瓶儿之财。第十四回叙述了花子虚的兄弟告状开封府，原因是财产分配不公。为了不输官司，李瓶儿把自己的家产全部托出，完全暴露给西门庆，认贼作父，引狼入室。这正中西门庆下怀，使他得了色又得财。西门庆告别月娘去找李瓶儿：

当下走过花子虚家来，李瓶儿使小厮请到后边说话，只见妇人罗衫不整，粉面慵妆，从房里出来，脸吓的蜡渣也似黄，跪着西门庆，再三哀告道："大官人没奈何，不看僧面看佛面，常言道：家有患难，邻里相助。因他不听人言，把着正经家事儿不理，只在外边胡行。今日吃人暗算，弄出这等事来。这时节方对小厮说将来，教我寻人情救他。我一个妇人家没脚的，那里寻那人情去。发狠起来，想着他恁不依说，拿到东京，打的他烂烂的，也不亏他。只是难为过世老公公的姓字。奴没奈何，请将大官人过来，央及大官人，把他不要提起罢，千万看奴薄面，有人情好歹寻一个儿，只不教他吃凌逼便了。"西门庆见妇人下礼，连忙道："嫂子请起来，不妨，我还不知为了甚勾当。"妇人道："正是一言难尽。俺过世老公公有四个侄儿，大侄儿唤做花子由，第三个唤花子光，第四个叫花子华，俺这个名花子虚，都是老公公嫡亲的。虽然老公公挣下这一分钱财，见我这个儿不成器，从广南回来，把东西只交付与我手里收着。着紧还打俏棍儿，那三个越发打的不敢上前。去年老公公死了，这花大、花三、花四，也分了些床帐家伙去了，只现一分银子儿没曾分得。我常说，多少与他些也罢了，他通不理一理儿。今日手暗不通风，却教人弄下来了。"说毕，放声大哭。西门庆道："嫂子放心，我只道是甚么事来，原来是房分中告家财事，这个不打紧。既是嫂子分咐，哥的事就是我的事一般，随问怎的，我在下谨领。"妇人说道："官人若肯时又好了。请问寻分上，要用多少礼儿，奴好预备。"西门庆道："也用不多，闻得东京开封府杨府尹，乃蔡太师门生。蔡太师与我这四门亲家杨提督，都是当朝天子面前说得话的人。拿两个分上，齐对杨府尹说，有个不依的！不拘多大事情也了了。如今倒是蔡太师用些礼物。那提督杨爷与我舍下有亲，他肯受礼？"妇人便往房中开箱子，搬出六十锭大元宝，共计三千两，教西门庆收去寻人情，上下使用。西门庆道："只一半足矣，何消用得许多！"妇人道："多的大官人收了去。奴床后还有四箱柜蟒衣玉带，帽顶绦环，都是值钱珍宝之物，亦发大官人替我收去，放在大官人那里，奴用时来取。趁这时，奴不思个防身之计，信着他，往后过不出好日子来。眼见得三拳敌不得四手，到明日，没的把这些东西儿吃人暗算了去，坑闪得奴三不归！"西门庆道："只怕花二哥来家寻问怎了？"妇人道："这都是老公公在时，梯己交与奴收着之物，他一字不知。大官人只顾收去。"西门庆说道："既是嫂子恁说，我到家教人来取。"于是一直来家，与月娘商议。月娘说："银子便用食盒叫小厮抬来。那箱笼东西，若从大门里来，教两边街坊看着不惹眼？必须夜晚打墙上过来方隐密些。"西门庆听言大喜，即令玳安、来旺、来兴、平安四个小厮，两架食盒，把三千两银子先抬来家。然后到晚夕月上时分，李瓶儿那边同迎春、绣春放桌凳，把箱柜挨到墙上。西门庆这边，止是月娘、金莲、春梅，用梯子接着。墙头上铺衬毡条，一个个打发过来，都送到月娘房中去了。正是：富贵自是福来投，利名还有利名忧。命里有时终须有，命里无时莫强求。（第十四回，第199—201页）

那李瓶儿情愿把自己的细软珍宝拱手送给西门庆，神不知鬼不觉，而花子虚还蒙在鼓里。子虚真是陪了夫人又折财，花钱买个绿帽子戴，最后卖了自己的命，还看着西门庆数钱。等官司一有眉目，李瓶儿就说："到明日，奴不久也是你的了。"（第十四回，第202页）这里也看出李瓶儿对西门庆真是情真意切，全身心地投入到西门庆的怀抱。花子虚询问家里的财产，却被李瓶儿骂得狗血喷了头，哑巴吃黄连——有口说不出，连气加恼疾病缠身，一命呜呼。娶李瓶儿之前，西门庆家里建设的花园卷棚豪华气派，第十九回有一段详细的夸赞。并且吴月娘等众妻妾游园赏花，斗草游戏玩乐。真可与《红楼梦》里的大观园媲美。（第十九回，第262—263页）

西门庆自娶瓶儿过门，又兼得了两三场横财，家道营盛，外庄内宅焕然一新，米麦陈仓，骡马成群，奴仆成行。把李瓶儿带来的小厮天福儿，改名琴童，又买了两个小厮，一名来安儿，一名棋童儿。把金莲房中春梅，上房玉箫，李瓶儿房中迎春，玉楼房中兰香，一般儿四个丫头，衣服首饰妆束起来，在前厅西厢房，教李娇儿兄弟乐工李铭来家教演，习学弹唱。春梅琵琶、玉箫学筝，迎春学弦子，兰香学胡琴。每日三茶六饭，管待李铭，一月与他五两银子。又打开门面两间，兑出两千两银子来，委傅伙计、贲第传开解当铺。女婿陈敬济只掌钥匙，出入寻讨；贲第传只写账目，称发货物；傅伙计便督理生药、解当两个铺子，看银色，做买卖。潘金莲这边楼上，堆放生药。李瓶儿那边楼上，厢成架子，阁解当库衣服首饰、古董书画玩好之物。一日也当许多银子出门。（第二十回，第291页）

之后是生子加官，李瓶儿为他生个儿子——官哥儿，高兴得夜不能寐；贿赂蔡京得了个山东理刑所副千户之职，"不觉欢从额角眉尖出，喜向腮边笑脸生"（第三十回，第424页）。人类基因的自私性决定了今天和过去人类的全部行为和活动。"作为官僚，西门庆是权奸的爪牙；作为地主，他是一手遮天的恶霸；作为商人，他凭仗特殊的护身符，而生财有道。"[1] 第四十七回"苗青贪财害主，西门枉法受赃"，写扬州苗员外家贼苗青谋财谋色害主，里外通吃。苗员外家人安童死里逃生，到临清提刑院状告盗贼陈三、翁八，抓陈三、翁八并缉拿苗青，却走漏风声。苗青通过乐三找邻居韩道国通融，王六儿色诱西门庆，苗青贿买提刑官。西门庆财色双得，既与夏提刑私分一千两银子，又得了酒肉。真是"火到猪头烂，钱到公事办"（第四十九回，第631页）。即使被曾孝序参了一本，也被他的关系网化解——他派人去东京蔡太师官家翟谦求情，上复太师，

---

① 徐朔方：《徐朔方集》（第一卷），浙江古籍出版社，1993，第785页。

昏官相护，贪赃枉法的事也就烟消云散了。蔡状元到西门庆家，西门庆挥霍无度置办酒席，"也废勾千两金银"（第四十九回，第649页）。这并不是亏本的买卖，这叫作花大本挣大钱，放长线钓大鱼。蔡状元到扬州任上，凭自己的职权，批给西门庆淮盐三万引。西门庆低买高卖，赚了一大笔钱。等到李瓶儿死后，西门庆已是官僚、商人、地主三位一体的典型形象了。

后来西门庆又专门到东京给蔡京拜寿，送去大量金银财宝，认蔡京奸贼作义父，自己甘愿做子（第五十五回）。李瓶儿发丧后尸骨未寒，西门庆便宴请为皇庭迎接花石纲的六黄太尉大摆筵席，锣鼓喧天，人山人海，与李瓶儿发丧时的场面异曲同工。应伯爵奉承道："若是第二家摆着席酒也成不的。也没咱家恁大地方，也没府上这些人手。今日少说也有上千人进来，都要管待出去。哥就陪了几两银子，咱山东一省也响出名了。"（第六十五回，第904页）

第六十九回文嫂向林太太介绍西门庆道：

> 县门前，西门庆老爹，如今在提刑院掌刑千户，家中放官吏债，开四五处铺面：缎子铺、生药铺、绸绢铺、绒线铺，外边江湖又走标船，扬州兴贩盐引，东平府上纳香蜡，伙计主管约有数十。东京蔡太师是他干爷，朱太尉是他卫主，翟管家是他亲家，巡抚巡按都与他相交，知府知县是不消说。家中田连阡陌，米烂成仓。身边除了大娘子——乃清河左卫吴千户之女，填房与他为继室——只成房头、穿袍的，也有五六个，以下歌儿舞女，得宠侍妾，不下数十。端的朝朝寒食，夜夜元宵，今老爹不上三十一二年纪，正是当年汉子，大身材，一表人物，也曾吃药养龟，惯调风情。（第六十九回，第961页）

接下来又叙述西门庆寻花问柳的本领，玩乐的个性。文嫂不仅介绍了西门庆的地位、家财，而且介绍了他的风流博浪。一席话说得林太太"心中迷留模乱，情窦已开"（第六十九回，第962页）。西门庆财、气、酒一应俱全，色淫就不在话下了。西门庆已经发迹变泰后，为了男女之欲望的实现，在那个允许妻妾成群的社会里开始了玩弄女性、纵欲狂欢的淫荡生活。

第二节　随心所欲的淫荡生活

　　《金瓶梅》把西门庆塑造成一个酒色财气五毒俱全的形象，并且因为他的狂荡泄欲而夭折了自己的生命。西门庆的自取灭亡，并不是社会政治对他的处罚，不是清规戒律对他的制裁，也不是帝王将相对他的惩罚。是那个男权社会制度放纵了他，他寻花问柳既不犯法，也无道德谴责，更没有精神耻辱。李存葆说："一个人的德行及生活方式，既取决于他所处时代的氛围与习气，也取决于他骨子里和血液中所承传的种种物质特征。"①《金瓶梅》产生的时代是明代腐朽的王朝时代，明皇帝朱厚照、朱厚熜荒淫无耻令人吃惊，最终因玩物和淫欲而一命呜呼。朱厚熜有征集天下美女采集初潮经血炼丹的恶行，嘉靖年间，逼得一群宫女起来造反，差点将朱厚熜勒死。这就是"壬寅之变"。当然，事件的结局是十几个宫女被处死。官府上下也腐朽度日，市井平民也是伤风败俗。此不多说。可以说《金瓶梅》所描写的人物几乎没有好人，更没有"文死谏，武死战"的仁人志士。即使描写了几个较为正直的官吏也在强权下屈节变质。《金瓶梅》更多的是塑造了封建社会的市井无赖、泼妇刁民，西门庆就是杰出代表。他生于破落之家，却利用种种手段巧取豪夺，一变而为大官人。并对女人特别有能耐，往往让女人赔了青春又折财，最后他也必定掉进玩弄妇人的深渊。他以权获利，以利得权，权、利得到后，淫欲就不在话下了。正应了王婆子说玩弄女人的五大条件——潘驴邓小闲，在西门庆巧取豪夺的积累中，他已经具备了欺压百姓、贪赃枉法的条件，甚至为所欲为。最终也必然因自己的狂荡和纵欲而销骨殒命。

　　西门庆为了实现自己的性欲不怕天、不怕地、不信命，更不怕神仙鬼怪。《金瓶梅》第十七回里，蒋竹山劝说李瓶儿时对西门庆的评价是："就是打老婆的班头，坑妇女的领袖。娘子早时对我说，不然进入他家，如飞蛾投火一般，坑你上不上下不下，那时悔之晚矣。"（第十七回，第245页）为了性欲的实现，可以说西门庆把生死置之度外，就连百姓崇拜的天神，他也不放在眼里，佛祖、王母娘娘也敢骂，还有什么可怕的呢？《金瓶梅》第五十七回写月娘借佛法劝丈夫西门庆说："没搭煞贪财好色的事体，少干几桩儿，却不攒下些阴功，与那小

---

　　①　李存葆：《永难凋谢的罂粟花》，载古耜《悟读金瓶梅》，京华出版社，2008，第196页。

孩子也好。"西门庆却说："却不道天地尚有阴阳，男女自然配合。今生偷情的、苟合的，都是前生分定，姻缘簿上注名今生了还。难道是生刺刺，胡揪揪乱扯，歪斯缠的？咱闻那佛祖西天，也止不过要黄金铺地，阴司十殿，也要些楮镪营求。咱只消倚这家私，广为善事，就使强奸了姮娥，和奸了织女，拐了许飞琼，盗了西王母的女儿，也不减我泼天的富贵！"（第五十七回，第762页）这就是他疯狂发泄性欲的人生信条、情感理念和生活价值观。

西门庆为了性欲还敢于打破人间的伦理道德，把封建纲常礼教扔到了九霄云外。人类的伦理道德有两层意义：文化意义上的伦理道德；生物学意义上的伦理道德。文化意义的伦理道德注重文化、社会功力。而生物学意义上的伦理道德则重视个体对族类的生存的意义。个体的行为既利于物种又利于个体本身就是道德的、合于伦理的。作为动物的伦理是弱肉强食，适者生存。强大者处于支配地位，并占有更多的劳动果实，这是动物伦理允许的，是有利于物种生存和发展的。包括动物的性爱对象都与它们的伦理有直接关系，一个占山为王的雄性动物，它将占有它的群体的所有雌性。而人类的伦理则不同，它强调人的伦理关系，有着严格的文化秩序，有着人性的道德规范。但我们从动物世界里，可以知道，一个强大的动物个体，随着它的地位的变化，它的性欲实现也随着变化。处于支配地位的动物个体，其性欲实现也处于支配地位。一头强悍的雄性海象，将占有几十头，甚至上百头雌性海象。这些雌性海象只能供它的性欲占有，倘若有其他的入侵者，将会受到猛烈的攻击。人类社会也是一样，一个人的社会经济地位决定他的政治地位，也决定他的性爱欲望实现的数量与质量。一个居于支配地位的男人，将支配一个依附于他的整个群体，他的政治经济优势决定他性欲实现的优越性。政治经济地位低下者，其性欲的实现也将是单一的、干瘪的，甚至是被禁绝的。处于社会政治经济支配地位的强者的性欲生活必将是丰富多彩、变化多姿的。因为他以经济、政治的优势支配了其他个体，受支配者给他提供了性欲实现的丰富载体和条件。而且，支配者将尽力保持他的支配地位，保持自己的优越性。如果有人来与之争夺，必然要受到他的有力反击，甚至置之死地而后快。西门庆就是典型的例子。西门庆的家产、通天本事、政治地位以及风流倜傥的人物个性，足以征服他周围的寡妇、妓女和那些性饥饿的女子。连张嘴就骂人的王六儿、自恃清高的林太太，也被他调教得服服帖帖、老老实实。第三回王婆施计"挨光"金莲时，王婆对金莲说："这位官人便是本县里一个财主，知县相公也和他来往。家有万万贯钱财，在县门前开生药铺。家中钱过北斗，米烂成仓，黄的是金，白的是银，圆的是珠，放光的是宝，也有犀牛头上角，大象口中牙。"（第三回，第65页）小说第六十九回

文嫂又介绍西门庆:

> 县门前西门庆大老爹,如今在提刑院做掌刑千户,家中放官吏债,开四五处铺面:缎子铺、生药铺、绸绢铺、绒线铺,外边江湖又走标船,扬州兴贩盐引,东平府上纳香蜡,伙计主管约有数十。东京蔡太师是他干爷,朱太尉是他卫主,翟管家是他亲家,巡抚、巡按都与他相交,知府、知县是不消说。家中田连阡陌,米烂成仓,("赤的是金,白的是银,圆的是珠,光的是宝。"此版本无此段话)身边除了大娘子——乃是清河左卫吴千户之女,填房与他为继室。只成房头、穿袍儿的,也有五六个,以下歌儿舞女,得宠侍妾,不下数十。端的朝朝寒食,夜夜元宵。今老爹不上三十一二年纪,正是当年汉子,大身材,一表人物,也曾吃药养龟,惯调风情。双陆象棋,无所不通。蹴鞠打毬,无所不晓。诸子百家,拆白道字,眼见就会。端的击玉敲金,百伶百俐。(第六十九回,第961页)

有这样的条件,他还有什么可怕的呢!"总起来看,西门庆像一头性欲大发作的公猪,爬墙跳圈,四处拱门,凡遇牝者,无一放过。"①"西门庆对女人的追逐,犹如山中的一只猛兽,只要视线所及,哪怕在百米以外出现的一只小动物,都会立即张牙舞爪,捕向前去,直到吞噬为止。任何女人,只要到入西门庆的'计划目标'之内,就难逃他的欲爪。"②他的性欲要求和实现的手段已经达到惨无人道、灭绝人性的地步,他背叛了人的文化伦理要求,背叛了人的社会伦理秩序,滑向动物伦理的深渊。"他像一只最妒忌的公鸡,只要身边的'母鸡'受到'爱'的侵扰,他就会立即伸出头抖翅,追上前去,直到来袭者冠破血流为止。"③

当然,西门庆与女人的勾当也是有缘,女子多为心甘情愿且娇态万种,甚至是相互勾引你情我愿。那一个个被性欲压抑的女子如干禾一般,见火就燃。《金瓶梅》第二回之回评说:"凡坏事者,大抵皆是妇人心邪。强而成合,吾不信也。"(第二回,第36页)常言道:一个巴掌拍不响,苍蝇不叮无缝的蛋。若是性欲十分满足的女子,且又得到丈夫的百般体贴关爱,恐怕就不会心猿意马同床

---

① 高越峰:《金瓶梅人物艺术论》,齐鲁书社,1988,第19页。
② 高越峰:《金瓶梅人物艺术论》,齐鲁书社,1988,第19页。
③ 高越峰:《金瓶梅人物艺术论》,齐鲁书社,1988,第36页。

异梦了。像潘金莲本来并不是娼家出身，但由于她的悲惨命运，使她正常的人生欲望得不到满足，"欲火难禁一丈高"，这才让西门庆有了可乘之机。西门庆害死武大，潘金莲顺水推舟偷嫁西门庆。人们编了四句口号说：堪笑西门不知羞，先奸后娶丑名留。轿内坐着浪淫妇，后边跟着老牵头。（第九回，第132页）再加上西门庆强占丫头，玩弄妓女，简直如饿虎扑食，使其兽性的一面暴露无遗。

西门庆多姿多彩的淫欲表现主要在已婚妇女身上，甚至是寡妇身上。卖骚使钱并不漂亮的伙计妻子王六儿，不知天高地厚又摇头惹眼的宋惠莲，年龄不小又挂羊头卖狗肉招摇过市的林太太，低三下四卖身为生的可怜虫如意儿，爱沾小便宜又极会迎合的贲四嫂……都在西门庆的涉猎视野之内，都成了征服的对象。在他淫媾的女子中大多是已婚女子，勾栏、行院的烟花女子除外。

在他的性生活中体现了他的动物性欲本质，又展现了人类爱欲实现的摇曳多姿。西门庆玩弄女人的手段就令人恐惧，又是极度实现男女性爱的一种精神享受。他有淫器包的各种物件，如银托子、《图解》、春药、勉铃等性欲实现工具；方法有在女人身上烧香，口交，让女子饮尿咽精等；戏听淫声浪语，像猫吃老鼠之前的玩弄、戏耍，听其吱吱的叫声，听她们"达达，爹爹"的柔声细语。醉闹葡萄架，把潘金莲差点儿弄死。西门庆不顾死活地放纵欲望，在李瓶儿病魔缠身的时候，也没有放弃对她的占有，使李瓶儿的病情越来越重，导致了李瓶儿得了崩漏病，终是青春丧命。西门庆两次因性欲害了李瓶儿：一是第二十七回，李瓶儿在孕期；二是第五十回，李瓶儿在经期。李瓶儿曾遭受过花太监的肉体折磨，第四十九回提到胡僧的春药功效，是害瓶儿的祸根。当然，胡僧的春药也是西门庆的死神，最终他也因吃了春药被潘金莲给活活折磨死。实际上西门庆是直接害死李瓶儿的凶手，他以女人的痛苦为自己实现性欲的幸福，以玩弄女性为生活的乐趣，发展成典型的性变态，膨胀了男人的攻击性和占有欲，体现出性与爱的分裂。没有爱的性欲是兽性，没有性的爱是意淫。我们也听说有权有势又有钱的人包二奶、养小姜，以折磨女性为快事，让妇女成为泄欲工具，明清时期的"扬州瘦马"就有这样的典型意义，鲁迅关于明朝淫荡不羁的评论，已有详述。① 但如西门庆般的性欲狂人史上罕见。

西门庆除了肆意折磨他的妻妾，更多的是强占他人妻子，淫欲朋友之妻，甚至杀人灭口实现他的放荡欲望。为金莲，他害死武大郎；为李瓶儿，他气死蒋竹山，还夺了他的财产；为宋惠莲，他害得来旺儿几近死命，使宋惠莲一命呜呼，还搭上她的父亲宋仁。莫蒂斯·艾德勒等著《西方思想宝库》中指出：

---

① 鲁迅：《中国小说史略》（上），上海古籍出版社，1998，第125—126页。

"一只野兽使旁的东西受痛苦是出于无意的,这就没什么不对,因为对它来说,根本就没有'不对'的事情。它使旁的东西受痛苦,并不是出于高兴,——只有人才这么干。"①

一年一度秋风劲,春光逝去不复再。西门庆狂荡纵欲的一生,还是被性欲过度而埋葬了。《金瓶梅》第七十八回写西门庆与林太太鸳帏再战后就害腰疼,想起任医官给他的延寿丹,要用如意儿的乳汁送下,就这样还是与如意儿媾合一回,不怕如意儿的勾命骚情。接着又与潘金莲过夜,淫心大盛。过一天,又望见何永寿的娘子蓝氏,"一见魂飞天外,魄丧九霄,未曾体交,精魂先失……心摇目荡,不能禁止。"(第七十八回,第1168—1169页)使他"饿眼将穿,谗涎空咽"(第七十八回,第1169页)。碰上来爵媳妇惠元,情人眼里出西施,把惠元当蓝氏的替身又发泄了私欲,真是作死的折腾。笑笑生也说:"看官听说:明月不常圆,彩云容易散,乐极生悲,否极泰来,自然之理。西门庆但知争名夺利,纵意奢淫,殊不知天道恶盈,鬼录来追,死期临头。"(第七十八回,第1169页)

西门庆既腰疼、腿疼,又害头沉,无精打采,可那王六儿一勾引,又坐不住了。第七十九回写西门庆因下午至近三更与王六儿厮混,精气已尽。半夜回家,碰到一阵旋风,心里一惊打马飞奔,到家腿已软了。又被潘金莲捉弄,她把胡僧的丸药三丸全部给西门庆吃下,结果是一发不可收拾,西门庆命悬一线。招来了任医官、刘医官、吴道士,吃药、趋邪也终归无用。尽管西门庆已经奄奄一息,金莲不管好歹还是对他死缠烂打,也可以看出潘金莲对西门庆并没有什么真正的爱情可言。最后使西门庆命断气绝,把西门庆直送到黄泉路上,推到望乡台。那给他算命的吴神仙看了西门庆说:"官人乃是酒色过度,肾水竭虚,太极邪火聚于欲海,病在膏肓,难以治疗。"(第七十九回,第1188页)当然,如此死法,古代早已有之。汉代的《飞燕外传》说:"帝(汉成帝)尝蚤猎、触雪得疾,阴缓弱,不能壮发;每持昭仪(飞燕妹合德)足,不胜至欲,辄暴起。昭仪常转侧,帝不能长持其足。樊嬺谓昭仪曰:'上饵方士大丹,求盛大,不能得;得贵人足一持,畅动,此天与贵人大福,宁转侧俾帝就耶?'昭仪曰:'幸转侧不就,尚能留帝欲;亦如姊教帝持,则厌去矣,安能复动乎?'……帝病缓弱,大(太)医万方不能救,求奇药,尝得春恤胶,遗昭仪。昭仪辄进帝,一丸一幸。一夕,昭仪醉,进七丸。帝昏夜拥昭仪,居九成帐,笑吃吃不绝,抵明,帝起御衣,阴精流输不禁。有顷,绝倒。裹衣视帝,余精出涌,沾污被

---

① 莫蒂斯·艾德勒:《西方思想宝库》,吉林人民出版社,1988,第596页。

内。须臾帝崩。”① 《金瓶梅》西门庆之死就是《飞燕外传》中成帝之死描写的翻版。

《金瓶梅》作者又引用开头吕岩的《色箴》诗：二八佳人体似酥，腰间仗剑斩愚夫。虽然不见人头落，暗里教君骨髓枯。（第七十九回，第1180页）

临死前，吴先生来看病说：“官人乃是酒色过度，肾水竭虚，太极邪火聚于欲海，病在膏肓，难以治疗。吾有诗八句，说与你听，只因他：

> 醉饱行房恋女娥，精神血脉暗消磨。遗精溺血与白浊，灯尽油干肾水枯。当时只恨欢娱少，今日翻为疾病多。玉山自倒非人力，总是卢医怎奈何？”（第七十九回，第1188页）

吴先生给西门庆算的命是：

> 命犯灾星必主低，身轻煞重有灾危。时日若逢真太岁，就是神仙也皱眉。（第七十九回，第1189页）

后来的敬神许愿、烧香跳神也都无济于事，牛鬼蛇神一起袭来，花子虚、武大郎鬼魂也向西门庆索命讨债。西门庆留下了八万七千七百四十两银子的遗产，做了临终嘱托。“过了两日，月娘痴心，只指望西门庆还好，谁知天数造定，三十三岁而去。到正月二十一日，五更时分，相火烧身，变出风来，声若牛吼一般，喘息了半夜，挨到巳牌时分，呜呼哀哉，断气身亡。正是：‘三寸气在千般用，一日无常万事休。’古人有几句格言，说得好：为人多积善，不可多积财。积善成好人，积财惹祸胎。石崇当日富，难免杀身灾。邓通饥饿死，钱山何用哉！今人非古人，心地不明白。只说积财好，反笑积善呆。多少有钱人，临了没棺材。”（第七十九回，第1191页）——真是“美人绝色原妖物，乱世多财是祸胎”。

西门庆死后，孟玉楼改嫁，有一段“街谈巷议”说：“西门庆家小老婆，如今嫁人了。当初这厮在日，专一违天害理，贪财好色，奸骗人家妻子。今日死了，老婆带的东西，嫁人的嫁人，拐带的拐带，养汉的养汉，做贼的做贼，都野鸡毛零挦了。”（第九十一回，第1338—1339页）

---

① 茅盾：《中国文学内的性欲描写》，载古耜《悟读金瓶梅》，京华出版社，2008，第9页。

第三节 男权家庭的爱情生活

何为爱情，并没有一个固定统一的概念。日常说的爱情是个复合含义，既是恋爱又是婚姻，是男欢女爱的情怀，是家庭责任的承担，是人性道德的遵循。所以说西门庆也有他自己独特的爱情生活和家庭担当，在与妻妾的婚姻生活中，展现出古代中国普遍意义的爱情婚姻生活。

西门庆的一生，共淫过一十九名女人，还不包括随时随地钟爱的女人，他的性爱生活可谓多姿多彩。他为潘金莲已是糊里糊涂，就像那鸠鸟吃了桑葚一样。他明媒正娶的一妻五妾中（当然，吴月娘之前已有一亡故的正妻和一妾），多是以财富为先。只有一个是他心目中真正动情的人，她就是李瓶儿。也就是说，西门庆只有对李瓶儿有实在的爱情。台湾著名国际《金瓶梅》研究专家魏子云先生认为，《金瓶梅》是写"财"与"色"的社会文学，是寡情文学，"有色欲而无真情。甚而可以说，《金瓶梅》在写到西门庆之与许多女人交往，双方面都无'情'字，各有其欲而已。"[1] 魏先生的说法未免绝对化。西门庆与李瓶儿为自己的爱欲徇私舞弊、伤天害理，总算还有狼狈为奸的真情，的确是狼爱上了羊，是人生一段真情的守候。笑笑生在西门庆与李瓶儿的爱欲书写中寄予深切同情，对他们的肯定与赞美溢于言表。

第一，西门庆与李瓶儿的恋情富有传奇色彩，是人间真情实爱的显露。虽说西门庆贪色图财，但他毕竟与李瓶儿有着动人的爱情故事，也就是说他与李瓶儿的情根比其他人要坚固。李瓶儿本是西门庆热结的十兄弟之一——花子虚的老婆，也算大家之妻，她先为大名府梁中书之妾，后为花子虚之妻，是花太监的亲侄媳，得了花太监的"梯己"金银和财物。但花子虚是抹嘴不守本分的浮浪子弟，在外游手好闲，与行院、勾栏的妓女厮混，常常几天不着家门。花子虚又与西门庆打得火热，请西门庆到他家使西门庆结识了李瓶儿，这无异于引狼入室。西门庆直面李瓶儿富有传奇色彩，是出乎意料的两次"撞满怀"奇遇，与西门庆相遇潘金莲的"叉杆打头"巧遇良缘笔法不同。"叉杆打头"重在引逗，"撞满怀"意在钟情。花子虚请西门庆吃酒，西门庆想与之同行，"不想花子虚不在家了，他浑家李瓶儿，夏月间戴着银丝鬏髻，金镶紫瑛坠子，藕

---

① 魏子云：《〈金瓶梅〉二论》，载陈益源《小说与艳情·附录》，学林出版社，2000，第42页。

丝对襟衫，白纱挑线镶边裙，裙边露一对红鸳凤嘴尖尖趫趫小脚，立在二门里台基上。那西门庆三不知走进门，两个撞了个满怀（崇祯本眉评：此一撞，可谓五百年风流孽冤）。这西门庆留心已久，虽故庄上见了一面，不曾细玩。今日对面见了，见他生的甚是白净，五短身材，瓜子脸儿，细弯弯两道眉儿。不觉魂飞天外，忙向里深深作揖。妇人还了万福，转身入后边去了。"（第十三回，第185页）西门与瓶儿一见面就开始暗送秋波，已有不舍之意。李瓶儿让西门庆多劝子虚不要在外游混不顾回家，这就告诉西门庆可以利用子虚的这一弱点。"自此西门庆就安心设计，图谋这妇人。屡屡安下应伯爵、谢希大这伙人，把子虚挂住在院里，饮酒过夜。他便脱身来家，一径在门首站立，这妇人常领着两个丫鬟在门首。西门庆看见了，便扬声咳嗽，一回走过东来又往西去，或在对门站立，把眼不住往门里脧盼。妇人影身在门里，见他来便闪进里面，见他过去了，又探头去瞧。两个眼意心期已在不言之表。"（第十三回，第187页）于是西门又与瓶儿见一面，花子虚又显出不如西门庆关心瓶儿。重阳节花子虚请西门庆来家赏菊，西门庆出去解手，与偷觑的李瓶儿又撞了个满怀。于是李瓶儿便告知西门庆少吃酒，晚夕如此这般。花子虚再次引狼进屋，在李瓶儿的精心安排下，西门庆假装喝醉酒先回家，又将花子虚赶到妓院里不许回来过夜，为二人的爬墙偷情做好了准备。

西门庆与李瓶儿"墙头密约"极富于浪漫情调。西门庆回到家里，不理金莲，却往花园里去坐，单等李瓶儿请他。巧设的环境是，西门庆与花子虚家就一墙之隔。"良久，只听得那边赶狗关门。少顷，只见丫鬟黑影里扒着墙，推叫猫，看见西门庆坐在亭子上，递了话。这西门庆就掇过一张桌凳来踏着，暗暗扒过墙来。这边已安排下梯子。李瓶儿打发子虚去了，已是摘了冠儿，乱挽乌云，素体浓妆，立在穿廊下。看见西门庆过来，欢喜无尽，忙迎接进房中……两个于是并肩叠股，交杯换盏，饮酒做一处。迎春旁边斟酒，绣春往来拿菜儿。吃得酒浓时，锦帐中香薰鸳被，设放珊瑚，两个丫鬟抬开酒桌，拽上门去了。两人上床交欢。"（第十三回，第190—191页）不想这一切又让丫头迎春看了个不亦乐乎。从此，"两个约定暗号儿，但子虚不在家，这边就使丫鬟在墙上暗暗以咳嗽为号，或先丢块瓦儿，见这边无人，方才上墙。这边，西门庆便用梯凳扒过墙来。两个隔墙酬和，窃玉偷香，不由大门行走，街坊邻舍怎的晓得？有诗为证：月落花阴夜漏长，相逢疑是梦高唐。夜深偷把银釭照，犹恐憨奴瞰隙光。"（第十三回，第192—193页）这事偏偏又被金莲发现。由此可见，虽有金莲，却不及瓶儿。从对比中显出西门对金莲的冷落和对瓶儿的情深义重。

后来，花子虚被兄弟因财私告发，一场官司把他推向死亡深渊。其间，李瓶儿将其私财偷藏在西门庆家，花子虚财空命也尽。在当时金钱意识上升的社会条件下，金钱的转移也就是地位的转移，也就是思想感情的迁移，对李瓶儿来说就是爱情的改迁，由花子虚转移到了西门庆身上。当然，这也表现出李瓶儿对伦理道德男权社会的叛逆和对真情实爱的追求。不久，花子虚的家产被瓜分，房产也被西门庆占有，李瓶儿只盼花子虚早死，花子虚在重气之下命归黄泉，随了西门庆、李瓶儿心愿。兰陵笑笑生评论说："大凡妇人更变，不与男子一心，随你咬折铁钉刚毅之夫，也难测其暗地之事。自古男治外而女治内，往往男子之名都被妇人坏了者，为何？皆由御之不得其道；要之，在乎容德相感，缘分相投，妇唱夫随，庶可保其无咎。若似花子虚落魄飘风，谩无纪律，而欲其内人不生他意，岂可得乎？"（第十四回，第204页）由此也可以看出，李瓶儿对花子虚真无爱情可言，花子虚死后不出五七，就千哥哥万哥哥的求西门庆娶了她，情愿做小，铺床叠被。并出银子让西门庆盖房建楼，只要与西门庆成婚，千般温存，万般体贴。她敢于对西门庆大胆地追求是"郎才女貌"新爱情观念的具体表现，表现出女子家庭地位的上升，是当时人性觉醒的体现。后来，因西门庆遭官事上东京去将李瓶儿冷落了，她难忍孤独又招赘了医生蒋竹山，等西门庆官事平静下来，除掉蒋竹山，西门庆终于如愿以偿将李瓶儿娶到家中。因西门庆冷落她，她上吊自杀未遂，被西门庆一顿鞭子，李瓶儿却能"情感西门庆"，作者用诗情话语赞美了他们的爱情——"灯光掩映，不啻镜中鸾凤和鸣；香气熏笼，好似花间蝴蝶对舞。正是：今宵剩把银釭照，只恐相逢是梦中。有词为证：淡画眉儿斜插梳，不忺拈弄倩功夫。云窗雾阁深深许，蕙性兰心款款呼。相恋爱，倩人扶，神仙标格世间无，从今罢却相思调，美满恩情锦不如。"（第二十回，第283页）在以后的岁月里，西门庆对李瓶儿也是倍加宠爱，精心呵护，以至于潘金莲也失去了受宠的地位。这不能不说西门庆和李瓶儿已经过着真正的爱情生活。有人认为西门庆娶李瓶儿是图谋其财，可西门庆与李瓶儿私会时并不知会得其资财，也没预想要害死花子虚得其财富，但事实是花子虚赔了夫人又折财。李瓶儿与西门庆的夫妻生活恩爱有加，如胶似漆，让金莲妒火中烧。虽然李瓶儿千般忍让，终未逃脱金莲的魔掌，金莲先害其子官哥儿，后气病李瓶儿。西门府里人人都说李瓶儿是仁义之人，好性情，忍气吞声，从李瓶儿得到西门庆，她再也没有表现出对花子虚的那种心狠手辣和不近人情，而是对西门庆精诚专一，表现得温柔可爱，不仅秀色可餐，而且贤淑端庄。她对西门庆先是崇拜，后是感激，以至于抛舍亲夫与西门庆偷约私会。可见她真正觉得与西门庆的爱情生活十分美满，这更奠定了他们爱情的悲剧结局。

第二，李瓶儿暴亡描写，彰显西门庆对李瓶儿的挚爱。从李瓶儿生前死后西门庆的表现来看，他确实对瓶儿一往情深。绑定自己所爱，终生不悔，就是真正的爱情伴侣。小说第六十二回专门写了"西门庆大哭李瓶儿"。李瓶儿得了个拙病，下身血流不止，尽管西门庆百般请医生治疗，终未奏效。临死前，"李瓶儿道：'我的哥哥，奴已是得了这个拙病，那里好甚么。奴指望在你身边团圆几年，也是做夫妻一场，谁知到今二十七岁，先把冤家（即他们的儿子）死了，奴又没造化，这般不得命，抛闪了你去。若得再和你相逢，只除非在鬼门关上罢了。'"西门庆要随她死去，李瓶儿"说着，一把拉着西门庆手，两眼落泪，哽哽咽咽，再哭不出声来。西门庆又悲恸不胜，哭道：'我的姐姐，你有甚话，只顾说。'"（第六十二回，第842页）这段对话可以看出二者确实情深意长。西门庆听了瓶儿的临终嘱托，"如刀剜肝胆，剑锉身心相似，哭道：'我的姐姐，你说的是那里话！我西门庆就穷死了，也不肯亏负了你。'"（第六十二回，第843页）西门庆听说瓶儿已近死亡，去看瓶儿，又是哥哥、姐姐的互诉衷肠，西门庆"两泪交流，放声大哭道：'我的姐姐，你把心来放正着，休要理他。我实指望和你相伴几日，谁知你又抛闪了我去。宁教我西门庆口眼闭了，倒也没这等割肚牵肠！'那李瓶儿双手搂抱着西门庆脖子，呜呜咽咽悲哭，半夜哭不出声，说道：'我的哥哥，奴承望和你白头相守，谁知奴今日死去也。趁奴不闭眼，我和你说几句话儿。你家事大，孤身无靠，又没帮手，凡事斟酌，休要一时冲性儿……奴若死了，谁肯苦口说你？'西门庆听了如刀剜心肝相似，哭道：'我的姐姐，你所言我知道，你休挂虑我了。我西门庆那世里绝缘断幸，今世里与你做夫妻不到头，疼杀我也，天杀我也！'"（第六十二回，第852页）李瓶儿对西门庆的临终遗言，是真正的夫妻嘱托、肺腑之言，展露了一片深情牵挂。

　　李瓶儿死后西门庆的"哭"描写，也是他们真挚爱情的表露。"西门庆听见李瓶儿死了，和月娘两步做一步，奔到前边。提起被，但见面容不改，体尚微温，悠然而逝，身上只着一件红绫抹胸儿。西门庆也不顾甚么身底下血渍，两手捧着她香腮亲着，口口声声只叫：'我的没救的姐姐，有仁好性的姐姐！你怎的闪了我去了，宁教我西门庆死了罢。我也不久活于世了，平白活着做甚！'在房里离地跳的有三尺高，大放声号哭。（第六十二回，第854页）……西门庆在前厅手拍着胸膛，抚尸大恸，哭了又哭，把声都哭哑了，口口声声只叫：'我的好性有仁义的姐姐。'……守着李瓶儿的尸首，由不得放声哭叫……"直到听了应伯爵的劝说才不哭了。他叫画师画了李瓶儿的肖像，他对着又哭了一阵。李瓶儿入敛收尸长命丁钉棺材时，"西门庆亦哭的呆了，口口声声只叫：'我的年小的姐姐，再不得见你了！'良久哭毕。"（第六十三回，第869页）听戏《玉环记》"寄真容"一折中"今生难会面，因此上寄丹青。"西门庆忽然想起李瓶儿病时的模样，不觉心中感触起来，止不住眼中泪落，袖中不住取汗巾儿搭拭。（第六十三回，第875页）发完李瓶儿丧后，西门庆还到李瓶儿房中睡，看了李瓶儿的鞋及桌上陈设、供养等又大哭不止，"长吁短吁，思想佳人。有诗为证：短叹长吁对锁窗，舞鸾孤影寸心伤。兰枯楚畹三秋雨，枫落吴江一夜霜。夙世一位连理愿，此生难觅返魂香。九泉果有精灵在，地下人间两断肠。"（第六十五回，第896页）西门庆在书房里梦见李瓶儿，又哭得泪人一般。后来不住地睹物伤情或见人伤怀，哭了不知有多少次，魂牵梦绕思念着李瓶儿。一天，西门庆歪在床上睡去：

> 忽听有人掀得帘儿响，只见李瓶儿蓦地进来，身穿糁紫衫、白绢裙，乱挽乌云，黄恹恹面容，向床前叫道："我的哥哥，你在这里睡哩，奴来见你一面。我被那厮告了一状，把我监的狱中，血水淋漓，与污秽在一起处，整受了这些时苦。昨日蒙你堂上说了人情，减我三等之罪。那厮再三不肯，发恨还要告了来拿你。我待要不来对你说，诚恐你早晚暗遭毒手。我今寻安身之处去也，你须提防他。没事少要在外吃夜酒，往那去，早早回家。千万牢记奴言，休要忘了。"说毕，二人抱头而哭。西门庆便问："姐姐，你往那去？对我说。"李瓶儿顿脱，撒手，却是南柯一梦。西门庆从睡梦中直哭醒来，看见帘影射入，正当日午，由不得心中痛切。（第六十七回，第930—931页）

梦醒后，潘金莲发现西门庆哭得眼红红的，追问究竟，西门庆承认了自己梦见李瓶儿。这实让好吃醋的金莲嫉妒不已，她说："梦是心头想，喷涕鼻子痒。饶她死了，你还这等念她。象俺每都是可不着你心的人，到明日死了，苦恼也没那人想念！"（第六十七回，第932页）由此可见，李瓶儿对西门庆一片真情，真如驯服的羔羊，依附于西门庆，牵念着西门庆。而西门庆的梦境，足以说明他对李瓶儿，也是真正的情投意合。

总起来说，西门庆哭瓶儿不是拉斯蒂涅的眼泪，更非鳄鱼的眼泪，的确是情人的眼泪。后来，西门庆提升为理刑正千户，他与夏龙溪进京拜谢皇恩。西门庆住在何太监家（因何太监的侄子何永寿新补为理刑副千户），又梦见李瓶儿与他相会：

> 西门庆一见，挽之入室，相抱而哭，说道："冤家，你如何在这里？"李瓶儿道："奴寻访至此。对你说，我已寻了房儿了，今特来见你一面，早晚便搬去了。"西门庆忙问道："你房儿在何处？"李瓶儿

道："咫尺不远，出此大街迤东造釜巷中间便是。"言讫，西门庆共他相偎相抱，上床云雨，不胜美快之极。已而，整衣扶髻，徘徊不舍，李瓶儿叮咛嘱咐西门庆道："我的哥哥，切记休贪夜饮，早早回家。那厮不时伺害于你。千万勿忘。"言讫，挽西门庆相送。走到大街上，见月色如昼，果然往东转过牌坊，到一小巷，见一座双扇白板门，指道："此奴之家也。"言毕，顿袖而入。西门庆急向前拉之，恍然惊觉，乃是南柯一梦。（第七十一回，第 997 页）

西门庆醒来天明，到崔中书家拜访夏龙溪，从造釜巷所过，中间果见有双扇白板门，与梦中所见一般。悄悄问人方知此是袁指挥家。虽是梦境描写，却见西门庆对李瓶儿的挚情。按照弗洛伊德的理论，白日有所思夜晚才有所梦，梦是某种欲望的实现。西门庆的梦是他思念李瓶的结果。一直到西门庆死前，他都想念着李瓶儿。第七十三回描写孟玉楼过生日，西门庆坐在席上，"不觉想起去年玉楼上寿还有李大姐，今日妻妾五个只少了她，由不得心中痛酸，眼中流泪。"（第七十三回，第 1032 页）并在宴席上命小优儿唱具有怀念意义的《集贤宾》"忆吹箫玉人何处也"（第七十三回，第 1033 页）。潘金莲听出里面的意思，知是西门庆又思念李瓶儿，她又羞辱西门庆，两个人拌起嘴来。

李瓶儿出殡时，玉皇庙吴道官的悬真词也充分肯定了西门庆与李瓶儿的爱情："名家秀质，绮阁娇姝。禀花月之仪容，蕴蕙兰之佳气。容德柔婉，赋性温和。配我西君，克谐伉俪。处闺门而贤淑，资琴瑟以好合。"（第六十五回，第 896 页）

总体看，西门庆与李瓶儿的哭泣，的确是有情人之间的难舍难分，是真爱夫妻的爱情生活描写。

第三，通过人物对比描写表现西门庆对李瓶儿的真挚爱情。西门庆以玩弄女子为乐，他私奸宋惠莲、迷恋王六儿、情占林太太，但对她们的关爱温存和甜言蜜语只是为了欲望的发泄，爱慕之情明显不如李瓶儿，虽然也都是为色害夫。从李瓶儿的整体命运来看，作者也肯定了李瓶儿在西门庆心中的地位，吴神仙的冰鉴定终身，说李瓶儿是："观卧蚕明润而紫色，必产贵儿；体白肩圆，必受夫之宠爱。"（第二十九回，第 407 页）

西门庆的男女关系复杂，在男女情爱的描写中，体现出李瓶儿与其他女性的不同。比如西门庆爱恋的女子宋惠莲的死，就鲜明地表现出与瓶儿的不同。当初，宋惠莲与西门庆也似乎是耳鬓厮磨、如胶似漆。但宋惠莲只是图一时痛快，得小便宜坐在西门庆的腿上就要钱。崇祯本眉评："开口便讨东西，讨又不多，自不是多情美人举止。"（第二十三回，第325页）西门庆对她也是虚情假意，只追求肉欲满足。当宋惠莲真情求告放过她丈夫时，他还是把来旺儿递解徐州，不惜置之死地。宋惠莲临死被金莲和孙雪娥骂得狗血喷了头，西门庆毫不理会。当惠莲上吊死后，西门庆只说："他恁个拙妇，原来没福。"花了几个钱，"自买了一具棺材，讨了一张红票，贲四、来兴儿同送到门外地藏寺。"准备烧尸的时候，惠莲的父亲宋仁来闹，被西门庆抓到衙里，打了个皮开肉绽，呜呼而死，惠莲烧尸草草掩埋。（第二十六回. 第二十七回）西门庆一滴眼泪也没掉，更没有与惠莲的难舍难分。其实，从小说的描写来看，如果吴月娘、潘金莲等众妻妾死在西门庆之前，也很难换来他的眼泪。

在西门庆如此多的性爱伴侣中，劝诫西门庆不忘官事的一个也没有。只有李瓶儿不仅关心西门庆的起居，也关注西门庆的仕途前程，是西门府里相夫教子的典型形象。李瓶儿临死时骨瘦如柴，银条一般，西门庆不能去衙门公干，她还再三劝说西门庆别耽误公事。说："我的哥哥，你依我还上衙门去，休要误了公事。"（第六十二回，第842页）这些情节描写，也体现出李瓶儿与西门庆真正的爱情生活。当然，西门庆对潘金莲也有些值得称道的爱情因素，更多的是情欲的发泄和对潘金莲的戏耍，醉闹葡萄架差点儿把潘金莲害死。

从语言运用对比来看，西门庆对金莲、惠莲、王六儿的爱称是"我的儿""我的心肝"，还常常戏说她们是"淫妇"；她们对西门庆的称谓是"我的亲达达""我的亲亲"或直接称"爹"。西门庆对她们并不尊重，没有人格平等的迹象。而瓶儿和西门庆的称谓是"哥哥"与"姐姐"，多是"柔情软语"（崇祯本眉评：四字销尽古今多少英雄气概）（第二十回，第280页）。李瓶儿一声声"哥哥"喊出了她对西门庆的依恋，也喊出了她无限可怜的人生；而西门庆呼唤的"姐姐"也表现出他对李瓶儿的真情与尊重，是发自内心的不舍之情。特别是李瓶儿临死，一连三呼"我的哥哥"，殷殷嘱托、依依不舍。西门庆也是一连三声"我的姐姐"，苦苦哀啼，深深怜惜。那临终告别的场景话语描写，真可谓撕心裂肺，肝肠寸断，二者真情的描写力透纸背。在二人的平时话语交流中，西门庆没有对李瓶儿的训斥、戏弄语言，李瓶儿也没有对西门庆的愤恨、嘲骂词汇。西门庆与李瓶儿的话语体系中都表现出夫妻关系上的相互爱慕、尊重与关心，具有人格精神层次平等的语言含义。由此可见，李瓶儿与西门庆的爱情是平等的，作者在语言的使用上也没有放过对西门庆、李瓶儿爱情生活的肯定与赞美。

第四，西门庆与李瓶儿的婚姻描写，是中国宋明时代爱情观念的具体体现。从中国的爱情观念来看，先秦时代的爱情婚姻是非常自由的。虽然《礼记》中规定了男女婚姻从说媒到聘娶的整个过程，但那时的青年男女还能够自由地追求自己的美好爱情生活。即使是一些已婚的男女也不乏婚外的恋情，且大胆表露、拘束松弛。春秋时代的男女偷欢、淫欲无度在《左传》里比比皆是，连帝王也不例外，像乱伦兄妹齐襄公与文姜，他们本是同父异母兄妹，后二人偷情被父亲抓双，之后，襄公娶妻，妹妹出嫁于鲁，后来文姜回娘家又与哥哥偷欢，甚至为奸情而杀了鲁桓公（文姜的丈夫），其风流故事传扬四海。还有晋献公为宠妃而身死国乱；卫宣公为夺儿媳不惜杀子；楚成王攻打郑国，把郑文公的两个女儿（也就是他的两个外甥女）给逼奸了。其他如此的王侯将相也不乏其人，如楚武灵王好色名扬天下，楚怀王为女色客死他乡。可见，先秦的婚姻贞操观念淡薄，人伦不整，没有严格的伦理道德限制，为人处世全靠正心、修身的内心修业。自从汉代开始，中国建立了完整的封建思想体系和道德伦理规范，开始有了束缚男女爱情自由的《女诫》（班昭作），以压制女子的个性自由为依归。但它并没有限制了男女的爱情婚姻自由，人们为了自己的情欲可以不受任何的道德观念制约，尽情地享受男女的欢爱，只注重男女的性本能和真情自由。司马相如和卓文君的私奔恋爱传为美谈。到了魏晋南北朝时期，我国的婚姻观念发生了巨大的变化，随着政治统治的变革和官吏选拔制度的变化，以功业和财富论人品的九品中正制使人们的婚姻观念也变成"门当户对"，它以抹杀人的自然性情为前提，男女的爱情根本谈不上两情相投，甚至男女青年不见面即可约定婚姻，媒妁之言、父母之命即定终身。好在隋代实行科举制，从此，有志的男子可以靠读书考取功名，这无疑是对人的自身能力的重视，是对人生价值的肯定。这也促使中国的婚姻观念发生了巨大变化，由原来的"门当户对"变为"郎才女貌"或"才子佳人"。"郎才女貌"或"才子佳人"择偶的爱情观念是以肯定男女的自身价值为前提的，它强调男子的才华和本领，即以考取功名为人生价值最上乘。而女子则以美貌为优，虽然这种观念还是把女子放在从属的地位，但它毕竟是把女子当活生生的人来看待了。将妇女性别本能的外部条件作为美好婚姻的基础，这已是婚姻观念的巨大进步。李隆基与杨玉环为风流爱情的典范，唐代的传奇小说也写了极多才子佳人的男欢女爱，如《柳毅传》《莺莺传》《李娃传》《霍小玉传》等。本来这种观念就为男子挑选女子奠定了基础，再加上封建的一夫多妻制和宋明理学对女子的毒害，女子就没有了任何的爱情婚姻自由，成了男人的玩物，是男人的附属品。特别是宋代男女的婚姻根本无人性可言，当时虽然有妻妾之分，好像妻与丈夫有爱情，其实那只是一种家庭的婚姻契约，夫妻间真正的爱情很难说发生在谁的身上。这种以肉欲为目的的婚姻，只要丈夫对妻或妾稍有人格尊重，或因婚姻契约给予应有的关爱，也就是男女的真正爱情了。《金瓶梅》的爱情观念是以肯定人情人欲、肯定人的性本能存在为前提的，它打破了封建的伦理道德和压制人的情欲的理学的束缚，它还没有上升到男女青年追求人生知己和心心相印的高度。基于此，我们说西门庆与李瓶儿的婚姻是有爱情的。西门庆不得罪也不亲近正妻吴月娘，不喜欢李娇儿，不理睬孟玉楼，瞧不上孙雪娥，起先多到金莲房里睡，也只是贪其美貌和风骚，而李瓶儿一娶进西门的大门立即得到专宠，众妻妾遭冷落，气得个个似乌眼鸡。这也就是传统社会家庭爱情的真切表现了。

第五，小说对西门庆爱情的真实描写，体现出作者对人情人欲的真正肯定。从人的本性来说："人类既不能失去爱，也不能失去性，失去性就失去了人的自然属性和生物属性，就变成了没有血肉之躯的观念和符号；同样失去了爱也就等于失去了人类有史以来所创造的人的本性，人之所以是人就在于他知道爱、懂得爱，只有爱才能使人成其为真正的人而不是只有血和肉，而没有灵魂的一具躯体。"[1] 爱情是物质与精神的结合体，它绝不是纯精神的爱恋，而是以物质为基础又相互认识相互理解融合的结果。情爱对象的物质条件应该是三个层次：一是对象的相貌，包括五官长相、身段、体态等；二是对象的气质，即举止、学识、才华、能力等；三是对象的家庭基础，也就是其家庭的物质条件，包括家庭财产、家庭地位等。这些是对情爱对象的感性认识。爱情的产生要通过对基础条件的接受后，再进一步相互沟通并达到相互信任、相互宽容接纳的地步，双方都自愿承担家庭责任和义务，真正的爱情才会诞生。一个人无论他多么残酷、多么奸诈，如果他还有人性善良的一面，在相互理解的基础上，男女双方还是会有真正爱情的存在。西门庆虽然良心丧尽，坏事干绝，但他还是有人性的汉子。从他对李瓶儿的态度来看，他还没有失去人的深层本性，他是李瓶儿有情有爱的如意郎君，他们的爱情是人类爱情在西门庆家庭中的真正展现。李瓶儿死后西门庆的大哭，即使今天的丈夫们也难以做到。西门庆对潘金莲、宋惠莲、王六儿、林太太的确是以肉欲为基础的男女媾合，不是在男女身体条件基础上人性爱情的升华。西门庆花钱泄欲，女人们卖骚赚钱，就如花钱买衣服，不喜欢一扔了之。宋惠莲的自杀、王六儿的背离就是典型的说明。世界上的事也确实有它相悖的规律，有的人杀人放火，残害百姓，可他在家里却是爱妻娇子性情温和的丈夫。西门庆就属于这一类男人。他可以杀人不眨眼害死武大郎和花子虚，唯独对李瓶儿可以说是百依百顺，随其情意。从西门庆身上也充分体现出人的深层动物性本质：雄性为争夺配偶而生死拼杀，而对雌性却倍加呵护，甚至为之赴汤蹈火。

---

[1] 张之沧：《人的深层本质》，陕西人民出版社，1992，第174页。

关于财色孰胜一筹的问题，关系到西门庆对妻妾有无真正的爱情，体现作者的爱情婚姻观念。徐朔方先生论述说："孟玉楼一回书不仅在艺术上是奇峰突起，使它前后的文章也因而增胜，更重要的是它画龙点睛地指明：内心深处激动着西门庆的绝不是爱情而是情欲。他的情欲有时为女色而点燃，有时为钱财而炽烈。潘金莲在他身上引起的色欲，可以强烈到使他杀人犯罪而不顾，但是当她同孟玉楼的上千两现金，三二百筒三梭布以及其他陪嫁相比时却黯然失色了。孟玉楼进门之后，即她的陪嫁的所有权正式移转之后，潘金莲的肉体才又显得风流旖旎，把孟玉楼比下去了。当问题不牵涉到钱财时，西门庆的情欲似乎只限于女色，可是一涉及钱财时，女色就只能退避三舍了。"① 在西门庆的性爱描写中，西门庆对潘金莲和李瓶儿的爱恋不是冲动于财富，而是一见美色有不舍之心，更注重色欲的激荡。在进入西门府以后，金莲放荡不羁，还私通琴童解渴，被西门庆用鞭子打，是潘金莲的肉体打动了西门庆，又加春梅的帮助，西门庆与潘金莲和好；而李瓶儿则收心养性，因娶进西门府被西门庆冷落，上吊未遂，西门庆也用鞭子打，却是李瓶儿的一番知心话"情感西门庆"。之后的李瓶儿死心塌地，再无绯闻。在妻妾争夺中，李瓶儿的性情略胜一筹，况且李瓶儿为西门庆生子继嗣，深得西门庆器重。

在《红楼梦》中，贾宝玉与几个小姐有爱恋之情，但真正爱的是黛玉。其中也写了一个可怜女子的死，就是黛玉之死，也让贾宝玉哭得死去活来，变疯变痴。只是贾宝玉与黛玉没有肉体接触，比西门庆更加纯情而已。《金瓶梅》中西门庆与李瓶儿爱情观念的展现，渗透到后来的文学创作，在《红楼梦》中也有再现与扩张，显示了《金瓶梅》对《红楼梦》创作的深刻影响。

---

① 徐朔方：《徐朔方集》（第一卷），浙江古籍出版社，1993，第785页。

第七章

李瓶儿：追求真爱的牺牲品

第一节　她为爱情伤透心

李瓶儿是西门庆妻妾中年轻美丽的一个，她排行第六，俗称六娘。从西门庆的眼里，我们看到了李瓶儿的长相："他生的甚是白净，五短身材，瓜子脸儿，细弯弯两道眉儿。"（第十三回，第185页）

李瓶儿的身世比较曲折，人际关系较为复杂。但自从嫁给西门庆，她就是一个美丽、贤淑、专一的女人了。这经历了一个跌宕起伏的过程，就是《金瓶梅》描述的西门庆纳娶李瓶儿的过程。李瓶儿本是梁中书的妾，受尽了大娘的气，早已驯服了她的性格。她之所以不喜欢花子虚，一是她本是经风月见世面的人，经历过梁中书和花太监二人的手段。二是花子虚也是无能之辈，他常常不着家，游手好闲，是吃喝玩乐不守本分之人。常常与狐朋狗友逛妓院，置李瓶儿于不顾。三是李瓶儿本就不是处女或名门正娶的娘子，男女风月之事她已经司空见惯，与她的公公花太监的关系就是乱伦的非正常关系。李瓶儿明白，花子虚也明白。李瓶儿的经历造就了她的性格本质，她眼眶很高，风月场上百般挑剔，看不上花子虚这样的人。她的经历也培育了她强烈的性欲，唤醒了她沉睡的女性幽梦。所以一见西门庆，自然是久旱逢甘露。当然，里面更有西门庆的手段和魅力。小说第十七回描写当西门庆到李瓶儿处寻欢，西门庆醉中戏问妇人："当初花子虚在时，也和他干此事不干？"妇人道："他逐日睡生梦死，奴那里耐烦和他干这营生！他每日只在外边胡撞，就来家，奴等闲也不和他沾身。况且，老公公在时，和他另在一间房里睡着，我还把他骂的狗血喷了头。好不好对老公公说了，要打倘棍儿。奴与他这般玩耍，可不砢碜杀奴罢了！谁似冤家这般可奴之意，就是医奴的药一般。白日黑夜，教奴只是想你。"（第十七回，第239页）这里，一面说明了李瓶儿对花子虚的无能没兴趣；一面说明西门庆使李瓶儿心满意足；一方面也说明了李瓶儿与花太监不正当的公媳关系；另一方面也描写了花太监的变态心灵。

西门庆迎娶李瓶儿却是颇费周折，而且是把李瓶儿煎熬得死去活来。李瓶儿为了实现自己的欲望，借风吹火，当花子虚被兄弟们告上公堂的时候，她把家财无偿地奉送给了西门庆，并把花子虚推向了绝路。花子虚的死是他作恶的报应，也是他兄弟的逼迫，更是西门庆与李瓶儿的陷害。作者在小说中有一段评说："大凡妇人更变，不与男子一心，随你咬折铁钉刚毅之夫，也难测其暗地之事。自古男治外而女治内，往往男子之名都被妇人坏了者，为何？皆由御之不得其道；要之，在乎容德相感，缘分相投，妇唱夫随，庶可保其无咎。若似花子虚落魄飘风，谩无纪律，而欲其内人不生他意，岂可得乎？"（第十四回，第204页）这里的评说有不合理之处，若李瓶儿是坚守贞操的人，也不会到这种地步。俗话说得好：苍蝇不叮无缝的蛋；外壮不如里壮。当然，造成这种局面花子虚是有直接责任的，他与西门庆的热结厮混，本身就是引狼入室，放虎进山。

第十四回写李瓶儿在花子虚死后，到西门庆家为潘金莲祝寿，曾说："不瞒众为娘说：小家儿人家，初搬到那里，自从他（花子虚）没了，奴那房子后墙紧靠着乔皇亲花园，好不空。晚上常有狐狸抛砖掠瓦，奴又害怕。原是两个小厮，那个大小厮又走了，止是这个天福儿小厮看守前门，后半截通空落落的。"（第十四回，第206页）花子虚死去还没过百日，正月十五日，是李瓶儿的生日，她就邀请吴月娘、孟玉楼、潘金莲等西门庆的妻妾去她家祝寿。暗中与西门庆相约，晚夕让西门庆到她家去合欢。吴月娘一干人早走，近黑天孟玉楼和潘金莲也走了。西门庆来到李瓶儿家，两人偷情一夜。李瓶儿泪流满面地说："拙夫已故，举眼无亲。今日此杯酒，只靠官人与奴作个主儿。休要嫌奴丑陋，奴情愿与官人铺床叠被，与众位娘子做个姊妹，奴自己甘心。不知官人心下如何？"（第十六回，第224页）接着又语重心长眼泪纷纷地说："你若不嫌奴丑陋，到家好歹对大娘说，奴情愿与娘们做个姊妹，随问把我做第几个也罢。亲亲，奴舍不得你。"（第十六回，第225页）到了三月上旬，在花子虚的"百日"那天，李瓶儿又预先请过西门庆去，和他计议，要把花子虚灵烧了，她如饥似渴地对西门庆说："房子卖的卖不的，你着人来看守。你早把奴娶过去罢。随你把奴做第几个，奴情愿服侍你，铺床叠被。"（第十六回，第229页）说着泪如雨下。又说："你既有真心娶奴，先早把奴房撺掇盖了，娶过奴去，到你家住一日，死也甘心，省得奴在这里度日如年。"（第十六回，第229页）甚至步步紧逼地说："再不的，我烧了灵，先搬在五娘那边住两日。等你盖了新房子，搬移不迟。你好歹到家和五娘说，我还等你的话。这三月初十日是他百日，我好念经烧灵。"（第十六回，第229页）后来，西门庆告诉了潘金莲，金莲也假装喜欢，可就是推拖不让西门庆把李瓶儿娶回家中，李瓶儿见了西门庆又央求道："我的亲哥，你既真心要娶我，可趁早些，你又往来不便，休丢我在这里日夜悬望。"（第十六回，第235页）李瓶儿万万没有想到，潘金莲表面对她的恩德，全是为了讨西门庆的欢欣，一旦她与潘金莲平起平坐了，祸患也就到来了。

本来说好的六月初四日来娶李瓶儿，就在李瓶儿痛苦煎熬等待着西门庆来娶她的日子里，西门庆家里却又发生了变故。西门大姐与其夫陈敬济来避难。原来宇文虚中参一本，涉及蔡京、王黼、杨戬，殃及西门庆亲家陈洪，因亲家陈洪连西门庆也扯了进去。李瓶儿想尽快得娶的愿望受到阻碍，"西门庆只在房里走来走去，忧上加忧，闷上添闷，如热地蜒蚰一般。把娶李瓶儿的勾当，丢在九霄云外去了"（第十七回，第242页）。这其间她实在受不了欲火的煎熬，一连派冯妈妈去西门庆家打听，妇人等了多日，还是不见西门庆到来，眼看到了嫁娶的日子，李瓶儿朝悬暮盼，却音信全无。"妇人盼不见西门庆来，每日茶饭顿减，精神恍惚。到晚夕，孤眠枕上辗转踌躇。忽听外边打门，仿佛见西门庆来到。妇人迎门笑接，携手进房，问其爽约之情，各诉衷肠之话。绸缪缱绻，彻夜欢娱。鸡鸣天晓，便抽身回去。妇人恍然惊觉，大呼一声，精魂已失。冯妈妈听见，慌忙进房来看，妇人说道：'西门庆爹他刚才出去，你关上门不曾？'冯妈妈道：'娘子想得心迷了，那里得大官人来？影儿也没有。'妇人自知梦境随邪，夜夜有狐狸假名抵姓，摄其精髓，渐渐形容黄瘦，饮食不进，卧床不起。冯妈妈向妇人说，请了大街口蒋竹山来看。"（第十七回，第243页）

可见，李瓶儿对西门庆的确是一往情深，西门庆成为她生命的依托。李瓶儿为西门庆可以说是把生命都置之度外了，她日夜思念，痴情致幻，夜梦西门，丧魂移情，幻觉狐狸弄瓦，摄魂勾魄，渴望的煎熬使她心理失常，得了相思病。"当人恋爱一个人的时候，不是把他当做观念，而是把他当做活的个性，爱他的整体，特别爱这个人身上的没有法子确定它，叫出它的名称来的东西。"[①] 这就是李瓶儿对西门庆迷恋和朦胧的真情吧。她的病已非药石可治，她对西门庆的爱是可歌可泣的。此情此景确实让人为之动情。这也为以后西门庆对李瓶儿真心的爱怜打下了基础。而蒋竹山的到来，使饿不择食的李瓶儿终于有了暂时泄欲的希望，温暖了她那颗受伤而冰冷的心。但蒋竹山是个阳力不足的男人，小

---

① 车尔尼雪夫斯基：《论文学》，载林兴宅《艺术魅力的探寻》，四川人民出版社，1985，第5页。

说第十九回"草里蛇逻打蒋竹山，李瓶儿情感西门庆"说：

> 却说李瓶儿招赘了蒋竹山，约两月光景。初时，蒋竹山图妇人喜
> 欢，修合了些戏药，买了些景东人事、美女相思套之类，实指望打动
> 妇人。不想妇人在西门庆手里，狂风骤雨经过的，往往干事不称其意，
> 渐生憎恶。反被妇人把淫器之物，都用石砸的稀碎，丢掉了。又说：
> "你本虾鳝，腰里无力，平白买将这行货子来戏弄老娘！把你当块肉
> 儿，原来是个中看不中吃镶枪头，死忘八！"常被妇人半夜三更赶到前
> 边铺子里睡。于是一心只想西门庆，不许他进房。（第十九回，第266—267
> 页）

后来蒋竹山被西门庆暗算，两个捣子（宋时谓之捣子，今呼为光棍），一个
是草里蛇鲁华，一个是过街鼠张胜。他们以蒋竹山借银子为由，把他毒打一顿。
又被抓到衙门里打得皮开肉绽。白白赔了三十两银子。回到家里，"又被妇人哕
在脸上骂道：'没羞的王八！你递甚么银子在我手里？问我要银子！我早知你这
王八砍了头是个债桩，就瞎了眼也不嫁你！这中看不中吃的王八！'"（第十九回，
第269页）李瓶儿口口声声骂蒋竹山是个王八，她根本没把蒋竹山放在眼里。归
根到底还是因为蒋竹山不能满足她强烈的女性欲望需求。李瓶儿很快将蒋竹山
赶出了家门，还让冯妈妈舀一盆水，赶着泼去。等于女方把男子给休了。这也
说明西门庆以社会角色能力征服了李瓶儿。

"按照劳伦斯的解释，由于阳具方面是官目而有攻击性的所以高生命之旗的
只能是男性……男人不只在性生活中扮演主动的角色，他还能主动地出乎其外；
他立足于性爱世界，但他又能避开这个世界，而女人始终身陷其中。思想和行
动植根于阳具，没有阳具，女人便无可奈何，她可以扮演男人的角色，甚至演
得很卓越，但那不过是一种虚假的游戏。'女人实际上是指向地心的向下的一
极，其内在的力量在于向下的水流和月亮的引力之中。男人则是向上的一极，
他指向太阳和白昼的活力。'"[1]

后来西门庆又通过精神力量征服了李瓶儿。处理完蒋竹山后，西门庆将李
瓶儿冷处理，搁在一边煎熬她。打发走了蒋竹山，李瓶儿日夜盼望着西门庆，
"这妇人一心只想着西门庆，又打听得他家中没事，心中甚是懊悔。每日茶饭慵
餐，蛾眉懒画，把门儿倚遍，眼儿望穿，白盼不见一个人儿来。正是：枕上言

---

[1] 叶舒宪：《高唐神女与维纳斯》，中国社会科学出版社，1997，第509—510页。

犹在，于令恩爱沦，房中人不见，无语自消魂。"（第十九回，第270页）

最后，西门庆把李瓶儿整治得服服帖帖，李瓶儿乖乖地成了西门庆的俘虏。请看西门庆是如何降服李瓶儿的：终于盼到西门庆娶她，而大轿抬到府前无人迎接，西门庆因为她嫁给蒋竹山而气愤不已。娶进家门，一连三天西门庆不进她的房门，冷落得她去寻死上吊，决心"悬梁自缢"。这把西门庆气得半死，"西门庆向李娇儿众人说道：'你们休信那淫妇装死吓人，我手里放不过他。到晚夕等我到房里去，亲看着他上个吊儿我瞧，不然，吃我一顿好马鞭子。贼淫妇！不知把我当谁哩！'众人见他这般说，都替李瓶儿捏着把汗。到晚夕，见西门庆袖着马鞭子，进他房去了。玉楼、金莲分咐春梅把门关了，不许一个人来，都立在角门首儿外悄悄听着。"（第十九回，第273—274页）

> 且说西门庆见他睡在床上倒着身子哭泣，见他进去不起身，心中就有几分不悦。先把两个丫头都赶去空房里住了。西门庆走来椅子上坐下，指着妇人骂道："淫妇！你既然亏心，何消来我家上吊？你跟着那矮忘八过去便了，谁请你来……我自来不曾见人上吊，我今日看着你上个吊儿我瞧！"于是拿一条绳子，丢在他面前，叫妇人上吊。那妇人想起蒋竹山说西门庆是打老婆的班头，降妇女的领袖。思量：我那世里晦气，今日大睁眼又撞入火坑里来了！越发烦恼，痛哭起来。这西门庆心中大怒，教他下床来，脱了衣裳跪着。妇人只顾延挨不脱，被西门庆拖翻在床地平上，袖中取出鞭子来，抽了几鞭子。妇人方才脱去上下衣裳，战兢兢跪在地平上。西门庆坐着，从头至尾问妇人："我那等对你说，教你略等等儿，我家中有些事儿，如何不依我？慌忙就嫁了蒋太医那厮。你嫁了别人，我倒也不恼，那矮忘八有甚么起解？你把他倒踏进门去，拿本钱与他开铺子，在我眼皮子跟前，要撑我的买卖？"妇人道："奴不说的，悔也是迟了。只因你一去了不见来，朝思暮想，奴想的心斜了。后边乔皇亲花园里常有狐狸，要便半夜三更假名托姓，变做你来摄我精髓，到天明鸡叫就去了。你不信，只要问老冯、两个丫头便知。后来看看把奴摄得至死，才请这蒋太医来看。奴就象吊在面糊盆内一般，吃那厮局骗了。说你家中有事，上东京去了。奴不得已，才干下这条路。谁知这厮砍了头是个债桩，被人打上门来，惊动官府。奴忍气吞声，丢了几两银子，吃奴即时撵出去了。"西门庆道："说你叫他写状子。告我收着你许多东西；你如何今日也到我家来了？"妇人道："你可是没的说！奴那里有这话，就把奴身子烂

化了。"西门庆道："就算有，我也不怕。你说你有钱，快转换汉子，我手里容你不得。我实对你说罢，前者打太医那两个人，是如此这般使的手段。只略施小计，教那厮疾走无门，若稍用机关，也要连你挂了到官，弄倒一个田地。"妇人道："奴知道是你使的术儿。还是可怜见，奴若弄到那无人烟之处，就是死罢了。"

　　看看说的西门庆怒气消下些来了。又问道："淫妇你过来，我问你，我比蒋太医那厮谁强？"妇人道："他拿甚么来比你？你是个天，他是块砖；你在三十三天之上，他在九十九地之下。休说你这等为人上之人，只你每日吃用稀奇之物，他在世几百年，还没曾看见哩。他拿甚么来比你！莫要说他，就是花子虚在日，若是比得上你时，奴也不恁般贪你了。你就是医奴的药一般，一经你手，教奴没日没夜只是想你。"自这一句话，把西门庆旧情兜起，欢喜无尽。即丢了鞭子，用手把妇人拉将起来，穿上衣裳，搂在怀里，说道："我的儿，你说的是。果然这厮他见甚么碟儿天来大！"即叫："春梅，快放桌儿，后边取酒菜儿来。"正是：东边日出西边雨，道是无情却有情。有诗为证：碧玉破瓜时，郎为情颠倒。感君不羞面，回身就郎抱。（第十九回，第274—275页）

　　就这样，经过一番折磨后，李瓶儿真情打动了西门庆。李瓶儿再也不敢有其他幻想，她被西门庆的阳刚之气和生活情趣彻底征服了。从此以后李瓶儿成了西门庆最喜欢的妾，也是西门府里唯一有真正爱情的一对夫妻。她必然又成了性爱欲望超群潘金莲的竞争对手。

　　女人在威势和心仪的人面前，不能抵挡真情的冲动，这是斯德哥尔摩综合征人格表现。斯德哥尔摩综合征，或斯德哥摩情结，又称斯德哥尔摩症候群或者称为人质情结或人质综合征，是指犯罪的被害者对于犯罪者产生情感，甚至反过来帮助犯罪者的一种情结。造成被害人对加害人产生好感、依赖心甚至协助加害人逃脱罪责，更甚者会协助加害人加害他人。其根源是人类本性中畏惧和崇敬强者，即畏强凌弱的劣根性所致。李瓶儿的心理机制确有"斯德哥摩综合征"特点，她依靠西门庆制服了花子虚，又知道蒋竹山之死也是西门庆的手段。她对西门庆的男性崇拜，使她不顾一切地伤害弱者。把绊脚石踢开后，李瓶儿进了西门庆府，那种对西门庆的敬畏和崇拜在心灵深处已根深蒂固，女人的柔顺无以复加。所以就变成了一个老实、和善、不多嘴多舌人人夸赞的人。全府的人都说她好，落了个"万人无怨"的好评。她只知道外面的世界很精彩，却不知道外面的世界也很无奈。她对待花家的作为，让人咬牙切齿，将花子虚玩弄于掌上，嫁给蒋竹山又视之如犬豕。到了西门庆家，李瓶儿贤良温柔让人怜悯、同情、为之流泪，这是李瓶儿人本能满足和爱情追求的必然结果。西门庆对李瓶儿有手段，也确实对她宠爱备至。由《金瓶梅》可以看出，并不是西门庆的鞭子征服了李瓶儿，而是他的家庭地位、事业能力和男人魅力征服了李瓶儿。李瓶儿本是淑女胚子，却因为社会环境和人生经历使她表现出了绝情自私的性格，那是自己真爱的崇敬者激发的心理冲动。叶舒宪说："笑笑生有意告诉读者的是：性美学世界的遨游足以改变人的性格和道德面貌。对此，夏志清先生已有精辟之见：'李瓶儿对西门庆的伟大爱情同她对前两个丈夫的残酷是不容易调谐的：她在性格方面的改变主要出自故事情节的需要，这样她可以作为好争强而自私的潘金莲的衬托。但从心理方面讲，她能有这样的改变不是完全不可能的，因为她一再地告诉西门庆，她从他得到了性的满足。他能满足她，而以前无人能够。从她这分感激中她成为一个关怀丈夫的好妻子。'（夏志清《金瓶梅新论》）在这里，小说通过女主人公性格的转变颂扬了性爱的神秘功效。李瓶儿继潘金莲之后又一次替作者确证了以西门庆的阳性力量为中心的美的世界。而西门庆本人也在娶了瓶儿之后改变了自己粗暴邪恶的习性，在专注于多种多样的性生活追求、在一次又一次体验'畅美不可言'的高潮的同时，逐渐变得'有人性了'。"①所以说，西门庆和李瓶儿的性爱生活描写具有真情夫妻的特点，他们的家庭生活描写也具有正常家庭生活的本质属性，不能说《金瓶梅》中的男女之爱都是虚伪的。

第二节　银瓶欲上丝绳绝

孟超评李瓶儿说："我们说潘金莲的悲剧是时代的，是社会的，是出身环境的；她（李瓶儿）呢，却在这总的力量支配之下，因色、因财、因子嗣而牺牲，是更具体，更显而易见了。所谓'色'，由于女性玩弄。所谓'财'，由于豪势掠夺。所谓'子嗣'由于宗法传统家庭制度。这些合而成为社会的造因，正如三把利刃，向她零碎寸剥，不断地压紧着，使她哀怨凄凉地度过了一生。"②李瓶儿像那个时代的所有女子一样，人生也是悲剧结局，且是青春夭折。潘金莲

---

① 叶舒宪：《高唐神女与维纳斯》，中国社会科学出版社，1997，第509页。
② 孟超：《西门庆与"金瓶梅"》，载古耜《悟读金瓶梅》，京华出版社，2008，第56页。

死于武松之手，西门庆是间接杀手。李瓶儿死于一群男人，而潘金莲是杀人帮凶。

李瓶儿虽然在花子虚之死和蒋竹山遭祸上负有直接责任，但她也是迫于无奈，是被西门庆操纵，更重要的是李瓶儿做那些事是为了实现自己的个性欲望，或者说真爱追求而生命冲动的缘故，是值得理解和同情的。作为道德礼教社会束缚下的一个女性，她备受欺凌，她的生命本能遭受了无情的压抑。最后李瓶儿在花太监、花子虚、西门庆、潘金莲的共同蹂躏下悲惨地死去了。关于李瓶儿的死因，我们从小说里完全可以探究清楚。概括起来有三个方面：一是花太监的蹂躏，二是西门庆的折磨，三是潘金莲的谩骂和欺辱。后两个原因非常明显，而花太监对李瓶儿的蹂躏，却是比较隐蔽的。

第一个害死李瓶儿的是花太监。小说在介绍李瓶儿的身世时就已经把花太监对她的迫害呈现出来了。一个被阉割的太监与李瓶儿有一腿，偷鸡摸狗之事也干了不少。

第六十二回写李瓶儿得了崩漏病，花子由对西门庆说："俺过世的老公公，在广南镇守，带的那三七药，曾吃了不曾？不拘妇女甚崩漏之疾，用酒调五分末儿，吃下去即止。大姐她手里曾收下此药，何不服之？"（第六十二回，第840页）中药三七的主要功效是补气、补血，用于咯血，吐血，衄血，便血，崩漏，外伤出血，胸腹刺痛，跌扑肿痛等。连花子由都知道花太监与李瓶儿的关系，还给李瓶儿准备了治病灵药，可惜的是李瓶儿还是没有命了，什么药也治不了一群男人对她折磨造成的致命创伤。

花太监本为刑余之人，却也对女人乐此不疲，尤其是占有自己的儿媳妇，既有强迫也有肮脏交易，也足见其心理的变态。他带李瓶儿到广南，限制李瓶儿与花子虚，剥夺了花子虚的性爱需要。他的性功能被阉割，其嫉妒心理作怪，实际上是心有余而力不足。小说第十七回中，李瓶儿与西门庆的一段对话也可见一斑：

> 西门庆醉中戏问妇人："当初花子虚在时，也和他干此事不干？"妇人道："他逐日睡生梦死，奴那里耐烦和他干这营生！他每日只在外边胡撞，就来家，奴等闲也不和他沾身。况且老公公在时，和他另在一间房睡着，我还把他骂的狗血喷了头。好不好，对老公公说了，要打倘棍儿……"（第十七回，第239页）

李瓶儿动不动就把自己与丈夫的男女之事告知公公，且不让花子虚沾自己的身，还让花太监去惩罚自己的丈夫，鲜明地表现出自己与公公不正当的关系。花太监虽然对李瓶儿动了手脚，也只是用所谓的宫廷秘方之类或性爱器物的性手段，来安慰那颗嫉妒受伤的心。他用的手法也许是借助于春药，也许是勉铃，也许是手淫，当时和尚尼姑都有性器、春药之类的性满足用品，况太监乎？花太监还有春图之类的教唆之物，虽是刑余之人，更会淫心不死，报复心理油然而生，使李瓶儿很年轻就得了崩漏病。张艺谋导演的电影《菊豆》中的菊豆，遭受到她的丈夫杨金山的残酷折磨，杨金山本来就是性无能，他用骡子的鞍骑在菊豆的身上，百般折磨菊豆。与花太监的手段极其相似，这是被阉割情节作怪，是不能生育后代的"骡子"式的病态心理。第三十二回写了李桂姐与吴月娘的一段对话：

> 月娘道："你爹今日请的都是亲朋。"桂姐道："今日没有那两位公公？"月娘道："今日没有，昨日也只薛内相一位。那姓刘的没来。"桂姐道："刘公公还好；那薛公公惯顽，把人掐拧的魂也没了。"月娘道："左右是个内官家，又没甚么，随他摆弄一回子就是了。"桂姐道："娘且是说的好，吃他奈何的人慌。"(第三十二回，第443页)

被阉割的刑余之人如薛内相也玩弄女性，也有性爱欲望，并且是以变态的心理和行为来折磨女人，那病态的"掐拧"就是明证。可见太监的性意识并没有熄灭，花太监有钱有势，李瓶儿也就不会逃出他的手心。这些字里行间的曲折描写，是对李瓶儿与公公暧昧关系的映照。不然花太监就不会给李瓶儿带什么三七药了。

第二个害死李瓶儿的是西门庆。李瓶儿嫁给西门庆已经是心满意足了，她并没有与西门庆的妻妾们进行残酷的厮杀，而是非常柔弱地与他人相处，极其忍辱负重地度过了她的余生。西门庆也用了他得意的手段纵欲了李瓶儿，同样他也用勉子铃之类的淫器及性药玩弄了潘金莲、宋惠莲、郑爱月儿等人。有时不顾李瓶儿的身体条件，一味放纵，任性所为。李瓶儿正是月信时候，西门庆一丝也没有顾及李瓶儿的病情，还是实现了他的欲望。李瓶儿难过地说："今日尽着你达受用。"良久，又听的李瓶儿低声叫："亲达达，你省可的搊罢，奴身上不方便，我前番乞你弄重了些，把奴的小肚子疼起来，这两日才好些儿。"西门庆因问："你怎的身上不方便？"李瓶儿道："不瞒你说，奴身中已怀临月孕，望你将就些儿。"(第二十七回，第379删节部分) 即使李瓶儿怀着身孕，也没有阻止西门庆的性欲发泄。

第五十回又写西门庆吃了梵僧给他的春药，在王六儿家已经玩弄了半天，回来后到李瓶儿房里。

张竹坡回评说："此回特写王六儿与瓶儿试药起，盖为瓶儿伏病死之由，亦为西门庆伏死于王六儿之由也……瓶儿之死，伏于试药，不知官哥之死，亦伏于此。"（第五十一回，第661页）第五十一回之回评说："上一回写瓶儿试药，为后文病源。"（第五十回，第673页）李瓶儿在这样的蹂躏折磨下怎么能不得病？李瓶儿的崩漏病就是花太监、西门庆共同作用的恶果。

第三个害死李瓶儿的是潘金莲。李瓶儿嫁到西门庆家实现了自己的人生愿望，得到了西门庆的关爱体贴，变得温柔又善良，整个西门府的人没有一个不夸赞的。只有那潘金莲无中生有，与她明争暗斗，置之死地而后快。第四十六回卜龟的婆子为李瓶儿的卜辞是：

> "这位奶奶，庚午辛未路旁土。一生荣华富贵，吃也有，穿也有，所招的夫主都是贵人。为人心地有仁义，金银财帛不计较，人吃了、转了他的，他喜欢；不吃他、不转他到恼。只是吃了比肩不和的亏，凡事恩将仇报。正是：比肩刑害乱扰扰，转眼无情就放刁；宁逢虎摘三生路，休遇人前两面刀。奶奶，你休怪我说：你尽好匹红罗，只可惜尺头短了些，气恼上要忍耐些，就是子上也难为。"李瓶儿道："今已是寄名做了道士。"婆子道："既出了家，无妨了。又一件，你老人家今年计都星照命，主有血光之灾，仔细七八月不见哭声才好。"（第四十六回，第620页）

李瓶儿虽然对花子虚和蒋竹山非常狠毒，但是到了西门庆家却变温婉柔顺，她对西门庆家上上下下没有不尊重、不爱护的。吴大妗子说："不是我背地里说，潘五姐一百个不及她。为人心地又好，来了咱家恁二三年，要一些歪样也没有。"（第五十一回，第677页）李瓶儿知道了潘金莲诬蔑她，离间她与吴月娘的关系，气得她胳膊都软了，半天说不出话来，一天不吃饭哭得眼都肿了。西门庆问她原因，她完全可以凭借自己的受宠，把实情告诉西门庆。可是，她只说："我害眼疼，不怎的。今日心里懒待吃饭。"（第五十一回，第676页）第六十二回又描写了李瓶儿在临死前表现得温柔善良，当如意儿向王姑子说出李瓶儿受潘金莲的气及官哥被害的实情时，李瓶儿又嗔如意儿道："你这老婆，平白只顾说他怎的？我已是死去的人了。随他罢了。天不言自高，地不言自厚。"（第六十二回，第839—840页）李瓶儿死后，潘姥姥给金莲做生日，金莲为轿子钱与潘姥姥生气，潘姥姥住在李瓶儿房里，对如意和迎春说："你娘好人，有仁义的姐姐，热心肠。我但来这里，没曾把我老娘当外人看承，一道就是热茶热水与我吃，还只恨我不吃。"（第七十八回，第1161页）西门庆也对月娘说："他来了咱家这几年，大大小小没曾惹了一个人，且是又好个性格儿，又不出语，你教我舍的他那些儿！"（第六十二回，第853页）李瓶儿死后，玳安说："若说六娘的性格儿，一家子都不如他，又谦让又和气，见了人只一面笑儿。自来也没有呵我们一呵，并没失口骂我们一句'奴才'。使俺每买东西，只拈块儿。"（第六十四回，第878—879页）玳安又以对比的口吻道："虽故俺大娘好，毛司火性儿，一回家好，娘儿每亲亲哒哒说话儿。你只休恼着他，不论谁，他也骂你几句儿。总不如六娘，万人无怨，又常在爹跟前替俺每说方便儿。随问天来大事，俺每央他央儿，对爹说，无有个不依。只是五娘，行动就说：'你看我对爹说不说！'把这打只提在口里。如今春梅姐，又是个合气星。——天生的都在他一屋里。"（第六十四回，第879页）可见，李瓶儿到了西门庆家成了一个忍气吞声的羔羊，性格的软弱注定了李瓶儿悲剧的命运。

李瓶儿一生大福大贵，命中却一定会被她的"比肩"所害，她的对手就是潘金莲。潘金莲害李瓶儿的原因是为了爱欲的实现，而且，仅仅为此。第五十一回里，潘金莲到吴月娘房里，开始挑拨是非，无中生有，制造月娘与李瓶儿的矛盾。西门大姐把话传给了李瓶儿，李瓶儿连吓带恼落了个泪流满面，说："他左右昼夜算计的，只是俺娘儿两个，到明日终究吃他算计了一个去才是了当。"（第五十一回，第676页）此话不久就应验了，潘金莲不仅谋害了李瓶儿的儿子官哥，实际上也间接谋害了李瓶儿的性命。

正所谓世间一物降一物，李瓶儿被潘金莲骂得狗血喷了头，她也没有敢正面反击。在"潘金莲打狗伤人"（第五十六回）一节中，潘金莲指桑骂槐，打狗给李瓶儿看，李瓶儿大气也不敢喘，只是派迎春去劝说，更让金莲变本加厉。李瓶儿只有捂着孩子的头忍气吞声。她与潘金莲的争风吃醋实际是生命本能的显现。事实上，李瓶儿和潘金莲都是十分可怜的。终于，李瓶儿在西门庆的肉体摧残和潘金莲等人的精神折磨下，一命呜呼，享年二十七岁。且听李瓶儿出殡时吴道官的宣念，是瓶儿一生的盖棺论定：

> 故锦衣西门恭人李氏之灵，存日阳年二十七岁，元命辛未年正月十五日午时受生，大限于政和七年九月十七日丑时分身故。伏以尊灵：名家秀质，绮阁娇姝。禀花月之仪容，蕴蕙兰之佳气。容德柔婉，赋性温和。配我西君，克谐伉俪。处闺门而贤淑，资琴瑟以和好。曾种

兰田，寻嗟楚畹。正宜享福百年，可惜春光三九。呜呼！明月易缺，好物难全，善类无常，修短有数。今则棺舆载道，丹旐迎风，良夫蹄躅踊于柩前，孝眷哀矜于巷陌。离别情深而难已，音容日远而日忘。某等谬忝冠簪，愧领玄教，愧无新垣平之神数，恪尊玄元始之遗风。徒展崔巍镜里之容，难返庄周梦中之蝶。漱甘露而沃琼浆，超知识登于紫府。披百宝而面七真，引净魄出于冥途。一心无挂，四大皆空。苦，苦，苦！气化清风形归土。一灵真性去弗回，改头换面无遍数。

（第六十五回，第896页）

让人听了不得不叹彩云之易散，伤人生之短促！

孟超先生总括李瓶儿一生的悲剧说："李瓶儿凭了婉转的性儿、白嫩的皮肉，和中书府的珠宝、花太监家的钱财，已经够取宠，够拖自己下水了，再生了一个官哥儿来，在母以子贵的社会中，她自然更加优越了，加上孩子和乔大户家订了娃娃亲，她平步青云，几乎和月娘并驾齐驱，俨然平妻之份。有儿便尊，无子终贱，又难怪二佳人愤深气苦，潘金莲更怀嫉惊儿的，等到官哥儿一死，宠高跌重，加上色干财竭，又焉能不病缠死蘖命断黄泉呢。如果说瓶儿是害的血崩症，倒不如说是财匮子绝的重痨吧。瓶儿死后，曾托梦西门庆，嘱咐着他'没事少在外吃夜酒，往那里去早早来家'，哀婉凄楚，一如其生，然而在一切皆空之后，又焉能不'顿肢撒手'，这不是西门庆南柯一梦，而正是她自己在财色子嗣下牺牲净尽的悲剧场面呢。论李瓶儿还有一点，应该特别提及的，她是梁中书妾，是花子虚妻，又是蒋竹山妻，西门庆妾，妾妻妻妾说明了《金瓶梅》社会名分之无凭。在多妻制度之下，名义上有大老婆，小老婆，正妻，平妻，其实在被窝里边，还分得出月娘瓶儿甚至于春梅的差别吗？因此，李瓶儿的价值并不表现在她自己身上，而是由于色财子嗣而决定的，这里我们又焉得不为瓶儿的命运放声一哭呢！"[1] 这些论述足显孟超先生对李瓶儿的同情与叹息，值得我们深思。

第七十一回说西门庆梦见李瓶儿，从梦中得知李瓶儿托生到了京城的袁指挥家，这也算因果报应的结果吧！

---

① 孟超：《西门庆与"金瓶梅"》，载古耜《悟读金瓶梅》，京华出版社，2008，第58页。

第八章

庞春梅：真性老练的见证者

庞春梅是一个贯穿《金瓶梅》始终的人物形象。整部小说前半部把春梅写成一个心高气盛的丫鬟，她出身贫贱，却自带高贵。在西门庆活着时，谁也没敢招惹她，即使她帮助潘金莲作恶多端，月娘、西门庆都没有谴责或打骂，心照不宣地纵容她。春梅是为后来了却西门庆死后叙事精心设计的一个大关口形象，不读后半部，不知为何春梅在前半部依仗潘金莲煽风点火，肆无忌惮，原来都是为其富贵，并为潘金莲、陈敬济、吴月娘结局作铺垫，埋伏线。所以，第一回之回评说："写春梅，用影写法；写瓶儿，用遥写法；写金莲，用实写法。"（第一回，第2页）

吴神仙冰鉴定终身说："此位小姐五官端正，骨格清奇，发细眉浓，禀性要强，神急眼圆，为人急躁。山根不断，必得贵夫而生子；两额朝拱，主早年必戴朱冠。行步若飞仙，声响神清，必益夫而得禄，三九定然封赠。但吃了这左眼大，早年克父，右眼小，周岁克娘。右口角有一点黑痣，主常沾啾唧之灾，右腮一点黑痣，一生受夫爱敬。天庭端正五官平，口若吐珠行步轻。仓库丰盈财禄厚，一生常得贵人怜。"（第二十九回，第408页）

关于庞春梅这个人物形象，小说描写的突出个性有以下三点。

第一节　丫鬟身子小姐命

春梅的相貌、性格及命运，吴神仙"冰鉴"作了概括。庞春梅相貌一般，没有潘金莲的艳丽与风情万种，没有李瓶儿的温婉可人，也没有王六儿、宋惠莲、林太太的千般迁就与卖弄风骚。她没有动人的容貌与姿色，"年纪不上二九，头戴银丝云髻儿，白线挑衫儿，桃红裙子，蓝纱比甲儿，缠手缠脚出来，道了万福。"（第二十九回，第408页）潘金莲与陈敬济的奸情东窗事发，庞春梅被薛嫂卖到周守备府，"周守备见了春梅生的模样儿，比旧时越又红又白，身段儿不短不长，一对小脚儿，满心喜欢"（第八十六回，第1267页）。《金瓶梅》中对她相貌、梳妆、体态等的描述实在不多。

庞春梅也是一个出身贫贱的下层女子。第七回薛媒婆说娶孟三儿，薛嫂与西门庆要谢媒钱，说："你老人家去年买春梅，许我几匹大布，还没与我。到明日，不管一总谢罢了。"（第七回，第111页）从薛嫂的介绍中知道，春梅是原来薛嫂买进西门府的丫鬟。吴月娘把春梅赶出西门府，说卖春梅的媒婆还是薛嫂，在讨价还价时，从月娘的口里又得知原是十六两银子买来的，月娘卖春梅还要十六两银子。由于薛嫂说媒隐瞒价钱，只给月娘十三两，也就是说十三两银子就能买到春梅。实际上，周守备出了五十两银子，其余都被薛嫂克扣了。也只有周秀守备拿春梅当人看待，一眼相中就出高价钱了。在西门庆家时庞春梅还是含苞欲放的少女，虽已破瓜，尚算个雏儿。她身为下贱，富贵气十足，是西门庆府仆人群里的小暴君，鲁迅先生说："暴君治下的臣民，大抵比暴君更暴；暴君的暴政，时常不能餍食暴君治下的臣民的欲望。"① 春梅身为低贱，却是丫鬟群里的受宠者。她是"助纣"（金莲）为虐、为虎作伥的苏妲己，是胜于主子的奴才，她咬群欺弱肆无忌惮。她的处世策略和整人本领超凡脱俗，对待月娘与其他主子（如雪娥）的态度明显不同，视月娘为主母，对月娘是怨当恩报，赢得个宽厚仁让的浮名，可见其骨头里是奴才根性。而视雪娥是奴才，是西门庆妾群里的仇敌。从根本上庞春梅是想争得妾的地位。她先是帮助潘金莲整治了孙雪娥，唆使西门庆把孙雪娥打得屁滚尿流、皮开肉绽。又帮助金莲毒打秋菊，侮辱、谩骂、嘲弄、鞭笞、棒打无所不用其极，可算是狗仗人势，心狠手辣，显示了她的毒辣个性。

庞春梅又是一个假正经的丫头。她有像潘金莲一样的女性特质——欲望强烈。只不过与潘金莲不同的是，她不直露、不狂荡、不嫉妒。她善于掩盖自己，西门庆的收用、陈敬济的奸淫，她不动声色，若无其事，把自己装扮成纯洁、正经、懂事的良家妇女。第二十二回春梅骂李铭一节最能表现她的假正经，她才是既当婊子又立牌坊的妇人，她与李铭教演琵琶：

> 李铭也有酒了，春梅袖口子宽，把手兜住了，李铭把她手拿起，略按重了些，被春梅大叫起来，骂道："好贼忘八！你怎的捻我的手调戏我？贼少死的忘八！你还不知道我是谁哩！一日好酒好肉，越发养活的你这忘八灵圣出来了，平白捻我的手来了！贼忘八，你错下这个

---

① 鲁迅：《鲁迅文集·热风·而已集》，万卷出版公司，2015，第58页。

锹撅了！你问声儿去，我手里你来弄鬼？爹来家等我说了，把你这贼忘八一条棍撵得离门离户。没你这忘八，学不成唱了？愁本司三院寻不出忘八来！撅臭了你这忘八了。"（第二十二回，第318页）

庞春梅是千忘八万忘八把李铭骂了个狗血喷了头，吓得他逃跑不迭。金莲问她骂的谁，她又骂了一通："情知是谁？叵耐李铭那忘八，爹临去，好意吩咐小厮留下一桌菜并粳米粥儿与他吃。也有玉箫他们，你推我，我打你，顽成一块，对着忘八，雌牙裂嘴的，狂的有些褶儿也怎的！顽了一会，都往大姐那边去了。忘八见无人，尽力把我手上捻了一下，吃的醉醉的，看着我嘻嘻待笑。那忘八见我哕喝骂起来，他就夹着衣裳往外走了。刚才打与贼忘八两个耳刮子才好！贼忘八，你也看个人行事，我不是那不三不四的邪皮行货，教你这忘八在我手里弄鬼，我把忘八脸打绿了！"（第二十二回，第319页）

潘金莲也跟着添油加醋骂起来，也是"忘八"长，"忘八"短的。春梅与金莲合起来，共骂了二十一个"忘八"。真是"忘八"大荟萃。自此以后，李铭不敢再上门来，正是：习教歌伎逞英豪，每日闲庭弄锦槽。不意李铭遭谴斥，春梅声价竟天高。（第二十二回，第320页）

庞春梅骂申二姐（第七十五回），助打秋菊，常说："你还不知道我是谁哩！"她是谁？她只是西门庆收用过的丫鬟而已。这种张狂个性描写，是后文春梅嫁娶守备府的暗信透露。

陈敬济与潘金莲的勾搭中，庞春梅牵线搭桥，金莲与陈敬济的交媾被她抓住，金莲要挟她也与陈敬济交媾，她真的依从，使陈敬济弄一得双。从此她与金莲的关系更加密切，可以说是狼狈为奸。后来，潘金莲与陈敬济被月娘捉奸事情败露，她知道自己也难逃厄运，吴月娘先把她打发薛嫂卖给了周秀（守备）。因周守备对她恩爱有加，宠信备至，她便肆无忌惮地使性子，先是把孙雪娥买来，百般刁难折磨。借一顿鸡尖儿汤痛骂雪娥，嫌鸡尖汤不是"精淡"就是"苦咸"，把雪娥打个臭死。原因是陈敬济来家怕被雪娥认出，庞春梅急于把孙雪娥赶走。庞春梅心狠手辣拔除眼中钉逼卖了雪娥，并逼迫薛嫂卖她为娼。尽管薛嫂儿花言巧语通过孙妈说合了潘五，但那潘五还是水客，雪娥也真成了娼妓。孙雪娥因与周守备府里的张胜媾合，当张胜被抓牢时，孙雪娥怕事情败露而自杀身亡。

第二节　纵然做鬼也风流

第二十二回庞春梅骂李铭是王八，充分表现她为自己立牌坊的做派。因李铭不小心捻了她一把，她就借题发挥，大骂一场，以显示她的纯洁和正经。其实，她骨子里是一个性欲望的狂人，一个假正经的骚女人。

庞春梅的性欲望极强，也如西门庆、潘金莲、陈敬济、李瓶儿、宋惠莲、王六儿一样。与其他女人不同的是，她的人生悲剧并不是社会或家庭造成的，而是性爱过度死在泄欲的温床上。潘金莲的性狂欢，她耳濡目染，甚至填缺补漏，西门庆玩弄金莲，她也被收用了；潘金莲媾合陈敬济，她让陈敬济一箭双雕。西门庆与潘金莲的性欲表演，她见怪不怪；陈敬济与潘金莲勾搭，她当红娘拉皮条。总之，在西门庆家当丫鬟的几年，培养了她逢场作戏的本领，也激发了她少女的性本能冲动。她也如金莲一般天不怕、地不怕，快乐一天是一天，风流就是人生，满足就是目标。西门庆死后，潘金莲与陈敬济的勾当已被月娘识破，眼看就是妻离子散，金莲和春梅料定必被处置。潘金莲被嫁卖前闷闷不乐，春梅对潘金莲宣讲了一番人生信条和处世原则，"说道：'娘，你老人家也少要忧心。是非有无，随人说去。如今爹也没了，大娘他养出个墓生儿来，莫不也是来路不明？他也难管你我暗地的事。你把心放开，料天塌了还有撑天大汉哩。人生在世，且风流了一日是一日。'于是筛上酒来，递一钟与妇人说：'娘且吃一杯儿暖酒，解解愁闷。'因见阶下两只犬儿交恋在一处，说道：'畜生尚有如此之乐，何况人而反不如此乎？'"崇眉评：后之贪欲而死，已见端矣。张行评：是春梅结果。(第八十五回，第1257页)

后来，周守备将春梅、孙二娘及家小搬去东昌府居住。周守备无暇顾及男女之事，春梅又与家人周忠的儿子十九岁的周义勾搭成奸，私通多日。当时，大金灭辽国，宋朝大势已去，周守备战死疆场。回清河发丧后，"这春梅在内颐养之余，淫情愈胜。常留周义在香阁中，镇日不出。朝来暮往，淫欲无度，生出骨蒸痨病症。逐日吃药，减了饮食，消了精神，体瘦如柴，而贪淫不已。一日过了他生辰，到六月伏暑天气，早晨晏起，不料她搂着周义在床上，一泄之后，口鼻皆出凉气，淫津流下一洼口，就呜呼哀哉，死在周义身上。亡年二十九岁。"崇眉评说："所谓牡丹花下死，做鬼也风流。死得快活！死得快活！"(第一百回，第1456页)

孟超先生对庞春梅进行了分析评说："'三从'固然是豪势家族女人的命运

所系，而'四德'却并不是重要条件。因为一面要把女人不当人，可又要画几条虚线，做一个范围，就不能有这一个空幌子，所以春梅虽然做了正式守备夫人，可也未必需要株守什么'阃范''闺禁'，人情阅历已深，她懂得这点奥妙，认陈敬济做假姊弟，当真夫妻，打点旧时风月，重叙新来私情，吹开豪势家庭的烟幕，又何尝不是千篇一律的景致。假使春梅能有例外，我倒以为反而不成其为西门家风中陶冶出来的传人了……春梅的最后，总算是寿终正寝，虽然这中间有着寄情周义隐疾身亡一节，但掩盖了'丑迹'，终不失为豪门气派的，这与潘金莲之身后凄凉判然不同，春梅总是'西门家中'第一个的幸运人物！"① 但我们也必须承认，庞春梅是充满真情和血性的女子，她对金莲的执着维护，对敬济的一往情深，从人情社会的角度来看都是值得称道的。通过对春梅形象的刻画描写，显示出作者对痴情至性的真心呼唤。

第三节　世态炎凉结转者

这里说的是《金瓶梅》结构意义上的庞春梅。张竹坡在《批评第一奇书〈金瓶梅〉读法》中说："《金瓶梅》内，有两个人为特特用意写之，其结果亦皆可观。如春梅与玳安是也。于同作丫鬟时，必用几遍笔墨描写春梅心高志大，气象不同……见得一部炎凉书中翻案故也。何则？止知眼前作婢，不知即他日之夫人……不特他人转眼奉承，即月娘且转而以上宾待之，末路依之。然则人之眼边前炎凉成何益哉！此是作者特特为人下针砭也。因要他与污泥中为后文翻案，故不得不先为之抬高身分也。"②

第九十六回"春梅姐游旧家池馆"情节是整部《金瓶梅》的点睛之笔，是具有小说结构意义的辉煌篇章，是春梅一生顶峰辉煌时刻的描述。既刻画了庞春梅的性格特点，也彰显了春梅的富贵显赫。还用这一篇章对比描写了吴月娘的一生结局。当初吴月娘赶出春梅时，与说卖者薛嫂讲价分文不让，春梅离别西门府非常凄凉，吴月娘"叫他罄身儿出去"（第八十五回，第1260页）。连一件衣裳都不让春梅带走。世态炎凉今到眼前。张竹坡回评说："此回作者极写人生聚难而散易，偶有散而复聚，聚而复散，无限悲伤兴感之意。故特写春梅既去，

① 孟超：《西门庆与"金瓶梅"》，载古耜《悟读金瓶梅》，京华出版社，2008，第60页。
② 张竹坡：《批评第一奇书〈金瓶梅〉读法》（二七），载秦修容《会评会校本金瓶梅·附录》，中华书局，1998，第1495页。

复寻旧游，适然相遇，固千古奇逢，亦千古之春梅念旧主人，而挂钱请酒之出于自然而然也。"（第九十六回，第 1400 页）西门庆三周年祭日那天，也正是其子官哥的生日，吴月娘发请帖，"春梅看了，到日中才来。戴着满头珠翠金凤头面，钗梳胡珠环子。身穿大红通袖四兽朝麒麟袍儿，翠蓝十样锦百花裙，玉玎珰禁步，束着金带。坐着四人大轿，青段销金轿衣。军牢执藤棍喝道，家人伴当跟随，抬着衣匣。后边两顶家人媳妇小轿儿，紧紧跟随。"（第九十六回，第 1400 页）月娘出门迎接，只是"稀稀几件金翠首饰"，梳妆打扮大不如春梅。后面的对比描写，更显月娘大势已去，而春梅却如日方升。春梅在一番寒暄礼节后，拜了西门庆灵堂。后与月娘交谈中，道出周守备的官位显赫："镇守地方，巡理河道，捉拿盗贼，操练人马。"（第九十六回，第 1403 页）这是春梅的底气所在。再去看金莲与春梅住过的庭院，却是一派狼藉："垣墙欹损，台榭歪斜。两边画壁长青苔，满地花砖生碧草。山前怪石遭塌毁，不显嵯峨；亭内凉床被渗漏，已无框档。石洞口蛛丝结网，鱼池内虾蟆成群。狐狸常睡卧云亭，黄鼠往来藏春阁。料想经年人不到，也知尽日有云来。"（第九十六回，第 1403 页）许多的家居物什也被变卖的变卖，送人的送人，一片空空荡荡，破烂不堪。春梅见证发生过许多颠鸾倒凤故事的池园冷落至极，内心定是百感交集。虽然招待席被推居上座，也是心事重重，想起西门庆、陈敬济、潘金莲等从前过往人物，听了四曲"懒画眉"倾注心肠：

> 冤家为你几时休？捱过春来又到秋，谁人知道我心头。天，害的我伶仃瘦，听的音书两泪流。从前已往诉缘由，谁想你无情把我丢。
>
> 冤家为你减风流，鹊噪檐前不肯休，死声活气没来由。天，倒惹得情拖逗，助的凄凉两泪流。从他去后意无休，谁想你辜恩把我丢。
>
> 冤家为你惹场忧！坐想行思日夜愁，香肌憔瘦减温柔。天，看见你不能够，闷的我伤心两泪流。从前与你共绸缪，谁想你今番把我丢。
>
> 冤家为你惹闲愁！病枕着床无了休，满怀忧闷锁眉头。天，忘了还依旧，助的我腮边两泪流。从前与你两无休，谁想你经年把我丢。
>
> （第九十六回，第 1405—1406 页）

春梅感念金莲，又"一向心中牵挂陈敬济，在外不得相会。情种心苗，故有所感，发于吟咏"（第九十六回，第 1406 页）。真是：声声说不尽相思苦，曲曲唱不干离别泪。

那时陈敬济流落街头，又被杨大郎赖账，好在有流氓土作头飞天鬼侯林儿搭救，水月寺里卖身求生，终于被张胜找到，收在周守备府里春梅身边。春梅把陈敬济养在家中，为他娶了一房妻子葛翠屏，又暗地里与敬济私通，只背着守备一人。陈敬济也因与张胜的矛盾被杀，差一点儿连春梅也被杀掉。葛翠屏、韩爱姐与春梅一同为敬济守寡，后来守备出征抗金，忙于国事，庞春梅又欲火烧心，想与李安媾合，被拒绝。

从庞春梅与潘金莲、陈敬济的悲欢离合故事中，我们可以看出人情社会的冷暖，可以说庞春梅是人情社会的践行者；庞春梅回访旧池苑，与月娘的怨恨情仇一笔勾销，又是一部炎凉大书；庞春梅一生经历就是《金瓶梅》布局谋篇的设定，与大宋江山社稷的兴衰相得益彰。《金瓶梅》中难得有几个正面人物中，真正国家栋梁之才周秀——周守备，虽然作者没有给他太多的笔墨，但他确实是角落里的强者，是抗击金人侵入中原的中坚力量。他屡立战功，连升爵职，是当时正直廉洁官吏的代表。他治家有方，与庞春梅恩爱有加，是真正与春梅建立家庭的正人君子。第九十九回写守备出征：

> 春梅晚夕与孙二娘置酒送饯，不觉簌地两行泪下，说："相公此去，未知几时回还，出战之间，须要仔细。番兵猖獗，不可轻敌。"统制道："你每自在家清心寡欲，好生看守孩儿，不必忧念。我既受朝廷爵禄，尽忠报国，至于吉凶存亡，付之天也。"嘱咐毕，过了一宿。次日，军马都在城外屯集，等候统制起程。一路无词。有日到了东昌府下，统制差一面令字蓝旗，打报进城。巡抚张叔夜，听见周统制人马来到，与东昌府知府达天道出衙迎接。至公厅叙礼坐下，商议军情，打听声息紧慢。驻马一夜，次日人马早行，往关上防守去了。（第九十九回，第1445页）

到后来金兵压境，周守备战死疆场。作者赞曰："亡家为国忠良将，不辨贤愚血染沙。"（第一百回，第1455页）由此可见，说庞春梅的命运与大宋江山不可分割当为不谬，假如周守备不征战杀敌、血染疆场，庞春梅的命运结局应当改写。

《金瓶梅》详细描述了西门庆、周秀两大家族，最后西门一家梦幻大结局，周秀一家血光收尾。两家一线相连的人物形象，就是庞春梅。正是从周守备和春梅的描写中，我们明白了作者设定庞春梅人物命运的良苦用心。所以，庞春梅是《金瓶梅》一部大书结构起承转合的关键人物形象。

第九章

吴月娘：老谋深算的守门人

把吴月娘这一形象放在后面讨论的原因是：她是小说中西门庆大官人的掌门正妻，是西门大家族的掌管者，也是西门庆死后的守门人。整部《金瓶梅》由西门庆起，由吴月娘结，实现了阳起阴收的因果结局，是中国封建社会阴阳转换大混乱（家反宅乱）的一幅形象生动的画卷，是对封建伦理道德的大叛逆形象展现。

第一节　老练持重的正头娘子

《批评第一奇书〈金瓶梅〉读法［九〇］》："《金瓶》虽有许多好人，却都是男人，并无一个好女人。屈指不二色的，要算月娘一个。然却不知妇道以礼持家，往往惹出事端。"① 笑笑生把月娘塑造成中规中矩的家庭主妇典范，想塑造一个正面形象，一个好女人，但在小说中却以与性格系统抵牾的笔法写月娘。《金瓶梅》第二十五回张竹坡回评说："夫月娘，众妇人之首也。今当此白日，既无衣食之忧，又无柴米之累，宜首先率领众妾勤俭宜家，督理女工，是其正道。"（第二十五回，第346页）笑笑生反映现实的创作理想，还是被人性的劣根俘虏了，作者的笔端倒向了生活的真实，出现了欲盖弥彰的描写效果。有时我们觉得月娘形象的塑造过程中，有些不顺畅，不符合人物性格的发展逻辑。也就是矛盾的性格表现，字里行间总是有难言之隐。张竹坡第一回之回评也说："作者做月娘，既另出笔墨，使真欲做出一个贤妇人，后文就不该大书特书引敬济入室等罪；既欲隐隐做他个不好的人，又不该处处形其老实。然则写月娘，信如上所云'一个可以学好向上的人'，西门庆不能刑于，遂致不知大礼，如俗所云'好人到他家，也不好了'也。"（第一回，第5页）第四十六回，写月娘叫一个卜

---

① 秦修容：《会评会校本金瓶梅·附录》，中华书局，1998，第1512页。

龟儿卦的老婆子算命，老婆子灵龟一算说月娘"为人一生有仁义，性格宽洪，心慈好善，看经布施，广行方便，一生操持，把家做活，替人顶缸受气，还不道是。喜怒有常，主下人不足。正是：喜乐起来笑嘻嘻，恼将起来闹哄哄。别人睡到日头半天还未起，你老早在堂前转了。梅香洗铫铛，虽是一时风火性，转眼却无心，和人说也有，笑也有。只是这疾厄宫上着刑星，常沾些啾唧。亏你这心好，济过去了，往后有七十岁活哩"。但月娘却命里无子，"儿女宫上有些不实，往后只好招个出家的儿子送老罢了"（第四十六回，第619页）。此为月娘断命卜辞，命运结语。

《金瓶梅》中所描写的月娘看起来贤惠、善良、持重、老练、缄默。但她贤淑不相夫教子；积善不分贤愚；理家粗枝大叶；持家贪财好物。总之，西门庆暴亡与家反宅乱都是月娘的罪责。她日常表现得一派正经，是因为掌门女人的人格意识要求她必须如此。一是自己的正妻地位和权威（又是续弦）；二是生子的愿望和终老之思；三是贪财好物的自然本性。

第二节 "绵里藏针"的罪案

吴月娘的罪案有五条，下面分别说明。

罪案一：依顺西门庆，续弦之忧。

传统妇女的贤淑规范要求她相夫教子，维持家庭的和谐和繁盛，要求她治家有方。而月娘却对西门庆百依百顺，西门庆横行乡里，贪赃枉法，贿赂勾结权贵，残害百姓，甚至勾奸金莲害死武大郎，奸娶李瓶儿害死花子虚和蒋竹山，随意奸淫民女。吴月娘也没有规劝，只是一味顺从。西门庆不学无术，在学而优则仕的社会里，仅靠投机钻营终非长久。第一回之回评说："篇内出月娘，乃云'夫主面上百依百顺'。看者止知说月娘贤德，为后文能容众姜地步也；不知作者更有深意。月娘，可以向上之人也。夫可以向上之人，使随一读书守礼之夫主，则刑于之化，月娘便自能化俗为雅，谨守国范，防微杜渐，举案齐眉，便成全人矣。乃无如月娘止知依顺为道，而西门之使其依顺者，皆非其道。月娘终日闻夫之言，是势利市井之言；见夫之行，是奸险苟且之行，不知规谏，而乃一味依顺之，故虽有好资质，未免习俗渐染。"（张竹坡《金瓶梅》第一回之回评，第4—5页）

《批评第一奇书〈金瓶梅〉读法〔二四〕》的分析十分细致，说："《金瓶》写月娘，人人谓西门氏亏此一人内助。不知作者写月娘之罪，纯以隐笔，而人不知也。何则？良人者，妻之所仰望而终身者也。若其夫千金买妾为宗嗣计，而月娘百依百顺，此诚《关雎》之雅，千古贤妇也。若西门庆杀人之夫，劫人之妻，此真盗贼之行也。其夫为盗贼之行，而其妻不涕泣而告之，乃依违其间，视为路人，休戚不相关，而且自以好好先生为贤，其为心尚可问哉！至其于陈敬济，则作者已大书特书，月娘引贼入室之罪可胜言哉！至后识破奸情，不知所为分处之计，乃白日关门，便为处此已毕。后之逐敬济，送大姐，请春梅，皆随风弄蛇，毫无成见；而听尼宣卷，胡乱烧香，全非妇女所宜。而后知'不甚读书'四字，误尽西门一生也。何则？使西门守礼，便能以礼刑其妻；今止为西门不读书，所以月娘虽有为善之资，而亦流于不知大礼，即其家常举动，全无举案之风，而徒多眉眼之处。盖写月娘，为一知学好而不知礼之妇人也。夫知学好矣，而不知礼，犹足遗害无穷，使敬济之恶归罪于己，况不好学者乎！然则敬济之罪，月娘成之，月娘之罪，西门庆刑于之过也。"①

吴月娘一味顺从，姑息迁就，无贤良夫人的帮协之德，致使西门庆淫欲暴亡，家反宅乱，妻离子散，众叛亲离。西门庆死后，只剩下月娘守寡正大，街坊邻居议论纷纷，说："西门庆家小老婆，如今也嫁人了。当初这厮在日，专一违天害理，贪财好色，奸骗人家妻女。如今死了，老婆带的东西，嫁人的嫁人，拐带的拐带，养汉的养汉，做贼的做贼，都野鸡毛零拐了。常言三十年远报，而今眼下就报了。"（第九十一回，第1338—1339页）陈敬济与潘金莲乱淫肆无忌惮，孙雪娥盗财私奔，韩道国偷货变卖，应伯爵转头换主，吴典恩忘恩负义……

吴月娘如此的姑息迁就西门庆，是由其家庭地位与妇主心态决定的。虽然她是西门府里的正头娘子，但对于西门庆而言她是续弦之妻，况西门大姐常住娘家，月娘又是继母。竹坡第一回之回评说："写月娘，何以必云是继室哉？见得西门庆孤身独自，即月娘妻子，尚是个继室，非结发者也。故其一生动作，皆是假景中提傀儡。"（第一回，第5页）张竹坡又深刻地分析道："写月娘恶处，又全在继室也。从来继室多是好好先生。何则？因彼已有妻过，一旦死别，乃续一个人来，则不但他自己心上怕丈夫疑他是填房，或有儿女，怕丈夫疑他偏心；当家，怕丈夫疑他不如先头的。即那丈夫心中，亦未尝不有此几着疑忌在心中。故做继室者，欲管不好，不管不好，往往多休戚不关，以好好先生为贤也。今月娘虽说没甚奸险，然其举动处，大半不离继室常套。故'百依百顺'，在结发则可，在继室又当别论，不是说依顺便是贤也。是四字，又月娘定案，又继室定案。"（第一回之回评，第5页）张竹坡的评论十分中肯。

---

① 秦修容：《会评会校本金瓶梅·附录》，中华书局，1998，第1498页。

罪案二：放纵陈敬济，贪财之祸。

小说第十七回写西门庆的亲家陈洪是东京八十万禁军杨提督（杨戬）的亲家，由于杨戬被科道官参倒，陈洪也受到牵连，女儿西门大姐、女婿陈敬济到他家避难，带来了五百两白银和家伙箱笼。"把箱笼细软，都收拾月娘上房来。"（第十七回，第240页）可以看出，对于财物月娘是一定要掌管的。正是这笔财富垫底，吴月娘对陈敬济还是高看一眼。陈敬济才到西门府里也算老老实实，不与西门庆的妻妾们碰面，不在一桌吃饭等。就是月娘的姑息纵容，使陈敬济胆子越来越大。尤其是敬济与潘金莲、孟玉楼等丈母级别的女人在一起厮混，他们吃酒、下棋、玩牌、观灯、放炮纵情嬉闹，把西门大姐冷落一边，吴月娘眼里、耳里都知道，就是装聋作哑。第二十四回"敬济元夜戏娇姿"，月娘等女眷在一起吃酒玩乐，"独于东首设一席，与女婿陈敬济坐"（第二十四回，第336页）。潘金莲与陈敬济借酒嬉闹，"敬济一壁接酒，一面把眼儿斜溜妇人，说：'五娘，请尊便，等儿子慢慢吃。'"（第二十四回，第337页）于是二人调戏，金莲还把金莲小脚儿踢敬济一下。酒后，玉楼、金莲、李瓶儿和宋惠莲等，吴月娘也随其后，看陈敬济放花儿、放鞭炮。那陈敬济与潘金莲又偷偷调弄，吴月娘若无其事。所以第二十五回之回评说："乃自己作俑，为无益之戏，且令女婿手揽画裙，指亲罗袜，以送二妾之画板，无伦无次，无礼无义，何惑乎敬济之挟奸卖俏，乘间而入哉！天下坏事，全是自己，不可尽咎他人也。"（第二十五回，第346页）第二十五回写吴月娘、孟玉楼、李瓶儿与潘金莲等一群女人清明节荡秋千，真是千姿百媚，她们玩乐得一派天性，"红粉面对红粉面，玉酥肩并玉酥肩。两双玉腕挽复挽，四只金莲颠倒颠。那金莲在上面笑成一块……不想那画板滑，又是高底鞋，跐不牢，只听得滑浪一声，把金莲擦下来。"（第二十五回，第348页）她们还讲到周台官家小姐打秋千笑得太多，滑下来骑在画板上，把身子喜抓去了。正好陈敬济也来凑热闹，吴月娘却说："姐夫来的正好，且来替你二位娘送送儿。丫头每力气少。"于是，一个大男人与几位小娘荡秋千，真是不伦不类，兜着潘金莲、李瓶儿裙子，欣赏着小丈母们的三寸金莲，玩得不亦乐乎。如此情景，陈敬济这样的花花公子不淫心荡漾才怪哩！究其罪过，当然是吴月娘治家不严，放纵浮浪子弟进入内院，结果引狼入室。张竹坡的第二十五回之回评分析得非常透彻："夫敬济一入西门家，先是月娘引之入室，得见金莲。后又是月娘引之入园，得采花须。后又是西门以过实之言放其胆，以托大之意容其奸。今日月娘又使之送秋千，以荡其心。此时虽有守有志之人，犹难自必其能学柳下惠、鲁男子，况夫以浮浪不堪之敬济哉！又遇一精粗美恶兼收之金莲哉！宜乎百丑之出矣。"（第二十五回，第346页）西门庆在世他只能谨慎小心行事，即使与潘金莲已经勾搭，也只是偷偷摸摸，没有让西门府里的人看出蹊跷。西门庆死后，陈敬济和潘金莲才放开胆子与月娘对抗，直到潘金莲被赶走，敬济彻底与月娘撕破脸皮。

陈敬济私藏在吴月娘手里的财物直到陈敬济离开西门府，吴月娘也没有如数归还，被陈敬济大骂一通。吴月娘借口陈敬济与金莲私混把陈敬济赶出了家门，但真实的原因是她占据了陈敬济的财物不想归还，找到了一个十分有利的借口。后陈敬济多次借机要挟吴月娘，说要到万寿门去告她私藏罪犯杨戬的银子。但吴月娘始终不提银子的事。直到把陈敬济撵出家门，西门大姐也送回陈敬济家，也没有提及收的银子。最后陈敬济倾家荡产，流落街头，行乞为生，死于非命。吴月娘也再没管顾他，以致西门大姐被陈敬济逼死。吴月娘打官司状告陈敬济，又被忘恩负义的吴典恩奚落，最终陈敬济落了个家破人亡妻离子散的结局。西门府的混乱与败落与吴月娘有直接关系，张竹坡第一回之回评就说："后文引敬济入室，放来旺进门，皆其不闻妇道，以致不能防闲也。"（第一回，第5页）

罪案三：放纵李瓶儿，难言之隐。

张竹坡第十四回之回评又批评吴月娘装嗔卖傻，纵西门与李瓶儿成奸，目的是得李瓶儿的钱财。说："写瓶儿、西门之恶，又是正文。不知其写月娘之恶，又于旁文中带一正文也。何则？写西门留瓶儿所寄之银时，必先商之月娘，使贤妇相夫，正在此时。将邪正是非，天理人心，明白敷陈。西门或动念改过其恶，或不至于是也。乃食盒装银，墙头递物，主谋尽是月娘，转递又是月娘，又明言都送到月娘房里去了。则月娘为人，乃《金瓶梅》中第一绵里裹针柔奸之人。作者却用隐隐之笔写出，令人不觉也。何则？夫月娘倘知瓶儿、西门偷期之事，而今又收其寄物，是帮西门一伙做贼也。夫既一伙做贼，乃后子虚既死，瓶儿欲来，月娘忽以许多正言不许其来。然则西门利其色，月娘则乘机利其财矣。月娘之罪，又何可逭？倘不知两人偷期之事，则花家妇人私房，欲寄于西门氏家，此何故也？乃月娘主谋，动手骗入房中。倘子虚尚未死，瓶儿安必其来？主意不赖，其寄物后日必还，则月娘与瓶儿，何亲何故，何恩何德，乃为之担一把干系，收藏其私房哉？使有心俟瓶儿之来，则其心愈不可问矣。况后文阻瓶儿，乃云'与他丈夫相与'，然则月娘此时之意，盖明安一白骗之心，后直不欲瓶儿再题一字，再见瓶儿一面，故瓶儿进门，月娘含愤，以及竹山受气之时，西门与月娘虽有问意，而并未一言，乃写月娘直至不与西门交言，是月娘固自有心事，恐寄物见主也。利其财，且即不肯买其房，总之，欲得此一宗白财，再不许题原主一字。月娘之恶，写得令人发指。固知后敬济、吴典恩之报，真丝毫不爽，乃其应得者耳。"（第十四回，第197—198页）

仔细审视，张竹坡的评说既恰当又深刻。在小说里，吴月娘的确很隐蔽地表现了她的贪财好物，尤其是对李瓶儿与西门庆勾搭，她表现得特别暧昧，对西门庆勾搭李瓶儿不加阻止，更典型的是当李瓶儿的丈夫花子虚死后，还没有出五七，也就是说还未出丧期，李瓶儿打听正月初九是潘金莲的生日，买了礼物来给金莲庆寿。"月娘因看见金莲鬓上撇着一根金寿字簪儿，便问：'二娘，你与六姐这对寿字簪儿，是那里打造的？倒好样儿。到明日俺每人照样也配恁一对儿戴。'"（第十四回，第207页）月娘看见金莲的簪儿，心里也是十分的羡慕，又不好说直要，便托口让人家照样给她们也打造一对儿。表面堂皇，实际是明言索取。张竹坡在此也批曰："写月娘贪瓶儿之财处，一丝不放空，直与后锁门，争皮袄一气呼吸。"（第十四回，第207页）可见，张竹坡的确看透了月娘的险恶，知道她是笑里藏刀、绵里藏针之人。那李瓶儿听了月娘的话语，正求之不得，也是被逼无奈，接着说："大娘既要，奴还有几对，到明日每位娘都补奉上一对儿。此是过世老公公御前带出来的，外边那里有这样范？"月娘却又说："奴取笑，逗二娘耍子。俺姐妹们人多，那里有这些相送！"话里有话，含义是"别只给我一人，每位娘都来一对"。（第十四回，第207—208页）就在这天晚上，众人都不让李瓶儿回家，热情地挽留她在西门府过夜，直到李瓶儿不好意思再强走——热情的背后是强烈的索取——李瓶儿嘱咐冯妈妈明日拿四对金寿字簪儿，送给四位娘。第二天早晨，众人正吃点心，只见冯妈妈进来，向袖中取出一方旧汗巾，包着四对金寿字簪儿，递与李瓶儿。李瓶儿先奉了一对与月娘，然后李娇儿、孟玉楼、孙雪娥，每人都一对。这时的吴月娘又假惺惺地推辞说："多有破费二娘，这个却使不得。"（第十四回，第210页）然而，她还是欣然收下了。后来，她还收了李瓶儿的梯己箱笼，存了大量的金银。

第七十五回说月娘与金莲及瓶儿的关系也为一财，李瓶儿的资财多数已被月娘藏匿。李瓶儿死后，虽然钥匙是吴月娘自己掌握，但西门庆还是可以随时取物。西门庆给潘金莲一件李瓶儿的皮袄，吴月娘便怀恨在心，借骂春梅发泄一番。因此回评说月娘"真是诸妾之不及，真是老奸巨滑……写月娘挟制西门庆处，先以胎挟制，后以死制之，再以瓶儿之前车动之。谁谓月娘为贤妇人哉？吾生生世世不愿见此人也"（第七十五回，第1061—1062页）。

罪案四：放纵金莲，暗度陈仓。

潘金莲被偷娶进西门府时，西门府还比较清净，卓丢儿死去，西门庆风流倜傥寂寞无聊，游手好闲，寻花问柳。在当时的婚姻制度下，吴月娘作为续妻也不能制止，也不敢阻挡。所以，西门庆毒死武大娶金莲，吴月娘欣然接受。潘金莲来到西门府与吴月娘基本是和平相处，但她俩的根本矛盾是子嗣之争。把揽汉子的争风吃醋，是潘金莲的本领，平时西门庆与潘金莲火热，吴月娘得过且过。小说极少写西门庆与月娘的性爱生活，他俩之间好似只有夫妻的名分和家庭的责任义务，没有潘金莲、李瓶儿与西门庆生活的情趣盎然和丰富多彩。

为家族的延续，保护李瓶儿的儿子官哥是西门庆、李瓶儿的责任，吴月娘对官哥也精心呵护，完全没有嫉妒之态，只是为西门庆的血脉传承着想。当潘金莲与敬济玩乐时，官哥儿被猫惊吓，她几次到李瓶儿处打听陈敬济消息，问寒问暖，生怕孩子有个三长两短。惹得金莲和玉楼说了许多嫉妒话。可以看出来月娘是为西门家的大局而忍辱负重的。当潘金莲请了薛姑子的符药，又选好了壬子日，送走了潘姥姥，准备与西门庆交媾，吴月娘得知内情，专门打听何日为壬子日，假装为玉楼打抱不平，借玉楼生病，偏不让西门庆到潘金莲房里，嘲骂一阵西门庆，逼着留宿玉楼房里，耽搁了金莲怀孕的时机，再加上丫鬟小玉通风报信说月娘数落潘金莲，一场真正的女子争夺大战爆发了。第二天吴月娘与金莲大闹一场，隔墙有耳，月娘对吴大妗子说昨天的事，偏偏金莲已经来到门外，接着说道："可是大娘说的，我打发了他（指潘姥姥）家去，我好把拦汉子。"吴月娘便一一数落起来："是我说的，你如今怎么的我？本等一个汉子，从东京来了，成日只把拦在你那前头，通不来后边傍个影儿。原来只你是他的老婆，别人不是他的老婆？行动提起来：'别人不知道，我知道'。就是昨日李桂姐家去了，大妗子问了声'李桂姐住了一日儿，如何就家去了？他姑父因为甚么恼他'？我还说'谁知为甚么恼他'？你便就撑着头儿说'别人不知道，自我晓的'。你成日守着他，怎么不晓得！"金莲道："他不来往我屋里去，我莫拿猪毛绳子套了他去不成！那个浪的慌了也怎的？"月娘道："你不浪的慌，你昨日在我屋里好好儿坐的，你怎的掀着帘子，硬入来叫他前去，是怎么说？汉子顶天立地，吃辛受苦，犯了什么罪来，你拿猪毛绳子套他？贼不识高低的货，俺们倒不言语了，你倒只顾赶人。一个皮袄儿，你悄悄就问汉子讨了，穿在身上，挂口儿也不来后边题一声儿。都是这等起来，俺们在这屋里放小鸭儿？就是孤老院里也有个甲头。一个使的丫头，和他猫鼠同眠，惯的有些折儿，不管好歹就骂人。说着你，嘴头子不服个烧埋。"（第七十五回，第1086页）

从中可以看出，一场争吵为了几件事，连庞春梅也裹在里面，不过春梅的确是有点狗仗人势，为金莲为非作歹。月娘为玉楼不平，实是月娘嫉恨金莲，由于她的得宠，自己得不到西门庆的真心青睐。碍于大娘的风度、面子，只好忍气吞声。这一次算是出了一口气。"别人不知道，我知道"足见金莲得宠的程度，西门庆对潘金莲无话不谈，近水楼台先得月，怎不让正头娘子怀恨在心。第十一回之回评："然则写月娘真是月娘，继室真是继室，而后文撒泼诸事，方知养成祸患，尾大不掉，悔无及矣。故金莲敢于生事，此月娘之罪也。"（第十一回，第152页）

吴月娘不动声色地拜佛念经，期盼自己怀孕生子，暗中与潘金莲、李瓶儿进行子嗣竞争。吴月娘有了一个身孕又小产，后来终于为西门庆生出墓生子——孝哥儿，才算以妻妾胜利者的姿态，大张旗鼓地清理门户。终于以正头娘子和子贵妻荣的条件战胜了潘金莲。

罪案五：拜佛宣卷，别有用心。

吴月娘明白西门庆的为人处世，也自知在男欢女爱上不是潘金莲、李瓶儿的对手，甚至连玉楼也比不得，在月娘与西门庆的夫妻生活描述中实在没有什么让人动心的。西门庆夸赞女人的妩媚、多情、情趣绝没有吴月娘，他对吴月娘的夸赞是为家操劳，为西门庆的子嗣费尽心思，甚至自责错怪吴月娘，没有理解月娘对西门家族的一片赤诚等。而对月娘女性姿色暧昧的赞美几乎没有，什么销魂，什么戏娇姿，什么哥哥姐姐的亲热，甚至多姿多彩的性爱，西门庆与吴月娘都没有发生，至于私语、醉闹更与月娘无缘。所以，看起来月娘与西门的夫妻性爱只有责任和义务。

西门庆在潘金莲的挑唆下，从七月开始就与月娘冷战，到十一月底西门庆一直不急于和解，他正沉迷于李瓶儿的情爱。摆平蒋竹山，迎娶李瓶儿，发现包养的李桂姐与丁双桥火热，认识到粉头的水性杨花，有了挫败感和失落感。西门庆耍脾气可以冷落吴月娘，吴月娘又端长妻架势不肯低头，不像其他妾一样可以讨好西门庆。历来的正妻都不是性爱的对象，而只是伦理道德的标志和榜样，是恪守道德的范本，因而丈夫与正妻的爱欲描写必定是干瘪苍白的。丈夫与正妻的爱欲只是传宗接代的责任，男人为之感动的正是生儿育女，在这方面吴月娘的确是典范。所以，吴月娘打着为西门庆传宗接代的旗号可以挟制西门庆。西门庆对她无男欢女爱的兴趣怎么办？吴月娘采取的措施是焚香、拜佛、听经卷。所以，"写月娘，必写其好佛者"①。"原来吴月娘自从西门庆与他反目以来，每月吃斋三次，逢七拜斗焚香，保佑夫主早早回心。西门庆还不知。只见小玉放毕香桌儿，少顷，月娘整衣出来，向天井内满炉炷香，望空深深礼拜，祝曰：'妾身吴氏，作配西门，奈因夫主留恋烟花，中年无子。妾等妻妾六人，俱无所出，缺少坟前拜扫之人。妾夙夜忧心，恐无所托。是以发心，每夜于星月之下，祝赞三光，要祈佑儿夫早早回心，弃却繁华，齐心家事。不拘妾等六人之中，早见嗣息，以为终身之计，乃妾之素愿也。'正是：私出房栊夜气清，一庭香雾雪微明。拜天诉尽衷肠事，无限徘徊独自惺。这西门庆不听便罢，听

---

① 张竹坡：《批评第一奇书〈金瓶梅〉读法》（二六），载秦修容《会评会校本金瓶梅·附录》，中华书局，1998，第1499页。

了月娘这一篇言语，不觉满心惭愧，道：'原来一向我错恼了他，他一篇都是为我的心，还是正经夫妻。'忍不住从粉壁前挼步走来，抱住月娘。月娘不防是他大雪里来到，吓了一跳，就要推开往屋里走，被西门庆双关抱住，说道：'我的姐姐！我西门庆死也不晓的，你一片好心，都是为我的。一向错见了，丢冷了你的心，到今悔之晚矣！'（第二十一回，第297页）"

所以，吴月娘烧香拜佛是别有用心的。"妖尼昼夜宣卷，又其不闻妇道，以致无所法守也。"（张竹坡《金瓶梅》第一回之回评，第5页）月娘根本目的就是生子。这样她才能挟制西门庆，压倒其他女人，巩固家庭地位。"又月娘好佛，内便隐三个姑子，许多阴谋诡计，教唆他烧夜香，吃药安胎，无所不为。则写好佛，又写月娘之隐恶也，不可不知。"① 第五十回，写月娘为了怀孕生子，私自请老尼姑薛姑子、王姑子来家念经使符，"王姑子把整治的头男衣胞并薛姑子的药，悄悄递与月娘。薛姑子叫月娘：'拣个壬子日，用酒吃下，晚夕与官人同床一次，就是胎气。不可交一人知道。'"（第五十回，第670页）

不管吴月娘烧香拜佛是否灵验，但吴月娘真的怀孕了。在西门庆死时，墓生子孝哥儿出生，靠着子贵妻荣又加上是正妻的地位，吴月娘在金兵打到清河县时，她逃亡济南，路经永福寺度孝哥儿为僧。"后月娘归家，开了门户，家产器物都不曾疏失。后就把玳安改名做西门安，承受家业，人呼为西门小员外。养活月娘到老，寿年七十岁，善终而亡。此皆平日好善看经之报。"（第一百回，第1467页）得了个烧香信佛的好结局。第七十七回之回评说："月娘名月，而爱月亦名月，何也？盖言月缺复圆，花落复开，人死难活。"（第七十七回，第1124—1125页）

第三节　怎样理解"柔"与"奸"

小说中似乎没有把月娘当作主角。事实上，自始至终月娘掌握着西门庆和西门庆家的命运。金、瓶、梅等几败俱伤，月娘假装不争，坐山观虎斗，笑看红颜薄命。金莲被赶出西门府，丫头春梅被卖出，得一贵婿也未逃脱因色灭亡的可怕命运——吴月娘正妻不可战胜的道德塑像矗立起来。第八十四回之回评总结月娘说："故曰此书中月娘为第一恶人罪人，予生生世世不愿见此等男女也。然而其恶处，总是一个不知礼。夫不知礼，则其志气日趋于奸险阴毒矣，

---

① 张竹坡：《批评第一奇书〈金瓶梅〉读法》（二七），载秦修容《会评会校本金瓶梅·附录》，中华书局，1998，第1499页。

则其行为必不能防微杜渐，循规蹈矩矣。然则不知礼，岂妇人之罪也哉？西门不能齐家之罪也。总之，写金莲之恶，盖彰西门之恶；写月娘之无礼，盖西门之不读书也。纯是阳秋之笔。"（第八十四回，第1243页）崇祯本《金瓶梅》评吴月娘是"菩萨"，而张竹坡评其为"权诈不堪之人""第一恶人罪人""柔奸之人"。张竹坡对她一无好感，甚至是深恶痛绝。第十二回之回评说：吴月娘引进刘婆子、陈敬济，怂恿潘金莲等，"写尽无知愚妇坏尽天下事也"（第十二回，第165页）。第七十五回之回评说："谁谓月娘为贤妇人哉？我生生世世不愿见此人也……月娘怒金莲说桂姐事只我知道，又为干女儿护短儿，则月娘岂人类哉！"（第七十五回，第1064页）第八十回之回评说："写月娘烧瓶儿之灵，分其人而吞其财，将平素一段奸险隐忍之心，一齐发出，真是千古第一恶妇人。我生生世世不愿见此人者，盖以此也。"（第八十回，第1199页）这是在痛骂月娘。第八十九回之回评甚至说："故必幻化其子，方使月娘贪癖、刻癖、阴毒无耻之癖乃去也。"（第八十九回，第1307页）

如何理解张竹坡对月娘的评价？笔者以为月娘虽然有"柔"的一面，但有"奸"的一面。吴月娘嫉妒是奸，在心里不说出是柔。在心里说不出的嫉妒才是既柔又奸，才是绵花里藏着针。实际上，小说对月娘的描写有两点可以说明她奸诈：第一是她贪财。月娘的贪财好物显示着她管家大娘的地位，更预示了她的老谋深算。她已经预感到西门庆的命运，她明白西门庆死后的财产将归她支配，归她所有。所以，聚敛财富是她作为一个女人的性格体现，也透露出她的险恶用心。为此她才鼓励西门庆作恶多端，霸占他人妻子，掠夺他人财物。她与西门庆臭味相投，是一丘之貉。西门庆对财的收敛实际上是吴月娘怂恿所致。不然的话，一个正头娘子怎能容得下西门庆那样自如地调戏他人妻子，明目张胆地娶了四个妾。第二是她放纵西门庆作恶多端。吴月娘劝阻西门庆娶金莲、李瓶儿，劝阻西门庆通奸惠莲，只是劝阻而已。而事实是西门庆做哪一件恶事，她都没有真心制止，甚至怂恿西门庆作恶。陈敬济变坏也是由于她引狼入室，养虎为患。张竹坡对月娘的批判就是因为这两方面。

纵观吴月娘这一形象，她也应是被同情者之一。她是真正想和西门庆白头到老却没有得到过爱情的女人，这与她长妻地位和家庭职责有关。可她的地位也岌岌可危，潘金莲差点毁了她，李瓶儿直接威胁她的长妻地位。她虽然贪财，但也是为西门家聚敛。她想有自己的儿子，这也是人之常情。与潘金莲吵架，主要是因为金莲太嚣张，只得用小心眼去对付（仗自己怀孕，不然西门庆也不会向着自己）。在西门府兴盛时期，她一直扮演了息事宁人的角色，一直隐忍着，真是老谋深算的一个女人。

第十章

西门府里的陪衬妻妾

《批评第一奇书〈金瓶梅〉读法〔一八〕》说："李娇儿、孙雪娥，要此二人何哉？写一李娇儿，见其未遇金莲、瓶儿时，早已嘲风弄月，迎奸卖俏，许多不屑事，种种可杀。是写金莲、瓶儿，乃实写西门之恶；写李娇儿，又虚写西门之恶。写出来的既已如此，其未写出来的时，又不知何许恶端不可问之事于从前也。作者何其深恶西门之如是。至孙雪娥，出身微贱，分不过通房，何其必劳一番笔墨写之哉？此又作者菩萨心也。夫以西门之恶，不写其妻作倡，何以报恶人？"① 又说："娇儿是死人，雪娥是蠢人。"② 可见，李娇儿、孙雪娥、孟玉楼等西门庆的妾，就是西门庆"柴米夫妻"，她们在西门府里只是些衬托的角色。西门庆在世时也没有什么出色表现，其形象作用只是彰显西门庆之恶，报应西门庆之果，突出西门庆性格。在小说里起到的是主要人物形象塑造的铺垫作用或对比功能，在篇章结构中起到的是穿针引线或前后照应的作用。她们的人物形象描写和性格刻画，可以简单地概括。

第一节　李娇儿：悄无声息的家庭配角

西门庆娶李娇儿，为的是色中之财。李娇儿在小说中她无声无息，偶尔出点动静，也为结局助力，故为"死人"③。西门庆纳娶金莲时介绍了李娇儿，曰："第二个李娇儿，乃院中唱的，生的肌肤丰肥，身体沉重，虽数名妓者之称，而风月多不及金莲也。"（第九回，第133—134页）

描写西门庆与她过夜极少，受此冷遇者只有她和孙雪娥。她是家庭生活的

① 秦修容：《会评会校本金瓶梅·附录》，中华书局，1998，第1495页。
② 秦修容：《会评会校本金瓶梅·附录》，中华书局，1998，第1500页。
③ 张竹坡《批评第一奇书〈金瓶梅〉读法〔三三〕》，秦修容《会评会校本金瓶梅》，中华书局，1998，第1500页。

配角，夫妻生活的旁观者。平时，她不与别人争高低，心中大概早就定下逃跑的计划。西门庆死之前，李娇儿几乎默默无闻，仅仅是西门庆府里集体生活的参与者，是登台表演又无台词的跑龙套角色。西门庆死后，月娘哭得死去活来，独她与金莲不哭，站干岸，看热闹。西门庆一死，她便开始偷窃财物，暗中准备逃走。第七十九回说："原来李娇儿赶月娘昏沉，房内无人，箱子开着，暗暗拿了五定元宝，往他屋里去了。手中拿将一搭纸，见了玉楼，只说：'寻不见草纸，我往屋里取草纸去来。'"（第七十九回，第1192页）

　　原来出殡之时，李桂卿、桂姐在山头，悄悄对李娇儿如此这般："妈说，你摸量你手中没甚么细软东西，不消只顾在他家了。你又没儿女，守甚么？教你一场嚷乱，登开了罢。昨日应二哥来说，如今大街坊张二官府，要破五百两金银，娶你做二房娘子，当家理纪。你那里便图出身，你在这里守到老死，也不怎么。你我院中人家，弃旧迎新为本，趋炎附势为强，不可错过了时光。"这李娇儿听记在心，过了西门庆五七之后，因风吹火，用力不多。不想潘金莲对孙雪娥说，出殡那日，在坟上看见李娇儿与吴二舅在花园小房内，两个说话来。春梅孝堂中又亲眼看见李娇儿帐子后递了一包东西与李铭，塞在腰里，转了家去。嚷的月娘知道，把吴二舅骂了一顿，赶到铺子里做买卖，再不许进后边来。吩咐门上平安，不许李铭来往。这花娘恼羞变成怒，正寻不着这个由头哩。一日，因月娘在上房和吴大妗子吃茶，请孟玉楼，不请他，就恼了，与月娘两个大闹大嚷，拍着西门庆灵床子，啼啼哭哭，叫叫嚷嚷，到半夜三更，在房中要行上吊。丫头来报与月娘。月娘慌了，与大妗子计议，请将李家虔婆来，可打发他归院。虔婆生怕留下他衣服头面，说了几句言语："我家人在你这里做小伏低，顶缸受气，好容易就开交了罢！须得几十两遮羞钱。"吴大舅居着官，又不敢张主，相讲了半日，叫月娘把他房中衣服、首饰、箱笼、床帐、家活尽与他，打发出门。只不与他元宵、绣春两个丫头去，李娇儿生死要这两个丫头。月娘生死不与他，说道："你倒好买良为娼。"一句慌了鸨子，就不敢开言，变做笑吟吟脸儿，拜辞了月娘，李娇儿坐轿子，抬的往家去了。（第八十回，第1206—1207页）

作者接着评说道，"看官听说：院中唱的，以卖俏为活计，将脂粉作生涯；早晨张风流，晚夕李浪子；门前迎老子，后门接儿子；弃旧恋新，见钱眼开，自然之理。饶君千般贴恋，万种牢笼，还锁不住他心猿意马，不是活时偷食抹嘴，就是死后嚷闹离门，不拘儿时还吃旧锅粥去了。正是：蛇入筒中曲性在，鸟出笼轻便飞腾。有诗为证：堪笑烟花不长久，洞房夜夜换新郎。两只玉腕千人枕，一点朱唇万客尝。造就百般娇艳态，生成一片假心肠。饶君总有牢笼计，难保临时思故乡。"(第八十回，第1207页)

李铭帮忙偷传赃物，桂卿、桂姐传递老鸨的密意。李娇儿便借个"由头儿"归了丽春院。烟花路上来的人，本身花花肠子就多，什么样的男人没见过，得陇望蜀在所难免。对她们来说，一天没有男人就觉得无聊，生命就算虚度了。她们的人生价值，一是为了金钱，一是为了欲望的实现。西门庆死后，既没有更多的钱，也绝对没有了名正言顺的男人，要满足这两个愿望必须再另寻新欢。李娇儿就像寻找食物的苍蝇一样，闻到腐烂的臭味就会奋不顾身地飞去。当食物吃尽时，又会另寻新的腐烂，直到生命的结束。

李娇儿盗财归丽春院后，由应伯爵介绍迫不及待地嫁与张二官做二房妾，实现了她的人生追求。

第二节　孙雪娥：粗俗任性的厨娘

孙雪娥是西门庆原配陈氏的陪房，"约二十年纪，五短身材，轻盈体态，有颜色"。"能造五鲜汤水，善舞翠盘之妙"(第十回，第133页)。她地位最低，受气最多，不敢造次，常被人骂得狗血喷头。她出身娼妓，娶到西门庆府里是厨房火头。她一路备受冷落，仅是西门庆妻妾成群的普通一员，西门庆并不视雪娥为妻室。雪娥本性粗俗不堪，又常常忘了自己的地位，"一朝得好脸，便把头来上"，是真正的"蠢人"①。终因张胜、陈敬济原因，结束了孙雪娥悲惨一生——上吊身亡。

孙雪娥受尽了潘金莲和庞春梅的气，同时她也是个不看眼色、不知好歹的傻婆娘。潘金莲一进西门府就得到西门庆的宠爱，她与庞春梅一拍即合，共同承恩受宠，潘金莲恃宠生娇，借机给西门府一个下马威。一日，潘金莲刚刚与西门庆起床，金莲和春梅借西门庆吃荷花饼、银丝蚱鲝汤，寻衅闹事，孙雪娥全然不看火候，对顶着西门庆新宠的丫头春梅破口大骂："怪小淫妇儿！'马回

---

① 张竹坡《批评第一奇书〈金瓶梅〉读法［三三］》，秦修容《会评会校本金瓶梅》，中华书局，1998，第1500页。

子拜节——来到的就是'。锅儿是铁打的，也等慢慢儿的来。预备下熬的粥儿，又不吃，忽刺八新兴出来要烙饼做汤，那个是肚里蛔虫?"（第十一回，第156页）庞春梅回到金莲房里一告状，西门庆出来踢了孙雪娥两次才算了结。她向吴月娘诉说，又被潘金莲偷听，告知西门庆大闹一场，又让西门庆又一顿毒打雪娥，并永远不得翻身。从此，身居冷室，劳作于厨房，备受欺凌，别人的喜怒哀乐似乎与她无关了。

西门庆很少与孙雪娥接触，虽说是正经的第三妾，其地位远远不如潘金莲和李瓶儿，比孟玉楼还要低三分，甚至赶不上真丫鬟似妻妾的庞春梅。在被欺凌冷落的前提下，孙雪娥与来旺通奸，并策划逃跑。来旺后来再到清河，已是妻死家散，与雪娥一叙旧情便准备出走。雪娥本打算与来旺逃出过那平平淡淡的生活，结果是这基本的愿望也化为泡影。离开了西门庆的狼窝，又进了春梅的虎口。

来旺与雪娥出走，事发，被押解到官府，当场变卖。不是冤家不聚头，春梅得知后，被周守备府买来，孙雪娥落入春梅的虎口："那雪娥见是春梅，不免低身进见，往上倒身下拜，磕了四个头。这春梅把眼瞪一瞪，唤将当直的家人媳妇上来：'与我把这贱人撮去了鬏髻，剥了上盖衣裳，打入厨下，与我烧火做饭!'这雪娥听了，暗暗叫苦。"（第九十回，第1329页）

后来，春梅得知敬济到晏公庙做道士，因包娼被押解到守备府，春梅谎称是其表弟，救了他。而此事知其根底的人却是孙雪娥，雪娥自然成了春梅的"眼中钉""眼前疮"，为了敬济这块"心头肉"，庞春梅装病千般折磨雪娥，做饭稠了嫌稠，稀了嫌稀，又借鸡尖汤为由把雪娥打了个皮开肉绽。最后将孙雪娥卖入娼门。薛嫂将她领出周府，邻居张妈妈把她介绍给一个山东"卖棉花的客人"潘五，情形是：

> 那人娶雪娥到张妈家，止过得一夜，到第二日五更时分，谢了张妈妈，作别上了车，径到临清去了。此是六月天气，日子长，到马头上日西时分。到于酒家店那里，有百十间房子，都下着各处远方来的窠子衙衙唱的。这雪娥一领入一个门户，半间房子，里面炕上坐着个五六十岁的婆子，还有个十七八顶老丫头，打着盘头揸髻，抹着铅粉红唇，穿着一弄儿软绢衣服，在炕边上弹弄琵琶。这雪娥看见，只叫得苦，才知道那汉子潘五是个水客，买她来做粉头，起了她个名儿叫玉儿。这小妮子名唤金儿，每日拿厢锣儿，出去酒楼上接客供唱，做这道路营生。这潘五进门不问长短，把雪娥先打了一顿，睡了两日，

只与她两碗饭吃。教他学乐器弹唱，学不会又打，打得身上青红遍了。引上道儿，方与他好衣裳，妆点打扮，门前站立，倚门献笑，眉目嘲人。(第九十四回，第1382—1383页)

后来在酒店里遇到了周守备府的张胜，一见钟情，张胜每月给潘五几两银子，包占了孙雪娥。但张胜愤杀陈敬济，被周守备喝令打死。雪娥怕受牵连"走到房中，自缢身死"(第九十九回，第1444页)。结束了她倒霉悲惨的一生。

综观雪娥的一生，她本是命贱的丫头，一直跟随西门庆的原配妻子陈氏，陈氏过世后，恐怕也无人要她做丫头，才被西门庆纳为第三房妾，说是第三，但随着玉楼、金莲、瓶儿等人入住西门府，她的地位仅是厨房的班头，实是下人奴才角色，干着仆人的活，受的是丫头的气。孙雪娥的一生真是十分的悲惨，可她又往往不知天高地厚，一旦西门庆给个好脸色，她就洋洋得意，足见其轻浮浅薄。孙雪娥是那个时代人口买卖制度的牺牲品，又是自己性格悲剧的承受者。假如她似玉楼一样的老练、持重、和善，等待时机，也许有一个较好的结局。

第三节　孟玉楼：冷眼旁观的和事佬

张竹坡《批评第一奇书〈金瓶梅〉读法［一六］》认为："玉楼虽写，则全以高才被屈，满肚牢骚，故又另出一机轴写之，然则以不得不写。"① 可见，玉楼并不是主要人物形象，而是不得不写的陪衬人物。写玉楼的作用，一是为西门庆发迹变泰铺垫，是财中之色，积淀西门庆财色之欲；二是间隔于西门偷娶金莲之前加一塞子，缓冲金莲入西门府，使小说叙事情节起伏跌宕、变幻多姿。孟玉楼是个比较雅致又持重的女性形象，是西门府和事佬，是西门府兴衰荣辱的见证者。

美丽而老成——"观玉楼之风韵嫣然，实是第一美人，而西门乃独于一滥觞之金莲厚。"② 西门庆相看玉楼时，"西门庆睁眼观那妇人，但见：月画烟描，粉妆玉琢。俊庞儿不肥不瘦，俏身材难减难增。素额逗几点微麻，天然美丽；

① 秦修容：《会评会校本金瓶梅·附录》，中华书局，1998，第1495页。
② 张竹坡：《批评第一奇书〈金瓶梅〉读法》（二九），秦修容《会评会校本金瓶梅·附录》，中华书局，1998，第1500页。

缃裙露一双小脚，周正堪怜。行过处花香细生，坐下时淹然百媚……薛嫂见妇人立起身，就趁空儿轻轻用手掀起妇人裙子来，正露出一对刚三寸、恰半叉、尖尖趫趫金莲脚来，穿着双大红遍地金云头白绫高低鞋儿。西门庆看了，满心欢喜。"（第七回，第111页）

孟玉楼不关己事不开口，一问摇头三不知。西门府里大事她了如指掌，可算是《金瓶梅》中的薛宝钗。难怪张竹坡认为，孟玉楼是作者兰陵笑笑生化身。作者借《金瓶梅》以发泄自己的愤怒，即以书泄愤。玉楼赠给西门庆的玉簪镂刻为"玉楼人醉杏花天"，玉楼乃"幸"人。《金瓶梅》第一百回之回评曰："杏者，幸也。幸我道全德立，且苟全性命于乱世之中也。以视奸淫世界，吾且日容与于奸夫淫妇之旁，'尔焉能浼我哉？'吁！此作者之深意也。谁谓《金瓶》一书不可作理书观哉！吾故曰：玉楼者，作者以之自喻者也。"（第一百回，第1449—1450页）

第七回薛嫂对西门庆介绍玉楼说："这位娘子，说起来你老人家也知道，就是南门外贩布杨家的正头娘子。手里有一分好钱。南京拔步床也有两张。四季衣服，插不下手去，也有四五只箱子。金镯银钏不消说，手把现银子也有上千两。好三梭布也有三二百筒。不料他男子汉去贩布，死在外边。他守寡了一年多，身边又没子女，止有一个小叔儿，才十岁。青春年少，守他什么！（这里似乎有夫死续叔的习俗）他家有一个嫡亲姑娘，要主张着他嫁人。这娘子今年不上二十五六岁，生的长挑身材，一表人物。打扮起来，就是个灯人儿。风流俊俏，百伶百俐。当家立纪，针织女工，双陆棋子，不消说。不瞒大官人说，他娘家姓孟，排行三姐，就住在臭水巷。又会弹了一手好月琴。大官人若见了，管情一箭就上垛。"（第七回，第107页）西门庆一见玉楼，果真一流风姿："月画烟描，粉妆玉琢。俊庞儿不肥不瘦，俏身材难减难增。素额逗几点微麻，天然美丽；湘裙露一双小脚，周正堪怜。行过处花香细生，坐下时淹然百媚。"（第七回，第111页）第九十一回说李衙内自从清明节看上孟玉楼："衙内有心，爱孟玉楼生的长挑身材，瓜子面皮，模样风流俊俏，原来衙内丧偶，鳏居已久，一向着媒妇各处求亲，都不遂意。"（第九十一回，第1332页）张四舅劝孟玉楼不嫁西门庆，而嫁尚举人。原因是嫌西门庆是泼皮，其根本原因是怕外甥的遗财流失。劝曰："娘子不该接西门庆插定，还依我嫁尚举人的是。他是诗礼人家，又有庄田地土，颇过的日子，强如嫁西门庆。那厮积年把持官府，刁徒泼皮。他家现有正头娘子，乃是吴千户的女儿。你过去做大是，做小是？况他房里又有三四个老婆，除没上头的丫头不算。你到他家，人多口多，还有的惹气哩！"玉楼却说："自古船多不碍路。若他家有大娘子，我情愿让他做姐姐。虽然房里人多，只要丈夫做主，若是丈夫欢喜，多亦何妨；丈夫若不欢喜，便只奴一个，也难过日子。况且富贵人家，哪家没有四五个？你老人家不消多虑。奴过去自有个道理，料不妨事。"（第七回，第113页）

张四舅话里有理，句句实情，但他的目的是维护他外甥的家庭利益，也隐隐约约显露出他的贪财心理。孟玉楼所追求的除摆脱寡妇的孤独与凄凉，还有为了满足自己欲望需求。入西门庆家后，与西门庆也曾如胶似漆。后来，金莲、瓶儿入港，她就被"打到揣字号听题去了"。但孟玉楼与金莲情投意合，交往甚密，简直形影不离。足见她惯于看风使舵，老成持重。

阴险又狡诈——孟玉楼也干尽了借刀杀人的勾当。宋惠莲、李瓶儿的死都与她的挑拨有直接关系，可以说是杀人不见血。她善于偷听别人的私房话，然后与金莲狼狈为奸，鼓励金莲去害人，一面烧火，一面泼水。表面是君子，背后是毒蝎，是典型的两面人。

小说第二十六回，写西门庆本来不想害宋惠莲的丈夫来旺儿，可听了金莲的挑唆后又变了卦，想置来旺儿于死地，以六包假银子为诱饵使来旺儿上当受骗，被当作盗贼押在监。西门庆却把事情干得密不透风，谁也不把真实情况告知宋惠莲，宋惠莲一直蒙在鼓里。来旺儿受苦受难最厉害的时候，也是西门庆奸淫和踩蹭宋惠莲最放荡的时候。就在这生命的欺骗中，宋惠莲把精神和灵魂都出卖了。宋惠莲被西门庆哄骗得又张致起来。孟玉楼把知道的这一切，都转来告诉潘金莲，说西门庆怎的要放来旺儿出来，另替他娶一个；怎的要买对门乔家房子，把媳妇子吊到那里去，与他三间房住，买个丫头伏侍他；怎的与他编银丝鬏髻，打头面。一五一十说了一遍："就和你我辈一般，甚么张致？大姐姐也就不管管儿！"不听还好，一听此话，恨得潘金莲说："真个由他，我就不信了！今日与你说的话，我若教奴才淫妇与西门庆放了第七个老婆——我不喇嘴说——就把'潘'字倒过来。"玉楼道："汉子没正经的，大姐姐又不管，咱每能走不能飞，到的那些儿？"金莲道："你也忒产长俊，要这命做甚？活一百岁杀肉吃！他若不依，我拼着这命，撺兑在他手里，也不差甚么。"玉楼笑道："我是小胆儿，不敢惹他，看你有本事与他缠。"（第二十六回，第365—366页）于是潘金莲下了决心把惠莲害死，这差点要了来旺儿的命，而惠莲就必死无疑了。在玉楼的心中暗藏杀机，她观望行事，煽风点火，把金莲当枪使。借刀杀人的勾当比比皆是。

第二十九回写潘金莲、李瓶儿、孟玉楼三人一处纳鞋底，提到鞋子，孟玉楼就借风吹火，把来昭媳妇一丈青骂金莲及吴月娘生气的事全部说出来，以陷害一丈青、激化金莲同月娘的矛盾，讨好潘金莲。她说："又说鞋哩，这个也不是舌头，李大姐在这里听着。昨日因你不见了这只鞋，他爹打了小铁棍儿一顿，说把他打得躺在地下，死了半日。惹得一丈青好不在后边海骂，骂那个淫妇忘八羔子学舌，打了他怎一顿，早是活了，若死了，淫妇、忘八羔子也不得清洁！俺再不知骂的是谁。落后小铁棍儿进来，大姐姐问他：'你爹为什么打你？'小厮才说：'因在花园里耍子，拾了一只鞋，问姑夫换圈儿来，不知什么人，对俺爹说了，教爹打我一顿。我如今寻姑夫，问他要圈儿去也。'说毕，一直往前跑了。原来骂的忘八羔子是陈姐夫。早是只李娇儿在旁坐着，大姐没在跟前；若听见时又是一场儿。"这里先把一丈青告到金莲耳里，来昭与一丈青肯定遭殃了。金莲问："大姐姐没说甚么？"玉楼道："你还说哩，大姐姐好不说你哩！说：'如今这一家子乱世为王，九条尾狐狸精出世了，把昏君祸乱的贬子休妻，想着去了的来旺小厮，好好的从南边来了，东一帐西一帐，说他老婆养着主子，又说他怎的拿刀弄杖，生生儿祸弄的打发他出去了，把个媳妇又逼的吊死了。如今为一只鞋子，又这等惊天动地反乱。你的鞋好好穿在脚上，怎的教小厮拾了？想必吃醉了，在花园里和汉子不知怎的伤成一块，才吊了鞋。如今没的遮羞，拿小厮顶缸，又不曾为什么大事。'"这一舌头又惹得金莲大骂一场，咬牙切齿地说："左右是我挑唆汉子也罢，若不教他把奴才老婆、汉子一条棍撺的离门离户也不算！恒数人挟不到我井里头！"玉楼见金莲真的恼了，怕连累自己，又劝他说："六姐，你我姐妹都是一个人，我听见的话儿，有个不对你说？说了，只放在你心里，休要使出来。"（第二十九回，第401—403页）

金莲不依玉楼，到晚间一五一十告诉西门庆，这西门庆不听便罢，听了记在心里，到次日，要撺来昭三口子出门。多亏月娘再三拦劝下，不容他在家，打发他往狮子街房子里看，替了平安儿来家守大门。这一舌头，赶走了来昭儿一家，激化了金莲和月娘的矛盾，玉楼自己又当了好人，巴结了金莲，简直是一石三鸟。其恶毒的心理可见一斑，狼子野心也暴露无遗。第四十六回说，乡里来了一个卜龟儿的老婆子，给她占了一卦，说出了她的性情，"为人温柔和气，好个性儿。你恼那个人也不知，喜欢那个人也不知，显不出来。"（第四十六回，第620页）可见，孟玉楼的性情就是老奸巨猾，而笑笑生和张竹坡都对玉楼持赞美态度。

西门庆死后，因清明节众寡妇上坟看杂耍，被李知县的公子李衙内看中（第八十九回．第九十回），李衙内派官媒婆陶妈妈说合，称玉楼与衙内心中有意。"那日郊外，孟玉楼看见衙内生的一表人物，风流博浪，两家年甲多相仿佛，又会走马拈弓弄箭，彼此两情四目都有意，已在不言之表。但未知有妻子无妻子，口中不言，心内暗度：'男子汉已死，奴身边又无所出。虽故大娘有孩儿，到明日，长大了，各肉儿各疼。闪的我树倒无阴，竹篮儿打水。'又见月娘自有了孝哥儿，心肠改变，不似常时。'我不如往前一步，寻上个叶落归根之处，还只顾傻傻的守些什么？到没的但搁了奴的青春年少。'正在思慕之间，不想月娘进来说此话，正是清明郊外看见的那个人，心中又是欢喜，又是羞愧，口里虽说：'大娘，休听人胡说，奴并没此话。'不觉把脸来飞红了。"（第九十一回，第1333页）陶妈妈编一番天花乱坠媒人话语，说得月娘"月里嫦娥寻配偶，巫山神女嫁襄王"（第九十一回，第1335页）。又与薛嫂儿询问算命先生，说玉楼四十一岁尚有子嗣送终，一生好造化，富贵荣华。她们私自将玉楼婚贴上年龄改为三十四岁，以"妻大两，黄金丈；妻大三，黄金山"欺男骗女，以求合婚。李衙内喜不自胜，择定四月八日行礼，十五日娶妇人过门（第九十一回）。做了李衙内的正头娘子，当家理纪。只剩下月娘守寡正大，街坊邻居议论纷纷，说："西门庆家小老婆，如今也嫁人了。当初这厮在日，专一违天害理，贪财好色，奸骗人家妻女。如今死了，老婆带的东西，嫁人的嫁人，拐带的拐带，养汉的养汉，做贼的做贼，都野鸡毛零拷了。常言三十年远报，而今眼下就报了。"（第九十一回，第1338—1339页）原来李衙内的丫头玉簪儿与玉楼争风吃醋，被李衙内痛打一顿，领出卖掉了。后来敬济的捣乱，使李衙内对玉楼更情切意坚，两人回到老家枣强县，幸福终生。所以《批评第一奇书〈金瓶梅〉读法［二八］》说："内中独写玉楼有结果，何也？盖劝瓶儿、金莲二妇也。言不幸所天不寿，自己虽不能守，亦且静处金闺，令媒妁说合事成，虽不免扇坟之消，然犹是孀妇常情。及嫁，而纨扇多悲，亦须宽心忍耐，安于数命。此玉楼俏心肠，高诸妇一着。春梅一味托大，玉楼一味胆小，故后日成就，春梅必竟有失身受嗜欲之危，而玉楼则一劳永逸也。"[1] 通过对孟玉楼幸运的描写，可见西门是贪其财而忘其色，至死不知一大美人的可贵之处。张竹坡《批评第一奇书〈金瓶梅〉读法［二九］》说："玉楼不为敬济所动，固是心焉李氏，而李公子宁死不舍。天下有宁死不舍之情，非知己之情也哉？可必其无《白头吟》也。观玉楼之风韵嫣然，实是第一美人，而西门乃独于一滥觞之金莲厚。故写一玉楼，明明说西门为市井之徒，知好淫，而且不知好色也。"[2] 张竹坡《批评第一奇书〈金瓶梅〉读法［三〇］》也说："故知作者特特写此一位美人，为西门不知风雅定案也。"[3] 张竹坡《批评第一奇书〈金瓶梅〉读法［三一］》："独玉楼自始至终无一褒贬。"[4]

[1] 秦修容：《会评会校本金瓶梅·附录》，中华书局，1998，第1500页。
[2] 秦修容：《会评会校本金瓶梅·附录》，中华书局，1998，第1500页。
[3] 秦修容：《会评会校本金瓶梅·附录》，中华书局，1998，第1500页。
[4] 秦修容：《会评会校本金瓶梅·附录》，中华书局，1998，第1500页。

第十一章

西门庆媾合的淫妇

这是一组普通市民形象，是一群卖身求荣的下层妇女。她们的基本性格是贪婪、自私、愚蠢、无耻，同时她们的性格又各具特色，反映了当时社会风土人情，在小说的人物形象塑造中起到深化、鲜明的衬托作用。在小说结构上也起到牵线搭桥的作用。

第一节　宋惠莲：赔了性命又折夫的荡妇

宋惠莲是使女出身的奴仆，是西门府下人来旺的妻子。她本来是一个心灵手巧又勤劳能干的女人，是一个富于性情的女奴。她会做针指，厨艺精湛，第二十三回写制作猪头肉的厨艺：孟玉楼、潘金莲、李瓶儿三人下棋，赌注色五钱银子。李瓶儿输五钱，于是叫小厮儿来兴儿买了金华酒和一个猪首连四只蹄子。送到厨房里，宋惠莲"走到大厨灶里，舀了一锅水，把那猪首、蹄子剃刷干净，只用的一根长柴禾安在灶内，用一大碗油酱，并茴香大料，拌的停当，上下锡古子扣定。那消一个时辰，把个猪头烧的皮脱肉化，香喷喷五味俱全。将大冰盘盛了，连姜蒜碟儿，用方盒拿到前边李瓶儿房里"（第二十三回，第325页）。宋惠莲用一根柴禾就可把猪头烧得脱了骨，足见其厨艺精湛。但她毕竟是一个为蝇头小利而忘乎所以的下层奴才。书中主要从两个方面描写了宋惠莲的形象特点。

第一，宋惠莲轻薄癫狂，是个得点颜色就开染坊的主儿，是来旺儿的无形杀手，利欲熏心又真情展露的女性。

玉箫是宋惠莲和西门庆的牵线人，在她的牵线搭桥之下，西门庆与宋惠莲终于在山子洞里会面，勾搭成奸，玉箫为他们望风。不巧的是偏偏被金莲发现，金莲在洞子外面偷听了西门庆与宋惠莲的密语，正好又是宋惠莲诽谤潘金莲的话。玉箫为西门庆传情，小恩小惠就把惠莲勾上了，虽然内心胆怯，经过玉箫的说合放哨，也就大胆妄为了。"惠莲自从和西门庆私通之后，背地不算与他衣服、汗巾、首饰、香茶之类，只银子成两家带在身边，在门首买花翠胭粉，渐渐显露，打扮的比往日不同。西门庆又对月娘说他做的好汤水，不教他上大灶，只教他和玉箫两个，在月娘房里后边小灶上，专顿茶水，整理菜蔬，打发月娘房里吃饭，与月娘做针指。"（第二十二回，第 317 页）而宋惠莲自此又得意忘形起来，从此便陶醉于西门庆的抬举，"越发在人前花哨起来，常和众人打牙犯嘴，全无忌惮"（第二十三回，第 331 页），作死一样地张扬。

第二十四回写正月十五闹元宵，宋惠莲陪玉楼、金莲、李瓶儿、敬济及一群丫头小厮去街上赏灯，她依仗自己抓到了敬济与金莲的私情，又与陈敬济打情骂俏，戏弄调笑，与潘金莲争风吃醋。回到家里，张狂到不听使唤，西门庆唤茶，她推给上灶的来保媳妇惠祥，被惠祥痛骂了一顿。她凭着与西门庆勾搭毫不服软，把家中大都不放在眼里。张竹坡说："总写淫妇人得志颠狂之态，则世所谓作死者也。"（第二十三回，第 333 页）可以看出，宋惠莲真是在为自己挖掘坟墓，她也知道自己的一切行动都被潘金莲了如指掌，其悲剧的命运是不可能避免了。

第二，宋惠莲的悲剧人生。她的命运与潘金莲相似，出身市民，家境贫寒，屡次被买卖。最终被西门庆玩弄致死，命运坎坷凄惨。宋惠莲的几个男人都是真正的男儿，并不像金莲一样被大户嫁给了一个无能的大郎，她享受了人间的情爱温馨，得到了性欲的真正满足。可是她为了淫欲，不管三纲五常，抛弃伦理道德。正因如此，她才遭他人暗算，悲情自杀。

而宋惠莲与西门庆的勾结，不仅仅为了实现那压抑的人性渴望，更重要的是为满足她虚荣欲望。虽然后来她表现出了与来旺的夫妻情怀，为救来旺也哭哭啼啼，最终被夫妻的情怀战胜了自己的情欲，自杀身亡。第二十六回，张竹坡回评说："此回收拾惠莲，令其风驰电卷而去也。夫费如此笔墨，花开豆爆出来，却又令其风驰电卷而去，则不如勿写之为愈也。"张竹坡认为作者写惠莲是为了衬托金莲的手段，"本意止谓要写金莲之恶，要写金莲之妒瓶儿，却恐笔势迫促，便间架不宽厂，文法不尽致，不能成此一部大书，故于此先写一惠莲，为金莲预彰其恶，小试其道，以为瓶儿前车也。"（第二十六回，第 358 页）当时的社会生活也的确如此，一夫多妻的婚姻制度把金莲培养成嫉妒的机器。而重男轻女，视女人为男人玩物为附属品的伦理道德，又使惠莲成了西门庆发泄兽性的猎物。把她推到了金莲的眼下，成为争风吃醋的牺牲品。

孙雪娥把惠莲与西门庆私通之事密告来旺儿，来旺儿喝了几杯酒又发酒疯，大喊要杀西门庆和潘金莲，声称"白刀子进去，红刀子出来。好不好把潘家那淫妇也杀了"（第二十五回，第352页）。来旺儿只知路上说话，不知草里有人。当西门庆听说来旺儿骂他的时候，来找孙雪娥对证，惠莲没有完全忘记夫妻之情，极力为来旺儿掩饰说："啊呀，爹！你老人家没的说，他可是没有这个话。我就替他赌了大誓。他酒便吃两种，敢恁七个头八个胆，背地里骂爹？又吃纣王水土，又说纣王无道，他靠那里过日子？爹你不要听人言语。我且问爹，听见谁说这个话来？"（第二十五回，第356页）

这段文字，足见宋惠莲的机智聪慧和能言善辩，可里面也有两句讽刺了西门庆，"又吃纣王水土，又说纣王无道"看起来是奉承西门庆，可纣王是历史上著名的暴君，无人不知。惠莲偏偏以他为例，说明西门庆是施舍恩惠给她和来旺的人。将西门庆比为商纣王，可能是那时人人熟知的谚语，可用在这里不乏嘲讽之意。然后，惠莲给西门庆出了个主意，"与他（来旺）几两银子本钱，教他信信脱脱，远离他乡做买卖去"。这样一来为她与西门庆苟合腾出机会，二来也救来旺一命，她知道西门庆不会放过来旺。可潘金莲却早已把她视为眼中钉、肉中刺，金莲教唆西门庆为了永久得到宋惠莲，要先把来旺斩掉，说："剪草不除根，萌芽依旧生；剪草若除根，萌芽再不生。"（第二十五回，第357页）本来让来旺儿去东京的，听了金莲的话也不让他去了，而是给他三百两银子，让他做买卖。偏偏在来旺醉睡的时候，听说惠莲又去与西门庆到花园里厮混，来旺儿怒火中烧，闯入后花园，他不知道是陷阱。被西门庆布下的天罗地网抓到大庭上，惠莲听说后来到大庭，她知道是西门庆的陷阱，说来旺儿"只当暗中了人的拖刀之计"。（第二十六回，第362页）三百两银子也成了锡铅锭子。西门庆发令明日送到衙门，宋惠莲再三求告也无济于事，来旺还是被押解到提刑院，打了个皮开肉绽。

这件事连月娘也十分明白，她告诉玉楼说："如今屋里乱世为王，九尾狐狸精出世，不知听信了甚么人言语，平白把小厮弄出去了。你就赖他做贼，万物也要个着实才好，拿纸棺材糊人，成个道理？恁没道理，昏君行货！"（第二十六回，第363页）月娘骂了两个人：潘金莲和西门庆。惠莲又对月娘哀告，还是不起作用。难道宋惠莲就不明白，金莲是以牺牲武大郎来换取西门庆的欢心的，李瓶儿是用蒋竹山换来的宠爱，这是西门庆惯用的伎俩。惠莲自从拿了来旺去后，头也不梳，脸也不洗，黄着脸儿，裙腰不整，倒靸了鞋，只是关闭房门哭泣，茶饭不吃（第二十六回，第364页）。

西门庆让全家人口径一致，欺骗宋惠莲，使惠莲重整旗鼓再去献颜西门庆，亲达达声声叫，以换取对来旺开恩，活他一条命。宋惠莲与金莲、李瓶儿不同，她只图西门庆的金银，并不死心踏地地归顺西门庆，更没有对来旺儿下毒手的想法。这是惠莲的真正死因，后来金莲正是利用了惠莲不肯舍弃来旺儿的心理，利用她对爱情觉醒的心理机制，把她一步一步推向绝路。可恨的是惠莲一旦得了西门庆的欺骗和小便宜，便又忘乎所以，未免又对丫环媳妇词色之间轻露。孟玉楼也不是善良的妇人，她得知此事，立即告诉了金莲，金莲下决心要害死惠莲。说："我若教贼奴才淫妇与西门庆放了第七个老婆——我不喇嘴说——把'潘'字倒过来。"（第二十六回，第365页）玉楼扇风吹火，鼓励金莲谋害惠莲，惠莲就必死无疑了。结果灭绝人性的西门庆，本来想置来旺于死地，幸亏遇到好心人，还是将来旺儿递解徐州。来旺儿临走的时候，来到西门庆的家门，想讨媳妇的箱笼，被西门庆放出几个小厮，一顿棍子打出来。这一切宋惠莲一点不知，来旺已递解徐州，而宋惠莲还被西门庆蒙在鼓里，天天盼着来旺儿放出来。西门庆也是天天打发人送饭，其实一出门就被小厮们吃光。

后来，宋惠莲听铖安说出了事情的原委。于是，惠莲以自杀来表示反抗与绝望。第一次被人解救下来时，她破口大骂西门庆："爹，你好人儿！你瞒着我干的好勾当！还说甚么孩子不孩子，你原来就是个弄人的剑子手！把人活埋惯了。害死人，还看出殡的！你成日间只哄着我，今日也说放出来，明日也说放出来，只当端的好出来。你如递解他，也和我说声儿。暗暗不透风，就解发远远的去了。你也要合凭个天理！你就信着人，干下这等绝户计！把圈套儿做的成成的，你还瞒着我。你就打发，两个人都打发了，如何留下我做甚么？"（第二十六回，第369页）

潘金莲又对西门庆说："贼淫妇他一心只想着他汉子，千也说'一日夫妻百日恩'，万也说'相随百步也有个徘徊意'。这等'贞节'的妇人，却拿甚么拴的住他心！"（第二十六回，第371页）西门庆并没有完全相信金莲的话，而是为宋惠莲进行辩护。潘金莲见此计不行，又生一计，她挑唆孙雪娥来逼死宋惠莲。孙雪娥本来与来旺儿有首尾，听金莲说背后惠莲如何如何骂他，连来旺儿的冤案也起于雪娥。然后，金莲又对惠莲说孙雪娥如何如何骂惠莲，使孙雪娥与宋惠莲都对彼此怀恨在心。

终于矛盾爆发了，四月十八日（惠莲与西门庆偷情是正月里开始的，到惠莲死也不过几个月），是李娇儿的生日，月娘留下行院里来给李娇儿做生日的客人，西门庆外出吃酒。惠莲吃了早饭哪里也不去，一觉睡到日西斜。"雪娥走到他房里叫他，说：'嫂子做了玉美人了，怎的这般难请！'那惠莲也不理她，只顾面朝里睡。这雪娥又道：'嫂子，你思想你家旺官哩。早思想好来，不得你他也不得死，还在西门庆家里。'这惠莲听了他这一句话，打动潘金莲说的那情由，翻身跳起来，望雪娥说道：'你没的走来浪声颡气！他便因我弄出去了。你为什么来？打你一顿，撺的不容上前？得人不说出来，大家将就些便罢了，何必撑着头来寻趁人！'这雪娥心中大怒，骂道：'好贼奴才，养汉淫妇！如何大胆骂我？'惠莲道：'我是奴才淫妇，你是奴才小妇！我养汉养主子，强如你养奴才！你倒背地偷我汉子，你还来倒自家掀腾？'这几句话，说的雪娥急了，宋惠莲不防，被他走向前，一个巴掌打在脸上，打得脸上通红。说道：'你如何打我？'于是一头撞将去，两个就扭打在一处。慌得来昭妻一丈青走来劝解，把雪娥拉得后走，两个还骂不绝口。吴月娘走来，骂了两句：'你们都没些规矩儿！不管家里有人没人，都这等家反宅乱的！等你主子回来，看我对主子说不说！'当下雪娥就往后边去了。月娘见惠莲头发揪乱，便道：'还不快梳了头往后边来哩。'惠莲一声儿不答话，打发月娘后边去了。走到房内，倒插了门，哭泣不止。哭到掌灯时分，众人乱着，后边堂客吃酒，可怜这妇人忍气不过，寻了两条脚带，拴在门槛上，自缢身死。亡年二十五岁。（第二十六回，第373页）慧莲死后，西门庆只用了几个人，买了一口棺材，一把火就烧了。虽然惠莲的父亲拦住棺材，想替女儿喊冤，大闹一场。结果，让西门庆派人打得鲜血淋漓，也一命呜呼了。宋惠莲的悲剧彻底结束，连她的父亲也赔上了。"

宋惠莲就是一个奴才的命运，她是封建社会里奴仆制度的牺牲品，是封建婚姻制度的牺牲品，更是封建政治制度的牺牲品。看起来她死在孙雪娥的手里，祸首是潘金莲。而实际上，真正的祸首还是西门庆。宋惠莲骂西门庆："你原来就是个弄人的刽子手！把人活埋惯了，害死人还看出殡的！"（第二十六回，第369页）宋惠莲在临死前终于认清了西门庆的面目。作为小说中的一个人物形象，她也的确尝到了潘金莲的毒辣。宋惠莲的悲惨人生也是为李瓶儿试刀，预示了李瓶儿的悲剧结局。宋惠莲的自杀也算为来旺儿死节，给了自己一个灵魂的补偿，不白白与来旺儿夫妻一场。

来旺被递解徐州后，西门庆死后家道衰败。来旺改名郑旺又返回清河，借卖翠华等闺阁用品接近西门府。也学西门庆与李瓶儿勾当，跳墙偷情孙雪娥，盗拐了孙雪娥，却因贪财盗色被屈老娘的儿子盗其银子耍钱被抓，供出来旺与孙雪娥。孙雪娥被庞春梅买到守备府，才有了后来春梅责骂侮辱，致使卖身为娼，自杀身亡。那来旺一生害了两个女人，最终自己也落了个发配亡身的结局。一桩情场恩怨总算了结。

第二节　王六儿：灵魂扭曲的卖淫者

　　王六儿也是一个风韵美丽的女人，西门庆眼中："见他上穿着紫绫袄儿玄色缎金比甲，玉色裙子下边显着趫趫的两只脚儿。生的长挑身材，紫膛色瓜子脸，描的水鬓长长的。正是：未知就里何如，先看他妆色油样。但见：淹淹润润，不搽脂粉，自然体态妖娆；袅袅娉娉，懒染铅华，生定精神秀丽。两弯眉画远山，一对眼如秋水。檀口轻开，勾引得蜂狂蝶乱；纤腰拘束，暗带着月意风情。若非偷期崔氏女，定然闻瑟卓文君。西门庆看了心摇目荡，不能定止。"（第三十七回，第511页）

　　第三十三回介绍王六儿："他（韩道国）浑家乃是宰牲口王屠妹子，排行六儿，生的长挑身材，瓜子面皮，紫膛色，约二十八九年纪。身上有个女孩儿，嫡亲三口度日。他兄弟韩二，名二捣鬼，是个耍钱的捣子，在外另住。旧与这妇人有奸，赶韩道国不在家，铺中上宿，他便时常走来与妇人吃酒，到晚夕刮涎就不去了。"还提到王六儿："搽脂抹粉，打扮的乔模乔样，常在门首站立睃人，人略斗他斗儿，又臭又硬，就张致骂人。"（第三十三回，第462页）回评说："夫韩道国妻王六儿，于'财''色'二字不堪而沉溺者也。"（第三十三回之回评，第452页）

　　韩道国、王六儿两口伤风败俗、卖弄风骚又见风使舵。有一天，她与二捣鬼偷情，被街坊邻居抓双，并押解衙门。丑态百出，廉耻丧尽。这里，也反映出当时的社会生活现实，即市民百姓无事可做，有些无聊之徒，专管些偷鸡摸狗的闲事。那些乡邻们没有捉奸的责任和义务，韩道国也没有委托他们去捉奸，那些捉奸者的确是无聊至极。再一方面也是他们心理的一种满足。这些人后来被西门庆抓进衙门，打的打、罚的罚，赶回家中，再也不敢多管闲事。二捣鬼之流也自然受到应有的惩罚。最后却是王六儿与韩二捣鬼成婚组家的结局，令无数人心里不爽，西门庆、韩道国之流做梦也没想到吧。第三十三回之回评说："王六儿与二捣鬼奸情，乃云道国纵之。细观方知作者之阳秋。盖王六儿打扮作倚门妆，引惹游蜂，一也；叔嫂不同席，古礼也，道国有弟而不知间，二也；自己浮夸，不守本分，以致妻与弟得意容其奸，三也；败露后，不能出之于王屠家，且百计全之，四也。此所以作者不罪王六儿与二捣鬼，而大书韩道国纵妇争风，谁谓彼官家无阳秋哉？"（第三十三回，第453页）

　　西门庆为了巴结蔡太师家的管家翟谦，让李瓶儿的奶娘冯妈妈给翟谦物色女子，冯妈妈找到了王六儿十五岁的女儿韩爱姐。由西门庆为韩爱姐置办嫁妆，趁韩道国送女儿去东京成婚之机，西门庆与王六儿勾搭成奸。西门庆与王六儿媾合也是冯妈妈先牵线搭桥，一番花言巧语和物质利益的引诱，把王六儿说得心花怒放、情荡神摇了。冯妈妈说："宅里大老爹昨日到那边房子里，如此这般对我说，见孩子去了，丢得你冷落，他要来和你坐半日儿，你怎么说？这里无人，你若与他凹上了，愁没吃的、穿的、使的、用的！走熟了时，到明日房子也替你寻一所，强如在这僻格剌子里。"（第三十七回，第514页）特别是里面的"吃的、穿的、使的、用的"甚至是一所房子，怎不让王六儿神魂颠倒！她微笑着说："他宅里神道相似的几房娘子，他肯要俺这丑货儿？"冯妈妈又说："你怎的这般说？自古道：情人眼里出西施。一来也是你缘法凑巧。爹他好闲人儿，不留心在你时，他昨日巴巴的肯到我房子里说，又与了一两银子，说前日孩子的事累我。落后没人在跟前，话就和我说，教我来对你说。你若肯时，他还等我回话去。'典田卖地，你两家愿意，'我莫非说谎不成！"王六儿说："既是下顾，明日请他过来，奴这里等候。"（第三十七回，第514—515页）

第二天，西门庆按约定的时辰，来到王六儿家，王六儿已是"收拾房中干净，熏香设帐"，等候大官人的到来。西门庆到王六儿家先问长短，再叙离情，又许下给王六儿买个丫鬟使用。王六儿喜出望外，三杯酒下肚儿，上了卧榻，"彼此淫心荡漾，把酒停住不吃了……西门庆乘着酒兴和他缠到起更才回家"。王六儿还说："爹明日再来早些，白日里，咱破工夫，脱了衣裳，好生耍耍。"（第三十七回，第516页）这以后，西门庆天天找王六儿私混，王六儿甚至把原来的老相好韩二捣鬼骂得狗血喷头，不敢上门。并告知西门庆，第二天"到衙门里差了两个缉捕，把二捣鬼拿到提刑院，只当做掏摸土贼，不由分说，一夹二十，打的顺腿流血。睡了一个月，险不把命花了。往后吓的影也再不敢上妇人门缠搅了"。西门庆也用了实现自己欲望的各种手段来折磨王六儿，他又来找王六儿的时候带来了实现兽欲的各种器具。由此，我们也明白了李瓶儿所受的折磨。西门庆每次来与王六儿私通都"与妇人一二两银子盘缠"。"女性的诱惑酿成的琼浆醇酒，使人迷醉，使人疯狂，使人生命力燃烧，使人永不满足，使人用一种新的眼光看待世界。"[①]王六儿的诱惑使西门庆把潘金莲、李瓶儿全部抛到脑后了。王六儿就是个迎奸卖俏的赚钱工具，是罪恶的金钱把人的灵魂给荼毒了。金钱使人六亲不认，廉耻丧尽。

韩道国从东京回到家中，王六儿一五一十地把韩道国走后，西门庆与她勾

---

① 关鸿：《诱惑与冲突：关于艺术与女性的随想》，上海人民出版社，1988，第4页。

搭成奸的经过说了一遍，先从西门庆给她买的丫头说起，并且非常得意，请看小说中的刻画：

　　老婆如此这般，把西门庆勾搭之事，告诉一遍，"自从你去了，来行走了三四遭，才使四两银子买了这个丫头。但来一遭，带一二两银子来。第二的不知高低，气不愤走来这里放水。被他撞见了，拿到衙门里，打了个臭死，至今再不敢来了。大官人见不方便，许了要替我每大街上买一所房子，叫咱搬到那里住去。"韩道国道："嗔道他头里不受这银子，教我拿回来休要花了，原来就是这些话了。"妇人道："这不是有了五十两银子，他到明日，一定与咱多添几两银子，看所好房儿。也是我输了身一场，且落他些好供给穿戴。"韩道国道："等我明日往铺子里去了，他若来时，你只推我不知道，休要怠慢了他，凡事奉承他些儿。如今好容易赚钱，怎么赶的这个道路！"老婆笑道："贼强人，倒路死的！你到会吃自在饭儿，你还不知老娘怎样受苦哩！"两个又笑了一回，打发他吃了晚饭，夫妻收拾歇下。到天明，韩道国宅里讨了钥匙，开铺子去了，与了老冯一两银子谢他。（第三十八回，第525—526页）

　　王六儿把她的过五关斩六将说得头头是道，这里可以看出她是为财而淫。韩道国听完这些却脸不红心不慌，坦然自若地接受了王六儿卖身的行为。王六儿也是个性欲的狂人，她曾与小叔子二捣鬼私通多次，韩道国并不是没有耳闻，但他任凭王六儿迎奸卖俏。由此可见，金钱成为操纵人的灵魂的杠杆。当韩道国听说王六儿用一本万利的交易获得一所房子的时候，感到非常的满意，沾沾自喜，把妻子的失身、弟弟的挨打都抛到九霄云外了。韩道国姑息养奸，还与王六儿密谋着如何让西门庆更加欢欣。王六儿所说的"受苦"，是指与西门庆的迎奸卖笑，但在她的心灵深处的意思是很"幸福"。当然，她的养奸也不会是毫无付出，至少付出了自己的肉体和精神，但对她而言，这也是发家致富的一条门路。

　　人在情在，客走茶凉。西门庆一死，王六儿摇身一变成了心狠手辣的泼妇，与西门庆恩断义绝。西门庆死之前，交与韩道国和来保四千两银子，让他们去江南办货，回来的路上听说西门庆已经死了，顿起歹心，与来保商量，把四千两银子的货物，卖出一部分，得了一千两银子。韩道国带着银子回了家，与王六儿商量，打算将银子送回西门庆家，王六儿却落井下石，竟说："他在时倒也罢了，如今你这银子还送与他家去？"韩道国道："正是要和你商议，咱留下些，把一半与他如何？"韩道国忘恩负义，王六儿更是杀人不见血，吃肉不吐骨。王六儿说："呸！你这傻才，这遭再休要傻了！如今他已是死了，这里无人，咱和他有什么瓜葛，不争你送与他一半，交他招暗道儿，问你下落。倒不如一狠二狠，把他这一千两，咱雇了头口，拐了上东京，投奔咱孩儿那里。愁咱亲家太师爷府中，招放不下你我！"韩道国天良还没有完全丧尽，对王六儿的主意感到有愧，说："争奈我受大官人好处，怎好变心的，没天理了。"王六儿却说："自古有天理倒没饭吃哩！他占用着老娘，使他这几两银子不差甚么。"（第八十一回，第1214页）

王六儿用肉体赚钱的行为，不知道当初韩道国听了王六儿的话是什么滋味，有什么感想？他是否考虑如果有一天他病倒，或者西门庆与王六儿商量着杀了他，他的命运将是多么悲惨！王六儿这样的女人是杀人不眨眼的，为了金钱，为了物质利益，什么廉耻，什么伦理道德，什么贞操纯洁都丢到天边。如意儿为了生存，不惜卖身与西门庆，但如意儿心不狠，手不辣，值得同情可怜。而王六儿为了物质利益心狠手辣，见利忘义，她与西门庆也是同床异梦，毫无人性，死有余辜。不过她也有一个优点：当婊子不立牌坊，心里想的、嘴里说的、行动上做的都一致，卖笑输身就是为赚取金钱。在韩道国与王六儿狼狈为奸的欺诈行动中，他们一点也没有什么耻辱之心，而是情投意合幸福美满地实现了他们的目的——卖身得财。王六儿对西门庆自始至终没有一丝真心，相反，倒是王六儿与韩道国在得了西门庆的金银财物后，夫妻和睦相处，生活得情趣盎然。作者对他们的行为也没有半点批判，因此田晓菲说："道德家就会骂没廉耻，但是《金瓶梅》的作者不是道德家而是菩萨：他对他们（韩道国夫妇）只有怜悯。"[1]

第三节 如意儿：为奴隶的母亲

如意儿原名章四儿，她被卖到西门庆家做奶妈，负责李瓶儿的儿子官哥的喂养。李瓶儿死后，西门庆把她当成李瓶儿的替身，勾搭成奸。

第三十回介绍如意儿说："忽有薛嫂儿领了个奶子来，原是小人家媳妇儿，年三十岁，新近丢了孩儿，不上一个月。男子汉当军，过不的，恐出征去无人

---

① 田晓菲：《秋水堂论金瓶梅》，天津人民出版社，2003，第122页。

养赡，只要六两银子卖他。月娘见他生的干净，对西门庆说，兑了六两银子留下，起名如意儿，教他早晚看奶哥儿。"（第三十回，第 423 页）第七十二回，金莲说她刚进西门庆家门的时候："饿答的个脸，黄皮儿寡瘦的，乞乞缩缩，那等腔儿。"（第七十二回，第 1010 页）可见如意儿也是穷苦出身的妇女，是社会底层受奴役的普通劳动者。

为求生存而卖身为仆，为了生存又委身于西门庆，她不像潘金莲这些人是为了满足自己的淫荡欲望而讨好西门庆。李瓶儿临死时，曾说再打发她去大娘的房里去，等大娘生个哥儿，继续做奶妈。如意儿听了哭着说："小媳妇实指望伏侍娘到头，娘自来没曾大气儿呵着小媳妇。还是小媳妇没造化，哥儿没了，娘又病的这般不得命。好歹对大娘说，小媳妇男子汉没了，死活只在爹娘这里答应了，出去投奔那里？"（第六十二回，第 846 页）"小媳妇"喊了多少遍！可见，如意儿真是苦命的小媳妇，她走投无路，只得求救于西门庆，听命于西门庆，任其摆布。西门庆奸淫她时她没有反抗，甘愿当个性奴。小说里先后几次描写了他们的淫荡生活，如意儿又几次提到，只要西门庆能看她一眼，给她个生存的机会，不把她赶出家门，她就心满意足了。为了活着，她宁愿受西门庆蹂躏。第七十五回说："奴男子汉已是没了，娘家又没人，奴情愿一心只伏侍爹，就死也不出爹这门。如爹可怜见，可知好哩！"（第七十五回，第 1069 页）她一再表白男子汉已经没了，也没有娘家。可见，男子汉在如意儿的生活中是多么的重要，因为没有男人就意味着没有了饭碗。倘若她的娘家有人，还可以有避难所，可是如意儿也没有。

如意儿为了生存，仅仅是为了生存，就甘为西门庆玩弄，情愿为之陶醉。可见，人到了为延续生命的时候是多么的可怜可悲。宋惠莲、王六儿、贲四嫂也都是为了得到西门庆的一点施舍，一条裙子、一匹缎子、几两碎银子，或者一点吃穿就轻易将身许给西门庆。老舍的小说《骆驼祥子》中的小福子也仅仅是为了家庭的生计而卖身为娼，物质利益对人的异化是多么的残酷！经济地位决定人的政治地位，进而决定人的道德品质和言谈举止。贫穷苦难的人们在物质利益面前表现出强烈的奴性心态，尤其是为生命延续物质又极度贫乏的时代。物欲可以污染人之心灵、蹂躏人之灵魂、堕落人之精神。人的本能欲望得不到满足的时候，生存的欲望会压倒一切，什么贞操、伦理被扔到九霄云外了。一点小恩小惠就可以换取一个人的肉体和贞洁。权力和金钱决定人的地位与灵魂，也决定着人格的形成和发展。

《金瓶梅》中每当写西门庆与如意儿性爱的时候，如意儿总要借机要点东西，如衣服饰物之类，为了一面"金赤虎"头饰，就表演了为西门庆饮精咽尿的把戏。她是一个值得同情和可怜的人物，真是：人生莫作妇人身，百年苦乐由他人。但如意儿也有轻浮淫荡廉耻丧尽的一面。西门庆死后，吴月娘把她嫁给了家里小厮来兴，算是过上了女人的正常家庭生活。

第四节 林太太：挂羊头卖狗肉的暗娼

林太太虽然是已故王招宣的妻子，但她也早已沦落为清河县的一个世俗女性，是完全被性爱扭曲了的淫妇形象。她先公王景崇做过太原节度使、邰阳郡王，她是个世袭的贵夫人。但她是个给祖宗抹黑的狐狸精，是耐不住寂寞的荡妇，也是个性欲的狂人。林太太是西门庆性友中特别的一个，她与西门庆的勾搭一不图财，二不图利，只是为了实现自己的欲望。在西门庆与她媾合之前，她已是暗中扬名的"风月"老手，早已插上招军旗"广纳贤士"了。文嫂称之为"四海纳贤"（第六十九回）。

小说有两处介绍她。第六十八回，妓女郑爱月对西门庆说："王三官娘林太太，今年不上四十岁，生的好不乔样，描眉画眼，打扮狐狸也似。他儿子镇日在院里，他专在家，只送外遇，假托在姑姑庵里打斋。但去，就在说媒的文嫂家落脚。文嫂单管与他做牵头，只说好风月。我说与爹，到明日遇他遇儿也不难。又一个巧宗儿：王三官娘子，今才十九岁，是东京六黄太尉侄女儿，上画般标致，双陆、棋子都会。三官常不在家，他如同守寡一般，好不气生气死，为他也上了两三遭吊，救下来了。爹难得先刮刺上了他娘，不愁媳妇儿不是你的。"（第六十八回，第951页）

文嫂是个拉皮条的牙婆子。第六十九回她对西门庆介绍林太太，大加夸赞好风月："若说起我这林太太来，今年属猪，三十五岁。端的上等妇人，百伶百俐，只好像三十岁的。他虽是干这营生，好不干的细密。就往那里去，许多伴当跟着，径路儿来，径路儿去。三老爹（指林太太的王三官）在为人做人，他怎在人家落脚？这个人（指郑爱月）说的讹了。倒只是他家里深宅大院，一时三老爹不在，藏掖个儿去，人不知鬼不觉，倒还许。若是小媳妇那里，窄门窄户，敢招惹这个事？就是爹赏的这银子，小媳妇也不敢领去，宁可领了爹言语，对太太说就是了。"（第六十九回，第959—960页）

西门庆为勾引林太太找了一个借口，文嫂为他们牵线。文嫂并未开门见山，而是拐弯抹角由林太太的儿子王三官引入话题，让林太太借子迎奸。林太太说："他又两夜没回家，只在里边歇哩。逐日搭着这伙乔人，只眠花卧柳，把花枝般媳妇儿丢在房里，通不顾，如何是好?". 文嫂便说:"不打紧，太太宽心，小媳妇有个门路儿，管就打散了这伙人，三爹收心，也再不进院去了。太太容小媳妇，便敢说，不容定不敢说。"林太太说:"你说的话儿，那遭儿我不依你来?你有话只顾说不妨。"(第六十九回，第961页)文嫂接着转入正题，将西门庆夸耀了一番:"县门前西门庆大老爹，如今在提刑院做掌刑千户，家中放官吏债，开四五处铺面:缎子铺、生药铺、绸绢铺、绒线铺，外边江湖又走标船，扬州兴贩盐引，东平府上纳香蜡，伙计主管约有数十。东京蔡太师是他干爷，朱太尉是他卫主，翟管家是他亲家，巡抚、巡按都与他相交，知府、知县是不消说。家中田连阡陌，米烂成仓，("赤的是金，白的是银，圆的是珠，光的是宝。"此版本无此段话)身边除了大娘子——乃是清河左卫吴千户之女，填房与他为继室。只成房头、穿袍儿的，也有五六个，以下歌儿舞女，得宠侍妾，不下数十。端的朝朝寒食，夜夜元宵。今老爹不上三十一二年纪，正是当年汉子，大身材，一表人物，也曾吃药养龟，惯调风情。双陆象棋，无所不通。蹴鞠打毬，无所不晓。诸子百家，拆白道字，眼见就会。端的击玉敲金，百伶百俐。闻知咱家乃世代簪缨之家，根基非浅，又三爹在武学肄业，也要来相交，只是不曾会过，不好来的。昨日闻知太太贵诞在迩，又四海纳贤，也一心要来与太太拜寿。小媳妇便道:'初会，怎好骤然请见的，待小的达知老太太，讨个示下，来请老爹相见。今老太太不但结识他来往相交，只央浼他把这干人断开了，须玷辱不了咱家门户。'"(第六十九回，第961—962页)真是冠冕堂皇，一个卖淫的暗娼，还要什么门户? 还怕儿子学坏了吗? 一席话说得林太太"心中迷留摸乱，情窦已开"又"心中大喜"(第六十九回，第962页)。在文嫂的精心策划下，林太太假装着羞羞答答，从已经撕破了的面纱里露出了真面目，文嫂导引，按照约定的时间、地点和联络暗号，西门庆准时到达指定地点"落脚坐窝"，"这文嫂一面请西门庆入来，便把后门关了，上了拴;由夹道内进内，转过一层群房，就是太太住的五间正房。傍边一座便门闭着。这文嫂轻轻敲了门环儿，原来有个听头，少顷，见一丫鬟出来，开了双扉，文嫂导引西门庆到后堂，掀开帘栊，只见里面灯烛荧煌，正面供养着他祖爷太原节度邠阳郡王王景崇的影身图，穿着大红团就袖蟒衣玉带，虎皮校椅坐着观看兵书，有若关王之像，只是髯须短些。("旁边列着枪刀弓矢"，此版本无此句)迎门朱红匾上写着'节义堂'三字，两壁("书画丹青，琴书消酒，左右泥金"，此版本无此句)隶书一联:传家节操同松柏，报国勋功并斗山。"(第六十九回，第963—964页)回评说:"林太太之败坏家风，乃一入门、一对联写出之，真是一笔见血之笔。"(第六十九回，第958页)于是就在林太太供奉着老公公遗像的"世忠堂"里，悬挂着"节义堂"的庄严肃穆的"贞洁"卧室里，林太太与西门庆开始了他们的男女苟合。这是多么绝妙的讽刺啊！

西门庆勾引林太太，从小说的结构意义上来说，是与勾搭潘金莲相照应的。金莲最初被卖到王招宣家，是王家把金莲培养得乔模乔样、做张做致，也开发助长了金莲"欲火难禁一丈高"的性爱个性。所以，西门庆来寻林太太有来寻根的意味，是为金莲淫荡本性刨根问底，是考古般的探寻。当然，西门庆的最终目的是挑戏、占有王三官的娘子黄氏。本来的安排是郑爱月，因为郑爱月把林太太推荐给了西门庆，讨其欢心，郑爱月的真正目的是要惩罚她的同行李桂姐，因为她喜欢的王三官正与李桂姐打得火热，她想借此来消除对王三官的怀恨。作品虽然没有正面交代，可郑爱月介绍林太太时对西门庆说："我说与爹，到明日遇他遇儿也不难。又一个巧宗儿：王三官的娘子儿，今才十九岁，是东京六黄太尉侄女儿，上画般标致，双陆、棋子都会。三官常不在家，他如同守寡一般，好不气生气死，为他也上了两三遭吊，救下来了。爹难得先刮刺上了他娘，不愁媳妇不是你的。"（第六十八回，第951页）

就这样，西门庆在内心里已经对黄氏虎视眈眈了。他与林太太的媾合纯是性欲的满足，真正的意图是得陇望蜀。王三官是西门庆与林太太结合的帮助者，因为他的不争气，才让文嫂找到了借口，使林太太与西门庆有了媾合的机会，紧接着林太太让王三官认西门庆为干爹。因此林太太借子迎奸和西门庆一箭双雕的图谋心照不宣地结合在一起，成了彼此之间通奸的一根红线。但西门庆到死也只是淫媾了林太太两次，只射了一只大雕，小雕还没到手，他就一命呜呼了。

在《金瓶梅》所描写的妇女中，林太太是一个大家贵妇，出身名门望族，至少应是恪守封建伦理道德的人家。而这样一个大家妇人，却干着"四海纳贤"的暗娼卖淫勾当。她借着尼姑庵打斋的幌子，做着见不得人的勾当。从她的言行中我们可以看到明朝末年，资本主义萌芽产生以后，由于思想意识领域的解放，人们要求个性自由的历史现实。即使是统治阶级的上层妇女，也冲破封建礼教和宋明理学的束缚，走向自由的天地，这宣告了封建伦理所要求的妇女贞操观念的破产。作为典型封建官僚家庭的妇女，林太太是表面的正经女人，是灵魂深处人性自由的狂荡妇女，是用遮羞布掩盖着面容的娼妓。再者，她还是封建政治伦理倾倒的典型的形象反映。她的丈夫是封建官僚，她家是一个有"报国勋功"的荣耀家庭。在她的家里却上演着一个新兴官僚商人与一个卖淫主妇男欢女爱的放荡纵欲表演。这简直是对封建正统政治伦理的污蔑与嘲笑。同时，林太太这一形象还是作者揭露社会黑暗，嘲讽达官贵人荒淫无耻的有力工具。

从人性的本质来说，林太太的淫欲也是值得同情的。她是人性快乐原则战胜道德原则，取得性爱胜利的典型形象。

第十二章

市井文化中的男人

"除西门庆外，潘金莲、李瓶儿及帮闲应伯爵等人也都得到细致的刻画。这些人物丑恶而又生动，他们仿佛一面在现身说法，一面又厚着脸皮对读者说：'你可以不喜欢我们，朝我们吐一口唾沫，但是我们不仅有自己的面目，而且也有自己的脾气和品质，好恶和喜怒……'"①

第一节　陈敬济：恶俗透顶的纨绔子弟

陈敬济是西门庆的女婿，是朝廷杨戬的亲党陈洪的儿子。由于杨戬的被黜牵连到陈洪，陈敬济为了政治避难，与西门大姐到西门庆家。最开始陈敬济在西门庆家只是与贲四一起管工记账，"陈敬济每日只在花园管工，非呼唤不得进入中堂。饮食都是内里小的拿出来吃。所以西门庆手下这几房妇人，都不曾见面。"(第十八回，第255页)

与西门庆一样，陈敬济也是猪狗不如之人。他借月娘请他进后院里吃饭的机会，因与小丈母娘潘金莲偷情。正月十五元宵节(第二十四回)，他调戏来旺的媳妇宋惠莲，同时他又玩乐潘金莲。又在西门庆死后与庞春梅有染，被西门庆的正妻吴月娘赶出家门。流浪街头做乞丐，出家为道，受尽磨难，吃尽了家道衰败的苦头。终因在周守备家与春梅重温旧梦，被守备府家的张胜所杀。确实是一个扶不起来的败家子。

第一，陈敬济与潘金莲的"子恋母"情结。第十八回介绍了陈敬济的本领，"小伙子儿诗词歌赋，双陆象棋，拆牌道字，无所不通，无所不晓。"且有《西江月》为证：

---

① 徐朔方：《金瓶梅成书以及对它的评价》，载徐朔方、刘辉《金瓶梅论集》，人民文学出版社，1986，第93—94页。

自幼乖滑伶俐，风流博浪牢成。爱穿鸭绿出炉银，双象棋帮衬。琵琶笙筝箫管，弹丸走马员情。只有一件不堪闻，见了佳人是命。(第十八回，第256页)

潘金莲是见了小伙没命的佳人，物以类聚，人以群分，臭味相投的二人一见面便心荡神摇，如久旱逢甘露的花草。陈敬济与潘金莲的第一次相见是在月娘的房里，双眼相对似前世命定的姻缘。潘金莲掀起帘子走进来，就笑嘻嘻地说："我说是谁，原来是陈姐夫在这里。"(第十八回，第256页)敬济扭过头来，一看：不觉心荡目摇，精魂已失。正是五百年冤家今朝相遇，三十年恩爱一日遭逢。在色欲的支配下，丈母娘失去了应有的自尊，而小女婿也忘了自己的身份，都情不自禁地失态了。从此二者就埋下了罪恶的种子。过了两天，陈敬济以吃茶为由到潘金莲的房里，此时潘金莲已有不舍之心，又听说西门庆"到后边睡觉去了"，便放心大胆地留下了陈敬济，让春梅给陈敬济端上蒸酥果馅饼。于是，敬济上了炕桌，并挑逗金莲，见金莲弹琵琶，就故意地戏问道："五娘，你弹的甚曲儿？怎不唱个儿我听？"(第十八回，第259—260页)于是两人嬉皮笑脸，极尽挑逗之事，眉目里面一湾秋水，波心荡漾。从此，潘金莲与陈敬济便"日近日亲，或吃茶吃饭，穿房入屋，打牙犯嘴，挨肩擦膀，通无忌惮"(第十八回，第260页)。

西门庆到夏提刑家祝寿，吴月娘、李娇儿、孟玉楼、李瓶儿等打开园门，"游赏玩看"，并把女婿陈敬济也请了来。陈敬济又乘机挑戏金莲，趁金莲独自到"山子前，花池边"扑蝴蝶的时候，悄悄跟在她身后，不提防说："五娘，你不会扑蝶，等我替你扑。这蝴蝶儿忽上忽下，心不定，有些走滚。"(第十九回，第263页)这是陈敬济用双关语来挑拨潘金莲，当然潘金莲也是有蝶心的人，一听便心领神会。于是，她"斜瞅"一眼敬济，眉目传情，又以"笑骂"相佐。终于使陈敬济"笑嘻嘻扑进她身来，搂她亲嘴"(第十九回，第263页)。

后来陈敬济又经过"元夜戏娇姿"(第二十四回)、"花园看蘑菇"(第二十五回)、"因鞋戏金莲"(第二十八回)等屡次挑戏，陈、潘两人勾搭成奸。但由于西门庆的碍眼，二人没有畅快地实现自己的欲望，只是偷鸡摸狗，草草行事，未实现泄欲心愿。

第五十二回写敬济与金莲借送汗巾子勾搭没有得手，贼心不死。第五十三回写敬济趁西门庆出门吃酒又来勾引金莲，"原来金莲被敬济鬼混了一场，也十分难熬，正在无人处手托香腮，沉吟思想。不料敬济三不知走来，黑影子里看见了，恨不的一碗水咽将下去，就大着胆悄悄走到背后，将金莲双手抱住，便亲了个嘴，说道：'我前世的娘，起先吃孟三儿那冤家打开了，几乎把我急杀了。'金莲不提防，吃了一吓，回头看见是敬济，心中又惊又喜，便骂道：'贼短命，闪了我一闪，快放手，有人来撞见怎了！'敬济那里肯放，便用手去解他裤带。金莲犹半推半就，早被敬济一扯扯断了。金莲故意失惊道：'怪贼囚，好大胆，就这等容容易易要奈何小丈母！'敬济再三央求道：'我那前世的亲娘，要敬济的心肝煮汤吃，我也肯割出来。没奈何，只要今番成就成就。'……只听得隔墙外簌簌的响，又有人说话，两个一哄而散。敬济云情未已，金莲雨意方浓。"（第五十三回，第714—715页）陈敬济与潘金莲的调戏媾合，无疑是作死的折腾，其可杀不可留的人生结局不言而喻。

小说第七十六回写西门庆办理一桩案子：

> 西门庆说："……又是一起奸情事，是丈母养女婿的。那女婿不上二十多岁，名唤宋得原，与这家是养老不归家女婿。落后亲丈母死了，娶了个后丈母周氏，不上一年，把丈人死了。这周氏年小，守不得，就与这女婿暗暗通奸，后因为责使女，被使女传于两邻，才首告官。今日取了供招，都一日送过去了。这一到东昌府，奸妻之母，系缌麻之亲，两个都是绞罪。"潘金莲道："要是我，把学舌的奴才打的烂糟糟的，问他个死罪也不多。你穿青衣抱黑柱，一句话就把主子弄了。"西门庆道："也吃我把那奴才捞了几捞子好的。为你这奴才，一时小节不完，丧了两个人性命。"月娘道："大不正则小不敬，母狗不掉尾，公狗不上身。大凡还是女人心邪，若是那正气的，谁敢犯他！"（第七十六回，第1116—1117页）

这三个人的对话已经暗露出金莲与敬济媾合的消息，金莲痛恨奴才给主子告密，陷害了女婿与小丈母娘，坏了他们的好事，显示出金莲内心的肮脏与无耻。西门庆的话支持了金莲的观点，给金莲与敬济的勾搭壮了胆。也透露出月娘的态度，似乎她已经预感到后来金莲与敬济的媾合，也为以后驱逐敬济卖掉金莲埋下伏线。

西门庆一死，陈敬济与潘金莲的枷锁打破了。一个是肆无忌惮，一个是欲海情深。第八十回就在西门庆的灵前定下了相约的勾当，"二载相逢，一朝配偶；数年姻眷，一旦和谐。"（第八十回，第1203页）西门庆尸骨未寒，潘金莲欲火大发。小女婿没了廉耻，嫩丈母丢了尊严。两人在欲海里尽情畅游，连春梅也被拉下水。结果是陈敬济弄一得双。从此后，三人合伙通奸，而每次的勾当，都被丫头秋菊偷听或者偷看见，秋菊为了报复平时金莲、春梅对她的折磨，三番五次去告诉月娘，月娘捉奸没有捉到，秋菊被打得皮开肉绽。直到吴月娘到泰山去烧香还愿，潘金莲、陈敬济、春梅三人才真正胆大妄为起来，那陈敬济直到把金莲搞大了肚子，也没罢休。发现潘金莲已经有了身孕，不得不吃了打胎的药，打出一个成形小子来，被挖粪的老汉传播出去露了马脚。吴月娘回来后小心提防，紧闭门户。后来又亲自捉了奸，吴月娘才下决心阻挠。后来，陈敬济又在店铺里把月娘的儿子孝哥说是像自己，号称是月娘生的陈敬济的儿子。把吴月娘气得死去活来。吴月娘下决心把这些淫夫荡妇一一逐出家门。庞春梅被赶到薛嫂家待卖，敬济还又去与她奸淫，吴月娘急忙催促着卖了春梅。春梅怨恨他说："姐夫，你好人儿，就是个弄人的刽子手！把俺娘儿两个弄的上不上，下不下，出丑惹人嫌，到这步田地。"（第八十六回，第1265页）于是，陈敬济造谣生事，败坏月娘的名声，被着实打了一顿，终被撵出家门。在孙雪娥的挑拨下，吴月娘下决心惩治陈敬济，陈敬济流氓无赖的特性表现得淋漓尽致：

> 到次日，饭时已后，月娘埋伏了丫鬟媳妇七八个人，各拿短棍、棒槌。使小厮来安儿请进陈敬济来后边，只推说话，把仪门关了，叫他当面跪下，问他："你知罪么？"那陈敬济也不跪，转把脸儿高扬，佯佯不睬，月娘大怒，于是率领雪娥并来兴媳妇、来昭妻一丈青、中秋儿、小玉、绣春众妇人，七手八脚，按在地下，拿棒槌、短棍打了一顿。西门大姐走过一边，也不来救，打的这小伙子急了，把裤子脱了，露出那直竖一条棍来。唬的众妇人看见，都丢下棍棒乱跑了。月娘又是恼，又是笑，口里骂道："好个没根基的忘八羔子！"敬济口中不言，心中暗道："若不是我这个法儿，怎得脱身！"于是爬起来，一手兜着裤子，往前走了。（第八十四回，第1271页）

当潘金莲被撵到王婆儿家待卖的时候，陈敬济又设法找到了她。第八十六回描写了陈敬济不忘旧情，既看望了春梅（后春梅被卖到周守备家），又千方百计探望了金莲，并在王婆家经过反复的讨价还价，说定一百两银子买金莲为妻，给王婆子磕头求告，急忙去东京取银子。回东京筹措银两时，路遇家人陈定，告诉他已经遇赦的父亲陈洪病重，正欲与他商量后事。而陈敬济到家后，他父亲已去世三天，他母亲提出让全家搬到清河去住。为了早日娶到金莲，陈济敬骗母亲说先去运走两车细软，待路上太平后再来运灵柩，当他把两车细软运到清河后，却发现潘金莲已被武松所杀，他的一场春梦化为泡影。之后，他还远远地为金莲设祭哭诉，并告知春梅将潘金莲的尸首埋葬。等春梅把金莲的尸首埋葬，他还到金莲的坟墓上去烧纸祭奠，大哭一场。甚至，他做梦也与金莲互诉衷肠。

陈敬济与潘金莲虽不是血缘关系上的母子关系，也不是真正的丈母与女婿。但西门大姐是敬济的妻子，西门庆是他的岳父，金莲是西门庆的妾。从伦理关系上说陈敬济与潘金莲就是女婿与岳母关系，是符合伦理的母子关系。从这个意义上说，敬济与金莲的爱恋关系符合弗洛伊德"母恋子"的性爱倒错，即"子恋母"性爱心理学理论。《金瓶梅》"绣鞋风波"展现了弗洛伊德心理学理论中"子恋母"情结，它是以恋鞋置换的子恋母，是俄狄浦斯情结在中国的变形表演。就是说，中国的俄狄浦斯情结是以鞋遮盖着的子恋母。它展示了人类社会中存在的乱伦主题，即人类向自己母亲或童年回归的心理欲望。这种故事的结局在西方是不可逃避的命运悲剧，而在中国则是无法逃脱的伦理折磨和必定失败的人生悲剧。

俄狄浦斯王是底比斯国王拉伊俄斯和王后伊俄卡斯达的儿子，在他未出生前，神喻其父此子将成为父亲的弑杀者，因而他在出生不久即被遗弃。俄狄浦斯被收养并作为异邦的王子长大成人，他不明白出身询问神喻时，得到的是远离出生地的答复，因为他注定要杀父娶母。为避难他离开家乡，在路上遇见了拉伊俄斯国王，并在冲突中杀死其父。来到底比斯解答了挡在路上的斯芬克斯（希腊神话中狮身人面怪物）之谜，由此被底比斯国民拥戴为国王并娶伊俄卡斯达即其母亲为妻。俄狄浦斯与母亲生两男两女，后来发生一场瘟疫，神喻必须赶走杀死拉伊俄斯的人，瘟疫即可停止。悲剧就这样诞生了，俄狄浦斯因犯下惊人罪受到残酷打击，瞎了双眼，远离了他的出生之地。这就是著名的俄狄浦斯情结。弗洛伊德还认定《哈姆雷特》也是如此，哈姆雷特的叔叔杀死其父并娶其母，他接受了杀死叔叔复仇的任务。按照弗洛伊德心理学理论，哈姆雷特的叔叔替他完成了杀父娶母的任务，在杀他叔叔时，他犹豫不决，成为性格悲剧。中国也有情趣盎然的子恋母描写，有一则民俗故事是俄狄浦斯情结在中国的翻版。山东泰安古代有少夫老妻的婚俗，相传，有个十虚岁的孩子娶了个大媳妇，晚上仍与他母亲同睡，当父母让他去与自己的媳妇同床时，他硬是让父亲去，说出的理由是他爷爷曾经与自己的母亲同床。① 这是典型的子恋母情结，子让父又体现中国伦理孝道导致的性爱错乱。当然中国文学中也不乏子恋

---

① 李伯涛：《泰山风俗》，山东画报社，1996，第136—137页。

母的性乱伦，即心理学中母恋子的经典故事，如焦母对焦仲卿、陆母对陆游、曹七巧对长白的爱恋等。

在中国文学创作中没有像俄狄浦斯王一样弑父娶母的描写，但子恋母情结在中国的变形描写却不少，典型就是借传统习俗中的足恋到鞋恋来展现的子母相恋，恋鞋成为子恋母情结的物质移情。子对母的爱恋起于儿童时期，故中国的文学创作中有许多以小儿对女鞋的爱恋为内容。不过，中国的子恋母没有命运预言，也没有父子决斗导致的子杀父娶母，而是以父辈的强大战胜子辈为中心情节，以父子矛盾激化为高潮，一般都以子辈受到惩罚甚至死亡结束。不像《俄狄浦斯王》一样儿子的本能力量战胜伦理规范，而是在封建伦理道德和礼教束缚下，弱小的幼儿遭受毒打或被杀害，充分体现出中国伦理道德中父辈的强大力量，也展示了"三纲五常"扼杀人性的本质。这种故事结构就是典型的中国式俄狄浦斯情结。薛仁贵故事和"绣鞋风波"即展现了典范的俄狄浦斯情结，又有中国特色的俄狄浦斯故事。

平剧剧本《汾河湾》叙述薛仁贵的故事，以鞋为性爱隐喻又以鞋为线组织子恋母情结，描述了父子的性爱争夺，安排的悲剧是薛仁贵的儿子薛丁山被杀。故事是：薛仁贵与妻子柳迎春阔别十八年，回家后发现妻子床下有一双男鞋，当时就怀疑妻子有了外遇，盘问不止。柳迎春心里明白那是儿子薛丁山的鞋。但薛仁贵并不知道他当年离家时妻子已经怀孕，所以一心想找出妻子的情人。柳氏见薛仁贵醋意大发，故意气他，说床下的鞋是奸夫的，经过一番误会矛盾后才真相大白。但是悲剧早已发生了，薛仁贵在回家的路上，遇到一个青年猎人，发生老虎出没，误将儿子薛丁山杀死。其中父、母、子三人的俄狄浦斯式性冲突十分明显，与希腊俄狄浦斯传说中的直接冲突不同的是，中国故事的乱伦主题只能是间接的、暗示性的曲折表达，而俄狄浦斯故事是直接明白的表达。希腊的俄狄浦斯故事三角冲突是儿子杀了父亲，而薛仁贵故事则是父亲与儿子没有相认就杀了儿子，也是预言式潜意识的人生悲剧。晚出的小说《薛仁贵征西》叙述薛丁山被智者王禅老祖救活，后随父亲西征。薛仁贵兵败被围，儿子发兵相救与父亲相会，不料，误射了化为白虎的薛仁贵。这个补充正好合于俄狄浦斯情结中的子误杀父，而中国的俄狄浦斯情结避开了子娶母这一违反中国伦理道德的恋母情节。在这个模式中有两个特别显著的现象：父子之间的冲突；母子之间的性影射和父亲的性嫉妒。父子间的冲突很明显。而另一层则比较隐蔽曲折：薛丁山是否如俄狄浦斯一般，直接表现恋母的行为，故事中了无陈述。但是，柳迎春的恋子意情，在《汾河湾》中用开玩笑的调侃话语有意无意地显现出来。需要注意的是，鞋喻在这种间接的编码式表达中所起的作用。构成俄狄浦斯主题的两大要素：杀父与娶母在中国文学中均有所体现。杀父（或父杀子）同希腊传说一样是直接叙述的，而娶母（烝母）则是通过母亲床下儿子之鞋的换喻方式间接暗示出来的。总体上看，《汾河湾》故事遵循伦理道德教化的叙事原则，而《薛仁贵西征》故事则是按照人生体验原则来叙事的。

《金瓶梅》"绣鞋风波"中的小铁棍儿玩弄潘金莲绣鞋和敬济与金莲以鞋为媒的恋情描写，体现出中国文学中俄狄浦斯情结的普遍性与复杂性。《金瓶梅词话》第二十八回是"陈敬济因鞋戏金莲　西门庆怒打铁棍儿"，《金瓶梅》第二十八回则是"陈敬济侥幸得金莲　西门庆胡涂打铁棍"。两者回目不同内容相似。应该注意的是，里面出现了双层子恋母（或母恋子）情结，第一层是：小铁棍将金莲的绣鞋藏在腰里玩耍，是子对母的戏玩和爱恋，是子恋母心理动力冲击所激发的中国式俄狄浦斯情结，是子恋母乱伦性爱的泛指体现。纪晓岚《阅微草堂笔记》卷十三（《槐西杂志三》）也记载了一个小儿恋母的故事，"凤凰店民家，有儿持其母履戏，遗后圃花架下，为其父所拾。妇大遭诟诘，无以自明，拟就缢。忽其家狐祟大作，妇女近身之物，多被盗掷于他处，半月余乃止。遗履之疑，遂不辩而释，若阴为此妇解结者，莫喻其故"。儿子玩弄母亲的鞋这一细节，显然隐蔽地影射了儿子与母亲发生性爱关系，可以视为乱伦主题的象征置换表现。这样理解之后，父亲的暴怒和母亲事后求自缢的情节也都顺理成章了。小铁棍儿戏玩金莲的绣鞋，不像《阅微草堂笔记》所记载的儿持母鞋戏，而是一种以鞋为喻的心理学普遍性展露。因为小铁棍与潘金莲不是真正的母子关系，而是类母子关系，是子辈对母辈的性泛爱乱伦迷恋。弗洛伊德认为："出于各方面的缘故，人们去爱那些恰好适合作为父母的替代者的人。但同父母替代者的性关系，实际上就是重新唤起对父母本身的那种被压抑的乱伦欲望的倾向。"[①] 小铁棍儿的恋鞋情怀，完全可以理解为是其恋母意向泛化转移的体现，是中华民族集体无意识中子父之争的典型展示。为了一只鞋，小铁棍"被西门庆揪住顶角，拳打脚踢，杀猪也似的叫起来，方才住了手"（第二十八回，第396页）。他的子恋母情怀如薛丁山一样以失败告终，这不正是准儿子挑弄准母亲被准父亲惩罚的形象写照吗，不正说明子恋母冲动在中国的失败结局吗！而这个故事中子对父的精神战胜就是小铁棍儿的母亲一丈青指东骂西，一顿海骂。这是一丈青对"子恋母"的肯定，也是她"恋子"意情的表白。

第二层是：陈敬济因鞋戏金莲，实际是子辈借鞋戏母辈。事实却是，陈敬济与潘金莲年龄相近、情趣相投，二者的确有男女性爱的基础条件，具有男女爱情的普遍价值标准。金莲的鞋又有象征女性生殖器或躯体的价值，起到男女情爱牵线搭桥的作用。敬济以鞋戏金莲是男女性爱借物定情、传情的典型写照。陈敬济用鞋来勾引金莲大获成功，西门庆虽有耳闻却未能捉双，直到死亡也没有真正惩罚陈敬济，反而使陈敬济与潘金莲明目张胆地勾搭成奸，以至于二者情投意合，演化出动人心弦的性爱故事。这自然也展现了潘金莲的恋子情怀。"绣鞋风波"既歌颂了人间真挚的爱情，又描述了俄狄浦斯子恋母情结的多姿多彩。

按封建伦理道德的要求，陈敬济有子烝母之嫌，但他与金莲也不是真正的子母关系，只是以母子的名分来刻画了中国式子恋母的矛盾冲突，是男女情爱体现子恋母情怀的曲折表现。故事中没有子、父、母激烈的矛盾冲突，没有陈敬济与西门庆的面对面争斗。但小说里敬济与西门庆的内在矛盾却是愈演愈烈，西门庆还没来得及与陈敬济交战就呜呼哀哉了。结果是子辈取得了性爱的胜利，而金莲与敬济又没有做成夫妻，是伦理道德的强大力量压倒了性爱本能的心理动力，使金莲与敬济婚姻成为悲剧结局。整个故事以鞋喻和并不激烈的性格冲突来实现了子恋母的成功，以表示人性本能导致的心理冲动对伦理道德的反叛。如果说小铁棍儿戏绣鞋导致的悲剧强调的是伦理道德教化，那么敬济戏绣鞋取得的性爱成功却是个体人性本能体验的肯定。这无疑符合俄狄浦斯情结中子恋母又杀父娶母的情结模式，是中国文学中子恋母情结的复杂化展现，比西方的俄狄浦斯情结更为曲折动人。

通过小说，我们对陈敬济与金莲和春梅的真情所感动，虽然他们有偷鸡摸狗的非礼行为，但陈敬济为了得到金莲也受尽了磨难和屈辱，对金莲的至死不渝的思恋和对春梅痴情不改的追求也是值得称道的。

第二，不务正业、挥霍无度，性格悲剧的可怜虫。陈敬济是个吃喝玩乐、败家丧志的家伙，对女人的玩乐毫无限度，他没有得到金莲，把从京城拉来的两车细软挥霍一空。两车细软挥霍后，他母亲也搬到了清河。

第九十回以后重点结转陈敬济。第九十二回写陈敬济让月娘归还了妆奁箱笼，强行母亲出资做买卖，与陆三郎、杨大郎等狐朋狗友在铺中弹琵琶、抹骨牌、打双陆、吃酒度日，赶出家人陈定，用杨大郎管事，大郎架谎凿空、捕风捉影，敬济又逼他娘出银子凑五百两，与大郎去临清贩布。二人却贩布的闲暇趁逛娼楼混妓女，杨大郎纵容支持，陈济敬娶回一个妓女冯金宝，气死了母亲。陈济敬天天鱼肉大酒，与冯金宝山吃海喝，把西门大姐冷落一边。敬济又打了坏主意，李衙内父亲已迁严州赴任通判，敬济想从孟玉楼身上捞取一把，留杨大郎在临清等候，自己和陈安赶到严州追李衙内，装亲认门，又调戏玉楼，被拒绝后撒泼使性，逼迫玉楼就范。玉楼将计就计，与李衙内将其捉拿，幸亏由徐崶知府审判，得知真情才将他释放。却被杨大郎拐了货物，如丧家之犬，讨吃归家。见到的却是家反宅乱，冯金宝与西门大姐，大闹一场，可怜的西门大姐上吊自杀。月娘得知，率众人来大闹，把陈敬济抓住，用锥子扎了他数个眼，冯金宝也被从床下拉出，打了个臭死。一纸诉状告到县衙，敬济送给霍知县一百两银子，免罪释放。又发丧出殡，金宝出走，家中卖的卖，走的走，家破人亡，流落街头，忍饥挨冻，替当夜的打梆子摇铃。住在冷铺里，夜间还梦见与金莲调情的情景，梦见在西门庆家里度过的荣华富贵的日日夜夜。醒来原是一场梦，不胜悲伤。被故旧王宣搭救，给了租房和做生意银两，他却去耍钱挥霍一空，成了光腚人，沿街乞讨。王宣又给他衣服、铜钱，几天又是精光。不久，陈济敬又从王杏庵门前经过，王杏庵给他钱让他去做小买卖，过了几天，又把钱吃光了。于是，王杏庵把他介绍到临清码头的晏公庙去当道士，为了让他有条生路。可到了庙里，由于金宗明保举，陈敬济掌管了庙里各处钥匙，拿着银钱与陈三儿到临清谢家酒楼见到了妓女冯金宝，又是一通厮混。(第九十二回. 第九十三回) 后来他包占冯金宝，被刘二痛打送到守备府，在审问拶打时被春梅认出，称为姑表弟，才被放出来。后来春梅将孙雪娥卖掉，才把他收留在周守备府里。从此，陈敬济的中兴时代开始了。(第九十四回)

周守备升为统制，出征前，委任陈敬济为空头参谋，并命春梅做主，给他娶葛翠屏为妻。同时又状告临清开酒店的杨光彦，从杨大郎手里夺回被拐骗的财物，收了杨大郎的酒店自己经营。陈敬济光复门庭的时机已经到来，但他恶习不改。与逃难的韩道国一家相遇后，同韩爱姐交媾成奸，且一往情深。又与张胜的小舅子刘二因王六儿发生矛盾，探听到张胜包占孙雪娥的事，想将二人一网打尽。最终因与春梅偷奸时发落张胜及刘二之事，为张胜偷听，张胜一刀结果了赤身裸体的陈敬济性命，结束了他偷鸡摸狗挥霍无度的一生。春梅将其埋在永福寺后，与潘金莲同一墓场，也算在阴间成就了一对狗男女的夫妻梦想。但他的坟墓得到庞春梅、葛翠屏、韩爱姐等私情女子的祭拜，且都邪淫无耻的情深意长。崇眉评说："凉德而受美报，天下事尽多不可解者如此。"(第九十九回，第1447页)

观其一生，陈敬济是一个恶俗透顶的纨绔子弟，是不成大器挥霍无度的公子王孙。没有了他父亲做靠山，没有了西门庆作依托，他必定落得死无葬身之地的下场。他偷奸西门庆的小老婆，兼收其丫头。他还辱骂吴月娘，被扫地出门。回家后适逢父亲被赦，家庭有了重振的机会，然而为了娶到金莲，又丧失

时机。金莲死后，他便游手好闲，吃喝嫖赌，放荡一生。王杏庵的救助，不起
作用；春梅的同情收留，也无济于事。屡教不改，终成刀下之鬼。证实了花花
公子纨绔子弟，必然早夭的人生结局。水月庵的叶头陀，是个不会看经只会念
佛却会麻衣神相的人，他给敬济相面一节是对陈敬济一生的总结：

> 叶头陀叫他近前，端详了一回，说道："色怕嫩兮又怕娇，声娇气
> 嫩不相饶。老年色嫩招辛苦，少年色嫩不坚牢。只吃了你面皮嫩的亏，
> 一生多得阴人宠爱。八岁十八二十八，下至山根上至发，有无活计两
> 头消，三十印堂莫带煞。眼光带秀心中巧，不读诗书也可人。做作百
> 般人可爱，纵然弄假又成真。休怪我说，一生心伶机巧，常得阴人发
> 迹。你今多大年纪？"敬济道："我二十四岁。"叶道道："亏你前年怎
> 过来，吃了你印堂太窄，子丧妻亡；悬壁昏暗，人亡家破；唇不盖齿，
> 一生惹是招非；鼻若灶门，家私倾散……"（第九十六回，第1409—1410页）

西门庆临死时告诉陈济敬说："姐夫，我养儿靠儿，无儿靠婿，姐夫就是我
的亲儿一般。我若有些山高水低，你发送了我入土，好歹一家一计，帮扶着你
娘儿们过日子，休要教人笑话。"（第七十九回，第1190页）第八十二回之回评说：
"陈敬济者，败茎之芰荷叶。陈者，旧也，残者，败也。敬，茎之别音。济，芰
之别音。盖言芰荷之败者也。"（第八十二回，第1221—1222页）第八十六回之回评：
"写敬济无知小子未经世事，强作解人如画，唤醒多少浮浪子弟。"（第八十六回，
第1263页）在《金瓶梅》中真正经受流落之苦的人物就是陈敬济。

不过，陈敬济与潘金莲的爱恋也是可歌可泣的，他发自内心地喜欢金莲。
在金莲待嫁王婆家里时，他为娶金莲甘愿出银一百两，还要额外酬谢王婆，他
不辞劳苦奔波东京，结果武松还是先行一步杀死了潘金莲。还有些情节描写，
也写得非常动人，比如西门庆死后，吴月娘发现陈济敬与潘金莲的奸情，陈济
敬被赶到印子铺里忍饥挨饿，不得进门。但他思恋至深，于是托薛嫂捎柬，上
写《红绣鞋》词：

> 祆庙火烧皮肉，蓝桥水淹过咽喉，紧按纳风声满南州。洗净了终
> 是染污，成就了倒是风流，不怎么也是有。六姐妆次敬济百拜上。
> 妇人看毕，收入袖中。薛嫂道："他叫你回个记色与他，或写几个
> 字儿稍了去，方信我送的有个下落。"妇人叫春梅陪着薛嫂吃酒，他进
> 入里间，半晌拿了一方白绫帕，一个金戒指儿。帕儿上又写了一首词

儿，叙其相思契阔之怀。写完，封得停当，走出来交与薛嫂，便说："你上覆他，叫他休要使性儿，往他母舅张家那里吃饭，惹他张舅唇齿，说你在丈人家做买卖，却来我家吃饭。显的俺们都是没生活的一般，叫他张舅怪。或是未有饭吃，叫他铺子里拿钱买些点心和伙计吃便了。"（第八十五回，第1259页）

这一段柬帖传情，也影响到《红楼梦》里的"绣帕寄情"。不过，《金瓶梅》里陈敬济与潘金莲的互传信笺，寄托情思，是男女真情，就是直白粗俗，现实主义色彩突出。《红楼梦》里贾宝玉与林黛玉的互诉衷肠，含蓄典雅，富于浪漫气息，却以烧帕表达了林黛玉的痛苦恋情，且预示了宝黛爱情的悲剧结局。当然，陈敬济与潘金莲的病态爱恋厮杀也以悲剧收场。《金瓶梅》对《红楼梦》创作的影响就不言而喻了。

陈敬济对庞春梅也是一往情深，我们可以骂他们是猪狗男女，但他们的真挚感情却不可玷污。在西门庆大肆泄欲的家庭里，他们的媾合又有什么卑鄙下流呢。陈敬济历尽坎坷磨难，终于被旧情人春梅收到周守备府，如愿以偿地与春梅旧情复燃，最终还是因自己和春梅的纵欲结果了自己的生命。而且，他们与潘金莲可以说是狼狈为奸，却是真情实性的性格描写。从社会人情关系的价值判断中，我们可以认为陈敬济与庞春梅都是行侠仗义、敢作敢当的典型形象。

第二节　应伯爵：狡诈机变的中山狼

中国历史上有四大败类：一是流氓，他们利用权力耍无赖、流氓成性，如齐襄公、楚成王、汉成帝、高纬、蔡京、严世蕃、魏忠贤；二是骗子，他们利用自己的舌头挑拨离间、颠倒黑白，如曹爽、刘腾、李林甫、童贯、秦桧、袁世凯；三是马屁精，他们阿谀奉承、献谗求媚、欺上压下，如屠岸贾、赵高、邓通、董贤、梁冀、贾充、杨国忠、朱勔、和珅；四是蠢才，他们愚蠢笨拙、滥用职权、祸国殃民，如宋襄公、楚怀王、秦二世、何进、李存勖、宋高宗，等等。应伯爵集四大败类为一身，是中国小说史上塑造的具有典型意义的卑鄙无耻的势利小人。

应伯爵是开丝绸布店的应员外的儿子，是赔了本钱跌落下来的地主兼商人的子孙。他具有城市痞子的典型表现，是阿谀奉承、阳奉阴违的表率，是西门庆家里的一条哈巴狗，是西门庆肚里的一条蛔虫。在西门庆热结的十兄弟中，对他的描写最多，也刻画得最成功。《金瓶梅》第一回介绍西门庆热结的十兄弟之一应伯爵："第一个相契的，姓应名伯爵，表字光侯，原是开绸缎店应员外的第二个儿子，落了本钱，跌落下来，专在本司三院帮嫖贴食，因此人都起他一个诨名，叫做应花子；又会一腿好气球，双陆、棋子件件皆通。"（第一回，第12—13页）他第一次出场的形象是"只见应伯爵头上戴一顶新灰盔的玄罗帽儿，身上穿一件半新不旧的天青夹绉纱褶子，脚下丝鞋净袜"（第一回，第15页）。月娘对西门庆热结的十兄弟十分不满，说："你也便别说起这干人，那一个是那有良心的行货？无过每日来勾使的游魂撞尸。"而应伯爵却受到西门庆的极力赞赏，西门庆对月娘说："依你说，这些兄弟们没有好人，别的倒也罢了，自我这应二哥这一个人，本心又好又知趣，着人使着他，没有一个不依顺的，做事又十分停当。"（第一回，第15页）

第一，应伯爵是一个帮闲抹嘴的混世魔王。自己的钱输光后，就蹲在外圈替人解闷。留恋揩油沾光的把戏，在风月场里追欢逐乐。附着在达官贵人或地痞流氓的身上，成为他们的帮凶和爪牙。在西门庆的十兄弟中，他出场最多，几乎与西门庆形影不离。西门庆进嫖院，他跟着西门庆与女子们插科打诨；西门庆遇到事情，他为西门庆出谋划策，逗笑解闷；西门庆有了好事，他跟着手舞足蹈，混吃混喝。替别人说和事情，从来少不了好吃好喝，小说第一回里写应伯爵笑嘻嘻来到西门庆家里：

> 西门庆与他作了个揖，让他坐了。伯爵道："哥，嫂子病体如何？"西门庆道："多分有些不起解，不知怎的好。"因问："你们前日多咱时分才散？"伯爵道："承吴道官再三苦留，散时也有二更多天气。咱醉的要不的，倒是哥早早来家的便宜些。"西门庆因问道："你吃了饭不曾？"伯爵不好说不曾吃，因说道："哥，你试猜。"西门庆道："你敢是吃了？"伯爵掩口道："这等猜不着。"西门庆笑道："怪狗才，不吃便说不曾吃，有这等张致的？"一面叫小厮："看饭来，咱与二叔吃。"伯爵笑道："不然咱也吃了来了咱听得一件稀罕的事儿，来与哥说，要同哥去瞧瞧。"（第一回，第25页）

这就是应伯爵的形象，一个油嘴滑舌的混世魔王。他整天过着游手好闲浪荡公子的生活。第五十二回中说应伯爵与谢希大在西门庆家里，黏着不走，听说西门庆请他们吃饭，就更拔不动腿了：

画童儿用方盒拿上四个小菜儿，又是三碟儿蒜汁，一大碗猪肉卤，一张银汤匙，三双牙箸，摆放停当。三人坐下，然后拿上三碗面来，各人自取浇卤，倾上蒜醋。那应伯爵与谢希大拿起箸来，只三扒两咽，就是一碗。两人登时狠了七碗。西门庆两碗还吃不了，说道："我的儿，你两个吃这些！"伯爵道："哥，今日这面，是那位姐儿下的？又好吃，又爽口。"谢希大道："本等卤打的停当，我只是刚才吃了饭了，不然我还禁一碗。"两个吃的热上来，把衣服脱了。见琴童儿收家活，便道："大官儿，到后边取些水来，俺每漱漱口。"谢希大道："温茶儿又好，热的烫的死蒜臭。"少顷，画童儿拿茶至。三人吃了茶，出来外边松墙外各花台边走了一道。只见黄四家送了四盒子礼来。平安儿撅进来与西门庆瞧：一盒鲜乌菱，一盒鲜荸荠，四尾冰湃的大鲥鱼，一盒枇杷果。伯爵看见说道："好东西儿，他不知那里剜的送来，我且尝个儿着。"一手挝了好几个，递了两个与谢希大，说道："还有活到老死，还不知此是甚么东西儿哩。"西门庆道："怪狗才，还没供养佛，就先挝了吃？"伯爵道："甚么没供佛，我且入口无赃着。"西门庆分咐："交到后边收了。问你三娘讨三钱银子赏他。"伯爵问："是李锦送来，是黄宁儿？"平安道："是黄宁儿。"伯爵道："今日造化了这狗骨秃了，又赏他三钱银子。"这里西门庆看着他两个打双陆不题。(第五十二回，第699—700页)

小说第十二回写西门庆在勾栏里贪恋李桂姐，应伯爵、谢希大、祝实念、孙寡嘴、常时节等也跟着西门庆胡混，桂姐的姐姐桂卿让人买酒菜置办了酒席，一伙人等着山吃海喝，是"嚼倒泰山不谢土的"人。众人坐下，说了声"动箸吃"时，说时迟，那时快，但见：

人人动嘴，个个低头。遮天映日，犹如蝗蚋一齐来；挤眉掇肩，好似饿牢才打出。这个抢风膀臂，如整年未见酒和肴；那个连三筷子，成岁不逢筵和席。一个汗流满面，却似与鸡骨秃有冤仇；一个油抹嘴唇，把猪毛皮连唾咽。吃片时，杯盘狼藉；唼顷刻，箸子纵横。这个称为食王元帅，那个号作净盘将军。酒壶番晒又重斟，盘馔已无还去探。正是珍馐百味片时休，果然都送入五脏庙。

当下众人吃得个净光王佛……临出门来，孙寡嘴把李家明间内供养的镀金铜佛，塞在裤腰里。应伯爵推逗桂姐亲嘴，把头上金玳针儿

戏了。谢希大把西门庆川扇儿藏了。祝实念走到桂卿房里照面，溜了
她一面水银镜子。常峙节借的西门庆一钱银子，竟是写在嫖帐上了。
原来这起人只伴着西门庆顽耍，好不快活。有诗为证：

> 工妍掩袖媚如猱，乘兴闲来可暂留。

> 若要死贪无厌足，家中金钥教谁收？(第十二回，第169—170页)

这些描写把西门庆热结的所谓十兄弟的丑恶嘴脸作了生动形象的刻画，可
以说入木三分。十兄弟是什么东西已经很清楚了。第五十二回还写应伯爵和谢
希大见了西门庆家的吃喝，如狼似虎：

> 只见画童儿拿出四碟鲜物儿来：一碟乌菱，一碟荸荠，一碟雪藕，
> 一碟枇杷。西门庆还没曾放到口里，被应伯爵连碟子都挝过去，倒的
> 袖了。谢希大道："你也留两个儿我吃。"也将手挝一碟子乌菱来。只
> 落下藕在桌子上……三个只吃到掌灯时候，还等后边拿出绿豆白米水
> 饭来吃了，才起身。(第五十二回，第708页)

小说第六十七回写应伯爵与西门庆闲聊：

> 正说着，只见画童拿了两盏酥油白糖熬的牛奶子。伯爵取过一盏，
> 拿在手内，见白激激鹅脂一般酥油漂浮在盏内，说道："好东西，滚
> 热！"呷在口里，香甜美味，那消力气，几口就呵没了。西门庆直待篦
> 了头，又教小周儿替他取耳，把奶子放在桌上，只顾不吃。伯爵道：
> "哥且吃些不是，可惜放冷了。相你清晨吃怎一盏儿，倒也滋补身子。"
> 西门庆道："我且不吃，你吃了，停会我吃粥罢。"那伯爵得不的一声，
> 拿在手中又一吸而尽。(第六十七回，第917页)

过了不长时间，小粉头郑春又拿来了郑爱月儿献给西门庆的一盒果馅顶皮
酥和一盒酥油泡螺儿：

> 伯爵道："好呀，拿过来，我正要尝尝！死了我一个女儿会拣泡螺
> 儿，如今又是一个女儿会拣了。"先捏了一个放在口内，又去捏一个递
> 与温秀才，说道："老先你也尝尝！吃了牙老重生，抽胎换骨，眼见希
> 奇物，胜活十年人。"温秀才呷在口内，入口而化，说道："此物出于

西域，非人间可有。沃肺融心，实上方之佳味。"西门庆又问："那小盒内是甚么？"郑春悄悄跪在西门庆跟前，递上盒儿，说："此是姐捎与爹的物。"西门庆把盒子放在膝盖儿上揭开，才待观看，早被伯爵一手挝过去。打开是一方回文锦，同心方胜桃红绫汗巾儿，里面裹着一包亲口磕的瓜仁儿。伯爵把汗巾儿掠与西门庆，将瓜仁两把啮在口里都吃了。比及西门庆用手夺时，只剩下没多些儿，便骂道："怪狗才，你馋痨馋痞！留些儿与我见见儿，也是人心。"伯爵道："我女儿送来，不孝顺我，再孝顺谁？我儿，你寻常吃的勾了。"西门庆道："温先儿在此，我不好骂出来。你这狗才，忒不相模样！"一面把汗巾收入袖中，吩咐王经："把盒儿撇到后边去。"（第六十七回，第919—920页）

接下来，西门庆又与应伯爵等人行令饮酒：

伯爵才待拿起酒来吃，只见来安儿后边拿了几碟果实，内有一碟酥油泡螺，又一碟黑黑的团儿，用橘叶裹着。伯爵拈将起来，闻着喷鼻和香，吃到口犹如饴蜜，细甜美味，不知甚物。西门庆道："你猜！"伯爵道："莫非是糖肥皂？"西门庆笑道："糖肥皂哪有这等好吃！"伯爵道："待要说是梅酥丸，里面月有核。"西门庆道："狗才过来，我说与你罢，你做梦也梦不着，是昨日小价杭州船上捎来，名唤做衣梅。都是各样药材，用蜜炼制过，滚在杨梅上，外用薄荷、橘叶包裹，才有这般美味。每日清晨噙一枚在口内，生津补肺，去恶味，煞痰火，解酒刻食，比梅酥丸更妙。"伯爵道："你不说，我怎的晓得。"因说："温老先儿，咱再吃个。"教王经："拿张纸来，我包两丸儿，到家稍与你二娘吃。"又拿了泡螺来问郑春："这泡螺儿果然是你家月姐亲手拣的？"郑春跪下说："二爹，莫不小的敢说谎！不知月姐费了多少心，只拣了这几个儿来孝顺爹。"伯爵道："可也亏她，上头纹溜就像螄一般，粉红、纯白两样儿。"西门庆道："我儿，此物不免使我伤心，惟有死了的六娘他会拣。他没了，如今家中谁会弄他！"伯爵道："我头里不说的，我愁甚么，死了一个女儿会拣泡螺儿孝顺我，如今又钻出这个女儿拣了。偏你也会寻，寻的都是妙人儿。"西门庆笑得两眼没缝儿，赶着伯爵打，说："你这狗才，单管只胡说！"（第六十七回，第926页）

这是多么生动形象的刻画！一言一行活画出一个吃不得又丢不得的鸡肋形

象。应伯爵甜言蜜语，逗笑取乐，以夺取主子的欢心。他沾光卖乖，看风使舵，真是"弹簧脖子轴承腰，头上插着风向标"，让人丢了东西还高兴，实在是老冯的膏药——又黏又滑。西门庆真拿他没办法。

书中极力描写应伯爵的一张会说会道的嘴，他能调节气氛，化解矛盾，富有一定的幽默诙谐色彩。张竹坡《金瓶梅》第一回之回评写道，"描写伯爵处，纯是白描追魂摄影之笔。如向希大说'何如？我说……'，又如'伸着舌头道：爷……'。俨然纸上活跳出来，如闻其声，如见其形。"（第一回，第4页）轮到花子虚摆酒请客的时候，酒后他随西门庆去丽春院梳笼李桂姐。第二次是元宵之夜，和西门庆观灯后，又到丽春院去，西门庆摆酒，应伯爵出嘴，他逢场作戏，为西门庆制造笑料，活跃气氛。因西门庆给丽春院里老虔婆三两银子，虔婆见钱眼开，激动万分，一边推辞，一边将银子接来袖了。于是应伯爵讲了一个打趣老鸨儿的笑话：

> 一个子弟在院里阃小娘儿。那一日作耍，装做贫子进去。老妈见他衣服蓝缕，不理他。坐了半日，茶也不拿出来。子弟说："妈，我肚饥，有饭寻来我吃。"老妈道："米囤也晒，那讨饭来！"子弟又道："既没饭，有水拿些来，我洗脸罢。"老妈道："少挑水钱，连日没送水来。"这子弟向袖中取出十两一锭银子放在桌上，教买米顾水去。慌的老妈没口子道："姐夫吃了脸洗饭？洗了饭吃脸？"（第十五回，第218—219页）

讲完笑话后人们哄堂大笑。这故事既讽刺了虔婆的趋炎附势，也反映了应伯爵自己落魄后的凄凉心境。由于他家道的衰微，更能体会人情冷暖和世态炎凉。其实，他也自己讽刺了自己。后来，丽春院里李桂姐因为偷偷与南蛮子丁二官私好，被西门庆发现，得罪了西门庆，院里求应伯爵和谢希大去请西门庆，要给西门庆赔礼道歉。自然，应伯爵和谢希大也得到应有的报酬。为了讨好两家，应伯爵尽自己所能，为他们调节气氛，缓和矛盾。李桂姐也完全理解他的用心，并不对他的殷勤给予褒赏，而是笑骂打趣他说：

> 你看，贼小淫妇儿，念了经打和尚。他不来，慌的那腔儿，这回就翘膀毛儿干了。你过来，且与我个嘴，温温寒着。（第二十一回，第307页）

于是，不由分说，搂过李桂姐就亲了个嘴。李桂姐打趣他，称他为孩子，他又对李桂姐说了一个笑话：

> "一个螃蟹，与田鸡结为兄弟，赌跳过水沟儿去，便是大哥。田鸡几跳，跳过去了。螃蟹方欲跳，撞与两个女子来汲水，用草绳把他拴住，打了水，带回家去。临行忘记了，不将去。田鸡见他不来，过来看他，说道：'你怎的就不过去了？'螃蟹说：'我过的去，倒不吃两个小淫妇掇的恁样了。'"桂姐两个听了，一齐赶着打。把西门庆笑得要不的。（第二十一回，第307—308页）

第五十二回说应伯爵和谢希大在西门庆家吃了饭，到花园内玩耍，有一段应伯爵极尽调笑之能事的描写：

> 卷棚内，又早放下八仙桌儿，桌上摆设两大盘烧猪肉，并许多肴馔。众人吃了一回，桂姐在旁拿钟儿递酒，伯爵道："你爹听着说——不是我索落你，人情儿已是停当了。你爹又替你县中说了，不寻你了。亏了谁？还亏了我再三央及你爹，他才肯了。平白他肯替你说人情去？随你心爱的甚么曲儿，你唱个儿我下酒，也是拿勤劳准折。"桂姐笑骂道："怪砑花子，你'虼蚤包网儿——好大面皮'！爹他肯信你说话？"伯爵道："你这贼小淫妇儿！你经还没念，就先打和尚。要吃饭，休恶了火头！你敢笑和尚投丈母，我就单丁摆布不起你这小淫妇儿？你休笑话，我半边俏还动的。"被桂姐把手中扇把子，尽力向他身上打了两下。西门庆笑骂道："你这狗才，到明日论个男盗女娼，还亏了原问处。"笑了一回，桂姐慢慢才拿起琵琶，横担膝上，启朱唇，露皓齿，唱：
> ［黄莺儿］谁想有这一种。减香肌，憔瘦损。镜鸾尘锁无心整。脂粉倦匀，花枝又懒簪。空教黛眉蹙破春山恨。
> 伯爵道："你两个当初好来，如今就为他耽些惊怕儿，也不该抱怨了。"桂姐道："汗邪了你，怎的胡说！"
> 最难禁，谯楼上画角，吹彻了断肠声。
> 伯爵道："肠子倒没断，这一回来提你的断了线，你两个休提了。"被桂姐尽力打了一下，骂道："贼攮刀的，今日汗邪了你，只鬼混人的。"

[集资宾] 幽窗静悄月又明，恨独倚帏屏。蓦听的孤鸿只在楼外鸣，把万愁又还题醒。更长漏永，早不觉灯昏香烬。眠未成。他那里睡得安稳！

伯爵道："傻小淫妇儿，他怎的睡不安稳？又没拿了他去。落的在家里睡觉儿哩。你便在人家躲着，逐日怀着羊皮儿，直等东京人来，一块石头方落地。"桂姐被他说急了，便道："爹，你看应花子，不知怎的，只发讪缠我。"伯爵道："你这回才认的爹了？"桂姐不理他，弹着琵琶又唱：

[双声叠韵] 思量起，思量起，怎不上心？无人处，无人处，泪珠儿暗倾。

伯爵道："一个人惯溺尿。一日，他娘死了，守孝打铺在灵前睡。晚了，不想又溺下了。人进来看见裤子湿，问怎的来，那人没的回答，只说：'你不知，我夜间眼泪打肚里流出来了。'——就和你一般，为他声说不的，只好背地哭罢了。"桂姐道："没羞的孩儿，你看见来？汗邪了你哩！"

我怨他，我怨他，说他不尽，谁知道这里先走滚。自恨我当初不合他认真。

伯爵道："傻小淫妇儿，如今年程，三岁小孩儿也哄不动，何况风月中子弟。你和他认真？你且住了，等我唱个南曲儿你听：'风月事，我说与你听：如今年程，论不得假真。个个人古怪精灵，个个人久惯牢成，倒将计活埋把瞎缸暗顶。老虔婆只要图财，小淫妇儿少不得拽着脖子往前挣。苦似投河，愁如觅井。几时得把业罐子填完，就变驴变马也不干这营生。'"当下把桂姐说的哭起来了。被西门庆向伯爵头上打了一扇子，笑骂道："你这搯断肠子的狗才！生生儿吃你把人就欧杀了。"因叫桂姐："你唱，不要理他。"谢希大道："应二哥，你好没趣！今日左来右去，只欺负我这干女儿。你再言语，口上生个大疔疮。"那桂姐半日拿起琵琶，又唱：……（第五十二回，第702—704页）

西门庆与李桂姐在藏春坞雪洞里，纵欲淫荡戏耍，被应伯爵当场抓住。在这种尴尬的局面下，他还硬是凑上去，要讨点便宜。说着，真的按着李桂姐亲了个嘴，这才放开出去。为了博得主子的欢欣，他处处摇尾乞怜，卑贱下流，甘受侮辱。他与西门庆去妓女郑爱月处玩乐，打情骂俏，简直丑态百出。他与西门庆等与郑爱月玩乐，他为讨好西门庆真的下跪打趣，讨好西门庆。

　　第二，溜须拍马、献谀求媚是应伯爵帮嫖贴食的另一种手段。之所以拍马屁，是因为可以骑，也是因为有人愿意让拍。西门庆娶李瓶儿可以说应伯爵操碎了心，在娶李瓶儿的过程中，他极尽拍马之能事。第五十二回写黄四家送来了四盒子礼来，其中有"两盘新煎鲜鲥鱼"。下回写应伯爵拨了半段鲥鱼给西门庆。说："我见今年还没食这个哩，且尝新着……你们哪里晓得，江南此鱼，一年只过一遭儿，吃到牙缝里，剔出来都是香的。好容易！公道说，就是朝廷还没吃哩，不是哥这里，谁家有？"（第五十二回，第707—708页）

　　在西门庆娶李瓶儿之前，西门庆因怕花家出面干涉，生出事端，踌躇不决。应伯爵听说了此事，故作惊喜，拉着西门庆说："哥你可成个人儿，有这等事，就挂口不对兄弟们说声儿？就是花大有些话说，哥只吩咐俺们一声儿，等俺们和他说，不怕他不依。他若敢道个不字，俺们就和他结一个大肐瘩！端的不知哥这亲事成了不曾？哥一一告诉俺们，比来相交朋友做什么？哥若有使令去处，兄弟情愿火里火去，水里水去。弟们这等待你，哥还只顾瞒着不说。"（第十六回，第233页）李瓶儿过门时，应伯爵在酒宴上大肆鼓吹，大肆吹捧。说："我这嫂子，端的寰中少有，盖世无双。休说德性温良，举止沉重，自这一表人物，普天之下也寻不出来。那里有哥这样大福？俺每今日得见嫂子一面，明日死也得好处。"（第二十回，第289页）李瓶儿病重时，西门庆叫他去请吴道官为她驱邪。他说："不打紧，等我去。天可怜见，嫂子好了，我就头朝地也走。"（第六十二回，第836—837页）这种丑态百出的人物，这样的甜言蜜语叫人听了怎不喜欢，难怪西门庆被他挑拨得神魂颠倒。

　　蔡京补了西门庆为理刑副千户，李瓶儿又生了儿子，可以说是双喜临门。应伯爵是不会放过这样的奉承机会的，吴典恩也正好求他去向西门庆借银子。他到了西门庆家，西门庆家里正忙着做官衣，治官带，他拿起西门庆的一条带，极口夸赞道："亏哥那里寻的，都是一条赛一条的好带，难得这般宽大。别的倒也罢了，只这条犀角带并鹤顶红，就是满京城拿着银子也寻不出来。不是面奖，就是东京卫主老爷，玉带金带空有，也没这条犀角带。这是水犀角，不是旱犀角。旱犀角不值钱。水犀号作通天犀。你不信，取一碗水，把犀角安放在水内，分水为两处，此为无价之宝。"又说："难得这等宽样好看。哥，你到明日系出去，甚是霍绰。就是你同僚间，见了也爱。"（第三十一回，第427页）先这样夸赞了一番，才引出吴主管借银子的话题，自然一说就成了。为此，吴典恩送给他十两银子做酬谢。见到李瓶儿的儿子官哥儿，他的甜言蜜语出口成章："相貌端正，天生的就是个戴纱帽胚胞儿。"（第三十一回，第436页）西门庆听了大喜。

　　这种小丑形象活灵活现地表现出来。任何一个存在专制和独裁的社会里，都会有这样的小丑活跃在历史的舞台上。作为封建专制社会的一个组成部分——封建家庭，也同样存在着让拍马者得逞的机会。而且，历史的事实是，虽然溜须拍马者被后人唾弃，但在他活在人世上的时候，却得到了正直的人们得不到的好处。他们活得红红火火，过得潇洒自如。他的心灵深处并没有觉得有什么耻辱和罪过。因为他们是历史社会的产物，是时代环境造就的现实存在，是"合理"的现实。应伯爵正是这样一个适应家庭环境和社会条件的自然产物，他在西门庆的家庭里可谓左右逢源，得心应手。他不但取得了西门庆的喜欢，也得到了许多的好处，是真正的帮闲抹嘴的寄生虫，西门庆肚子里的一条蛔虫。在西门庆面前称兄道弟，也敢和西门庆胡说八道，甚至可以戏弄取笑西门庆。第六十七回说应伯爵的老婆春花生了个儿子，西门庆问他养的个甚么，他说是个小厮。西门庆骂道："傻狗才，生了儿子倒不好，如何烦恼！是春花那奴才生的？"伯爵笑道："是你春姨。"（第六十七回，第933页）应伯爵不高兴，是因为家里没有钱，正是来与西门庆借银子的。西门庆给他银子，说："傻孩儿，谁和你一般计较！左右我是你老爷老娘家，不然你但有事就来缠我！这孩子也不是你的孩子，自是咱两个分养的。实和你说，过了满月，把春花儿那奴才叫了来，且答应我些时儿，只当利钱不算罢。"伯爵道："你春姨这两日瘦的像你娘那样哩。"（第六十七回，第934—935页）两个又戏了一回。应伯爵真是，吃西门庆的，还戏弄西门庆。

第三，应伯爵再一个突出的性格特点是抽头拐骗。应伯爵的拐骗不仅发生在有求于他的人身上，而且常常去拐骗他的亲朋好友，他在与西门庆热结的十兄弟中也进行揩油蒙骗的勾当。比如，应伯爵代替西门庆和何官人讲了一笔买绒线的生意。事后对西门庆说是四百五十两银子成交，实际上只用了四百二十两。他从中吞没了三十两。他担心来保向西门庆泄底，又从三十两中拿出九两与来保平分了。其贪婪阴险的面孔完全暴露无遗。什么友情、什么亲情，早飞到九霄云外去了。

吴典恩和来保到东京给蔡太师送寿礼，蔡太师因为他们一路辛苦，恩赐了吴典恩一个驲丞小官儿，吴典恩为了上任时装扮门面，便托应伯爵向西门庆借了一百两银子。事后，应伯爵从中敲去了十两作为"保头钱"，并说："若不是我那等取巧说着，他会胜不肯借与你。"（第三十一回，第429页）

另外，他还常常干些吃了原告吃被告的勾当，第三十三、三十四回里，抓二捣鬼、放二捣鬼、替街坊说情，等等，靠着油嘴滑舌赚了不少昧心钱。

第四十五回应伯爵做经纪人，替李三、黄四出主意借西门庆的银子，最终李三、黄四坑害了西门庆。当初，应伯爵是这样为李三和黄四打算的：

　　原来应伯爵自从与西门庆作别，赶到黄四家。黄四又早夥中封下十两银子谢他：“大官人吩咐教俺过节去，口气只是搠那五百两银子文书的情。你我钱粮拿甚么支持？”应伯爵道：“你如今还得多少才勾？”黄四道：“李三哥他不知道，只要靠着问那内臣借，一般也是五分行利。不如这里借着衙门中势力儿，就是上下使用也省些。如今我算，再借出五十个银子来，把一千两合用，就是每月也好认利钱。”应伯爵听了，低了低头儿，说道：“不打紧。假若我替你说成了，你夥计六人怎生谢我？”黄四道：“我对李三说，夥中再送五两银子与你。”伯爵道：“休说五两的话。要我手段，五两银子要不了你的，我只消一言，替你每巧一巧儿，就在里头了。今日俺房下往他家吃酒，我且不去。明日他请俺们晚夕赏灯，你两个明日绝早买四样好下饭，再着上一坛金华酒。不要叫唱的，他家里有李桂儿、吴银儿还没去哩！你院里叫上六个吹打的，等我领着送了去。他就要请你两个坐，我在旁边，只消一言半句，管情就替你说成了。找出五百两银子来，共搠一千两文书，一个月满破认他三十两银子，那里不去了，只当你包了一个月老婆了。常言道：秀才无假漆无真。进钱粮之时，香里头多放些木头，蜡里头多掺些柏油，那里查帐去？不图打鱼，只图混水，借着他这名声儿，才好行事。”于是计议已定。

　　到次日，李三、黄四果然买了酒礼，伯爵领着两个小厮，抬送到西门庆家来。西门庆正在前厅打发桌面，只见伯爵来到，作了揖，道及：“昨日房下在这里打搅，回家晚了。”西门庆道：“我昨日周南轩那里吃酒，回家也有一更天气，也不曾见的新亲戚，老早就去了。今早衙门中放假，也没去。”说毕坐下，伯爵就唤李锦：“你把礼抬进来。”不一时，两个抬进仪门里放下。伯爵道：“李三哥、黄四哥再三对我说，受你大恩，节间没甚么，买了些微礼来，孝顺你赏人。”只见两个小厮向前磕头。西门庆道：“你们又送这礼来做甚？我也不好受的，还教他抬回去。”伯爵道：“哥，你不受他的，这一抬出去，就丑死了。他还要叫唱的来伏侍，是我阻住他了，只叫了六名吹打的在外边伺候。”西门庆向伯爵道：“他既叫将来了，莫不又打发他？不如请他两个来坐坐罢。”伯爵得不的一声儿，即叫过李锦来，吩咐：“到家对你爹说：老爹收了礼了，这里不着人请去了，叫你爹同黄四爹早来这里坐坐。”那李锦应诺下去。须臾，收进礼去。令玳安封二钱银子赏他，磕头去了。六名吹打的下边伺候。

少顷，棋童儿拿茶来，西门庆陪伯爵吃了茶，就让伯爵西厢房里坐，因问伯爵："你今日没会谢子纯？"伯爵道："我早晨起来时，李三就到我那里，看着打发了礼来，谁得闲去会他？"西门庆即使棋童儿："快请你谢爹去！"不一时，书童儿放桌儿摆饭，两个同吃了饭，收了家伙去。西门庆就与伯爵两个赌酒儿打双陆。伯爵趁谢希大未来，乘先问西门庆道："哥，明日找与李智、黄四多少银子？"西门庆道："把旧文书收了，另捣五百两银子文书就是了。"伯爵道："这等也罢了。哥，你不如找足了一千两，到明日也好认利钱。我又一句话，那金子你用不着，还算一百五十两与他，再找不多儿了。"西门庆听罢道："你也说的是。我明日再找三百五十两与他罢，改一千两银子文书就是了，省的金子放在家也只是闲着。"（第四十五回，第596—598页）

说了一回，西门庆请入书房里坐的。不一时，李智、黄四到了。西门庆说道："你两个如何又费心送礼来？我又不好受你的。"那李智、黄四慌的说道："小人惶恐，微物胡乱与老爹赏人罢了。蒙老爹呼唤，不敢不来。"于是搬过座儿来，打横坐了。须臾，小厮画童儿拿了五盏茶上来，众人吃了。少顷，玳安走上来请问："爹，在那里放桌儿？"西门庆道："就在这里坐罢。"于是玳安与画童两个抬了一张八仙桌儿，骑着火盆安放。伯爵、希大居上，西门庆主位，李智、黄四两边打横坐了。须臾，拿上春橐按酒，大盘大碗汤饭点心、各样下饭。酒泛羊羔，汤浮桃浪。乐工都在窗外吹打。西门庆叫了吴银儿席上递酒，这里前边饮酒不题。（第四十五回，第600页）

看起来，应伯爵是为李三和黄四出力，事实上是，应伯爵完全为了自己能从中赚到利益，而用他会说的舌头征服了西门庆，又赢得了李三、黄四的崇拜和敬重，真正的受害者是西门庆。

应伯爵自己家里非常贫穷，可他还假装有钱，虚伪世故，为了能在富人面前显露自己的阔气，时时向西门庆求助。一年正月里，云离守请西门庆的妻妾们去吃节酒，同时请了应伯爵的老婆。他苦于寒酸出不了家门，连件出门的衣服都没有。应伯爵又到西门庆家给他的老婆借衣服、头面。除了贴身的衣服，其他的都是借的。包括"两套上色段子织金衣服、大小五件头面、一双二珠唤儿"。何千户请节酒，同时又请了应伯爵。他并不认识何千户，也拿不出回礼。他一方面不敢去，一方面又舍不得这个机会，于是，又去求救于西门庆，西门庆借给他"二钱银子,一方手帕"的厚礼,才能够去了何千户家。摇尾乞怜,献媚求生。

我们常说,路遥知马力,日久见人心。从表面上看应伯爵与西门庆关系非常密切,好像真的是人生知己。其实,当人遇到磨难和挫折时才能看出人的真面目。西门庆在世的时候,应伯爵紧随其后,对西门庆言听计从。而当西门庆死后,他马上就翻脸不认人了。昔日的哈巴狗,一下子变成中山狼。对应伯爵来说,他靠依附西门庆过日子,有奶便是娘。西门庆死了,到了"二七光景",应伯爵才将西门庆生前的这些"好友"纠集起来,商量如何向生前的靠山——口口声声称道的"大官人"表达一点哀思。应伯爵在众人面前讲了一段耐人寻味的话:"大官人没了,今一七光景。你我相交一场,当时也曾吃过他的,也曾用过他的,也曾使过他的,也曾借过他的。今日他没了,莫非推不知道?洒土也眯眯了后人眼睛儿,他就到了阎王跟前,也不饶你我。你我如今这等算计,你我各出一钱银子,七人共凑上七钱,办一桌祭礼,买一幅轴子,再请水先生作一篇祭文,抬了去,大官人灵前祭奠祭奠,少不的还讨七分银一条孝绢来,(他莫不白放咱出来,咱还吃他一阵;到明日,出殡山头,饶饱餐一顿,每人还得他半张靠山桌面,来家与老婆孩子吃着,两三日省了买烧饼钱。本版本无此段)这个好不好?"(第八十回,第1199—1200页)

可见,西门庆一死,应伯爵再也不是他生前那个出生入死敢为他两肋插刀的兄弟了。他忘记了他的妾春花生了孩子,无钱养活向西门庆借钱,西门庆非常大方地借给他五十两银子,他曾深深打恭说:"蒙哥厚情,死生难忘。"(第六十七回)他不但忘恩负义地抛开了西门庆一家,而且挑唆别人与西门庆一家离心离德。作为寄生虫的应伯爵,自己主人一死也就没有了油水可捞,只能再去寻找新的寄生温床。

西门庆死前,由李三、黄四两个人牵线,要做一笔古董生意,便打发家人春鸿、来爵同李三到兖州察院找宋御史讨批文。不料,李三、春鸿和来爵在带回批文的路上听说西门庆已经死去。于是,李三起了歹意,他和春鸿与来爵商量,想隐下批文投靠张二官。春鸿、来爵如不去,给他们十两银子,让他们到家后隐瞒真情。来爵见钱眼开,一说就同意了。而春鸿却含糊不清,也应承了。到家后,春鸿将实情告诉了吴大舅,他又和吴月娘商量,同时告诉了应伯爵,提到李三、黄四在西门庆死前还欠本利六百五十两银子,准备通过何千户告李三和黄四的状。应伯爵得到了这个信息,他先稳住了吴大舅。然后马上来见李三、黄四,通风报信,并为之出谋划策。目的十分明确,取悦吴大舅,坑害吴月娘,直接背叛西门庆,再从李三、黄四那里得到好处。他对李三和黄四提议

227

以二十两银子收买吴大舅，又出主意说："我听得说，这宗钱粮他家已是不做了，把这批文难得掣出来，咱投张二官那里去罢。你们二人再凑得二百两，少了也拿不出来，再备办一张祭桌，一者祭奠大官人，二者交这银子与他。另立一张欠结，你往后有了买卖，慢慢还他就是了。这个一举而两得，又不失了人情，又有个终结。"（第七十九回，第1196页）

应伯爵所做的是助纣为虐，收买吴大舅，孤立吴月娘的勾当。实是缓兵之计，其最终目的是扼杀吴月娘全家，挖倒西门庆的墙根。后来，应伯爵投靠了张二官儿，成为破坏西门庆家庭的主要力量。小说第八十回写道：

> 伯爵、李三、黄四借了徐内相五千两银子，张二官出了五千两，做了东平府古器这批钱粮，逐日宝鞍大马，在院中摇摆。张二官见西门庆死了，又打点了两千两金银，往东京寻了枢密院郑皇亲人情，对堂上朱太尉说，要讨提刑所西门庆个缺。家中收拾买花园，盖房子。应伯爵无日不在他那边趋奉，把西门庆家中大小之事，尽告诉与他，说："他家中还有第五个娘子潘金莲，排行六姐，生的上画般标致，诗词歌赋，诸子百家，拆牌道字，双陆象棋，无不通晓；又写的一笔好字，弹一手好琵琶。今年不上三十岁，比唱的还乔。"说的这张二官心中火动，巴不得就要了他，便问道："莫非是当初卖炊饼的武大郎那老婆么？"伯爵道："就是他。被他占来家中，今也有五六年光景，不知他嫁人不嫁。"张二官道："累你打听着。待有嫁人的声口，你来对我说，等我娶了罢。"伯爵道："我身子里有个人，在他家做家人，名来爵儿。等我对他说，若有出嫁声口，就来报你知道。难得你娶过这个人来家，也强似娶个唱的。当时有西门庆大官人在时，为娶他，也费了许多心。大抵物各有主，也说不的，只好有福的匹配。你如今有了这般势耀，不得此女貌，同享荣华，枉自有许多富贵。我只叫来爵儿密密打听。但有嫁人的风缝儿，凭我甜言美语，打动春心，你却用几百两银子，娶到家中，尽你受用便了。"（第八十回，第1209页）

常言说，朋友之妻不可欺，朋友之爱不可夺。应伯爵不但想侵占西门庆的家产，而且想买卖西门庆的妻妾，然后将西门庆一家全部毁掉。中山狼的真面目暴露无遗。连作者也非常感慨地说："看官听说：但凡世上帮闲子弟，极是势利小人。当初西门庆待应伯爵如胶似漆，赛过同胞弟兄，那一日不吃他的，穿他的，受用他的。身死未几，骨肉尚热，便做出许多不义之事。正是画虎画皮难画骨，知人知面不知心。有诗为证：昔年意气似金兰，百计趋承不等闲。今日西门身死后，纷纷谋妾伴人眠。"（第八十回，第1209页）

通过分析应伯爵，得出一个人生的经验。越是与你走得亲近，阿谀奉承的人越可能是你的敌人。当你有职有权的时候，他可以在你面前献颜求媚，顺杆爬高。而一旦你失去了权力和地位，他就会立即将你抛弃，另寻主子。应伯爵还不如一条狗，狗为了求得主人的欢欣，摇尾乞怜，但却对主人忠诚如一，至死不移。并且狗不嫌贫爱富，一息尚存，紧随主人。而应伯爵这样的人，谁有奶就是娘，无奶就离去，立即变成中山狼。泰戈尔说：当人是兽时，他比兽还坏。世界上最狡猾的绝不是狐狸，再狡猾的狐狸也斗不过人。谁能说张二官败落的时候，那应伯爵不去挖他家的墙角呢！这个人物形象使我们想起《红楼梦》中的贾雨村和那个当时救过贾雨村的门子，人心真是难测啊！画虎画皮难画骨，知人知面不知心。也说明了人不能太得意，一旦得意忘形，就会迷失方向，上了心术不正人的当。人世间真是螳螂捕蝉，黄雀在后。当然，应伯爵也有值得肯定的一面，他有精明的头脑，细心的算计，会说的舌头。他善于应承，左右逢源，为别人穿针引线、牵线搭桥，可谓伶俐乖巧。并且富有经济头脑，是当时社会条件下精明强干的人物。

应伯爵这个人物形象是当时社会环境、世态人情的产物。总之，在一个专制的时代、专制的国度里不可能不出妖物。《狐狸缘传》中有个装神弄鬼的王半仙，他自鸣得意，为周公子降妖，结果被众狐妖打得五体投地，狼狈逃窜。其油嘴滑舌不亚于应伯爵。《金瓶梅》第九十五回还细致描写了那个靠西门庆的关系做了官的吴典恩，后升为巡检，也是一个忘恩负义的乱臣贼子。当西门庆死后，他的家人平安儿因吴月娘把奶子如意儿许配给玳安，而没有给他娶亲，就偷了当铺的头面儿和金钩子，出去嫖娼，被抓住送入官衙。吴典恩趁机逼迫平安儿污赖吴月娘与玳安有奸，幸亏春梅的丈夫周守备惩治了吴典恩，救了月娘。不然，他还要拿吴月娘试问，当然也是为了金钱和财物。吴典恩真是"无点恩"，也是个典型的应伯爵式的中山狼。无耻是无耻者的通行证，卑鄙是卑鄙者的墓志铭。

第三节　韩道国：廉耻丧尽的吃软饭人

在《金瓶梅》最无人格寡廉鲜耻的，就是韩道国，也是个极不守本分的人。他与应伯爵臭味相投，是应伯爵把他介绍给西门庆的。《金瓶梅》第三十三回这样介绍他：

> 其人五短身材，三十年纪，言谈滚滚，满面春风。（第三十三回，第455页）

> 且说西门庆新搭的开绒线铺伙计，也不是守本分的人，姓韩名道国，字希尧，乃是破落户韩光头的儿子。如今跌落下来，替了大爷的差使，亦在郓王府做校尉。见在县东街牛皮巷居住。其人性本虚飘，言过其实，巧于词色，善于言谈。许人钱，如捉影扑风；骗人财，如探囊取物。自从西门庆家做了买卖，手里财帛从容，新做了几件虼蝽皮，在街上摺着肩膊就摇摆起来。人见了不叫他个韩希尧，只叫他做"韩一摇"。（第三十三回，第462页）

小说接着描写了他的老婆王六儿与他的弟弟韩二捣鬼偷奸被抓的故事。小说安排情节也十分巧妙：就在王六儿和韩二捣鬼被捉奸的时候，韩道国正在大街上吹嘘着自己：

> 单表那日，韩道国铺子里不该上宿，来家早，八月中旬天气，身上穿着一套儿轻纱软绢衣服，新盔的一顶帽儿，摇着扇儿，在街上阔行大步摇摆。但遇着人，或坐或立，口若悬河，滔滔不绝，就是一回。内中遇着他两个相熟的人，一个是开纸铺的张二哥，一个开银铺的白四哥，慌作揖举手。张好问便道："韩老兄连日少见，闻得恭喜在西门大官府上，开宝铺做买卖，我等缺礼失贺，休怪休怪！"一面让他坐下。那韩道国坐在凳上，把脸儿扬着，手中摇着扇儿，说道："学生不才，仗赖列位馀光，与我恩主西门大官人做伙计，三七分钱。掌巨万之财，督数处之铺，甚蒙敬重，比他人不同。"白汝晃道："闻老兄在他们下只做线铺生意。"韩道国笑道："二兄不知，线铺生意只是名目而已。他府上大小买卖，出入资本，那些儿不是学生算账！言听计从，福祸共知，通没我一时也成不得。大官人每日衙门中来家摆饭，常请去陪待，没我便吃不下饭去。俺两个在他小书房里，闲中吃果子说话儿，常坐半夜，他方进后边去。昨日他家大夫人生日，房下坐轿子行人情，他夫人留饮至二更方回。彼此通家，再无忌惮。不可对兄说，就是背地里他房中话儿，也常和学生计较。学生先一个行止端庄，立心不苟，与财主兴利除害，拯溺救焚。凡百财上分明，取之有道。就

是傅自新也怕我几分。不是我自己夸奖，大官人正喜我这一件儿。"

小说写到这里，笔锋一顿，来了个突转：

> 刚说在闹热处，忽见一人慌慌张张走向前叫道："韩大哥，你还在这里说什么，教我铺子里寻你不着。"拉到僻静处告他说："你家中如此这般，大嫂和二哥被街坊众人撺弄了，拴在铺里，明早要解县见官去。你还不早寻人情理会此事！"这韩道国听了，大惊失色。口中只咂嘴，下边顿足，就要翘蹊走。被张好问叫道："韩老兄，你话还未尽，如何就去了。"这韩道国举手道："大官人有要紧事，寻我商议，不及奉陪。"慌忙而去……（第三十三回，第463—464页）

这一段描写与《儒林外史》里说的严贡生一模一样，他才说"不占人寸丝半粟便宜"的话，一个蓬头赤足的小厮进来对他说早上关了人家的一口猪，那人来找了（第三十二回）。这些人都不惜出卖自己的人格，污染自己的灵魂，自己用自己的手来打自己的嘴巴。像韩道国这样，自己的老婆都被人捉奸了，拴在衙门里，还这样沉静自若，真让人佩服，脸皮厚得针扎不见血，实在是难得的无耻之徒。他央求了应伯爵去求了西门庆，才解救了王六儿和二捣鬼。

当西门庆把韩道国的女儿爱姐嫁与翟谦后，韩道国千恩万谢。当他送爱姐去东京回家后，得知老婆王六儿输身与西门庆勾搭成奸后，主动为西门庆与王六儿设局。他寡廉鲜耻地说："等我明日往铺子里去了，他（西门庆）若来时，你只推我不知道，休要怠慢了他，凡事奉承他些。如今好容易撰钱，怎么赶的这个道路！"他与老婆说说笑笑。崇祯本眉评："老婆偷人，难得道国全不气苦。予尝谓好色胜于好财，观此，则好财又胜于好色矣。"（第三十八回，第525—526页）

但是，我们也不得不肯定韩道国的聪明才智，他能在西门庆家中没有骨气和灵魂地生存，与西门庆周旋，也算是聪明之举。想想屈死的武大郎，气死的花子虚，受尽窝囊气的蒋竹山，他们都是赔了夫人又搭命。韩道国能保全性命，也算幸运了。虽然把王六儿搭上了，但他也没有少什么，还得了西门庆的许多好处，自己的女儿也受到西门庆的照顾，王六儿也乐得自在，更有衣服和钱财，虽然自己的脸面和贞操丧尽。这是典型的"斯德哥尔摩情结"，韩道国是"斯德哥尔摩综合征"的典型人物形象。

韩道国的心中何尝不想活得像个人样？无奈西门庆强大的物质力量和政治权力，使他选择了屈辱出卖灵魂的人生道路。其结果必定要寻找时机来报复西门庆的精神侮辱，当然，他这样的人一旦得到机会，肯定要为利益而不惜任何代价的。西门庆死后，韩道国拐带西门庆的钱财逃跑也就顺理成章了。第八十一回说：当西门庆用做买卖的手段将韩道国打发到扬州去办布匹的时候，他几乎忘了归来，在扬州任意玩乐，寻花问柳，结识了扬州粉头王玉枝儿，而同去的来保又与妓女林彩虹及妹妹林小红打得火热。花了不少的银两。当他办来布匹到临清的时候，听说了西门庆去世的消息，他装作不知道，为了拐骗西门庆的银子，他先卖了一千多两银子，带着银子他先回到家中与王六儿商议，当时他还三心二意，没想到王六儿比他还狠。下面是他两口的对话：

> （韩道国）因问老婆："我去后，家中他也看顾你不曾？"王六儿道："他在时倒也罢了，如今你这银子还送他家去？"韩道国道："正是要和你商议，咱留下些，把一半与他如何？"老婆道："呸！你这傻奴才料，这遭再休要傻了，如今他已是死了，这里无人，咱和他有甚瓜葛？不争你送他一半，交他招道儿，问你下落。倒不如一狠二狠，把他这一千两，咱雇了头口，拐了上东京，投奔咱孩儿那里。愁咱亲家太师爷府中，安放不下你我！"韩道国说："丢下这房子，急切打发不出去怎了？"老婆道："你看没才料！何不叫将第二个来，留几两银子与他，就交他看守便了。等西门家人来寻你，只说东京咱孩子叫两口去了，莫不他七个头八个胆，敢往太师府中寻咱们去？就去寻，你我也不怕。"韩道国说："争奈我受大官人好处，怎好变心的，没天理了？"老婆道："自古有天理到没饭吃哩！他占用着老娘，使他这几两银子也不差甚么。想着他孝堂里，我到好意备了一张插桌三牲，往他家烧纸。他家大老婆那不贤良的淫妇，半日不出来，在屋里骂的我好讪的。我出又出不来，坐又坐不住。落后他第三老婆出来陪我坐，我不去坐，就坐轿子来家了。想着他这个情儿，我也该使他这几两银子。"一篇话，说得韩道国不言了事。
>
> 夫妻二人，晚夕计议已定。到次日五更，叫将他兄弟韩二来，如此这般，交他看守房子，又把与他一二十两银子盘缠。那二捣鬼千肯万肯，说："哥嫂只顾去，等我打发他。"这韩道国就把王汉小郎并两个丫头，也跟他带上东京去。雇了二辆车，把箱笼细软之物都装在车上。投天明出西门，径往东京去了。正是：撞碎玉龙飞彩凤，顿开金锁走蛟龙。（第八十一回，第1214—1215页）

最后，二人拐走了西门庆货物的一千两银子远走高飞去了东京，投奔翟谦亲家，过上了贵族生活。后来来保也学习韩道国偷了西门庆船上的货物，私卖了八百两银子占为己有，又奔赴东京替月娘送两个丫头玉箫和迎春给翟谦，路上还私奸了两个。来保与韩道国狼狈为奸都私吞了西门庆家银子，还攀起了亲家，都是贪财背主的典型形象。

后来，大宋江山岌岌可危，国破家亡。韩道国、王六儿及女儿逃难到临清，王六儿继续卖身，韩爱姐也卖淫，却遇到陈敬济，又一番狗男女的鬼混。韩道国逃难死去，结束了肮脏无耻的一生。王六儿却再嫁韩道国的弟弟韩二捣鬼，过上了幸福生活，真是无法预测的人生大笑话。

第四节　武松：道德说教的悲情榜样

我们赞美武松，一是少林寺里学拳棒，景阳岗上杀大虫，绿林好汉一个。二是坐怀不乱的殉道者，恪守伦理道德的榜样。"英雄武松，耍出刀花，劈、闪、刺、砍，杀向除美貌与情欲别无装备的嫂子，也是表现了坐怀不乱的男儿的理想精神与所向无敌的豪杰气概，欣赏之更不必偷偷摸摸，欣赏之更显示出接受者的伦理道德、遵纪守法！"[1]

第一，传统社会的孝悌典范。以传统的伦理道德来评价武松，他是人们心目中的英雄。但武松也是破坏武大郎一家生活的人。本来，武大郎与潘金莲过着幸福美满的生活，一个在家做炊饼，一个沿街叫卖，武大前妻留下的女儿迎儿也有正常的家庭生活。武大家日子虽不富裕，倒也安宁。虽然武大在外偶尔受人欺负，金莲也不守本分，做张做致。但毕竟武松来之前，一家人生活安宁。武松以打虎露面，已见凶恶特性，与武大、金莲又是冷遇，金莲对他的倾慕之情在传统伦理道德的束缚下，变得寒气袭人，毫无人性精神。潘金莲的性欲望是被武松激发出来、高扬起来的，虽然潘金莲女性的基因比较强大，在性爱的需求上高于别人。但她与武大郎的平静生活中，也表现得温柔贤惠，勤劳能干。她固守家业，还有一手做炊饼的好手艺。

当武松咬牙切齿地拒绝了金莲的爱慕，悲剧的种子就深深地埋下了。可以说，武大郎一家的悲剧是武松一手制造的，也就是传统的孝悌忠信伦理道德制

---

[1] 王蒙：《莎乐美、潘金莲和巴别尔的骑兵军》，载古耜《悟读金瓶梅》，京华出版社，2008，第157页。

造的。对道德的绝对追求，使武松变得没有了人情味，是他对潘金莲的无情，让潘金莲投向西门庆的怀抱，也是他的无情使武大郎死于非命，是他的无情杀死了潘金莲，是他的无情将自己推向罪恶的深渊——发配沧州又逼上梁山。是他的无情把自己的亲侄女害得无家可归。

我们在赞美武松的时候，也应当问一句：这样做合乎人情事理吗，拒绝潘金莲是否有更委婉的办法，暂时离开武大家能否不言语含刃？但如果武松与潘金莲的关系不如此紧张，后面的情节也就不合于叙事规则了。武松就是武松，作者塑造的这一形象把关于伦理道德的一番说教，在行文中也毫不留情地否定了。也许这是作者有意的安排，是对自己并不真正赞同的伦理道德的反讽。

第二，冷血刚直的仇杀英雄。张竹坡《批评第一奇书〈金瓶梅〉读法［八九］》："《金瓶》内有一李安，是个孝子。却还有一个王杏庵，是个义士。安童是个义仆，黄通判是个益友，曾御史是忠臣，武二郎是个豪杰悌弟。谁谓一片淫欲世界中，天命民懿为尽灭绝也哉？"[1]

最后的"武松杀嫂"一节，武松也充分利用金莲对他的倾慕进行诱骗。当武松回到武大家，找回了迎儿，又到王婆家找金莲。他生怕金莲躲避逃跑，将计就计哄骗王婆说："我闻的人说，西门庆已是死了，我嫂子出来，在你老人家这里居住，敢烦妈妈对嫂子说，他若不嫁人便罢，若是嫁人，如今迎儿大了，娶得嫂子家去，看管迎儿，早晚招个女婿，一家一计过日子，庶不叫人笑话。"（第八十七回，第1286页）"那妇人在帘内听见武松言语，要娶她看管迎儿，又见武松在外出落得长大身材，胖了，比昔时又会说话儿，旧心不改。"（第八十七回，第1287页）武松又出银子又巧嘴，终于使金莲信以为真，满心欢喜地回到武大家，连王婆一起送到武松刀下。下面便是祭祀武大亡灵，斩杀金莲和王婆的精彩描写。笑笑生不乏对金莲的同情爱怜写道：

> 武松这汉子端的好狠也！可怜这妇人，正是：三寸气在千般用，一日无常万事休，亡年三十二岁。但见：手到处青春丧命，刀落时红粉亡身。七魄悠悠，已赴森罗殿上；三魂渺渺，应归枉死城中。好似初春大雪压折金线柳，腊月狂风吹折玉梅花。这妇人娇媚不知归何处，芳魂今也落谁家？古人有诗一首，单悼金莲死的好苦也：堪悼金莲诚可怜，衣服脱去跪灵前。谁知武二持刀杀，只道西门绑腿顽。往事堪嗟一场梦，今身不值半文钱。世间一命还一命，报应分明在眼前。（第

---

① 秦修容：《会评会校本金瓶梅·附录》，中华书局，1998，第1512页。

八十七回之回评，第 1291 页）

　　事已至此，掩卷深思：按照小说中人物关系的发展可能有多种选择，如果潘金莲在西门庆死后没有被月娘逐出家在王婆家待嫁，如果庞春梅早一天唆使周守备纳娶潘金莲，如果陈敬济早从东京回来娶回潘金莲……那提着朴刀回到清河的武松将会怎样，潘金莲将是怎样的人生结局？开脑洞地再假设西门庆不死，依然是理刑所提刑，与潘金莲过着正常的妻妾成群的家庭生活，武松回来将面对怎样的局面，潘金莲又会是怎样的命运？

　　第三，武松形象的道德人生意义。笑笑生以矛盾书写的笔墨，来澄清了封建伦理道德的虚妄，揭开了虚伪道德冷酷的面纱。武松既然如此绝情、孝悌忠信、刚直不阿，就不该用违背伦理道德的男女之情来欺骗潘金莲，不该以迎娶金莲为诱饵来残杀她。小说中还有意描写了韩道国一家来与武松、武大郎与潘金莲一家对照。田晓菲说："作者对于兄弟关系所下的最暧昧的一笔，在于武大一家镜像韩道国一家的遭遇。王六儿与小叔旧有奸情，后来不但没有受到报应，反而得以在韩道国死后小叔配嫂，继承了六儿女的另一情夫何官人的家产，安稳度过余生。无论绣像本评点者还是张竹坡，到此处都沉默不语，没有对王六儿、韩二的结果发出任何评论。想来也是因为难以开口吧。按照'天网恢恢，疏而不漏'的'善恶报应'说，怎么也难以解释王六儿和韩二的结局。仅仅这一点来看，《金瓶梅》，尤其是绣像本《金瓶梅》，就不是一部简单的因果报应小说。"[1] 蒲迪也说："小说中描写的扭曲婚姻关系之另一面，也是更加令人困惑的一面，在于韩道国、王六儿在合伙勾引西门庆、欺骗他的钱财时表现出来的温暖的相互理解——这种暧昧一直持续到本书的结尾，六儿嫁给小叔，并且比西门庆生命中那些不如她这么好不掩饰的女人都活得更长久。"[2] 可见，善恶不是报应的条件，坚守道德伦理不是人生幸福的标准。不同的处世态度、生存原则和人格追求，是决定人的生命喜剧与悲剧的关键。韩道国与王六儿一生可谓平安度日，而武大郎与潘金莲一家却过早地命丧黄泉。这不能不说是虚妄的伦理道德把人的性命给荼毒了。当然，我们也绝不赞扬灵魂肮脏、人格丧尽的韩道国、王六儿。

---

① 田晓菲：《秋水堂论金瓶梅》，天津人民出版社，2003，第 4 页。
② 蒲迪：《四大奇书》，载田晓菲《秋水堂论金瓶梅》，天津人民出版社，2003，第 4 页。

第十三章

市井文化中的女性

元代陶宗仪《辍耕录》①卷十三："三姑者，尼姑、道姑、卦姑也；六婆者，牙婆、媒婆、师婆、虔婆、药婆、稳婆也。"三姑六婆都是舌头抹油见钱眼开的人。她们是世间最奸诈的一种人，担负最卑鄙的一种职业。当然，药婆、稳婆也做了一些医疗工作，有些也行善积德。《金瓶梅》第十二回，作者警告世人说："但凡大小人家，师尼僧道，乳母牙婆，切记休招惹他，背地里什么事不干出来？古人有四句格言说的好：堂前切莫走三婆，后门常锁莫通和。院内有井防小口，便是祸少福星多。"（第十二回，第182—183页）《金瓶梅》即向人们描绘了三姑六婆的种种丑态。尼姑有王姑子、薛姑子等，媒婆有王婆、薛嫂、文嫂、冯妈妈等，稳婆有蔡老娘，药婆有刘婆子等。她们都是职业性或半职业性的妇女，在生活中各自展示了自己生存的本领。他们之间互相兼职，甚至合作经营，共同捞取利益。

李存葆先生分析说："色与钱与权联姻，大都需要中介。《金》书中写了十三个媒婆，她们一个个兴风卖雨，架谎凿空。凭着一张说起话来像黄莺打嚏的端巴，借着把一束稻草说成根金条的舌头，使一对对淫男浪女，霎时间鲛帐同奸，使一双双孀妇鳏男，眨眼间绣床同淫。她们急匆匆地穿行于市井的大街小巷，仍是被金钱的魔杖所驱使。西门庆死后，撮合薛嫂在将春梅卖给周守备时，通过卖家压价，买家提价，一下子就赚得了三十七两五钱银子。冰下人陶妈与薛嫂，为撺掇成知县之子李衙内与孟玉楼的婚事，竟与算命先生串通一气，在婚帖上将孟玉楼的年龄属相，改得与李衙内的生辰八字成为最佳配对。哄得李衙内赠了她俩丰厚的银钱与绸缎。在皮条客中，最贪婪最狠毒的莫过于王婆子了。杀害武大她是主谋，潘金莲被吴月娘扫地出门、寄住她家中后，她将潘金莲这个尤物，囤积居奇，待价而沽，一而再再而三地提高潘的卖价，最后竟高于卖主吴月娘定价的五倍。她不惜作奸犯科，冒着系身之祸，将潘出售给昔年的仇

---

① ［元］陶宗仪：《南村辍耕录》，上海古籍出版社，2012，第118页。

人武松。在王婆子的皮条客生涯中不知她赚了多少黑心金、昧心银，仅从潘嫁
西门庆又售武松的两次人肉生意中王婆除首饰、财物外，净赚白银多达一百一
十两……"①　李先生论及的几位代表人物，分析也透彻。《金瓶梅》中的三姑六
婆，试作一叙述。

第一节　薛姑子　王姑子　卦姑

薛姑子、王姑子是西门府吴月娘请来的常客，也扮演着师婆、药婆角色。
她们一方面宣扬积善行德，一方面又贪求钱财；一方面让人灭情绝欲，另一方
面又好色成性、触犯佛门戒律。实为假托佛门为衣食之计的市侩，信佛虚妄，
回利为宗。她们讲经宣卷，假用佛法，赚茶酒钱，取悦富贵之家。第四十回说：
"但凡大人家，似这样尼僧牙婆，决不可抬举。在深宫大院，相伴着妇女，俱以
谈经说典为由，背地里送暖偷寒，甚么事儿不干出来？"（第四十回，第549页）

薛姑子经历有趣，少年时曾嫁过汉子，在广成寺门前居住做卖蒸饼儿的生
理，不料生意浅薄，薛姑子内心骚动，就与寺里的和尚行童调嘴弄舌，眉来眼
去，说长说短，弄得那些和尚们心猿意马。乘着丈夫出去之际，勾搭上了四五
六个，和尚们给她送馒头，甚至给她送钱买花，开地狱的布施与她做裹脚。丈
夫死后，她因佛门精熟，就做了姑子，专一在士大夫人家往来，包揽经忏，又
有那些不长进要偷汉子的妇人，叫她从中牵引，她就做个马泊六儿。听说西门
庆家里豪富，侍妾多人，思想拐些用度，因此频频往来。有首歌儿说得好："尼
姑生来头皮光，拖子和尚夜夜忙。三个光头好像师父、师兄并师弟。只是铙钹
原何在里床。"（第五十七回，第762—763页）

薛姑子被吴月娘请到家里念佛作法，却被西门庆大骂，原来她谋财偷奸的
勾当，西门庆都知道。西门庆骂她："你还不知他弄的乾坤哩！他把陈参政的小
姐，吊在地藏庵里和一个小伙偷奸。他知情，受了三两银子。事发，拿到衙门
里，被我褪衣打了二十板，交他嫁汉子还俗，他怎的还不还俗？好不好拿来衙
门里再捹他几捹子。"吴月娘不管这些，只要她有"道行"就行，并说："你有
要没紧，恁毁僧谤佛的，他一个佛家弟子，想必善根还在，他平白还甚么俗？
你还不知，他好不有道行。"（第五十一回，第677页）其实，就是因为薛、王二姑子

① 李存葆：《永难凋谢的罂粟花》，载古耜《悟读金瓶梅》，京华出版社，2008，第220
页。

早就住在西门府，用她们的不烂之舌，举出大量的实例说明她们有用符药让女人怀胎的本领，把吴月娘说得晕头转向，笃信无疑。"王姑子把整治的头男衣胞并薛姑子的药，悄悄递与月娘。薛姑子叫月娘：'拣个壬子日，用酒吃下，晚夕与官人同床一次，就是胎气。不可交一人知道。'月娘连忙将药收了，拜谢了两个姑子。又向王姑子道：'我正月里好不等着，你就不来了！'王姑子道：'你老人家倒说的好！这物件好不难寻，亏了薛师父。也是个人家媳妇儿养头次娃儿，可可薛爷在那里，悄悄与了个熟老娘三钱银子，才得了。替你老人家熬矾水，打磨干净，两盒鸳鸯新瓦泡炼如法，用重罗筛过，搅在药符一处，才拿来了。'月娘道：'只是多累薛爷和王师父。'于是每人拿出二两银子来相谢说道：'明日若坐了胎气，还与薛爷一匹黄褐段子做袈裟穿。'那薛姑子合掌道了问讯：'多承菩萨好心。'"（第五十一回，第670页）吴月娘护佑薛姑子、王姑子在西门府出入。其实月娘怀孕两次，与符药没有直接关系，西门庆与月娘同房，"这也是吴月娘该有喜事，恰遇月娘经转，两下似水如鱼，便得了子了。"崇祯本眉评说："月娘得子，写的与药毫不相干，春秋妙笔。"（第五十三回，第716—717页）月娘终于生下一个墓生子，使她正大光明地守住西门家业，终老西门府。薛姑子还为潘金莲布施符药，指望西门庆与潘金莲能生个一男半女，结果由于吴月娘的阻挠，没有成功。

实际上，晚明社会，许多僧道人物，都干着偷鸡摸狗的风流勾当。比如《金瓶梅》第五十七回细述万回老祖建永福寺香火院，圆寂后得皮得肉地化去了。几个惫赖和尚"养老婆、吃烧酒，甚事不弄出来！不消几日儿，把袈裟也当了，钟儿、磬儿都典了，殿上椽儿、砖儿、瓦儿换酒吃了。弄的那雨淋风刮，佛像倒的荒荒凉凉，将一片钟鼓道场，忽变作荒烟衰草，三四十年，那一个肯扶衰起废！"（第五十七回，第756页）当官哥寄名玉皇庙，庙里送来了鞋脚及其他衣物等，众人都出来观看。孟玉楼把小履鞋拿在手上仔细品玩，说道："大姐姐，你看道士家也恁精细。这小履鞋，白绫底儿，都是倒扣针儿，方胜儿锁的，这云儿又且是好。我说他敢有老婆！不然，怎的扣捺的恁好针脚儿？"吴月娘说："没的说。他出家人，那里有老婆！想必是雇人做的。"潘金莲接过来说："道士有老婆，相王师父和大师父会挑的好汗巾儿，莫不是也有汉子？"王姑子道："道士家，掩上个帽子，那里不去了！似俺这僧家，行动就认出来了。"潘金莲说道："我听得说，你住的观音寺背后就是玄明观。常言道：'男僧寺对着女僧寺，没事也有事。'"（第三十九回，第539页）这段话反映了尼姑性生活方面并不检点，也不回避。她们满口里佛法轮回，满肚子里男盗女娼。

薛姑子的确比王姑子高明得多，知识广博，擅长治妇女不孕症，且比较圆

滑。第五十回写给李娇儿上寿，请莲花庵薛姑子到西门庆家，又带徒弟妙凤、
妙趣。薛姑子摆出一副"有道行"尼姑的风度，"她戴着清净僧帽，披着茶褐袈
裟，剃着青旋旋头，生的魁肥胖大，沼口豚腮。""在人前铺用苦限拿班做势，
口里咬文嚼字"，慌得吴月娘众人连忙迎接，磕下头去，一口一声只称呼她"薛
爷"。她叫吴月娘是"在家菩萨"，或称"官人娘子"。吴月娘对她很敬重，摆
茶与她吃，整理了一大桌子素馔成食、菜蔬点心。此时西门府却把吃酒吃肉的
胡僧也请了，姑子听见，便说："茹荤饮酒，这两件事也难断，倒是俺这比丘
尼还有些戒行，他汉僧们那里管！《大藏经》上不说的，如你吃他一口，到转世
过来，须还他一口。"吴大妗子听了，忙道："像俺们终日吃肉，却不知转世有
多少罪业？"薛姑子道："似老菩萨，都是前生修来的福，享荣华，受富贵。譬
如五谷，你春天不种下，到那有秋之时，怎望收成？"（第五十回，第663页）真是
随机应变，见什么人说什么话，到什么山上唱什么歌，见什么和尚念什么经。
潘金莲从王姑子嘴里得知，吴月娘受孕是因吃了薛姑子的安胎药，她也向薛姑
子要了一付，而潘金莲只给了薛姑子三钱银子，比吴月娘给的少，薛姑子知道
潘金莲穷乏，也无可奈何，却说："菩萨快休计较，我不象王和尚那样利心重。
前者因过世那位菩萨念经，他说我搀了他的主顾，好不和我嚷闹，到处拿言语
丧我。我的爷，随他堕业！我不与他争执。我只替人家行好事，救人苦难。"妇
人道："薛爷，你只行你的事，各人心地不同。我这勾当，你也休和他说。"薛
姑子道："法不传六耳，我肯和他说！去年为后边大菩萨喜事，他还说我背地得
多少钱，擗了一半与他才罢了。一个僧家，戒行也不知，利心又重，得了十方
施主钱粮，不修功果，到明日死后，披毛戴角还不起。"可见薛姑子老于世故，
为了金钱，两个姑子还争风吃醋。

　　为了能捞更多的钱，薛姑子总是不请自到，一会儿给吴月娘唱佛曲儿，一
会儿宣颂《金刚科仪》。李瓶儿儿子官哥死后，西门府上下悲伤，李瓶儿在两位
姑子的唆使下，愿意出银子翻印佛经。第五十七回说王姑子和薛姑子得知西门
庆向永福寺施舍五百两银子修寺庙。第二天，薛、王二姑子提着一个小盒子来
找月娘，揭开盒子，口称"咱每没有甚么孝顺，拿得施主人家几个供佛的果子
儿，权当献新"。意思是礼轻情义重。听说西门庆正为官哥求福，薛姑子合掌叫
声："佛阿！老爹，你这等样好心作福，怕不的寿年千岁，五男二女，七子团
圆。只是我还有一件，说与你老人家，这个因果费不甚多，更自获福无量。
咦，老檀越，你若干了这件功德，就是那老瞿昙雪山修道，迦叶尊散发铺他，
二祖可投崖饲虎，给孤老满地黄金，也比不的你功德哩。"为了鼓动西门庆出钱
印佛经，薛姑子口若悬河地讲起来："我们佛祖留下一卷《陀罗经》，专一劝人

生西方净土。因为那肉眼凡夫，不生尊信，故此佛祖演说此经，劝你专心念佛，竟往西方，永不落轮回。那佛祖说的好：如有人持诵此经，或将此经印刷抄写，转劝一人至千万人持诵，获福无量。况且此经里面又有护诸童子经咒，如有人家生育男女，必要从此发心，方得易长易养，灾去福来。如今这副经板现在，只没人印刷施行。老爹只消破些工料，印上几千卷，装订完成，普施十方，那个功德，真是大的紧！"（第五十七回，第763页）一席话说得天花乱坠，就是动员西门庆出资印经，从中赚取银两。

西门庆不觉动了善心，叫玳安取出一封银子，足足三十两，交付薛姑子与王姑子。玳安与二姑子同去经房，准印五千卷经。王姑子后来揭露薛姑子和印经家串通一气，打假账的丑行，实则是薛姑子劝西门庆舍财印经的真正目的。尼姑们以讲天堂地狱，谈经说典为由，背地里什么事情都能干出来。王婆子给月娘摆弄符药，月娘千恩万谢，作者感慨万端说："看官听说：但凡大人家，似这样尼僧牙婆，决不可抬举，甚么事儿不干出来？有诗为证：最有缁流不可言，深宫大院哄婵娟。此辈若皆成佛道，西方依旧黑漫漫。"（第四十回，第549页）李瓶儿死后，佛经也没印出来。而且因为分赃不均，背后互相诽谤辱骂。真是不要脸的秃驴，心术败坏的假尼姑。

卦姑是《金瓶梅》第四十六回写的一个卜龟儿的老婆子，她预测了吴月娘、孟玉楼、李瓶儿等人物形象的命运结局：

> 月娘约饭时前后，与孟玉楼、李瓶儿三个同送大师父家去。因在大门里首站立，见一个乡里卜龟儿卦儿的老婆子，穿着水合袄、蓝布裙子，勒黑包头，背着褡裢，正从街上走来。月娘使小厮叫进来，在二门里铺下卦帖，安下灵龟，说道："你卜卜俺每。"那老婆扒在地下磕了四个头："请问奶奶多大年纪？"月娘道："你卜个属龙的女命。"那老婆道："若是大龙，四十二岁，小龙儿三十岁。"月娘道："是三十岁了，八月十五日子时生。"那老婆把灵龟一掷，转了一遭儿住了。揭起头一张卦帖儿。上面画着一个官人和一位娘子在上面坐，其余都是侍从人，也有坐的，也有立的，守着一库金银财宝。老婆道："这位当家的奶奶是戊辰生，戊辰己巳大林木。为人一生有仁义，性格宽洪，心慈好善，看经布施，广行方便。一生操持，把家做活，替人顶缸受气，还不道是。喜怒有常，主下人不足。正是：喜乐起来笑嘻嘻，恼将起来闹哄哄。别人睡到日头半天还未起，你老早在堂前转了。梅香洗铫铛，虽是一时风火性，转眼却无心。和人说也有，笑也有，只是

这疾厄宫上着刑星，常沾些啾唧。亏你这心好，济过来了，往后有七十岁活哩。"孟玉楼道："你看这位奶奶命中有子没有？"婆子道："休怪婆子说，儿女宫上有些不实，往后只好招个出家的儿子送老罢了。随你多少也存不的。"玉楼向李瓶儿笑道："就是你家吴应元，见做道士家名哩。"

月娘指着玉楼："你也叫他卜卜。"玉楼道："你卜个三十四岁的女命，十一月二十七日寅时生。"那婆子从新撇了卦帖，把灵龟一卜，转到命宫上住了。揭起第二张卦帖来，上面画着一个女人，配着三个男人：头一个小帽商旅打扮；第二个穿红官人；第三个是个秀才。也守着一库金银，左右侍从伏侍。婆子道："这位奶奶是甲子年生。甲子乙丑海中金。命犯三刑六害，夫主克过方可。"玉楼道："已克过了。"婆子道："你为人温柔和气，好个性儿。你恼那个人也不知，喜欢那个人也不知，显不出来。一生上人见喜下钦敬，为夫主宠爱。只一件，你饶与人为了美道你是。你心地好了，虽有小人也拱不动你。"玉楼笑道："刚才为小厮讨银子和乱了，这回说是顶缸受气。"月娘道："你看这位奶奶往后有子没有？"婆子道："济得好，见个女儿罢了。子上不敢许，若说寿，倒尽有。"

月娘道："你卜卜这位奶奶。李大姐，你与他八字儿。"李瓶儿笑道："我是属羊的。"婆子道："若属小羊的，今年念七岁，辛未年生的。生几月？"李瓶儿道："正月十五日午时。"那婆子卜转龟儿，到命宫上矼磴住了。揭起卦帖来，上面画着一个娘子，三个官人：头一个官人穿红，第二个官人穿绿，第三个穿青。怀着个孩儿，守着一库金银财宝，旁边立着个青脸獠牙红发的鬼。婆子道："这位奶奶，庚午辛未路旁土。一生荣华富贵，吃也有，穿也有，所招的夫主都是贵人。为人心地有仁义，金银财帛不计较，人吃了转了他的，他喜欢；不吃他，不转他到恼。只是吃了比肩不和的亏，凡事恩将仇报。正是：比肩刑害乱扰扰，转眼无情就放刁；宁逢虎摘三生路，休遇人前两面刀。奶奶，你休怪我说：你尽好匹红罗，只可惜尺头短了些。气恼上要忍耐些，就是子上也难为。"李瓶儿道："今已是寄名做了道士。"婆子道："既出了家，无妨了。又一件，你老人家今年计都星照命，主有血光之灾，仔细七八月不见哭声才好。"说毕，李瓶儿袖中掏出五分一块银子，月娘和玉楼每人与钱五十文。(第四十六回，第618—620页)

在我们今天看来算卦是不可信的。不过在当时,这种神乎其神的命运卜算,对活在世上命运悲舛的人们是心灵的安慰剂,也具有心理暗示和诱导作用,对人生在世的追求与奋斗起到激发作用,是生命心灵的慰藉,是灵魂寄托的家园。所以,往往在日常的算卦实践中,证实到命运卜算的价值和意义。但《金瓶梅》把老婆子的卜卦,认真地描写出来,就是为整体的叙事结构着想,目的是把西门庆众妻妾的命运作一安排,也为小说后面的叙事线索铺排奠基。

第二节　王婆　薛嫂　文嫂　冯妈妈　蔡老娘　刘婆子

王婆是"武松杀嫂"的发起人和终结者。《金瓶梅》第三十七回说:"媒人婆地里小鬼,两头来回抹油嘴"。歌剧《刘三姐》中有一曲媒婆的自供:"三寸舌头一嘴油,男婚女嫁把我求;哄得狐狸团团转,哄得孔雀配斑鸠。"《古今小说·卖油郎独占花魁》有一个能说会道的媒婆子刘四妈,一番巧舌把美娘的心说动,"一块硬铁看看溶做热汁",答应为鸨母赚钱,又对鸨母一番话说得鸨母又忙将美娘嫁出。冯梦龙《古今小说·蒋兴哥重会珍珠衫》曰:"世间只有虔婆嘴,哄动多多少少人。"其中有个为王三巧与陈大郎牵线搭桥的薛婆。真是:任你奸似鬼,也吃老娘洗脚水。经过她们的甜言蜜语,一对对的痴男怨女都腊月的萝卜——冻(动)了心。《金瓶梅》里还有薛嫂、文嫂、贲四嫂、冯妈妈、陶妈妈等,都是巧言善辩的风婆子,更有个买卖金莲的王婆子。王婆买卖金莲,薛嫂买卖春梅和雪娥,说嫁孟三,说嫁西门大姐,贲四嫂……还有把雪娥卖做粉头的就是假装"卖棉花的"潘五,他是个水客,即买卖妇女的人贩子。冯妈妈说嫁韩爱姐,为王六儿和西门庆牵线搭桥,还给王六儿买了个丫头锦儿。文嫂说嫁西门大姐,后专给林太太牵线搭桥,也是个王婆式的人物。

说合西门庆与潘金莲的王婆是武大郎邻居,是开茶坊卖茶的。她利用西门庆与潘金莲的关系,油嘴滑舌地赚黑心钱。王婆制造了武大郎的悲剧,制造了潘金莲的悲剧,制造了武松的悲剧,制造了西门庆的悲剧,制造了李瓶儿的悲剧。王婆是一个有心计又能说会道的牙婆,小说第二回介绍道:

> 原来这开茶坊的王婆,也不是守本分的,便是积年通殷勤,做媒婆,做卖婆,做牙婆,又会收小的,也会抱腰,又善放刁,端的看不出这婆子的本事来。但见:
>
> 开言欺陆贾,出口胜隋何。只凭说六国唇枪,全仗话三齐舌剑。

只鸾孤凤，霎时间交仕成双；寡妇鳏男，一席话搬唆摆对。解使三里
门内女，遮么九皈殿中仙。玉皇殿上侍香金童，把背拖来；王母宫中
传言玉女，拦腰抱住。略施奸计，使阿罗汉抱住比丘尼；才用机关，
交李天王揍定鬼子母。甜言说透，男如封涉也生心；软语调和，女似
麻姑须乱生。藏头露尾，窜掇淑女害相思；送暖偷寒，调弄嫦娥偷汉
子。（第二回，第52页）

　　王婆子自负地对西门庆说："老身自从三十六岁没了老公，丢下这个小厮，
没得过日子。迎头儿跟着人说媒，次后揽人家些衣服卖，又与人家抱腰收小的，
闲常也会作牵头，做马百六，也会针灸看病。"（第二回，第53—54页）张竹坡在第
二回之回评也说："王婆自叙杂趁处，皆小户人家此等妇人三四十岁后必然之
事。甚矣，六婆之不可入内也！书内写媒婆，马泊六，非一人，独于王婆写得
如鬼如蜮，利害怕人。我每不耐看他写王婆处也。写王婆的说话，却句句是老
虔婆声口，作老头子不得，作小媳妇也不得，故妙。"（第二回，第38页）第六回之
回评说："益知媒人之恶，没一个肯在家安坐不害人者也。"（第六回，第90页）王
婆之类的老牵头，在中国封建社会的婚姻制度中起到了巨大的作用，在社会允
许的范围内用舌头杀了无数男女的性命。

　　西门庆被潘金莲的叉杆打头后，已经魂飞天外，立即见到王婆，西门庆道：
"干娘，你且来，我问你，间壁这个雌儿是谁的娘子？"王婆道："他是阎罗大王
的妹子，五道将军的女儿，问他怎的？"油嘴滑舌已见端倪。当西门庆来求王婆
为他与潘金莲牵线搭桥时，问她有什么手段，王婆哈哈大笑说："老身不瞒大官
人说，我家卖茶，叫做鬼打更。三年前，六月初三日下大雪，那一日卖了个泡
茶，直到如今不发市，只靠些杂趁养口。"西门庆道："干娘，如何叫做杂趁？"
王婆笑道："老身自从三十六岁没了老公，丢下这个小厮，没得过日子。迎头儿
跟着人说媒，次后揽人家些衣服卖，又与人家抱腰收小的，闲常也会做牵头，
做马泊六，也会针灸看病。"

　　由此可见，王婆是一个混过世面的人，她通晓男女之事，会拉皮条，专门
为别人牵马子，她对所谓的"挨光"一清二楚，她知道挨光需要五件俱全，即
"潘驴邓小闲"。她也非常机智地戏弄西门庆，当西门庆来勾引潘金莲时，央求
王婆为他寻一位合意的女子，而她却步步为营，引诱西门庆入套，西门庆满以
为说的是潘金莲，而她却戏弄他。王婆道："前日有一个倒好，只怕大官人不
要。"西门庆道："若是好时，与我说成了，我自重谢你。"王婆道："生得十二
分人才，只是年纪大些。"西门庆道："自古半老佳人可共。便差一两岁也不打

紧。真个多少年纪?"王婆道:"那娘子是癸亥生,属猪的,交新年却九十三岁了。"西门庆笑道:"你看这风婆子,只是扯着风脸取笑。"

王婆子是一个深知风月场的人,王婆子传授给西门庆挨光五件事——潘驴邓小闲,又设计了自私自利的做送终衣服(寿衣)十大"挨光"计。西门庆与潘金莲的媾合后的第二天,西门庆又来到王婆家,西门庆给了王婆十两银子,她见钱眼开,不由自主地说出了男女与瓢的关系,因为在那时的方言里,就已把瓢比喻为女子的生殖器。她自然而然地向西门庆道:"这咱晚武大还未出门,待老身往他家推借瓢看一看。"小说接着写了关于瓢的一首词:

> 这瓢是瓢,口儿小身子儿大。你幼在春风棚上恁儿高,到大来人难要。他怎肯守定,颜回甘贫乐道,专一趁东风水上漂。也曾在马房里喂料,也曾在茶房里来叫。如今弄得许由也不要。赤道黑洞洞,葫芦中卖的甚么药?(第四回,第76页)

《金瓶梅》中的王婆与《蒋兴哥巧会珍珠衫》中的薛婆一模一样。王婆的勾引手段,是"潘驴邓小闲"。说到"挨光"(即偷情),熊龙峰刊行《张生彩鸾灯传》说:

> "元来调光的人,只在初见之时,就便使个手段,便见分晓。有几般讨探之法,说与郎君听着。做子弟的牢记在心,毋勿忘了《调光经》!怎见《调光经》法:'冷笑佯言,妆痴倚醉。屈身下气,俯就承迎。陪一面之虚情,做许多之假意。先称他容貌无双,次答应殷勤第一。常时节将无作有,几回价送暖偷寒。施恩于未会之前,设计在交关之际。意密致令相见少,情深翻使寄书难。少不得潘驴邓耍,离不得雪月风花。往往的仓忙多误事,遭遭为大胆却成非。久玩狎乘机便稳,初相见撞下方题。得了时寻常看待,不得后老大嗟吁。日日缠望梅止渴,朝朝晃画饼充饥。吞了钓不愁你身子正,纳降罢且放个脚儿稀。《调光经》于中蕴奥,《爱女论》就里玄微。决裂妇闻呼即肯,相思病随手能医。情当女子极防更变,认不真时莫强为。锦香囊乃偷情之本,绣罗帕乃暗约之书。撇清的中心泛滥,卖乖的外貌威仪。才待相交,情便十分之切;未曾执手,泪先两道而垂。搂一会,抱一会,温存软款;笑一回,耍一回,性格痴迷。点头会意,咳嗽知心。让语时,口要紧;刮涎处,脸须皮。以言辞为说客,凭色眼作梯媒。小丫

头易惑，歪老婆难期。紧提苍，慢调雏，凡宜斟酌；济其危，怜他困，务尽扶持。入不觑，出不顾，预防物议；擦不羞，诟不答，提备猜疑。赴幽会，多酬使婢；递消息，原赆鸿鱼。露些子不传妙用，令儿辈没世皈依。见人时佯佯不采，没人款款言词。'"

《喻世明言》卷二十三《张舜美灯宵得丽女》演此事作："元来调光的人，只在初见之时，就便使个手段。凡萍水相逢，有几般讨探之法，做子弟的，听我把《调光经》表白几句：'雅容卖俏，鲜服夸豪。远觑近见，只在双眸传递；挨肩擦背，全凭健足跟随。我既有意，自当送情；他肯留心，必然答笑。点头须会，咳嗽便知。紧处不可放迟，闲中偏宜着闹。诌语时，口要紧；刮涎处，脸须皮。冷面撇清，还察其中真假；回头揽事，定知就里应承。说不尽百计讨探，凑成来十分机巧。假饶心似铁，弄得意如糖。'"①

王婆子对这套把戏，不用彩排烂熟于心，表演起来得心应手。《金瓶梅》第三回写了王婆子为西门庆设的挨光十计，步步周密，把潘金莲引向邪路。潘金莲被吴月娘赶出西门府后，说卖金莲的还是王婆，她为了克扣更多的银子，与陈敬济要一百两银子，少一两也不松口，答谢另算，逼得陈敬济到京城取银子，落了个不忠不孝、鸡飞蛋打的结局。王婆作为媒婆职能没有放弃，只是前为茶水买卖，后靠儿子王潮儿的坑拐的一百两银子，买两个驴子、磨盘、罗柜，做磨房生意，说媒不耽误买卖。逍遥自在走街串巷，油嘴滑舌地赚取银两，这就是王婆——一个"六婆"典型代表。可悲的是，她埋下的祸根发芽生长，她没有想到武松会回来，也没想到武松变得如此狡猾老练，竟把占一辈子便宜的王婆与潘金莲一起骗过，假装爱上金莲并成家过日子，当二者都进了武大家，已经晚矣！王婆与潘金莲一起被武松取了性命。

薛婆子也是一个靠嘴挣钱的媒妁。她从事的职业比较多，一是说媒，二是贩卖人口，三是卖花翠、首饰等。

薛婆子第一次说媒是为陈敬济和西门大姐说合。后又受西门庆之托，说娶孟玉楼。这时她表现出极高的媒妁功夫。她一方面对西门庆诱之以财，说孟玉楼财产很多；一方面给西门庆设计，让他先征服杨姑娘，西门庆许诺给杨姑娘一副棺材本。薛嫂领着西门庆来到杨姑娘家，带了礼物果品，先把西门庆吹嘘一番，然后奉上礼物，杨姑娘说："我侄儿在时，挣了一分钱财，不幸死了，如

---

①　冯梦龙：《喻世明言》（卷二十三），岳麓书社，2019，第239页。

今都落在他手里，说少也有上千两银子东西。官人做大做小，我不管。只要与我侄儿念上个好经。老身便是他亲姑娘，又不隔从，就与上我一个棺材本，我破着老脸，和张四那老狗做臭毛鼠，替你两个硬张主。娶过门时，遇生辰时节，官人放他来走走，就认俺这门穷亲戚，也不过你穷。"西门庆答应了她的棺材本，认亲之事。薛嫂马上插嘴弥补："你老人家忒多心，那里这等计较？我这大官人不是这等人！只怨还要掇着盒儿认亲。你老人家不知，如今知府知县相公也都来往，好不四海！你老人家能吃他多少？"一席话，说得婆子屁滚尿流。（第七回，第109页）并且买通算卦者，隐瞒年龄。西门庆相看孟玉楼，彼此互问年纪。西门庆说："二十八岁。"孟玉楼说："三十岁。"西门庆道："原来长我两岁。"薛嫂害怕西门庆嫌孟玉楼岁数大，立刻说："妻大两，黄金日日长；妻大三，黄金积如山。"（第七回，第111页）薛嫂把这桩媒说成，从中弄几个钱花。

薛嫂还是个人贩子。喂养官哥儿的奶子如意儿，是薛嫂卖入西门府的。春梅也是通过她卖到西门庆家的，又是她把春梅卖给周守备的。当吴月娘发现了敬济与金莲、春梅的奸情以后，先将春梅打发到薛嫂家里待卖。那陈敬济打听得知就花上银子到薛嫂家里私会春梅，两人难舍难分。后来，月娘得知此事把薛嫂骂了一顿，催促抓紧卖掉，薛嫂对月娘说没人要，只有周守备家里要，只花十二两银子，月娘本来要十六两，当时买春梅时就花了十六两。薛嫂惊心策划又说顶多十三两，结果周守备出了五十两一块大元宝，薛嫂凿下十三两给月娘，自己余了三十七两，另外又得了守备一两谢钱，月娘五钱银子谢钱，一箭多雕。"十个九个媒人，都是如此赚钱养家。"（第八十六回，第1267页）这就是牙婆的手段。后来，薛嫂又说自己正在为张二官忙活，吹嘘自己与文嫂把徐公公的侄女说嫁给张二官。这实是在月娘面前卖弄自己的本领，也是在向月娘炫耀自己已经又靠上了大树。又说春梅在周守备家如何受宠，如何说一不二。气得雪娥说："到底还是媒人嘴，一尺水十丈波的。"

薛嫂还有一个障眼的勾当，就是整日提着花翠箱走家串户，挣大户人家妻妾的钱。她曾说："西房三娘也在根前，留了我两对翠花，一对大翠围发，好快性，就秤了八钱银子与我。只是后边雪娘，从八月里要了我两对线花儿，该二钱银子，白不与我，好悭吝的人！"（第八十五回，第1257—1258页）吴月娘有一天在大门首，看见薛嫂提着花篮，领着一个丫头，就问她往哪里去。薛嫂说周守备府里春梅"又早使牢子叫了我两遍，叫我快往宅里去，问我要两副大翠垂云子钿儿，又要一副九凤钿儿，先与了我五两银子。银子不知使的那里去了，还没送与他生活去哩。这一见了我，还不知怎生骂我哩！"吴月娘把薛嫂让到后边看翠钿儿，薛嫂打开花箱取出与吴月娘看，只见做的好样儿，金翠掩映，翡翠重叠，背面贴金。那个钿儿，每个凤口内衔着一挂宝珠牌儿，十分奇巧。薛嫂道："只这副钿儿，做着本钱三两五钱银子，那副重云子的，只一两五钱银子，还没寻他的钱。"（第九十五回，第1391—1392页）她说服月娘买首饰，从中赚取不菲的差价。这之前，薛嫂刚刚把庞春梅的仇敌孙雪娥说卖，从周守备府里赚了一笔银子。

薛嫂善于在矛盾的夹缝中周旋，真可谓八面玲珑。陈敬济给她一两银子，她便替他向潘金莲传递情书；她帮助吴月娘发卖春梅，她让陈敬济和春梅幽会，招致吴月娘的不满；她及时向吴月娘报告陈敬济家中的变化，将西门大姐送到陈敬济家，弄得陈敬济极其恼怒，把西门大姐遣送回家；她向春梅求情，使吴月娘免于受吴典恩的调戏和讹诈；她为陈敬济尽心寻找姻亲，使陈敬济喜结良缘。薛嫂就是这样一个人，插花摇铃一路顺风顺水，利用抹油的舌头，坑蒙拐骗说卖女子，做牵头拉皮条，不知得了多少黑心钱。

文嫂是西门庆的女婿陈敬济的媒人，也是为西门庆与林太太媾合拉皮条的人。间或也卖一些花，并充当马泊六的角色，尤其是给王招宣府的林太太做牵头，找外遇。因为一场官司，把旧房弃了，搬到了清河县大南首王家巷住。当玳安请她到西门庆家时，她发牢骚说："他老人家这几年买使女，说媒，用花儿，自有老冯和薛嫂儿、王妈妈子走跳，稀罕俺每！今日呼剌八叉冷锅中豆儿爆，我猜着你六娘没了，已定教我去替他打听亲事，要补你六娘的窝儿。"（第六十八回，第956页）所以，当玳安找上门来，她便闭而不见，文嫂的儿子文缠说："俺妈不在了，来家说了，明日早来罢。"玳安道："驴子见在家里，如何推不在？"侧身径直往后走。文嫂和她媳妇儿陪着几个道妈妈子正吃茶，躲不及被玳安看见了，说道："这个不是文嫂？就回我不在家！"（第六十八回，第956页）文嫂笑哈哈与玳安道了个万福。

文嫂实际上是乐意为西门庆服务的，因为从西门庆那里能捞较多的银子和物品。她便骑着驴和玳安一溜烟来见西门家，其实就是给西门庆和林太太拉皮条。第六十九回写文嫂到西门庆家，西门庆问文嫂："你常在那几家大人家走跳？"文嫂道："就是大街皇亲家，守备府周爷家，乔皇亲、张二老爹、夏老爹家都相熟。"西门庆道："你认的王招宣府里不认的？"文嫂道："是小娘妇定门主顾，太太和三娘常照顾我的花翠。"西门庆说："你既相熟，我有桩事儿央及你，休要阻了我。"向袖中取出五两一锭银子与她，悄悄和她说："如此这般，你怎的寻个路儿，把他太太吊在你那里，我会他会儿，我还谢你。"文嫂惊奇问西门庆怎知林太太，所以故意卖了一个关子，介绍说："若说起我这太太来，今年属猪，三十五岁，端的上等妇人，百伶百俐，只好像三十岁的，他虽是干这营生，好不干的细密，就是往那儿去，许多伴当跟着。径路儿来，径路儿去。三老爹在外为人做人，他怎在人家落脚！这个人传的讹了。倒是他家里深宅大院，一时三老爹不在，藏掖个儿去，人不知鬼不觉，倒还许。若是小妇那里，窄门窄户，敢招惹这个事？就是爹赏的这银子，小想妇也不领去，宁可领了爹言语，对太太说就是了。"这段话足见她工于心计，她抓住西门庆好色的弱点，说林太太富有风韵，三十五岁的人好像三十岁，给林太太笼了一层神秘的色彩，实际林太太就是个高级暗娼。文嫂巴不得西门庆吩咐，连勾引私会的具体办法都安排得妥妥当当。"藏掖个儿去人不知鬼不觉"，言外之意只有文嫂神通。文嫂以退为进，欲擒故纵，半推半就，拒收银子是假，煎熬西门庆是真，抬高价格却"欲之而必为之辞"。西门庆软中带硬地说："你不收，便是推托，我就恼了。事成，我还另外赏你几个绸缎你穿。"文嫂收了银子，高兴地说："待小媳妇悄悄对太太说，来回你老人家。"（第六十九回，第959—960页）

文嫂到林太太家，先抓住林太太最关心的问题，从林太太儿子王三官的前程入手，问："三爹不在家了？"林太太忧心如焚："他又两夜没回家，只在里边歇哩。逐日搭着这伙乔人，只眠花卧柳，把花枝般媳妇儿丢在房里，通不顾，如何是好？"文嫂很自然把西门庆引出来："不打紧，太太宽心，小媳妇有个门路儿，管就打散了这伙人。三爹收心，也再不进院里去了。"林太太心急火燎，于是文嫂把西门庆夸赞一通："县门前西门大老爹，如今见在提刑院做掌刑千户，家中放官吏债，开四五处铺面：段子铺、生药铺、绸绢铺、绒线铺，外边江湖又走标船，扬州兴贩盐引，东平府上纳香蜡，伙计主管约有数十。东京蔡太师是他干爷，朱太尉是他卫主，翟管家是他亲家，巡抚、巡按多与他相交，知府、知县是不消说。家中田连阡陌，米烂成仓，身边除了大娘子——乃清河左卫吴千户之女，填房与他为继室。只成房头、穿袍儿的，也有五六个，以下歌儿舞女，得宠侍妾，不下数十。端的朝朝寒食，夜夜元宵。今老爹不上三十一二年纪，正是当年汉子，大身材，一表人物，也曾吃药养龟，惯调风情。双陆象棋，无所不通。蹴鞠打毬，无所不晓。诸子百家，拆白道字，眼见就会。端的击玉敲鼓，百伶百俐。闻知咱家乃世代簪缨人家，根基非浅，又见三爹在武学肄业，也要来相交，只是不曾会过，不好来的。昨日闻知太太贵诞在迩，又四海纳贤，也一心要来与太太拜寿。"林太太被文嫂说得心中迷留模乱，情窦已开，遂约定后日晚夕等候，文嫂来到西门庆宅内，把林氏明日晚间暗中相会之事告诉了西门庆，再三叮咛："爹明日要去，休要早了，直到掌灯，街上人静时，打他后门首扁食巷中，他后门旁有个住房的段妈妈，我在他家等着，爹只使大官儿弹门，我就出来引爹入港，休令左近人知道。"（第六十九回，第961—962

页）西门庆满心欢喜，令玳安赏给了她两匹绸缎。从此，文嫂就充当了西门庆和林太太私通的牵线人。于是，林太太身献西门庆，西门庆大战林太太。文嫂功不可没，钱也没少得。

冯妈妈也是一个得利媒婆。她听从西门庆安排，把韩道国与王六儿的女儿韩爱姐说给了蔡京管家翟谦。大媒说成后遇到了西门庆，她不忘自己的利益。通过王六儿之口与西门庆要谢钱，说："问我：'爹曾与你些辛苦钱儿没有？'我便说：'他老人家事忙，我连日也没曾去，随他老人家多少与我些儿，我敢争？'他也许我等他官儿回来，重重谢我哩。"西门庆道："他老子回来已定有些东西，少不得谢你。"（第三十七回，第513页）之后，她又为西门庆与王六儿的媾合拉皮条，从中获得谢钱。

蔡老娘是稳婆或接生婆、收生婆、老娘婆代表。她们倒是有一定的医学技术，是行善积德的行当，与药婆相近。但由于社会环境的影响和风俗民情的习惯，她们也贪财善言，利欲熏心。《金瓶梅》中蔡老娘是稳婆形象的代表，她曾为李瓶儿和吴月娘生子接生。

李瓶儿要生子，把蔡老娘请来，有一段全方位的自我剖析："我生老娘姓蔡，两只脚儿能快；身穿怪绿乔红，各样鬏髻歪戴……入门利市花红，坐下就要管待；不拘贵宅娇娘，那管皇亲国太；教他任意端详，被他褪衣百划。横生就是刀割，难产须将拳揣；不管脐带包衣，着忙用手撕坏。活时来洗三朝，死了走的偏快。因此主顾偏多，请的时常不在。"蔡老娘的医术是独门绝活，请她的人还挺多。老娘走到李瓶儿身边，向前摸了摸，说道："是时候了。"就问："大娘预备下绷接、草纸不曾？"（第三十回，第421页）不久，在蔡老娘的精心操作下、李瓶儿生了一位白胖胖的孩子，蔡老娘收拾孩子，咬去脐带，理毕衣胞，熬了些定心汤，打发李瓶儿吃了，安顿停当。可见，蔡老娘接生技术精到，操作娴熟。吴月娘把蔡老娘让到后边，管待酒饭。临去时，西门庆给她五两一锭银子，许洗三朝来，还给她一匹段子。（第三十回，第423页）蔡老娘接生的报酬真不低，五两银子是一个丫鬟的身价。

蔡老娘的利心很重。她后来给吴月娘接生时，吴月娘只给了她三两银子，她还嫌少，说道："养那位哥儿赏了我多少，还与我多少便了。休说这位哥儿是大娘生养的。"意思是给五两银子已少了，吴月娘说："比不得当时，有当家的老爹在此，如今没了老爹，将就收了罢。待洗三来，再与你一两就是了。"蔡老娘才不管吴月娘家败落不败落，说："还赏我一套衣服儿罢。"（第七十九回，第1192页）蔡老娘不管别人家道如何，接生的报酬不可少，这是三姑六婆的共同特性。

刘婆子是西门庆家的常客，是瞎子刘理星的婆娘。两口子靠卖药、回背法术混饭吃。比如官哥受惊吓之类，就找刘婆子来家，调制药水，或者作法施术。官哥儿受狸猫惊吓后，刘婆子的灯心薄荷金银汤与针灸，也起到一定的治疗作用。刘婆子与丈夫刘理星往往一同出马，他们更善于用他们的妖术赚银子。第十二回说西门庆为了讨好李桂姐，答应把潘金莲的头发交一绺来，并赌誓一定拿来。西门庆强逼把金莲的头发拿给李桂姐，李桂姐偷偷把头发压在鞋底，实行巫术伎俩使金莲"自从头发剪下之后，觉道心中不快，每日房门不出，茶饭慵餐"（第十二回，第180页）。妖术发作，请来了刘婆子看病，一边送药，行使巫术。于是刘婆子将其丈夫刘理星回背的本事炫耀一番，刘婆道："他虽是个瞽目人，到会两三桩本事：第一善阴阳算命，与人家禳保；第二会针灸收疮；第三桩儿，不可说，单管与人家回背。"妇人（金莲）问道："怎么是回背？"刘婆子道："比如有父子不和，兄弟不和，大妻小妻争斗，教了俺老公去说了，替他用镇物安镇，书些符水与他吃了，不消三日，教他父子亲热，兄弟和睦，妻妾不争。若人家买卖不顺溜，田宅不兴旺者，常与人开财门，发利市。治病洒扫，禳星告斗都会。因此人都叫他做刘理星。也是一家子，新娶个媳妇儿，是小人家女儿，有些手脚儿不稳，常偷盗婆婆家东西往娘家去。丈夫知道，常被责打。俺老公与他回背，书了一道符，烧灰放在水缸下埋着。合家大小吃了缸内水，眼看媳妇偷盗，只象没看见一般。又放一件镇物在枕头内，男子汉睡了那枕头，好似手封住了的，再不打他了。"（第十二回，第180—181页）于是，潘金莲与刘婆子约定第二天为金莲看病：

　　到次日，果然大清早辰领贼瞎逐进大门，往里走。那日西门庆还在院中，看门小厮便问瞎子往那里去。刘婆道："今日与里边五娘烧纸。"小厮道："既是与五娘烧纸，老刘你领进去。仔细看狗。"这婆子领定，逐到潘金莲卧房明间内，等了半日，妇人才出来。瞎子见了礼，坐下。妇人说与他八字，贼瞎用手捏了捏，说道："娘子庚辰年，庚寅月，乙亥日，己丑时。初八日立春，已交正月算命。依子平正论，娘子这八字，虽故清奇，一生不得夫星济，子上有些防碍。乙木生在正月间，亦作身旺论，不赴当自焚。又两重庚金，羊刃大重，夫星难为，赴过两个才好。"妇人道："已赴过了。"贼瞎子道："娘子这命中——休怪小人说，子平虽取煞印格，只吃了亥中有癸水，庚中又有癸水，水太多了，冲动了，只一重巳土，官煞混杂。论来，男人煞重掌威权，女子煞重必刑夫。所以主为人聪明机变，得人之宠。只有一件，今岁流年甲辰，岁运并临，灾殃立至。命中又犯小耗勾绞，两位星辰打搅，虽不能伤，却主有比肩不和，小人嘴舌，常沾些啾唧不宁之状。"妇人听了，说道："累先生仔细用心，与我回背回背。我这里一两银子相谢，先生买一盏茶吃。奴不求别的，只愿得小人离退，夫主爱敬便了。"一面转入房中，拔了两件首饰，递与贼瞎。贼瞎收入袖中，说道："既要小人回背，用柳木一块，刻两个男女人形，书着娘子与夫主生辰八字，用七七四十九根红线扎在一处。上用红纱一片，蒙在男子眼中，用艾塞其心，用针钉其手，下用胶粘其足，暗暗埋在睡的枕头内。又朱砂书符一道烧灰，暗暗搅茶内。若得夫主吃了茶，到晚夕睡了枕头，不过三日，自然有验。"妇人道："请问先生，这四桩儿是怎的说？"贼瞎道："好教娘子得知：用纱蒙眼，使夫主见你一似西施娇；用艾塞心，使他心爱到你；用针钉手，随你怎的不是，使他再不敢动手打你；用胶粘足者，使他再不往那里胡行。"妇人听言，满心欢喜。当下备了香烛纸马，替妇人烧了纸。到次日，使刘婆送了符水镇物与妇人，如法安顿停当。将符烧灰，顿下好茶，待的西门庆家来，妇人叫春梅递茶与他吃。到晚夕，与他共枕同床，过了一日两，两日三，似水如鱼，欢会异常。(第十二回，第181—182页)

那老婆子与刘理星十分精明，宣传了自己还赚了不小的一笔钱财。回背后，西门庆真的回心转意，与金莲火热了一阵子。

第十四章

其他人物形象

　　除以上评说的《金瓶梅》人物形象以外，还是许多有个性的人物，在小说中起到叙事结构演进和穿针引线功能，人物形象塑造的多姿多彩与对比衬托功能，反映社会生活的丰富全面作用等，现举出简说。

第一节　相面先生吴神仙

　　虽不是什么重要角色，但他是为《金瓶梅》一部大书布局谋篇的人，他的一番冰鉴定终身，规定预测了《金瓶梅》主要人物的人生轨迹、性格发展、命运走向等。《批评第一奇书〈金瓶梅〉读法》："先是吴神仙总览其盛，后是黄真人少扶其衰，末是普净师一洗其业，是此书大照应处。"①

　　　　那吴神仙头戴青布道巾，身穿布袍草履，腰系黄丝双穗绦，手执龟壳扇子，自外飘然进来。年约四十之上，生得神清如长江皓月，貌古似太华乔松。原来神仙有四般古怪：身如松，声如钟，坐如弓，走如风。但见他：能通风鉴，善究子平。观乾象，能识阴阳；察龙经，明知风水。五星深讲，三命秘谈。审格局，决一世之荣枯；观气色，定行年之休咎。若非华岳修真客，定是成都卖卜人。（第二十九回，第403页）

　　就是个占卜看相的算命先生。《金瓶梅》第二十九回"吴神仙冰鉴定终身"，显示吴神仙的本领，也是一部大书的关键节点。

　　《金瓶梅》中还描写了一些和尚、道士，在此不举。

---

① 秦修容：《会评会校本金瓶梅·附录》，中华书局，1998，第1492页。

第二节　专制社会的贪官污吏

第一昏官就是太师蔡京。张竹坡在第四十八回之回评说："平插曾公一人，特为后文宋巡按对照，且见西门庆之恶，纯是太师之恶也。夫太师之下，何止百千万西门，而一西门之恶已如此，其一太师之恶为何如也？"(第四十八回，第632页) 第五十五回写蔡京庆寿，"西门庆即冠带，乘了轿来，只见乱哄哄挨肩擦背，都是大小官员来上寿的。"(第五十五回，第736页) 蔡京的府邸是：

> 堂开绿野，阁起凌烟。门前宽绰堪旋马，闾阅巍峨好驻旗。锦绣丛中，风送到画眉声巧；金银堆里，日映出琪树花香。左右活屏风，一个个夷光红拂；满堂死宝玩，一件件周鼎商彝。室挂明珠十二，黑夜里何用灯油；门迎珠履三千，白日间尽皆名士。九州四海、大小官员，都来庆贺；六部尚书、三边总督，无不低头。正是：除却万年天子贵，只有当朝宰相尊。(第五十五回，第737页)

蔡京府里的女乐，一班二十四人，都晓得天魔舞、霓裳舞、观音舞。但凡老爷早膳、中饭、夜宴，都要奏乐。(第五十五回，第737页)

蔡京的管家翟谦可以随意指使西门庆，其享用与太师同等。

蔡太师的儿子蔡攸。祥和殿学士兼礼部尚书、提点太乙宫使。点两淮巡盐赴任途中与宋乔年御史到西门庆家，宋御史酒后回衙，而蔡攸住在西门庆家，先是听海盐子弟歌唱，后又与粉头董娇儿、韩金钏儿"恍若刘阮之入天台"(第四十九回，第652页)，与那董娇儿耍南风混了一夜。

书中还描写了阳谷的一群丑恶人物。知县李天达，县丞乐和安，主簿华荷禄，典史夏恭基，司吏钱劳。当武松交接官差回家，查明武大被西门庆、潘金莲、王婆害死后，去县衙告状，郓哥作证画了口词，当下退厅。对清河县的贪官污吏进行了一总解说："原来知县、县丞、主簿、典史，上下都是与西门庆有首尾的，因此官吏通同计较，这事难以问理。知县随出来，叫武松道：'你也是个本县都头，怎不省得法度？自古"捉奸见双，杀人见伤"。你那哥哥尸首又没了，又不曾捉得他奸，你今只凭这小厮口内言语，便问他杀人的公事，莫非公道忒偏向么？你不可造次，须要自己寻思。'西门庆一听武松来告，忙叫心腹之人来保、来旺身边带着银两，连夜将官吏都买嘱了。"(第九回，第138页) 结果知县受了贿赂，翻脸不认武松，打得武松口口喊冤。又喝令"好生与我挦起来"，敲了五十杖子。（第十回，第144页）使武松的状告以失败完结。

西门庆同班夏延龄。那夏延龄夏提刑，连西门庆都说他腐败昏庸，"别的倒也罢了，只吃了他贪滥蹹婪，有事不论青红皂白，得了钱在手里就放了，成什么道理！我便再三扭着不肯，'你我都是个武职官儿，掌着这刑条，还放些体面才好。'"（第三十四回，第469—470页）接着应伯爵为韩道国、王六儿、韩二捣鬼被抓求情，西门庆刚刚徇赃枉法。先放了王六儿，又抓了捉奸者。反把管闲事的一群地痞无赖打了个皮开肉绽，呻吟满地。西门庆贪赃枉法，受贿于谋财害命的苗青，夏提刑也分赃了五百两银子，与西门庆狼狈为奸。为报答帮他害死武大郎的王婆子、何九，西门庆解救何九的弟弟何十，用弘化寺一和尚顶缺。（第七十六回，第1116页）

昏官新任知县霍大立。霍大立审判陈敬济逼西门大姐吊死案件，陈敬济送他一百两银子，他便改了招卷。吴月娘再三哀告也无济于事。

第三节　正直官吏及其他

东平府尹陈文昭。河南人氏，是个非常清廉的官。"平生正直，秉性贤明。幼年向雪案攻书，长大在金銮对策。常怀忠孝之心，每发仁慈之政。户口登，钱粮办，黎民称颂满街衢；词讼减，盗贼休，父老赞歌宣市井。正是：名标书史播千年，声振黄堂传万古。贤良方正号青天，正直清廉民父母。"（第十回，第144页）但他原来是大理寺寺正，升东平府府尹，又系蔡太师门生。由于西门庆贿赂了杨提督，转贿蔡京。陈文昭只给武松免死，发配孟州。这当然也为武松日后报仇埋下了伏笔，为推动《金瓶梅》叙事作了铺垫。

东昌府巡按御史曾孝序。苗青害主案一度发送到曾孝序处发落，"话说安童领着书信，辞了黄通判，径往山东大道而来。打听巡按御史在东昌府住扎，姓曾双名孝序，乃都御史曾布之子，新中乙未科进士，极是个清廉正气的官。"（第四十八回，第633页）因苗青案中有赃便慷慨激昂，发回重审，并参表罢免夏龙溪和西门庆，却被西门庆的关系网拦住。他心中愤愤不平，他又反对蔡京的陈事奏表，进京见朝覆命。上表力陈蔡京奏表治国理政弊端，致使"蔡京大怒，奏上徽宗天子，说他'大肆倡言，阻挠国事'。将曾公付吏部考察，黜为陕西庆州知州。陕西巡按御史宋盘，就是学士蔡攸之妇兄也。太师阴令盘就劾其私事，逮其家人，锻炼成狱，将孝序除名，窜于岭表，以报其仇"（第四十九回，第647

页）。

大名府尹梁中书。是蔡京女婿，李瓶儿先夫，也是一个贤良官吏。

还有许多人物形象没有论及。其中的一些在小说中一带而过，还有些性格不鲜明，只是众形象的陪衬，或者是叙事结构的串联者。比如性格较为鲜明的仆人：死皮赖脸的贱骨头丫鬟秋菊；狡猾世故坐收渔利的玳安；道貌岸然心术不正的温葵轩（温屁股）等。还有那成群结队的歌儿舞女——小优儿、粉头、海盐子弟等，他们是依附权贵招蜂引蝶、迎奸卖俏、物欲横流的形象。

最后要明确的是，作者的艺术贡献，是给我们提供了欣赏审美的文艺作品。"从艺术心理学的角度看，文艺作品又是物态化了的人类心灵。文艺创作与欣赏都是人类一种象征性表现活动，是人类情感的对象化、符号化、物态化。即使是艺术形式，她的美感产生的心理基础也是它的象征暗示功能。"①《金瓶梅》所有的人物形象虽然都是作者塑造的，但这些人物形象也是作者对社会、人生理解的产物，是作者思想情感的载体。小说中人物的梳妆打扮、言谈举止及人格情怀，都是作者才华的展示，不是小说中人物形象的真实行为，是借他人之行状表作者之胸意。所以，所谓对《金瓶梅》中人物形象的赞与毁、爱与恨，都是对作者思想情怀的评判，并不是真正的对社会生存人物的评说。我们对小说中人物形象的评说，都是对作者创作的认同和赞美，都打上了自己的烙印。这说明作者的语言艺术深深地打动了我们，作品的艺术魅力与欣赏者产生了共鸣。这也是作者进行创作的真正目的。

---

①　林兴宅：《艺术魅力的探寻》，四川人民出版社，1985，第102页。

后　记

对于明清人情小说的真正认知，是 1986 年暑假我参加华东师范大学中文系举办的中国古代文学助教进修班的时候。我们聆听了齐森华教授、万云骏教授、马兴荣教授的授课，方正耀先生讲授了《明清人情小说研究》，正好方先生出版了他的专著。我们行程几千里到福建省龙岩师范专科学校学习，在路途的艰辛和酷暑中煎熬，但这次学习的确使我大有收获，甚至对明清小说有豁然开朗的感觉。因为在大学读书时，没有涉猎如此多的书籍，对明清小说的理解也仅限于教材，又读了一些名著，是些浅薄的认知和皮毛的学问。

后来我从事中国古代文学课程的教学工作，对明清人情小说有了更多的知识储备，并展开了初级的学术研究。读书方面开始精心选择，对《金瓶梅》的相关研究更加专注，于是购买原著精心细读，至今已研读多遍。书中对中国传统社会生活的精细描述，对世态炎凉的真情叙述，对人情人欲的热情肯定，使我感触颇深。并且在收集《金瓶梅》研究资料的基础上，日积月累也提出了自己的认识与理解，发表了一些《金瓶梅》研究的文章。这些发表的文字成了一些同事和朋友笑谈的话柄，甚至成为公共场合茶余饭后的笑料，什么"老范对潘金莲的绣花鞋感兴趣"，什么"老范研究西门庆和潘金莲勾搭故事"……当然不能说有什么恶意，我自然一笑了之。但我明白的是：他们只听说过《金瓶梅》，没读过甚至没有见过《金瓶梅》原著。从《水浒传》小说或电视剧的片言只语中，略知西门庆与潘金莲的一二故事。以"街谈巷议"或"道听途说"发表一些言论，不无嘲讽之意。不少人认为《金瓶梅》就是狗男女的"性饥渴"描写，是低级趣味的黄色淫秽禁书。甚至现在还有人"谈金色变"，可见不读书的可怕，不读原著的浅薄。正如张贤亮在 1985 年《收获》杂志第 5 期上发表了他的中篇小说《男人的一半是女人》，当时也引起了文学争鸣，大学的教师和学生读者较多，一些人读了一遍就大喊是迎合低级趣味的出版物，甚至有些权威学者杞人忧天，因本小说的出版发行而为青少年的身心健康忧虑。没有读过此小说的一位老师竟然听说了题目就大惊小怪起来——"哎呀，可笑！男人的一半怎么是女人？……女人……"——其实，他不了解文学创作，不明白小说中隐喻映射的社会生活，没有认识到畸形社会造成的畸形人性，不能体会畸形社会状态对人生命本能扼杀和心灵创伤的残酷。我们不能与他争论，那是祥林嫂对达官贵人讲述阿毛的遭遇，他们不感兴趣，我们也只能一笑了之。后来写饮食男女的著作多了，人们才见怪不怪了。

不管别人怎么说，我自己还是坚持读书写作，由于用心不专，断断续续十多年才完成这本小书。其间担任了一些党政职务，承担了部分管理工作，工作中屡次调动岗位，自己在学术研究也必然心有旁骛，所以战线拉长，事倍功半。好在自己辞去了管理职务，才专心梳理自己的本职业务工作，终于写成了这本小书。自以为自己能坚持学术操守，读自己喜欢读的书，收集整理认为重要的资料，不剽窃别人的成果，不苟同于世俗成说，不因权威的定论束缚思维，尽力查找、使用第一手资料，并坚持中西、古今理论结合来进行学术研究。不敢说自己的见解科学严谨，也不敢说自己的研究有多少创新。自以为在精读《金瓶梅》的基础上提出了一些自己的想法，比如关于文本研究问题，比如《金瓶梅》的文学史贡献和地位问题，比如《金瓶梅》人物形象塑造的评价问题，等等。

2020年我面临退休时，得到去湖南师范大学做国内访问学者的机会，由文学院蒋振华教授指导。羞愧的是：蒋老师虽说与我是同年代人，却比我年少。一见面便如他乡遇故知，蒋老师朴实谦逊的人格深深打动了我。再看他的学术造诣，拜读他发表的学术论文，更是钦佩，他在《文学评论》《文学遗产》《中国文学研究》《文艺研究》《中国道教》等中国顶尖级学术期刊发表了多篇有重要影响的论文。交流起来如酒逢知己，说到自己的这本小书，蒋老师颇感兴趣，并给予热心指导，欣然答应作序。《序》中字字句句着实恳切，赞美的话语是鼓励也是鞭策，增强了我的自信与勇气。所以，对蒋老师的指教深表感谢。同时，感谢为本书出版劳心费神的孟召水教授，一并感谢与我谈论过《金瓶梅》的家人和朋友们。

范正生

2020年深秋